張隆溪文集

張隆溪——著

韓晗——主編

第二卷

本卷含
《走出文化的封閉圈》、
《比較文學研究入門》兩書

目　次

走出文化的封閉圈

原版導言

　　這本書收集的文章，大多數都曾在一些刊物上發表過。但我在結集時對每篇都略作修改，使本來獨自成篇的東西放在一起，互相能有一點聯貫和照應。書的內容涉及許多方面，有些是討論傳統、現代與後現代問題，還有的是緬懷曾給我極大影響的兩位學界前輩，即朱光潛先生和錢鍾書先生，而能夠把各篇文章聯貫起來的主題，則是希望打破狹隘界定的各種分野，以盡可能開闊的眼光來看待我們周圍的生活和世界。錢鍾書先生曾在一篇文章裡說，「由於人類生命和智力的嚴峻局限，我們為方便起見，只能把研究領域圈得愈來愈窄，把專門學科分得愈來愈細，此外沒有辦法。所以，成為某一門學問的專家，雖在主觀上是得意的事，而在客觀上是不得已的事」。[1] 我所敬重的學界前輩，就都具有開闊的眼光和胸懷，決不以做某一學問的專家為滿足，而總是超越學科、語言、文化和傳統的局限，由精深而至於博大，由專門家而至於中國文化傳統中所謂通人。我借用本書一章的篇目，以《走出文化的封閉圈》為全書標題，正是希望能突出這種不受任何範圍局限或束縛的精神，使自己的視野能夠儘量開闊，由一己的局限而嚮往於學術之無窮。我在朱光潛和錢鍾書兩位先生那裡見到的，正是這種超越文化封閉圈的精神，也正是這種精神使我在思考傳統與現代以及後現代問題時，力求有自己的見解和立場，不趕時髦，不隨聲附和，更不把東西方文化作簡單的對立。

---

[1] 錢鍾書，〈詩可以怨〉，《七綴集》（上海：上海古籍，1985），113頁。

文化相對主義與西方的東亞研究

　　當代學術的發展，一方面的確把專門學科愈分愈細，另一方面又逐漸有分而復合的趨勢，即跨學科或科際整合研究的出現。然而人文學科雖也提倡跨學科研究，但在涉及東西方文學或文化時，很多人好像以為語言和文化的鴻溝無法跨越，所以他們不大願意承認在文化差異之外或之上，有什麼共同或帶普遍性的東西存在。一些西方學者對東方和東方文化，總是帶著欣賞異國情調、品嚐異國風味的心理，視東西文化為南轅北轍，互不相交，甚至使文化差異成為非此即彼的對立。這種獵奇心理往往造成東西文化之間相互瞭解的障礙。在科學技術方面，由於有比較實際甚至客觀的標準，有多數研究者達到的共識，這種文化相對論不可能發生太大影響。例如在數學、物理或生物學等領域，就很少人會主張因研究者或研究對象文化背景的不同，在研究方法或結論上會相應產生根本的差異，也沒有人會提出西方的物理學和中國的物理學在本質上有什麼區別。即使有人提出這樣的理論，大概也很難在自然科學領域得到行家認可。然而人文學科的情形卻兩樣，說物理之同天下皆然，大概不會有很多人提出異議，但說到心理人情普天皆同，就有不少人會反對。人文研究的性質決定了在各種論述之間，不會有如自然科學那樣較嚴格的驗證方法和較明確固定的結論，有關文化背景本身的論述具有重要意義，於是文化相對論在各個研究領域都產生極大影響，強調文化差異也就有可能走到極端，乃至否認任何普遍價值觀念的存在。

　　在西方漢學和整個亞洲研究中，文化相對主義可以說在當前佔有主導地位。美國亞洲研究學會出版的會刊《亞洲研究學報》，就曾在九十年代初刊登文章，專門討論普遍主義和相對主義問題。當時的《學報》主編巴克（David D. Buck）在引言中說得很明確，文化相對主義是美國大多數亞洲研究者所抱的信念，他們懷疑在不同語言文化之間「存在任何概念上的

工具，可以用不同人都能接受的方式理解和解釋人之行為和意義」。[2]由
此可見，認為人們都生活在語言的牢房裡，不可能超越各自語言文化的局
限，這類觀念在當代西方有極大影響。在這種文化相對主義影響之下，文
化論述往往表現為一種頗具諷刺意味的悖論，因為這種論述一方面堅持認
為，不同文化的人不可能具有任何普遍性，而另一方面，否認普遍性又恰
好成為當前最具普遍性的看法。這樣一來，漢學家們往往強調中國文化的
獨特性和與西方文化之差異，使漢學成為西方學界一個很特別的角落，非
專門研究者不能入，也不想入，於是這個領域與其它方面的文化研究隔得
很遠，也沒有什麼關聯。漢學研究變成漢學家們自己關起門來說話的一個
小圈子。我所謂「文化的封閉圈」，首先就是指這樣一種情形。

五四前後東西文化論戰

然而過度強調東西方文化差異，把不同文化對立和封閉起來，又絕不
僅止於一些西方學者和漢學家在研究中的傾向。近年以來，許多中國學者
談到東西方文化，也往往強調二者的根本差異，而且用對立觀念來概括兩
方面的本質特徵。這也難怪，因為任何事物總是要與其它事物區別開來，
才得以彰顯自身的特性。不少人為了突出自己文化傳統的特點，便往往把
這些特點誇大，似乎凡我之所有，則必為彼之所無。就連一些值得我們敬
重的學者，也往往在這方面言過其實，做些大而無當的結論，好像一句話
就可以概括整個中國文化的本質，再一句話就足以歸納西方文化的特點。
在二十世紀初關於東西文化異同與優劣的辯論中，儘管各方意見和結論往
往不同，但在把東西方文化對立起來這一傾向上，卻有很多共同點。例如
陳獨秀曾提出「西洋民族以戰爭為本位，東洋民族以安息為本位」，由

---

[2]　David D. Buck, "Editor's Introduction to Forum on Universalism and Relativism in
　　Asian Studies", *The Journal of Asian Studies* 50 (Feb. 1991): 31.

此引出一系列東西方民族文化的對立差異。[3]與陳獨秀論戰的杜亞泉也認為，東西方文明「乃性質之異，而非程度之差」，西方為「動的文明」，所以西方社會以「戰爭為常態，和平其變態」，東方則為「靜的文明」，所以中國社會乃是「和平其常態，戰爭其變態」。[4]與杜亞泉觀點相左的李大釗也說：「東西文明有根本不同之點，即東洋文明主靜，西洋文明主動」。不僅如此，李大釗還進一步把東西差異繫於南北分野，認為「南道文明者東洋文明也，北道文明者西洋文明也」，這一點頗值得我們注意。他排列出東西即南北文明的對立特徵，認為「一為自然的，一為人為的；一為安息的，一為戰爭的；一為消極的，一為積極的；一為依賴的，一為獨立的；一為苟安的，一為突進的；一為因襲的，一為創造的；一為保守的，一為進步的；一為直覺的，一為理智的；一為空想的，一為體驗的；一為藝術的，一為科學的；一為精神的，一為物質的；一為靈的，一為肉的；一為向天的，一為立地的；一為自然支配人間的，一為人間征服自然的。」[5]這類概括當然不是全無道理，但把東西南北文明特性作如此整齊的排列對比，實在讓人難以相信它有多麼真實可靠。

其實中國古代早已有南宗北派之分，不僅佛教禪宗如此，論人、論畫也如此。正如錢鍾書先生所說：「把『南』、『北』兩個地域和兩種思想方法或學風聯繫，早已見於六朝，唐代禪宗區別南、北，恰恰符合或沿承了六朝古說。事實上，《禮記・中庸》說『南方之強』省事寧人，『不報無道』，不同於『北方之強』好勇鬥狠，『死而不厭』，也就是把退斂和肆縱分別為『南』和『北』的特徵」。[6]中國古代以為南方人省事寧人，北方人好勇鬥狠，不正好吻合陳獨秀等人所謂「西洋民族以戰爭為本位，東洋民族以安息為本位」的話麼？由此我們不禁懷疑，所謂東方為「靜的文明」，西

---

[3] 陳獨秀，〈東西民族根本思想之差異〉，陳崧編《五四前後東西文化問題論戰文選》（北京：中國社會科學出版社，1985），12頁。

[4] 傖父（杜亞泉），〈靜的文明與動的文明〉，同上，17，20頁。

[5] 李大釗，〈東西文明根本之異點〉，同上，57頁。

[6] 錢鍾書，〈中國詩與中國畫〉，《七綴集》，9頁。

方為「動的文明」云云，是否不過把古代用於中國南北地域的區分，挪用到現代來區分東西方文化？我們還可以進一步問，這種按南北東西地理之別來截然劃分文化性格，究竟有多少事實依據？把古之南北牽合於今之東西，究竟合不合情理？最後我們還要問，劃地為牢，把自己封閉在「南道文明」或「靜的文明」之中，對我們自己、對中國文化又有什麼好處？

　　在五四前後有關東西文化的辯論中，並不是沒有人認識到這種文化對立論的局限。常乃惪曾就歷史的角度闡明，文化從來是多元的，「沒有一個時代是二元對峙的文明」，更「沒有一個靜的文明和動的文明對抗的時期」。[7]西方文明經過了由中古到近代的發展，由第二期進入第三期，將來的文明不一定就是西方現代文明的模式，但「文明的趨勢只有從第二期到第三期進行，沒有從第三期倒退著往第二期走的道理。我們不滿意第三期的文明，應當往前找出一個第四級，不能帶著第三期向相反對方面走」。[8]不過這類尊重現代文明、相信理性和進步觀念的看法，終究不如帶著民族主義情緒的東方文化優越論對國人更有吸引力，影響更大。此時講東方文化優越者，已不同於清末民初遺老之抱殘守闕，而往往能在不同程度上瞭解西方社會的弊病，所以論述起來更顯得理直氣壯，振振有詞。他們所講已經不是「保存國粹」，而是要把傳統中國文化作為濟世良方提供給全世界，以補救西方文明的闕失。這類理論自然要強調東西方文化的差異，才能以東方文化所獨具之價值去填補西方的缺陷，所以文化對立論是其顯著的特點。

「東方文化優越論」的陷阱

　　在這方面最負盛名者，無疑要數梁漱溟一九二一年發表的《東西文化及其哲學》一書。梁著開門見山，認為當時眾人奢談東西文化，但「實

---

[7] 常乃惪，〈東方文明與西方文明〉，陳崧編《五四前後東西文化問題論戰文選》，271，272頁。

[8] 同上，274頁。

在不曉得東西文化是何物，僅僅順口去說罷了」。言下之意似乎只有梁漱溟獨能在眾人之上，深切瞭解東西文化及其哲學之精義，而且能為國人指點一條不同的路徑。他認為那時由於杜威、羅素、梁啟超等人的影響，「大家都傳染了一個意思，覺得東西文化一定會要調和的，而所期望的未來文化就是東西文化調和的產物」。在梁漱溟看來，這種調和的主張「只能算是迷離含混的希望，而非明白確切的論斷」。[9]他反對調和，認為文化只能走一條路徑。他把世界文化大致分為西方、中國和印度三種不同路向，認為到二十世紀初，西方文化已經衰微，西方的路已走不通了，現在就連西洋人也在改變人生態度，而他們「要求趨向之所指就是中國的路，孔家的路」。於是他宣告說：「世界未來文化就是中國文化的復興。」[10]此論一出，自然引起轟動，雖然在以後數十年間，中國和西方都發生了翻天覆地的大變化，到現在似乎還看不出西方人立即要走「中國的路，孔家的路」，但那以中國文化為世界未來文化的預言，卻的確能增強民族自豪感，對國人有極大的振奮作用。梁漱溟在二十世紀二十年代作出這番預言，到九十年代更引起不少中國學者頗為熱烈的響應。他們認為二十世紀走到盡頭，西方文明的弊端更已經暴露無遺，諸如環境污染、生態平衡破壞、物種滅絕、人口爆炸、新疾病叢生等等，都是西方文化主動不主靜、重分析不重綜合、以人為征服自然造成的惡果。在這種情形下，人類前途岌岌可危，只有中國傳統即東方文化歷來提倡的「天人合一」，庶幾可以對症下藥，拯救瀕於滅絕的自然和人類。[11]

　　這種理論不僅可以滿足中國人的愛國心和民族自豪感，而且也與當前西方文化理論的主流不謀而合。西方後現代主義文化理論有極強的自我批判精神，從哲學、歷史和社會各方面深刻反省近代西方傳統的基本觀念。

---

[9] 梁漱溟，《東西文化及其哲學》，《梁漱溟全集》第一卷（濟南：山東人民出版社，1989），331，342頁。

[10] 同上，504，525頁。

[11] 參見季羨林、張光璘編選的上下兩冊《東西文化議論集》（北京：經濟日報出版社，1997）。

從德里達（Jacques Derrida）的解構論到賽義德（Edward Said）對「東方主義」的批判，從少數族裔的身份認同到女權主義對所謂「陽具中心主義」（phallocentrism）的顛覆，從質疑西方經典到男性和女性同性戀研究，從西方馬克思主義到後殖民主義理論，我們的確可以看出當代西方文化理論的主流是激進而非保守，是以邊緣為中心的。反對西方文化霸權和反對歐洲中心論，正是西方文化本身產生出來的文化批判理論，同時也揭示出西方文化深刻的內在危機。在西方社會環境中，這類理論無疑有激進的意義，不過對中國知識份子而言，在中國具體的社會環境裡，西方後現代主義和後殖民主義理論的意義又如何呢？西方理論家們在對西方傳統作自我批判的同時，往往把中國或東方浪漫化、理想化，強調東西文化的差異和對立，把中國視為西方的反面。在這種情形下，中國知識份子是否應該首先清點一下自己的家當，看看自己家裡還缺些什麼，以自己的需要來決定取捨，以理性的態度對待東西方文化？還是該趁此機會強調自己傳統的獨特無比，以東方的他者自居，甚至打扮成一副東方玄秘智者的模樣，甘為西方文化的自我批判充當理想的對立面呢？

在我自己，那答案是不言而喻的。我不能贊同文化相對主義，反對東西文化的對立，可以說有兩方面的原因，一方面和自己生存的環境和經歷有關，另一方面則和自己的思想認識有關。我中學畢業，剛好遇上文化大革命，那十年的封閉和壓抑使我反感一切畫地為牢、夜郎自大、唯我獨左的姿態。當時中國的經濟和社會已經瀕於崩潰，卻終日宣稱「形式大好，愈來愈好」，並自詡為世界革命中心，要去「解放世界三分之二受苦受難的人民」。生活現實和政治宣傳之間明顯的差距使很多人在當時已經滿懷疑慮，文革後的改革開放，更使我們明白原來世界是如此之大，而我們被禁錮在高壓封閉圈裡，對世事瞭解得又是如此之少。文革中抄家、焚書、「破四舊」，把人類過去的一切文化斥為封資修毒草而剷除，其結果只是使我們自己變得可怕地貧乏。這種經歷使我對狹隘民族主義和否定任何文化的虛無主義，產生了永久的免疫力。就是在文革極左的年代裡，對那種近乎瘋狂的民族自我中心論和文化虛無主義，我也曾由懷疑而生反

感，對中外文學和文化從沒有失去興趣。經過了文革，我更不可能把自己局限在任何文化的封閉圈裡，不可能把東西文化機械對立起來，為了弘揚自己的文化就貶低甚至否定其它文化。一九七八年我從四川來到北京，我們當時是北大文革後招收的第一批研究生。在吸取知識方面，我們好像在久渴之後可以開懷暢飲，所以無論對哪方面知識，只要與文學和文化有關，就都有無窮的興趣。我在北大不僅跟楊周翰先生學習十七世紀英國文學和莎士比亞，而且常常向朱光潛先生請教美學和文藝理論問題，談論中國傳統詩歌與西方文藝之間的契闊同異。我自己在西語系，但和中文系幾位研究生也成為朋友，常常和他們來往。正是在這時候，我有幸認識了錢鍾書先生。錢先生著作廣採古今東西各種典籍，旁徵博引，左右逢源，他的談話和書信也處處顯出極為淵博的學問，給我極大啟發。他做學問的方法，用錢先生自己在《談藝錄》序裡的話來歸納，就是「頗採『二西』之書，以供三隅之反」。錢先生的眼光和胸懷，他令人驚歎的學識，還有他自由馳騁的思想，都無不體現超越一切局限、衝破一切封閉圈的精神。相形之下，在思想學術上各執一隅之見、黨同而伐異者，就顯得多麼狹隘和淺薄！我們要走出文化的封閉圈，深入東西文化傳統去吸取一切有益的知識，錢鍾書先生的著作就已為我們樹立了最好的典範。

衝破封閉的心態

在中國古代典籍中，也許《莊子・秋水》的一段話最能寫出超越狹隘局限的開闊眼光。「秋水時至，百川灌河」，於是河伯「欣然自喜，以天下之美為盡在己」。然而當他順流而東，見到大海的時候，便不禁望洋興嘆，醒悟到自己原來見識太少，難免要「見笑於大方之家」。海神給他講了一番道理，要他懂得自知之明，說「吾在天地之間，猶小石小木之在大山也」，又說「計四海之在天地之間也，不似礨空之在大澤乎？計中國之在海內，不似稊米之在大倉乎？」要是我們真能如海神所言，隨時意識到小我在天地之間的局限，那又怎麼會妄自尊大，怎麼會滿足於把眼光局

限在自己那可憐的一隅呢？莊子並不要人「大天地而小毫末」，但意識到
自己的局限並努力去超越局限，卻是我們可以從中悟出的道理。這種超越
局限的精神，在西方當然也有。我們可以從愛爾蘭名作家喬伊絲（James
Joyce）的小說《藝術家年輕時代肖像》中，舉一個有趣的例子。這部小
說開頭寫主人公戴達洛斯小時候上地理課，發現各國有許多不同名稱的城
市，那些城市「都在不同的國家中，國家都在不同的洲中，各洲又都在世
界之中，世界又在宇宙之中」。於是他在書本上寫上自己的名字，並由小
至大，寫出自己所在地方與周圍世界一層層的關係：

Stephen Dedalus	史蒂芬・戴達洛斯
Class of Elements	初級班
Clongowes Wood College	克隆勾斯・伍德中學
Sallins	薩林斯
County Kildare	吉德爾縣
Ireland	愛爾蘭
Europe	歐洲
The World	世界
The Universe[12]	宇宙

　　這一段描寫也許在很多人經驗中，都隱約有似曾相識的感覺。很多
人在讀中小學時，大概都有過那麼一刻，想像自己在天地間的位置，而且
由小到大，由近及遠，一層層推想，從我和我周圍環境推展開去，想到天
地之大，宇宙之無窮。這一層層推想和上面莊子所謂「中國之在海內」，
「四海之在天地之間」，不是也隱約有某種契合麼？可以說二者都明確表
現出自我與世界之關係的意識，自我存在於一層層愈來愈廣大的環境之

---

[12] James Joyce, *A Portrait of the Artist as a Young Man* (Harmondsworth: Penguin, 1976), pp.15-16.

中，既使人意識到我之渺小，同時也使人有超越環境局限而爭取無盡發展的強烈願望。在喬伊絲小說中，具有藝術家氣質的戴達洛斯從一開始，就既有關於周圍環境的強烈意識，又一直有衝破小地方困圍而遠走高飛的意願。他的名字戴達洛斯是希臘神話中有名的工匠，曾為米諾斯國王建造著名的迷宮，又曾用蠟把各種羽毛粘連起來，做成翅膀，從迷宮中飛出去。所以戴達洛斯這不尋常的名字有明確的象徵意義，既暗示這年輕人有非凡的創造力，又預示他將像古神話中同名的巧匠那樣，飛越周圍環境的局限，嚮往更高遠的藝術創造。因此，從《莊子》和喬伊絲小說中，我們都能領略那種衝破環境的封閉、超越一切局限的創造精神，而我們求知問學，著書立言，研究東西方文化，需要的正是這種精神。

然而我在八十年代中到美國，對西方學術研究風氣瞭解較多之後，發現尤其在涉及中國和中國文化方面，不少西方學者和漢學家卻恰好強調東西文化各自的封閉性。例如影響很大的理論家福柯（Michel Foucault）在一本書裡，就引用阿根廷作家博爾赫斯（Jorge Luis Borges）虛構的所謂「中國百科全書」一段滑稽荒誕、不可理喻的話，說那代表與西方全然不同的中國人的思維方式，一方面顯出「另一種思維系統具異國情調的魅力」，另一方面又揭示出「我們自己系統的局限性，顯出我們全然不可能像那樣來思考」。[13]在福柯這部著作裡，中國完全是作為西方的對立面出現的，其功用完全是為了反襯西方的文化系統。然而把中國當成「他者」來思考，並不僅止於福柯一人而已。另一位有影響的理論家德里達也是如此，在他批判西方邏各斯中心主義（logocentrism）的重要著作裡，他就認為以非拼音符號為主的中文字雖然也包括一些語音成分，但在結構上卻以表意而非以語音為主，他於是得出結論說，非拼音的中文字「就是在全部邏各斯中心主義之外發展出來的一種強大文明的證明」。[14]德里達本人並不懂中文，

---

[13] Michel Foucault, *The Order of Things: An Archaeology of the Human Science* (New York: Vintage Books, 1973), p.xv.

[14] Jacques Derrida, *Of Grammatology*, trans. Gayatri Chakravorty Spivak (Baltimore: Johns Hopkins University Press, 1976), p.90.

他依靠美國人費諾羅薩（Ernest Fenollosa）和龐德（Ezra Pound）並不可靠的指引，把中文理解為非拼音符號，而且由此得出一個極大的結論，斷定中國文明是「在全部邏各斯中心主義之外發展出來的」，換言之，是與西方文明恰好相反的。其實福柯也好，德里達也罷，他們關注的是西方傳統，討論的是西方文化問題，但他們又都在著作裡談論中國和中國文化，為的是尋求一個對立面，為他們討論西方文化做反襯。作為一個對西方理論極感興趣的中國人，我在讀到福柯、德里達和其它西方理論家們的著作時，一方面覺得他們對西方傳統的批判思考很可以發人深省，但另一方面對他們將中國作為西方的反襯，視中國為西方的「他者」，又絕不可能贊同。福柯、德里達等人並非漢學家，也沒有真正討論中國和中國文化，但他們的影響卻遍及西方人文社會科學研究領域，包括漢學研究。我在前面已經提到，在當前西方的亞洲研究中，強調東西方語言文化差異的相對主義占主導地位，所以漢學家當中以中國為「他者」來展開論述者，也的確不乏其人。他們把中國的語言、思想、文化等各方面都視為西方之反面，這就更使我不能不從文化比較的角度，提出自己的不同意見。

傳統、現代、後現代

　　收在本書裡的各章，就都圍繞以上所說的一些問題展開討論。開頭一章可以說是嘗試對中國文化傳統本身作一基本理解。我希望闡明文化和傳統這兩個互相關聯的概念，尤其想明確文化傳統與我們現在的生活有怎樣的關係，以及我們現在怎樣理解傳統，對待傳統。這類問題對任何文化傳統都很重要，而在中國，尤其自五四以來，更是大家一直討論的中心問題。我反對把東西方文化截然對立，把傳統和現代對立起來也沒有道理。尤其把傳統理解為中國文化，把現代理解為西化，更不符合中國近百年來文化發展的實際情形。通過介紹闡釋學的一些基本觀念，尤其是德國哲學家伽達默（Hans-Georg Gadamer）對傳統與現代理解之間關係的論述，我希望打破傳統與現代的對立。一方面我們應該知道，傳統是我們今日生活

和思想意識無形的源泉，對我們仍有重要影響，另一方面我們也須明確認識，傳統並不意味著保守或一成不變，因為傳統正是由我們作出取捨才可能延續存在，才可能保持其特性與活力。由此看來，文化是活生生的傳統，其中包括了源於古代或外域各種各樣豐富的成分，所以我們不應該偏於一隅，固步自封，而應該以謙卑的態度、開放的胸懷和遠大的目光，去真正認識我們文化傳統的價值。

在破除傳統與現代的對立之外，在文化討論中無可迴避的另一個問題，就是現代與後現代的對立。這是本書第二至第六章討論的問題，而其要點在於從中國文化和社會現實出發，反對把中國作為西方的反襯，也反對不顧中國社會政治的現實，把西方後現代和後殖民主義理論不加分析地機械搬用於中國的情形。在第二章裡，我首先討論美國著名馬克思主義文論家傑姆遜（Fredric Jameson，或譯詹明信）有關中國現代文學的論述。在我看來，傑姆遜以美國一位頗有影響的理論家的身份，從西方馬克思主義理論的角度評論老舍、魯迅等中國作家，這本身就很有意義。我們如果回應他的評論，不僅討論具體作品，也討論更廣泛的理論問題，就必定有助於打破漢學研究狹隘的封閉圈，使中國文學研究與西方文學和文化研究形成對話和互相交流的關係。傑姆遜並非研究中國文學的專家，但我承認他的評論有其獨到之處，值得我們重視。但與此同時，傑姆遜也顯然有把中國視為西方之對立面的傾向，其明顯表現就是把西方文學與所謂第三世界文學對立起來，認為第三世界文學沒有公與私的分別，沒有政治與藝術的分別，哪怕看來寫的是個人的故事，實際上卻都是寫國家、民族的集體遭遇，都是所謂「民族諷寓」（national allegory）。我並不否認魯迅作品有極強的政治性，但其政治性恰好在於爭取個人的人格、尊嚴和自由，而絕非傑姆遜所謂第三世界獨特的集體性或民族性。我尤其不能同意在東西文化對立中來看中國文學，認為西方才講個人的隱私，中國只講民族和集體，西方才把藝術獨立於政治，而中國文學無論其藝術性如何，都根本是政治意識形態的表現。這種對立相當普遍，也正是一些漢學家們研究中國文學的基本方式。我對斯蒂芬・歐文（Stephen Owen，其漢名為宇文所

安）和余寶琳提出批評，就因為他們把中國文學與西方文學整整齊齊地對立起來，認為西方文學是想像的虛構，中國文學則是事實的紀錄，西方文學有超越文本的隱寓含義，中國文學卻只能按字面意義去直接理解，其中沒有比喻，更沒有任何超越性的深層含義。歐文以鄙棄的口吻批評北島的詩，並不僅僅是個人鑒賞趣味和喜好不同，而有更基本的緣由，那就是他認為中國現代詩受了西方影響，根本不是中國詩，而是他所謂「世界詩」，是毫無價值的文學商品。歐文認為傳統舊詩之所以好，就因為那是「民族的詩」，即未受西方影響的、原汁原味的中國詩。這樣一來，他要否定的何止一個北島，而是全部現代中國文學。按照這樣一種觀念，中國人要寫出好的文學作品來，除了回到漢唐時代，閉關鎖國，與西方斷絕一切往來，杜絕白話，全用文言，還能有什麼別的辦法呢？然而這種文化對立和封閉觀念之荒謬，不也因此就更加明顯了嗎？

「後學」批判

　　第二章第三部分及其後幾章，雖然討論的具體內容各不相同，但都涉及一個相同的問題，那就是西方後現代和後殖民主義理論與中國社會現實之間的關係。在第二章後面部分，我對劉康提出批評，因為在我看來，他全然不顧中國五十年代直至文化大革命一長段歷史和現實，一切以西方後現代主義理論為依據，強調政治就是一切，而否認中國現實政治的壓抑性和暴力。這種理論貌似激進，實則保守，把中國和西方簡單對立起來，以左的姿態煽動狹隘民族主義情緒。這一傾向在後來劉康參與編寫的《妖魔化中國》一書中，更暴露無遺。在此我提出的批評與其說針對西方理論，毋寧說是針對某些人對西方理論的機械搬用。

　　第三和第四章有關所謂中國「後學」的爭論，也涉及中國和西方、理論和現實的問題。我之不滿於「後學」者，也正在其貌似激進，實際上卻起一種為現存文化和社會秩序辯護的保守作用，並且以中國和西方的對立代替了對自身文化和社會現實的批判。中國的「後學」往往否認知識份子

文化批判的職責，甚至否定知識份子存在的價值。本書第五章就特別討論知識份子文化批判的作用，並以「後學」家們常常提到的賽義德為例證，說明西方激進的理論家並沒有放棄知識份子文化批判的職責，倒是賽義德在中國的解釋者們對他這部分思想往往避而不談，諱莫如深。「後學」家們雖然常常引用賽義德的著作，以反對西方學者的「東方主義」為標榜，但他們將中國和西方對立起來的思想方法，卻與他們批判的「東方主義」如出一轍。本書第六章涉及的有關美國學者何偉亞（James Hevia）一部「後現代史學」代表作發生的爭論，就可以充分說明這一點。何著對乾隆時英使馬嘎爾尼（George Macartney）來華的歷史，提出一種後現代式的解釋，但何偉亞並沒有具備足夠的語文知識來準確理解歷史檔案，而且為了自己在理論上自圓其說，更隨意誤讀或誤譯中文檔案。但我參加有關何偉亞著作的爭論，目的並不是要指出他「不識字」或翻譯錯誤，而是指出後現代史學不以學術為基礎來以理服人，只靠一套意識形態來強詞奪理，不可能幫助我們更好瞭解歷史。何偉亞對大部分中國學者有關馬嘎爾尼來華歷史的研究，抱十分鄙棄的態度，認為他那西方後現代史學的解釋才最高明，這也是我不能接受的。不過後現代史學雖然最先發軔於美國的漢學界，目前在中國也頗有人呼應，成為中國「後學」的一部分。由此也可以看出「後學」一個基本的矛盾，即一方面它似乎代表第三世界的中國，反對西方霸權，另一方面它又完全以當代西方後現代主義理論為依據，是九十年代極端的西化派。本書第二至第六章對「後學」的批評，歸結起來最主要的就是打破東西文化的對立，反對拿中國作西方自我批判的反襯，同時希望能走出文化的封閉圈，在開放和實事求是的基礎上，認識中國和西方的文化。

　　但要走出文化的封閉圈，也絕非易事。首先我們須得對圈內和圈外，也即對自身和外界，有明確清醒的認識。晚清最早幾位出洋到歐美去的官員，身子是走出去了，可是思想意識卻並沒有真正走出去。他們所寫的詩文和遊記就可以告訴我們，走出文化的封閉圈有多麼困難。本書第七章討論這些出洋遊記，並不是要站在現代來譏笑前人，而是想回顧一下在瞭解

西方這一點上，中國人近百年來走了多少路程，有多大的變化；而更重要的是，我們今後又該怎樣繼續前行，開闢出更新更廣的路來。

高山仰止

　　第八章以後的內容，是我對朱光潛和錢鍾書兩位前輩學者的回憶。朱先生晚年最後一項重要工作，是把義大利思想家維柯（Giambattista Vico, 1668-1744）的主要著作《新科學》譯成中文，第八章簡介維柯的思想，正是為了說明朱先生譯作的重要性。第九、第十兩章討論了朱光潛先生經歷過的美學批判和思想改造運動，在相當嚴峻、封閉而且壓抑的環境裡，朱先生堅持對真和美的追求，又認真學習馬克思主義，用以指導他的美學研究。朱先生五十年代參加美學批判所寫的文章，一方面看出他在高壓之下堅持自己理念的精神，另一方面也讓我們感覺到當時文化政治環境的封閉和險惡。文革之後，長期受批判的美學突然成為一種顯學。當時朱先生雖已是八十多歲高齡，卻精神矍鑠，思想敏銳，寫出許多篇極有份量的文章，對當時深入思考文化和意識形態問題，爭取思想和學術的獨立，做出了重大貢獻。現在重讀朱先生那些文章，我們可以真切感受到那個時代對知識份子的壓抑，同時也可以感受到理性和精神在封閉壓抑下的努力奮爭，那是整整一個時代中國知識份子精神的奮爭。我們應當永遠記得那個時代，也永遠記取那種精神。

　　我在一九八〇年認識了錢鍾書先生，不僅從錢先生的著作，而且在錢先生的談話和書信中受到無窮的啟發和教益。本書最後四章就是記述對我個人說來這段極可貴的經歷，也從幾個方面約略談論我對錢先生思想、語言和學問的體會。世界上有學問的人不少，但真正能深入瞭解東西文化的大學問家卻不多。西方有影響的大學者幾乎沒有一個人懂中國文化，而研究傳統中國學問的人又大多對西方文化很隔膜。錢先生思想和學問最突出的一點，就是打破語言、文化、學科等種種界限，在極宏大的背景上討論問題，同時他的討論又都從具體文本的細節出發，有理有據，具有極強的

說服力。《管錐編》和《談藝錄》不僅用文言，寫法也好像傳統的筆記和評注，但其具體內容卻實在是新意迭出，前無古人。錢先生總是從一點展開，一層層擴大，也一步步深入，思想的馳騁沒有疆界，引證的中外文著作不計其數，用最豐富的材料來說明最初出發的一點，而最終使人意識到的，就是《談藝錄》序所說的一個基本道理，即「東海西海，心理攸同，南學北學，道術未裂」。這和割裂東西文化、將南北學問對立的狹隘眼光，真是不可同日而語。讀過錢先生著作，領略過那種開闊視野的風光，就不可能再相信東西文化的簡單對立；對人類文學和文化有廣泛瞭解，起碼有廣泛興趣的人，也就不可能把自己局限在單一文化的封閉圈裡。這使我想起前面提到過《莊子‧秋水》裡的寓言，河伯一旦得見大海的遼闊浩瀚，又怎麼可能再回過頭去，沾沾自喜於河水的滿溢，「以天下之美為盡在己」呢？河伯面對大海時感到的謙卑，也許該是一個求真知、做學問的人的心理常態。大科學家牛頓把自己的科學發現比為在海邊拾貝，而把未發現未知的事物比為大海，這是眾所周知的故事。我們大多數人的知識和智慧不如牛頓，又怎能自以為把握了東西文化的本質，一開口一個大結論，做出一副以天下學問盡在己的模樣呢？所謂山外有山，天外有天，求知的路無盡無涯，我們必須隨時意識到自己的局限，才可能努力上進，不斷超越封閉和狹隘，達到更真確的認識，走向更高的境界。

　　本書的各章最初是單獨寫成的，把它們結集成書，這是商務印書館（香港）有限公司總編輯陳萬雄博士給我的提議。如果沒有他的敦促，我大概還不會想到把這些文章合為一集，所以本書得以完成，首先應當感謝陳萬雄博士。這些文章曾先後在《讀書》、《二十一世紀》、《當代》、《今天》、《上海文化》、《香港文學》和《萬象》等期刊雜誌上發表，在此我向這些刊物的編輯們表示深切的謝意。我要感謝香港商務印書館黎耀強先生和洪子平先生，他們常與我聯繫，為本書出版費力不少。以前發表的好幾篇文章我沒有存底，這次結集，有勞陳淑宜女士替我從幾種刊物中找到這些文章，並將其輸入電腦，為我修改定稿帶來極大便利，我在此

也向她表示感謝。至於書中難免的錯誤和不足，當然該由作者一個人來負責，我也希望讀者和海內外學者方家能予批評和指正。

張隆溪

二○○○年元月九日

於香港九龍塘

新版序

現在呈獻給讀者這本書，最初由香港商務印書館用繁體字排印，二〇〇〇年夏天在香港出版。書中收集了我過去用中文發表的一些文章，而把這些文章結集出版，則有賴於我的老朋友，香港商務總編輯陳萬雄博士善意的催促。這本港版的書沒有在國內發行，我一直覺得有點遺憾，因為我認為本書內容，內地的讀者也許會感興趣，而恰好在內地卻見不到。現在三聯書店用簡體字重排此書，終於了卻我的心願，可以把這些文字奉獻給國內的讀者。這個簡體字版在原來的篇幅之外，又增加了兩篇新近完成的文章，分別討論楊絳先生的《我們仨》和錢鍾書先生的英文著作，現在作為最後兩章收進此書。此外，我利用這次重排的機會整理原書，在個別地方作了一些小的修改，所以這本書和港版原書有些區別，算得是新版。

有關本書各章的內容和全書的大概輪廓，我在導言裡已經說明了，這裡就沒有必要再多說什麼。八十年代初我曾在《讀書》上發表一系列評介二十世紀西方文論的文章，一九八六年由三聯書店結集出版，收在《讀書文叢》裡。這些年來有不少朋友，包括許多初次見面的朋友，都對我提起過那本小書，說當時曾有一定影響。不過許多朋友稱讚我那本舊作，也是以直接或間接的方式，對後來較少見到我寫的文章表示惋惜。我近十多年來雖然也陸續寫過一些文章發表，但因為生活在國外，用英文寫得比用中文多，目前這本拙作算是八六年那本小書之後另一次結集出書。我希望今後能作更大努力，對國內的讀者有更多一點奉獻。

　　本書在三聯書店出簡體字版，應當感謝孫曉林女士的大力幫助。這次整理書稿，得到香港城市大學張萬民、陳學然和蔡維玉三位同學很多幫助，也在此一併表示由衷感謝。

二〇〇三年九月二十日
序於香港九龍瑰麗新村

第一章　文化、傳統與現代闡釋

　　我們剛剛跨入一個新的世紀和新的千年紀，在高科技和資訊傳播使人們注目於當前與未來時，文化卻恰好成為許多人關注的對象。無論在中國或在西方，文化研究或文化批評都成為許多知識份子談論的話題，而文化這一概念也變得十分寬泛，不僅某一民族和社會的典章制度、思想學術和文藝創作算是文化，而且商品消費、大眾傳媒、影視娛樂、暢銷書刊、karaoke等等，也無一不是文化。研究者們訂立一些名詞來把這眾多的文化加以區別，分為精英與大眾、嚴肅與通俗、大傳統與小傳統、high-brow與low-brow這樣成對的概念，而文化的含義卻因人而異，難於達到明確統一的認識。我無意給文化下一個確切定義，而且在目前眾說紛紜、莫衷一是的情形下，也不可能有這樣的定義。我只能說，我在這裡要討論的文化是觀念、意識與情感的表現，包括文藝形式的表現。更廣泛的概念應該包括物質文化在內，但我在此要討論的是作為闡釋對象的文化，注重在觀念意識的表現，尤其是作為文字著述的表現。這種文化無論內容或表現都有一定的歷時性，而不是短暫和轉瞬即逝的。只有十五分鐘聲譽的東西很難算得真正的文化，也很難有真正的文化價值。在未進一步展開討論之前，這是應該首先說明的。

經典與評注

　　文化是在歷史中形成的，也必然有相當長的歷史。這就是說，文化是一個傳統，要理解文化也就必須理解什麼是傳統，這二者幾乎難以分離，

而任何有價值和影響的文化傳統，都在很大程度上依賴於文字記載，即文化傳統中的經典著作。古希臘羅馬文化有荷馬史詩以下的一套經典，希伯萊文化有以摩西五書為核心的法典（Torah）、詩篇和預言者書，基督教有包括希伯萊經典在內的新舊約全書《聖經》，伊斯蘭教有《可蘭經》，印度教和佛教有梵文的經典，中國文化也同樣有各種經典。由此可見，世界上重要的文化傳統都各有一套訴諸文字的經典著作，其中包含了這一文化傳統基本的宗教信條、哲學思想、道德觀念、倫理價值和行為準則，而對經典的評注和闡釋往往是文化傳統得以維持和發展的重要手段。因此，要認識文化傳統，就不能不注意傳統的經典及其闡釋。

　　按中國經、史、子、集的傳統分類法，經乃各類著述之首。《莊子‧天運》篇記述孔子曾問道於老子，說過這樣一句話：「丘治詩、書、禮、樂、易、春秋六經，自以為久矣。」在古代典籍中，大概這是最早提到「六經」的地方。什麼是「經」？歷來有不同解釋，有人說經為官書，不同於私人著述，有人說經是聖人所作，為萬世法程。如《文心雕龍‧宗經》篇就說：「經也者，恆久之至道，不刊之鴻教也。」但這顯然是有了經典的概念之後，再倒過去界定經的意義。近人章炳麟的解釋似乎更切實一些，他說：「經者，編絲連綴之稱，猶印度梵語之稱『修多羅』也。」中國古代用絲把竹簡連綴起來，編為書卷，所以經本來指編織書簡的絲帶。佛教的書梵文稱修多羅（sútra），也是用絲把貝葉編綴成書，譯成漢語也稱經。所以蔣伯潛在《十三經概論》中認為，章炳麟此說「最為明通」，「經」本來只是「書籍之通稱；後世尊經，乃特成一專門部類之名稱也。」[1]不過無論經字本來的含義如何，古代的文字著述一旦成為經典，就立即歸入一個「專門部類」，具有特殊意義。例如詩三百，歷來是重要的儒家經典之一，上面《莊子》裡那句話，就把詩放在六經之首。孔子《論語》裡提到詩，大多把這些古代詩篇當成教人應對的修辭教材，所謂「不學詩，無以言」（〈季氏〉），或者認為詩有別的實用價值，所謂

---

[1] 蔣伯潛，《十三經概論》（上海：上海古籍，1983），3頁。

「詩可以興，可以觀，可以群，可以怨；邇之事父，遠之事君；多識於鳥獸草木之名」（〈陽貨〉）。在文學作為自覺的語言藝術產生之前，古代詩篇得以保存下來，就因為被奉為經典，成為負荷傳統文化價值的載體。

可是一旦成為經典，人們也就期待經典的文本具有重大意義，尤其在政治和道德方面，具有典範的作用。這一點中外皆然。義大利著名學者和作家昂貝托‧艾柯（Umberto Eco）就說：「一旦某個文本成為某一文化的『聖』物，也就立即經受各種似是而非的閱讀，也因此遭受無疑是過度的詮釋。」[2]這種過度詮釋在《詩經》評注中特別顯著。詩三百篇尤其在國風的部分，有許多民歌式的作品。朱熹在《詩集傳》序裡說：「凡詩之所謂風者，多出於里巷歌謠之作。所謂男女相與詠歌，各言其情者也。」這話說得很合情理，但詩既然成為經，表現兒女之情就不足以應付古人對經典應有微言大義的要求，於是有評注家出來講解經文義理，把每一首詩都和當時人的文化觀念聯繫起來。所以「關關雎鳩，在河之洲。窈窕淑女，君子好逑」，就說成是講「后妃之德」。「野有死麕，白茅包之。有女懷春，起士誘之」，就說是「惡無理也。……被文王之化，雖當亂世，猶惡無理也。」這種稱為詩序的評注，有時候與詩的文字本身脫離很遠。如《衛風‧木瓜》：「投我以木瓜，報之以瓊琚。匪報也，永以為好也。」從本文看，這是一首互相贈答的情詩，而且回報總是格外的豐厚，以表示「永以為好。」可是詩序卻說這是「美齊桓公也。衛國有狄人之敗，出處於漕。桓公救而封之，遺之車馬器服焉。衛人思之，欲厚報之，而作是詩也。」如果真是衛國的老百姓要報答齊桓公救命之恩，詩中用木瓜來比喻齊桓公的恩惠，用美玉來比喻自己的回報，輕重不一，不是顯得對齊桓公不敬嗎？又如《鄭風‧將仲子》：

---

[2] Umberto Eco, with Richard Rorty, Jonathan Culler and Christine Brooke-Rose, *Interpretation and Overinterpretation*, ed. Stefan Collini (Cambridge: Cambridge University Press, 1992), p.52.

將仲子兮，無逾我裡，無折我樹杞。豈敢愛之，畏我父母。
仲可懷也。父母之言，亦可畏也。

將仲子兮，無逾我牆，無折我樹桑。豈敢愛之，畏我諸兄。
仲可懷也。諸兄之言，亦可畏也。

將仲子兮，無逾我園，無折我樹檀。豈敢愛之，畏人之多言。
仲可懷也。人之多言，亦可畏也。

　　這明明是一首可愛的情詩，從語氣看，很像是一個年輕女子對情人
講話，叫他不要越牆攀樹而來，弄得家人和鄰居都說閒話。可是詩序卻講
了一通不著邊際的話，還總結出歷史的教訓來，說這是「刺莊公也。不勝
其母以害其弟。弟叔失道而公弗制。祭仲諫而公弗聽。小不忍以致大亂
焉。」這樣一來，詩中說話的人就不是一個女子，而是鄭莊公在對他手下
的大臣祭仲說，我和我弟弟的爭執是我家裡的事情，用不著你來管。傳統
的評注都是從詩序去發揮，而以現代人的眼光看來，這類傳統注疏之牽強
附會是相當明顯，不言而喻的。見出其荒謬並不成問題，有趣的問題是，
為什麼會出現這樣牽強甚至荒謬的解釋？這說明過去時代的人們，對經典
有怎樣的理解和期待？這類傳統注疏體現了哪些重要的文化價值和倫理觀
念？我們今天當然可以擯除儒者經生對經典的曲解和誤讀，欣賞《詩經》
審美的、文學的價值，但這並不等於我們屏棄了傳統，因為傳統的價值觀
念，尤其是一些基本的倫理觀念，不僅包含在傳統的注疏之中，也體現在
許多古代文學作品當中，而文化傳統對我們在無形中有潛移默化的影響。
因此，如何理解傳統是相當重要的問題。

傳統的現代闡釋

　　就中國文化而言，傳統與現代的問題也許顯得特別尖銳。五四時代，傳統和現代似乎有明確分野，於是有「保存國粹」和「全盤西化」這樣截然對立的兩派。然而這兩派的主張在文化傳統問題上，採取一種非此即彼的絕對態度，也就不可能真正解決時代提出的問題。這種二分法的主張產生在那個時代，也不難理解。那時候中西文化開始全面而深入的接觸，而在政治和經濟上，則有西方列強在用強力打開古老中華帝國的大門。對中國來說，那是一段屈辱痛苦的經歷。五四前後，中國知識界的優秀分子有感於時代的促迫，都力主變革。像陳獨秀、胡適、錢玄同、魯迅、顧頡剛等人，或提倡白話，主張文學改良，或疑古辨偽，推翻經學權威。他們一面對傳統發起猛烈攻擊，一面引進西方的思想觀念與研究方法，在學術上取得超出前人的成就，在思想文化上形成一場影響深遠的運動。五四的基本精神無疑是反傳統的批判精神，這對中國現代文化和社會都有無可否認的巨大影響。就拿《詩經》為例，顧頡剛等人編輯的《古史辨》第三冊就收集了當時學者對漢儒以下傳統注疏的批判，指出詩序對《詩經》本文的歪曲，力求把作為文學的古代詩歌從傳統經學的桎梏中解放出來。五四已經過去近八十年了，五四精神本身已經成為我們傳統的一個重要部分。現在討論中國文化中傳統與現代的關係，一個重要問題就是如何看待五四時期傳統與新文化之間的關係，進而認識我們現在與五四精神之關係。

　　五四的反傳統精神是無可否認的，然而五四與傳統除了反對和批判的一面，也並非沒有聯繫和繼承的另一面。余英時曾特別著眼於五四與傳統相聯繫的一面，指出五四打破傳統偶像的風氣，在清末今古文之爭裡已略見端倪。新文化運動的宣導者們不僅有很深的舊學根底，而且藉傳統本身來反傳統，「在他們反傳統、反禮教之際首先便有意或無意地回到傳統中非正統或反正統的源頭上去尋找根據。因為這些正是他們比較最熟悉的東西，至於外來的新思想，由於他們接觸不久，瞭解不深，只有附會於傳統

中的某些已有的觀念上，才能發生真實的意義。」[3]當然，我們不能說五四時代吸收外來思想，都是附會於中國已有的舊觀念，但外來文化的成分要在本國文化中真正起作用，就不能不盡可能與本國傳統中已有的成分相結合，賦予舊觀念以新的意義，逐漸改變傳統的面貌。可以說這是任何文化傳統在歷史變遷中發展變化的基本路子。傳統絕不是鐵板一塊的統一體，其中本來就有趨於保守的正統觀念，也有趨於變革的非正統觀念，既有精英文化的所謂大傳統，也有民間文化的小傳統。任何反傳統的激進思想，都自然會在傳統中去尋找非正統或反正統的源頭。在有關五四的討論中，大多數人往往只看見五四反傳統的一面，看不到五四與傳統相關的另一面，所以指出後者這一方面，實在是很必要的補充。我們在進入新的二十一世紀的時候，在我們重新思考傳統與現代的問題時，對於把二者截然對立起來的觀點，就不能不作一番批判性的檢討。

如果說五四時代的知識份子把傳統和新文化對立，那麼激烈地反傳統卻並沒有真正成功，我們現在就需要以更冷靜的態度和更細緻的方法，深入思考傳統與現代的關係。而在這方面，西方現代的闡釋學（hermeneutics）對我們應該有所幫助。闡釋學的基礎一方面是研究希臘文和拉丁文古典著作的歷史語言學，另一方面是評注《聖經》的傳統，而闡釋學是在這兩者的基礎上，對具普遍性的理解和解釋問題作理論性探討。闡釋學以理解歷史和過去傳下來的文字著述為主要研究對象，因此過去與現在的關係是闡釋學研究的核心問題之一。現代闡釋學最具代表性的名著是伽達默的《真理與方法》一書。在這本書裡，伽達默從海德格爾關於存在的理論出發，說明任何存在都必定是在一定時空環境當中的存在，所以一切存在，包括人的存在，都必然受其所處時空歷史條件的限制。因此，人的觀念意識都有一定的歷史條件為前提，都有歷史性。人通過理性認識

---

[3] 余英時，〈五四運動與中國傳統〉，見《史學與傳統》（臺北：時報文化，1982），102-03頁。

歷史，認識傳統，但人的理性並非超越歷史的抽象，卻是在歷史和傳統中產生形成的。所以伽達默說：

> 對我們說來，理性只能是具體的、歷史的——也就是說，它並不是自己的主人，卻總依賴於一定的條件，總在這樣的條件下活動。……其實不是歷史屬於我們，而是我們屬於歷史。早在我們以反思的方式理解自己之前，我們已經以自然而然的方式在我們所生存的家庭、社會和國家這樣的環境裡理解自己了。[4]

這就是說，我們所處的家庭、社會、時代和文化傳統等等，都對我們理性思維的形成起巨大作用，這些歷史條件決定性地影響我們對歷史傳統本身的意識，包括歷史批判的意識。能認識歷史和傳統的理性，本身正是歷史的，正來自於一定的文化傳統。那麼具有歷史性的理性是否完全受歷史傳統的限定而毫無自由呢？換句話說，是否傳統就一定意味著保守？既然批判的理性本身在歷史傳統中產生，是否就不可能對傳統有思考和批判的自由呢？其實，在傳統和理性之間，並沒有這種無條件的對立，正如伽達默所說：

> 事實上，傳統裡總是有自由的因素，有歷史本身的因素。甚至最純粹穩固的傳統，也不是靠曾經有過的東西的慣性力量便能自動延續下去，卻需要不斷被確認、把握和培養。它在本質上是保存，是在一切歷史變遷中都很活躍的保存。然而保存正是理性的行動，儘管是以不聲不響為其特色的行動。[5]

由這段話可以看出，闡釋學一方面承認歷史傳統的限定作用，另一方面又肯定理性在一定條件下的自由，肯定理性通過對傳統作出選擇來保存

---

[4] Hans-Georg Gadamer, *Truth and Method*, 2nd revised ed., English translation revised by Joel Weinshemer and Donald G. Marshall (New York: Crossroad, 1989), p.276.

[5] 同上，281頁。

傳統，而傳統也需要理性的確認、把握和培養才得以存在下去。我們懂得傳統和理性之間有這樣相輔相成的關係，也就可以打消傳統和現代、歷史和理性之間非此即彼那種絕對二分式的對峙。伽達默說：「我們與過去的關係通常並不是與它保持距離或擺脫它。恰恰相反，我們總是處在傳統之中，而且處於其中並不是把它客觀化，就是說，我們並不把傳統所說的視為非我的、異己的東西。」他又說：「歷史闡釋學從一開始就必須拋棄傳統和歷史研究之間、歷史和認識之間的抽象對立。活的傳統的作用和歷史研究的作用形成作用的統一體，分析這個統一體將會揭示其間相互作用的關係。」[6]所謂活的傳統，就是把過去和現在視為互相關聯的統一體；傳統是我們存在於其中的文化環境的主要成分，所以不是非我、異己的東西，我們看傳統也就不是認識主體去看外在的客體，因為認識主體本身正是在文化傳統當中形成的。拋棄傳統和史學之間、歷史和理性認識之間的抽象對立，當然不是否認歷史本身的客觀性，而是強調認識歷史不僅僅是肯定歷史事件的客觀性，而且是認識歷史事件對於我們的意義。這樣一來，歷史的意義與我們的理解就發生密切的關係，歷史不再是被客觀化的死的對象，而我們對歷史的理解和闡釋也就負有一種責任，具有道德的意義。

　　我們拿現代闡釋學的觀點來看中國文化，就可以明白傳統並不是已經過去的死的文化，而是與我們息息相關、仍然在起作用的文化，現代就是文化傳統在現階段的存在，所謂現代文化必然是保存和發揚了傳統文化中許多成分形成的。另一方面，文化傳統是不斷變化的，過去和現在之間確實存在差距，也正是這種差距使現代有別於過去而成其為現代。我們今天看傳統，就不能不帶著今日世界的眼光，而構成今日世界者已經必然包含了傳統中國文化以外的因素，尤其是西方文化的因素。我們也由此可以明白，「保存國粹」和「全盤西化」之所以錯誤，就在於把傳統視為完全外在的、凝固的東西，似乎可以隨意去取，而忽視了文化以及我們自身的歷史性。「國粹」派和「全盤西化」派現在大概已經很少人會公開贊成，但

---

[6] 同上，282, 282-83頁。

改頭換面把傳統和現代作二元對立的主張，卻仍然常常出現。我們反對這兩派的主張，並不是在二者之間折衷調和，而是從根本上指出其基本觀念的錯誤，並重新理解文化、傳統與現代的關係。

文化的多元與活力

認識到傳統並非靜止不變、鐵板一塊，就可以比較合理地解釋文化歷史變遷的實際情形。中國文化本來就是多元的，其根基在周秦時代的諸子百家，儘管漢以後儒家的地位漸漸顯要，但道、墨、名、法諸家的思想仍然活躍，成為儒學的補充。後來更有佛教從印度傳入，使傳統中國文化極為豐富，可以為中國人提供不同的思想資源。古代的讀書人在仕途經濟上恪守孔孟之道，在詩文中卻常受佛老的影響。我們可以舉韓愈作例子。他主張衛道尊聖，排斥佛老，在著名的《原道》一文中說：「斯吾所謂道也，非向所謂老與佛之道也。堯以是傳之舜，舜以是傳之禹，禹以是傳之湯，湯以是傳之文武周公，文武周公傳之孔子，孔子傳之孟軻，孟軻之死，不得其傳焉。」他自命為孟子以後儒家道統的傳人，很自覺地站在儒家傳統中，力派佛老。但當時佛教勢力頗大，韓愈因諫迎佛骨，被貶為潮州刺史。他在《與孟尚書書》裡，表白自己衛道辟佛的決心說：「孟子不能救之於未亡之前，而韓愈乃欲全之於已壞之後。嗚呼，其亦不量其力，且見其身之危，莫之救以死也！雖然，使其道由愈而粗傳，雖滅死萬萬無恨。天地鬼神，臨之在上，質之在傍，又安得因一摧折，自毀其道以從於邪也！」韓愈衛道闢佛的態度不能說不堅決，可是他畢竟不是道學家，而是文壇領袖。看他的詩文，則於道家的莊子不但沒有排斥，反而欣賞其文的汪洋恣肆。在《進學解》裡，他托學生之口描繪自己文章的來歷和風格說：「上規姚姒，渾渾無涯。周誥殷盤，佶屈聱牙。春秋謹嚴，左氏浮誇。易奇而法，詩正而葩。下逮莊、騷、太史所錄，子雲相如，同工異曲。先生之於文，可謂閎其中而肆於外矣。」這一長串名單裡有莊、騷，卻沒有孔孟，這說明韓愈作為古文家，從文的方面無法否定莊子。在鄙薄

文章的正統道學家看來，這就不符合道統，所以宋朝幾個大儒都對韓愈表示過不滿。程頤說：「學本是修德，有德然後有言。退之卻倒學了。」所謂「倒學」，就是朱熹說韓愈「第一義是學文字，第二義方究道理。」陸象山也說韓愈「因欲學文而學道」，是「倒做」。[7]然而道學家對韓愈的攻擊恰好證明，大多數傳統文人對歷史上的各種思想著述是兼收並蓄的，而且「文」的標準非常重要。儒學在中國文化傳統中固然往往是正統，但並不是全部的傳統；就是在儒學內部，也有各種思想主張，並非千人一面，千篇一律。同一個人，像韓愈，在宗經衛道的同時，也與和尚道士有來往，而且據陳寅恪的意見，韓愈「道統之說表面上雖由孟子卒章之言所啟發，實際上乃因禪宗教外別傳之說所造成，禪學之於退之之影響亦大矣哉。」[8]換言之，排斥佛老的韓愈其實並未能擺脫佛老的影響。

　　在中國文化的發展中，佛教的影響是不容忽視的。佛曲和變文對中國小說的發展起過很大作用，陳寅恪甚至認為中國語言四聲和音律之建立，就理論的形成而言，也是在南齊永明年間，周顒、沈約等人把佛教徒「轉讀佛經之聲調，應用於中國之美化文」而創成。[9]究竟當時佛經的轉讀對中國語言四聲的建立有多大作用，尚難定論，但其對中國文人重視聲律的建立發生影響，則是毫無疑問的事實。[10]自嚴羽在《滄浪詩話》中以禪喻詩，標舉妙悟以來，更有許多禪宗的概念和術語融匯到中國古典文論裡，成為其中一個重要部分。佛教在中國的發展，是中國文化成功吸收外來成分而變得更加豐富的好例子。自五四以來，中國文化已經吸收了許多源於西方的成分，這些成分已經成為我們傳統的一部分，所以我們現在的文化環境已經包含了這些成分。現在把中國文化和西方文化對立起來，既無必要，也不可能。對於傳統的古典文化，我們固然不必像五四時代那樣激烈反

7　錢鍾書《談藝錄》，〈宋人論昌黎學問人品〉條討論了宋儒對韓愈的批評，見《談藝錄》補訂本（北京：中華書局，1984），83頁。

8　陳寅恪，〈論韓愈〉，見《金明館叢稿初編》（上海：上海古籍，1980），286頁。

9　陳寅恪，〈四聲三問〉，同上，329頁。

10　有關討論可參見葛兆光，〈關於轉讀〉，《人文中國學報》第5期（香港浸會大學，1998年4月），53-65頁。

對，而對一切有價值的西方文化，如科學、民主、自由等價值觀念，我們也應當像五四時代的先驅們那樣去熱烈追求。

文化和人的生命一樣，也有生老病死的變化，其中有些成分也會隨歷史的變遷和時代的推移而過時乃至死亡。我們把傳統理解為活的文化，並不是說凡過去存在的，現在也一定還有存在的價值和理由。恰恰相反，視傳統為活的文化正是把傳統區別於純粹的過去，是把文化中一切腐朽的成分剔除，以保持其活力與生機。這裡牽涉到文化廣、狹兩種不同的含義。廣義的文化包括一個民族生活的各方面，如社會組織、經濟結構、政治制度、風尚習俗以及哲學、宗教、法律、道德和文學藝術等精神價值的創造。就狹義說來，文化特別指觀念意識在語言文字中的存在，而歷代的典籍著述就是其具體內容。正如伽達默所說，「在書寫形式中，一切記載下來的東西都與現在是同時並存的。只要現在的意識可能自由接觸由文字記載傳下來的東西，過去和現在就有一種獨特的共存。」[11]這說明過去的歷史有賴於文字記載得以流傳下來，但書籍的存在並不就是活的文化，只有現在有人去讀這些書，並認識這些文字記載對於我們現在的意義，過去傳下來的典籍才會具有新的生命，發揮它們在文化傳統中的作用。廣義的文化，即一時代的政治、經濟、倫理道德和意識形態，只有通過狹義的文化即文字記載，才可能充分留存於後世。就是說，我們要認識歷史，尤須憑藉現存的歷史文獻、歷代典籍，推知當時的情景風氣。由此可見，傳統只有通過我們的努力，通過現在的意識，才存在於當前而且成為活的文化。也正是在這個意義上，我們可以說傳統並非異己的外在物。我們對過去傳下來的東西作出選擇，所以一方面我們存在於傳統之中，另一方面傳統也經過我們的選擇取捨而不斷改變。事實上，不斷改變而又不失其本色和特性，這正是一個民族文化生命力的表現。

在辛亥革命推翻帝制以後，中國傳統文化中的正統和道統都成為歷史的陳跡，對今日的中國社會說來，以君臣父子的尊卑名分這種等級關係為

---

[11] Gadamer, *Truth and Method*, p.390.

基礎的人倫制度，早已經失去存在的合理性。然而我們民族文化中流傳下來的典籍所記錄的歷代文物制度，對於我們今天的社會組織雖然沒有實踐的價值，但至少有認識價值。也就是說，歷史知識對我們有參照的價值。與此同時，文化傳統中的倫理和審美價值觀念，在我們今天仍然很重要。然而傳統中比較最能超越時間的局限而與現在共存的，首先是文藝、道德和哲學思想等精神價值，尤其是文藝的創造。我們今天讀《詩經》、《楚辭》以來古典文學裡那麼豐富多彩的作品，對於培養我們的文化修養，提高我們的生活素質，都有極重要的作用。文藝對我們說來，重要的不是歷史的認識價值，而是審美價值，不是訴諸理，而首先是訴諸情。文藝作品儘管產生於一定的社會歷史環境，可是一旦作為藝術創作產生之後，就獲得相對獨立的存在，而且無論產生於何時何地，在我們的審美經驗中，都會充分存在於此時此刻，與我們毫無隔膜。這就是伽達默所謂文藝作品特有的「同時性」（Gleichzeitigkeit, contemporaneity）。在我們欣賞藝術作品的時候，過去和現在都在審美經驗的此刻融合而統一起來。文學作品的讀者或藝術品的欣賞者在審美觀照中達到忘我的境界，所以不是一種純主觀的態度，而是與文藝作品所表現的內容完全融合，無論這作品產生在什麼時代或什麼地方，審美經驗都是此時此刻的經驗，消除了時空的距離。在直接的藝術鑒賞經驗中，我們的興趣不是歷史的，而是審美的，是此時此刻的體驗。李白《把酒問月》詩裡有這樣幾句：「今人不見古時月，今月曾經照古人。古人今人若流水，共看明月皆如此。」在看月的一刻，似乎古今之間得到一種超越時空的聯繫。也許我們可以借用李白的這幾句詩，來說明審美經驗的「同時性」觀念。中國歷史上自詩、騷以來有極為豐富的文化傳統，無論漢魏的樂府，唐宋的詩詞，或元明以來的戲曲和小說，它們原來的背景離我們愈來愈遠，但這些作品和歷代的繪畫、雕塑和建築一樣，在今天仍然是我們可以欣賞繼承的。我們可以說，首先正是這些歷代的文藝創造構成我們民族傳統活的文化。這不是要否認傳統的宗教、哲學、歷史以及政治和倫理思想，在今天仍然有可以繼承的東西，但文藝作

品的「同時性」概念可以說明我們最明確地認識,活的文化是什麼,所謂
「在今天仍然可以繼承」又是什麼意思。

　　文化是精神的財富,是取之無盡,用之不竭的寶藏,只要我們肯努
力,無論古今中外的文化寶藏就都可以任我們取用。在文化修養上要做到
博古通今,兼備中學西學之長,當然極為困難,但唯其因為難,也才是我
們值得去努力的理想目標,也唯其因為難,凡在治學談藝中能囊括中外、
綜觀古今的學者,也便格外值得我們由衷的敬佩。在《戲為六絕句》中,
詩人杜甫曾用詩來總結他對他那個時代詩的傳統和現代問題的思考,我想
借用其中的兩句來表達我們今天對傳統與現代問題的思考。一句是「不薄
今人愛古人」,就是說我們應當消除傳統與現代的對立,只要有價值的,
無論古今新舊,都應當珍惜保存。另一句是「轉益多師是汝師」,就是說
我們要眼界開闊,不囿於一脈一派,只要有價值的,無論中西內外,都應
當真誠地學習。有這樣一種靈活開放的態度,我們對中國文化的未來就盡
可以樂觀視之。

第二章　走出文化的封閉圈

　　有關中國文學和文化的研究，無論在中國或在海外，近年來都無可避免地遇到理論的挑戰。尤其在海外，傳統的漢學研究在西方學院的大環境裡，從來只是一個很小的邊緣學科，雖然也有不少專家，取得一些成果，但總的說來，那是一個專門而又專門的學術領域，與西方文學和文化研究的主流畢竟有相當距離。在一定程度上，我認為用「文化的封閉圈」來形容這種邊緣學科的封閉狀態，是並不為過的。然而漢學和尤其是海外的中國文學研究，也逐漸在發生變化，而打破人數不多的專門學者的小圈子，使中國文學和文化研究有更廣泛的意義，能引起更多人的關注，則正是這變化的基本趨勢之一。學術研究的變化不會是直轉急下式的，而要靠機緣，甚至要走彎路。近來在海外中國文學研究中出現一些爭論，就很可以讓我們從中見出變化的軌跡。中國文學固然有悠久的歷史和豐富的內容，可是中國文學研究如果完全不與其它文學研究展開對話，不超出專題研究的局限，不討論帶普遍性的理論問題，那麼在更大範圍的學術研究環境裡，就始終只能是一個狹小的邊緣學科，是局外人既不關心也無法感興趣的一個封閉的小圈子。所以我說，現在應該是傳統的漢學和傳統的中國文學研究走出文化封閉圈的時候了。

理論的挑戰

　　為了理解海外在中國文學研究方面近來的一些爭論，我想首先指出促成變化的各種壓力。這些壓力來自兩個不同的方面，首先是外在的理論壓

力。自六十年代以來，尤其在美國各大學裡的文學研究，毫無疑問都受到各種批評理論的影響，而這些理論的基礎是歐洲大陸的各派哲學，尤其是法國的哲學。文學研究的各個領域無一不受批評理論的侵入，用傑拉德‧格拉夫（Gerald Graff）的話來說，就是文學研究中發生了所謂「理論的爆炸。」[1]無論結構主義或是解構主義，心理分析派或是讀者反應批評，新歷史主義或是女權主義或馬克思主義，西方文論當然首先以各種方法解讀西方名著，對西方文化裡的人文傳統提出疑問和挑戰，因此受這種「理論爆炸」衝擊的，首先是英美和歐洲文學研究。可是近來的爭論表明，中國文學研究現在也同樣面臨著理論的挑戰。

　　這種挑戰已不僅止於一種象徵性姿態，因為西方的理論家們已經開始討論非西方的或第三世界的文化。我想以美國最有名的馬克思主義批評家傑姆遜（或譯詹明信）為例，因為他的著述不僅論及西方理論和文化、後現代主義和晚期資本主義，而且還特別對現代中國文學發過一番頗有刺激性的議論。傑姆遜在一九八四年一篇評論性質的文章裡，第一次涉足到中國文學研究的領域。他是美國當代最具影響的理論家之一，他寫這篇有關中國文學的評論，也免不了同時要作高度理論性的分析，使用他自己加以發揮的一套馬克思主義觀念，涉及生產方式、資本和市場經濟在後現代階段的擴展等等問題。傑姆遜分析老舍的《駱駝祥子》，認為這複雜的故事當中有「兩種不同敘述範型的疊合。」祥子始終企望自己有一輛洋車，那屬於資本主義之前那種舊式心理追求的表現，而他的必然落空與失望，則體現了時運不濟那種古老的敘述範型。傑姆遜認為，祥子這一企望與「小資產階級的智慧」，即由虎妞所代表的「資本和市場的智慧」相衝突，因為按虎妞的意思，祥子本應當沿社會等級的階梯爬上去，加入小商人階級。[2]傑姆遜認為這一衝突在老舍小說裡並未得到解決，而形成了「本身無

---

[1]　Gerald Graff, *Professing Literature: An Institutional History* (Chicago: University of Chicago Press, 1987), p. 3

[2]　Fredric Jameson, "Literary Innovation and Modes of Production: A Commentary", *Modern Chinese Literature* 1 (Sept. 1984): 67, 71.

法解決的一種意識形態的二項對立」，但是老舍以戲劇性的形式揭示這一衝突就已經很有意義，已經是「具真正政治意義的進步的」行動。[3]

傑姆遜認為兩種敘述範型的互相交替，內在形式和外在形式的對峙，可以說是現實主義文學的普遍特點，而老舍小說便屬此類。在他看來，王蒙和王文興更晚近的作品則分別代表中國文學裡現代主義和後現代主義創作階段的特徵。傑姆遜從生產方式及其文化表現的角度來解讀三位中國作家的作品，這當中便形成他自己的敘述，有他特別的時空觀念。這一敘述把現代主義（以及在社會經濟領域中與之相應的現代化）視為源於西方的舶來品，同時又宣稱後現代主義「體現一種新的全球性即多國式晚期資本主義的邏輯，不能再視為純粹西方的出口貨，而至少可以說代表了資本主義世界周圍某些局部地區現實的特點。」[4]傑姆遜承認，他對現實主義、現代主義和後現代主義三階段的劃分，曾受曼德爾（Ernest Mandel）關於資本主義制度下機器三階段發展理論的啟發，所以他認為文化分期中的第三階段即後現代主義，與資本發展的最後階段有密切聯繫，而資本發展這一階段已成為全球性的整體，足可以包容第三世界，是「歷史上前所未有的對自然和無意識新的殖民化和滲透：也即是說，綠色革命對資本主義之前第三世界農業的破壞，以及新聞媒介和廣告工業的興起。」[5]由此可見，傑姆遜對中國現代文學的分析基於他對現代主義和後現代主義的理解，基於他對全球經濟和政治的所謂「意識形態劃分」，而在這劃分之中，西方世界和第三世界互相對峙，從而為他分析歷史打開一批判性的視野。

在1986年發表的一篇重要論文裡，傑姆遜進一步發揮了以上論及的思想，尤其討論了第一世界與第三世界之間的文化差異。他在這篇文章裡提出，第三世界的作品都可以作為「民族諷寓」（national allegory）來讀，而魯迅小說就是「這種諷寓化過程最佳的範例。」他一面承認這只是「概

---

[3]　同上，72頁。

[4]　同上，75-76頁。

[5]　Fredric Jameson, *Postmodernism, or, the Cultural Logic of Late Capitalism* (Durham: Duke University Press, 1991), p. 36.

括性的假設」，「極過份地簡單化」，卻一面又認為西方現實主義和現代
主義小說及這類小說的閱讀，都基於「私與公、文學與政治之間的根本性
分裂，以及我們一貫認為屬於性和無意識的領域與屬於階級、經濟、世俗
政治權力的公眾世界之間，一種根本性的分裂；換言之，佛洛德與馬克思
之間的對立。」然而他認為，第三世界的作品就沒有這兩個領域的區分，
它們表面看來好像講述一個私人的甚至情欲性的故事，其實同時也在講另
一個屬於公眾和政治領域的故事，因而是一種「民族的諷寓：隱私的個人
際遇的故事總是關於有激烈衝突的第三世界文化和社會的諷寓。」[6]他說，
魯迅的短篇小說哪怕看來很像是帶有強烈個人性質的心理描寫，但它們實
際上都是第三世界「民族諷寓」的代表作。

　　魯迅的《狂人日記》寫一個精神病患者，寫他怕被周圍的人吃掉的
病態恐懼心理。傑姆遜認為，西方讀者或許會把這看成是對被迫害狂極有
趣的心理描寫，但這樣一來，他們就把這故事心理化，把它看成屬於病態
自我的私人範疇，而完全抵銷了這故事政治諷寓的力量。《狂人日記》和
《藥》裡占中心地位的「吃人」隱喻，就明確指出了另一閱讀方向，說明
魯迅小說是以諷寓形式揭示「一社會和歷史的夢魘，特別是通過歷史把握
住的人生可怕的惡夢。」[7]《阿Q正傳》不僅是中國受列強欺侮的諷寓故
事，而且其複雜性還「證明諷寓通過意義和表達形式互換位置，可以同時
產生一系列各不相同的意義或信息，」因為阿Q和欺侮阿Q的人都同樣是
諷寓意義上的中國，即我們在《狂人日記》裡看到的吃自己同類的中國。[8]
在傑姆遜看來，雖然西方現代文學作品裡也有諷寓結構，但卻是無意識
的，必須經過諷寓解釋才可以明白顯露，而「第三世界的民族諷寓則是有
意識而且公開的；它們顯示出政治與性欲衝動之間全然不同的客觀的關

---

[6] Fredric Jameson, "Third World Literature in the Era of Multinational Capitalism", *Social Text* 15 (Fall, 1986): 69.

[7] 同上，71頁。

[8] 同上，74頁。

係。」[9]傑姆遜說，西方知識份子由於把公與私、政治與藝術分開，已經脫離了社會現實而在政治上毫無力量，而第三世界文學，尤其是第三世界知識份子對政治生活和社會變革的參與，則可以給西方知識份子提供重要的啟示。因此他呼籲「在新的形勢裡重新發明歌德早就闡發過的『世界文學』」，這「世界文學」必須包括極具活力和社會意義的第三世界文學，西方也必須通過文化研究，充分認識第三世界文學的價值和意義。[10]

　　傑姆遜不是研究中國文學的專家，他的見解也不見得有多少說服力，然而我們不宜過於急切地把他的見解一筆抹煞，視之為故弄玄虛的理論或者外行人半通不通的議論。他解讀老舍和魯迅的小說，有他關於馬克思主義和後現代主義的一套理論為背景，也不時有一些值得注意的見解。例如「民族諷寓」的概念就突出了歷史觀以及社會政治變革的急切要求，這正是魯迅小說這樣的文學作品本身所揭示和推進的。任何文學作品，也就是說不僅止於第三世界的作品，只要其中以正面表述或以反面襯托的方式表露出某種烏托邦式的意願，就都可以用這「民族諷寓」的概念來分析。但與此同時，認為這種諷寓與第三世界的「民族主義」密切相關，在我看來對於理解文學作品，尤其是理解魯迅的作品，卻無意中設立了相當嚴重的障礙。魯迅和五四新文學的許多作家都極力反對三綱五常的傳統觀念，反對傳統倫理和政治對個性的扼殺，明確以塑造獨立自主的人格為己任，所以絕不以「民族主義」為奮鬥的事業，甚至不以促進任何組織集體的利益為目標。正因為如此，我很難贊同傑姆遜以絕對的語氣表述的意見，即「所有第三世界文學作品都必然是……諷寓性的。」[11]任何一個文學傳統都必然有各種各樣豐富的作品，這種一概而論的絕對說法顯然不能表述一個文學傳統的豐富性和多樣性。更進一步說，強調諷寓性，即強調公眾政治領域的方面，哪怕出發點本來不錯，其實際結果也很可能適得其反，在中國近代文學中尤其是魯迅研究之中，情形尤其如此。

---

[9] 同上，80頁。

[10] 同上，68頁。

[11] 同上，69頁。

　　在很長一段時間裡，粗鄙的政治化可以說是中國大陸魯迅研究的規範。這種政治化研究把魯迅奉為共產主義革命的聖人，把魯迅作品完全解釋為政治諷寓，而且以隨時適應黨的意識形態方針為務。[12]傑姆遜視「民族諷寓」為第三世界知識份子自願的政治參與，但在中國，政治化卻不是一種自願的選擇，而是國家機器強加給每一個人的，文學作品的諷寓解釋也完全牢牢控制在黨的意識形態機關的手中。魯迅研究中有新意的著述，像李歐梵《鐵屋中的吶喊》，就正是針對這種千篇一律的諷寓解釋和魯迅的神聖化而另闢一途，恢復這位偉大作家多面的完整性和複雜性，強調他個人獨特的一面。李歐梵把魯迅的心路歷程解釋為「一連串的心理危機，充滿了困惑、挫折、失敗和心靈探索的彷徨」，把他在生活中選定的目標看成孑然獨行，「並不符合梁啟超、嚴復和孫中山那樣的名人所鼓動的民族主義那種急功近利的性格。」[13]透過書信、雜文和序跋顯露出來的魯迅本人，和他某些小說的主人公在某些方面頗為相似，即都是具有極強個性的自我，是與世不合的孤獨者。他們很難認同任何群體的意識，更不用說狹隘的民族主義意識了。

　　魯迅小說《藥》的結尾，其用意就深長而且曖昧。革命志士的墳上固然有人神秘地放上了一個花圈，可是那只停在墓旁一棵樹上的烏鴉，卻並不理會哀悼的母親的訴求，作出將來有善惡報應的任何預兆。李歐梵對這段墳場描寫的分析，就緊扣住作品本文的曖昧含混，不容許以曲解的方式否認魯迅自己對革命所抱的矛盾態度，否認魯迅因為正處在傑姆遜所謂公與私、政治與個人領域的分裂當中而焦慮徘徊。李歐梵說：「那只烏鴉當人面揚長而去，絕沒有顧及人類尋求安慰和近便解決辦法的努力，包括那過於急切尋找意識形態的讀者的努力。烏鴉給人的資訊⋯⋯最終說來是不確定的，但它無疑打消了那個花圈無中生有平添在結尾上那種世俗的樂觀

---

[12] 關於魯迅作品的諷寓解釋如何被利用來論證黨的方針政策的正確，可參看 Merle Goldman, "The Political Use of Lu Xun in the Cultural Revolution and After", *in Lu Xun and His Legacy*, ed. Leo Ou-fan Lee (Bloomington: Indiana University Press, 1985), pp. 180-86.

[13] Leo On-fan Lee, *Voices from the Iron House: A Study of Lu Xun* (Bloomington: Indiana University Press, 1987), p. 3.

主義。」[14]我們不妨回想一下魯迅自己關於寫作的小小諷寓，他把寫作和發表他那些政治和社會諷寓的作品說成是無謂而且殘忍的舉動，就好像是驚醒睡在一間不可摧毀的「鐵屋」裡的人，白白使他們感覺到窒息而死的痛苦。「鐵屋」的意象極有力地表現出在清末民初，即在革命和壓抑相互交織那特定時刻，魯迅自己對於歷史的感覺。這種沉重的歷史感與「世俗的樂觀主義」絕不相同，我們由此可以看出，李歐梵對《藥》的解讀頗有說服力，也很接近魯迅自己寫作當時的感受。

以上所述當然並不一定與傑姆遜的觀點相矛盾，並不完全否認《藥》以及魯迅別的小說是「民族諷寓」，也並不否認寫這樣的作品是一種政治的介入。傑姆遜的論證自有他一套強有力的意識形態為基礎，我們不管贊同或是反對他的觀點，都必須同時考慮他關於現代主義與後現代主義、文學與政治、第三世界與全球性或多國資本主義等各種問題的一套看法。傑姆遜從他特定的理論立場出發，對一些作品作出他的解釋，也就對中國文學研究者們提出了問題或者說挑戰。回應他的挑戰，不管是支持還是反駁他的看法，便已是參加一場理論的探討。在我看來，我們應當歡迎這種理論的挑戰，因為它為我們提供了一個機會，使我們能夠打破專業分類自我封閉的狀態，討論更廣泛的理論問題，從而能吸引更多圈外的人，讓他們對中國文學研究也產生興趣，感到關切。

以上所論基本上涉及由於西方理論的發展，要求中國文學研究與之相適應而產生變化的外在壓力。但我們如果以為理論的挑戰只是來自西方理論的一種外部壓力，那就錯了，因為毛以後中國大陸作家和評論家們寫出的文字，已經越來越趨於「現代」甚至「後現代」，而在臺灣，關於理論和後現代主義的討論已經展開相當一段時間了。[15]換言之，求變的壓力

---

[14] 同上，68頁。

[15] 我們只要瀏覽一下最近十年發表的文學作品，讀一讀文學評論的刊物，就可以明顯感覺到中國當代文學發生了怎樣巨大的變化。新近的作品和老一代成名作家如茅盾、巴金、丁玲等的作品有極為明顯的區別，而來源於西方的批評觀念、術語和方法已經或正在跨過語言障礙，廣泛應用在當代中國的文學批評之中。這在中國近代文學史上固然不是新奇現象，但在毛以後的中國卻有很強的政治色彩。

似乎也來自於內部，因為研究對象本身已經發生了變化，從而要求有新的觀念、新的方法和新的闡釋技巧，而這些都很難與西方理論完全絕緣。其實就現代中國文學而言，一部作品產生的背景往往與西方或西方文學有些關聯，而研究一部作品很難不以某種方式考慮這樣的背景。然而這並不是說，研究中國文學就得完全接受西方理論，把這些理論機械搬用到中國作品的閱讀中去。在我看來，要採取真正具有理論性的立場，首先就要對理論本身作批判的思考。我們當然不可能在理論之外任意取一立場來對理論作批判思考，因為不可能有理論之外的理論立場，可以做一個阿基米德式的支撐點，讓我們來移動批判思考的槓桿。我所謂批判思考的基礎，不是純粹的思維，不是自認為對物質現實能作出最終解釋的某種原則或理性；批判思考也不可能以某種中國文化的獨特本質為基礎，好像中國文化與西方傳統毫無相通之處，可以提供一個獨特的角度。因此，所謂批判地思考西方理論，就意味著要依靠我們閱讀中國作品時的審美經驗，在更廣的意義上，則要依靠我們在中國生活的現實經驗，即我們稱為中國那個經濟、政治和文化環境給我們的感受和經驗。在我們的生活經驗當中，有理論無法概括把握的東西，有公式和原則無法完全解釋的東西，而這就可以為我們的批判思考提供一個基礎，一個真正理論性立場的根基。

文化差異與文化的隔離

美國學者切福斯（Jonathan Chaves）在一篇短文裡，非常明確地表露出「理論爆炸」在漢學家當中引起的焦慮不安。他以少見的直率感歎人文研究「意識形態化」的危機，並把這危機的產生歸咎於文學理論的不良影響，認為「攪亂了英美和其它文學傳統研究的同樣的理論方法」，現在也侵入了中國文學研究的領域。[16]切福斯認為近年來漢學界的學術水準普遍降

---

[16] Jonathan Chaves, "Forum: Form the 1990 AAS Roundtable", *Chinese Literature: Essays, Articles, Reviews* 13 (Dec. 1991): 77.

低，其原因就在文學理論、尤其是解構主義的影響。他特別點出歐文似乎認為歐文在漢學界為文學理論的入侵作內應，以其近著《迷樓——詩歌與慾望的迷宮》「為德里達狂熱的頭腦所產生出來的妖魔鬼怪，敞開了中國詩研究的大門。」[17]切福斯文章的語調相當激憤，其中妖魔入侵的形象和反理論的強烈情緒，都恰好證明中國文學研究正在受「理論爆炸」的影響。在無意之中，他似乎證明了美國解構批評主將保羅・德曼（Paul de Man）十多年前的一段話是準確的預言，因為德曼曾說「全部文學都會對解構主義的方法作出回應」，他用於普魯斯特作品的解構分析「只要在技術上作適當調整，就未必不能應用於彌爾頓或者但丁或者荷爾德林。」[18]我們還可以加上一句：或者中國文學，而且加上這句話是帶著欣喜或是憂愁，就全以我們對解構主義取怎樣的態度和立場而定。歐文是否真是強硬的解構主義派，值得再作商榷，但我們應當承認，歐文和余寶琳（切福斯文中批評過的另一位學者）在中國文學研究中有一定影響，就是因為他們在討論中國詩的同時，並不迴避考慮理論問題。其實研究中國文學的絕大多數學者並不反對理論，重要的批評著述，無論是有關古典作品或是現代作品，無論分析的是某一體裁，某一時期，或某一具體的文學作品，都往往通過把中國和外國的傳統作某一程度的比較，由作品的具體分析引向帶哲理性的更大問題的思考，從而加深我們對中國文學的理解。

　　切福斯雖然語氣激昂，但他描繪的危機卻多半是並不存在的，就算有什麼危機，那也不是歐文或別的什麼人為解構主義敞開了中國詩研究的大門。事實上，對新的理論而言，傳統中國文學研究的門還開得不夠大，還沒有讓中國文學走出文化的封閉圈。不僅如此，我們可以通過另一場辯論看出，當中國詩人們力求走出傳統的陰影，用現代的語言說話時，歐文好像並不樂意讓中國詩的大門敞開。我指的是歐文對北島詩集《八月的夢游者》英譯本的評論，以及這篇書評引出來的駁難和爭議。歐文和傑姆遜一

---

[17] 同上，80頁。

[18] Paul de Man, *Allegories of Reading: Figural Language in Rousseau, Nietzsche, Rilke, and Proust* (New Haven: Yale University Press, 1979), pp. 16-17.

樣，也把中國文學視為第三世界文學的一個代表，然而傑姆遜十分欣賞並呼籲重新發明「世界文學」，而在歐文看來，發明或重新發明出來的「世界詩」卻毫無意義和價值。它不過是第三世界詩人拿到國際市場即西方市場上去推銷的商品，寫這種詩無非是拼湊一些陳詞濫調、軟語柔情、全世界通行的意象，再添一點帶有異國情調的地方色彩。歐文說，目前文學行市上的熱門貨之一是政治或受壓迫的痛苦，因為「爭取中國民主的鬥爭正在時髦。」但歐文奉告第三世界的詩人，寫壓迫「並不能保證寫出好詩來，就像被壓迫的受害者並不因此就道德高尚一樣。而且利用自己受迫害的經驗來謀取自身利益尤其危險，因為這意味著把自己賣到國外去迎合國際的讀眾，打動他們，為他們提供政治德行這種隨時都很短缺的貨色。」[19]我們也許覺得這話頗有些刺耳，然而歐文是研究中國詩的名教授，他指出寫詩不是賣淫，政治詩不一定就是好詩，如此專家之言，我們又豈能等閒視之？

　　然而歐文認為所謂「世界詩」的問題，並不僅止於拿第三世界被害的經驗來賣錢。在他看來，「新詩」既無歷史，亦無傳統，他舉了近代中國、印度和日本的詩作例子，說明所謂「世界詩」其實是第三世界詩人拙劣模仿翻譯得拙劣的西方詩，然後再回過來譯成英文的東西。他進一步解釋說，「這就意味著我們，即國際讀眾當中，英美或歐洲這部分，讀的原來是從讀我們自己詩歌傳統的譯文中產生出來的詩文。」[20]這話聽起來很像傑姆遜描繪西方人讀第三世界文學的典型經驗，即覺得所讀的不是新的原作，「卻好像是已經讀過的作品。」在傑姆遜看來，這種似曾相識的感覺不過掩飾了西方讀者的「畏懼和反抗」，因為他們感覺到要像第三世界當地的讀者那樣來讀這類作品，「也就是說，真正讀懂這類作品，我們就得放棄對我們個人說來相當可貴的許多東西，就得承認我們不熟悉因而可怕的一種存在和一種局勢，是我們不知道而且寧願不要知道的。」[21]可是歐

---

[19] Stephen Owen, "The Anxiety of Global Influence: What is World Poetry?" *The New Republic* (Nov. 19, 1990): 29.

[20] 同上。

[21] Jameson, "Third World Literature in the Era of Multinational Capitalism", p. 66.

文是研究中國古詩的有名學者，對他說來，有哪部中國作品會是陌生、不熟悉或可怕的呢？於是問題只可能出在中國現代作品身上，只能怪現代作品放棄了歷史以及「傳統詩所必有的繁富的學問。」[22]歐文對北島這本書的書評寫得文字典雅，隨處流露出一位名家對自己學識和權威滿有把握的自信，讀這篇書評也會給人造成強烈的印象，即中國歷史已隨著古典詩的結束而結束，在中國現代文學中，古詩中那種「繁富的學問」已經喪失殆盡，只有像歐文這樣的學者才真正掌握著這種學問。

也許正因為如此，歐文的書評使得別的一些學者頗為不滿。奚密對歐文的書評作出回應，對明確劃分民族的詩和國際的詩是否可能，表示很懷疑，並且她認為西方對中國現代文學的影響「遠較文化間文學典型的傳遞要複雜得多。影響的接受往往以接受本體的內在狀況和需要為前提；沒有先已存在的傾向是無法造成影響的。」[23]中國現代文學受到很多外來文化的影響，這本是無可否認的事實，可是一旦承認有外來影響，中國詩在歐文眼裡就失去了獨特性，就不再是中國詩，而僅僅是「世界詩」。歐文認為，「民族的詩曾有其歷史和情境。相形之下，國際的詩則是一複雜而且不斷變化的形狀，展開在漫無邊際的一片空白背景之上。它不時會顯得很美，但是它沒有歷史，也不可能留下可以構成歷史的一絲印跡。」[24]值得注意的是，「民族的詩」是「曾有」歷史。歐文似乎要讀者相信，現代中國文學並沒有歷史，而且現代中國的詩人由於註定了要說一種不屬於自己的語言，所以他們儘管說話寫作，卻「並沒有先贏得自己的語言，並沒有先爭得說話的權利。」[25]歐文這話並不僅是批評當代中國詩最低劣的作品，因為他顯然視北島為當代中國最優秀的詩人之一，而且認為《八月的夢遊者》「在譯成英文的現代中國詩中，是唯一還不至於使人難堪的作品。」[26]

---

[22] Owen, "What is World Poetry?" p. 32.

[23] 奚密，〈差異的憂慮──一個迴響〉，《今天》1991年1期，94頁。

[24] Owen, "What is World Poetry?" p. 28.

[25] 同上，30頁。

[26] 同上。

因此，北島詩的弱點更代表了全部中國現代詩的弱點。歐文引了數行北島的詩，認為這些詩大多是陳詞濫調，然後他問道：「這究竟是中國文學，還是以中文開始的文學？」言下之意是，這種文學雖然用中文寫成，而且可以代表中國現代詩中不那麼使人難堪的部分，其實卻毫無中國特性，而且從一開始就是為了將來能譯成英文，給國際的讀者看而寫的。於是歐文緊接著問道：「這類詩是為誰而寫的呢？」[27]

北島的詩有很多是在文革艱難的歲月裡寫成的，那時候在中國寫詩的條件絕不理想。據北島詩的譯者杜博妮說，北島那時「只為自己和一小圈相近的朋友寫作。由於公開發表作品受極嚴格的限制而且有很大的危險性，所以願意從事創作的人很少想到去加入官方作家那人數極少的行列。」[28]歐文認為，所謂孤獨的詩人在壓抑文藝的敵對社會中獨自創作，不過是一種浪漫的神話，而他對此是嗤之以鼻的。不過他也許應該知道，這神話自屈原以來，就也存在於中國文學數千年的傳統之中。歐文在其評論開篇之處，已經定下一條原則，即他所謂「小小的異說：詩人絕沒有為自己寫作的。詩都只是為讀者才寫的。」[29]因此北島也必然為讀者才寫詩，而他雖沒有真正的詩才，卻竟有莫名其妙的鬼才，能預見到將來的利潤，預感到將來的成功，於是為想像中一群國際的讀者寫作，預料到十年之後的某一天，這群讀者會讀他作品的英譯本。對這樣一個文學商品，歐文不禁問道：「如果這是一個美國詩人用英文寫作，這本書會印出來，而且由一個有聲望的出版社來印行嗎？」[30]那沒有說出口來的回答是明明白白的：所謂「世界詩」只是一場騙局，出版這種詩是一種醜聞，而北島則是在道德和智慧兩方面都成問題的人，歐文覺得自己責無旁貸，負有站出來批評他的責任。

---

[27] 同上，31頁。

[28] Bonnie McDougall, "Bei Dao's Poetry: Revelation & Communication", *Modern Chinese Literature* 1 (Spring 1985): 247.

[29] Owen, "What is World Poetry?" p. 28.

[30] 同上，31頁。

　　然而有些學者並不同意這一看法。奚密認為，儘管歐文要大家注意西方的文化霸權，他自己卻「在用另一種優越的觀點——強加在現代詩身上。」[31]歐文不喜歡翻譯過來的「世界詩」裡全世界通用的語彙和意象，可是李歐梵卻指出，北島的中文原詩明確地記錄下北京人特別的鄉音，必須得聽出北京話的味兒來，才能欣賞北島的詩。李歐梵說：「祖國是一個世界性的意象；鄉音也可能如此。只有當你在讀此詩時心中『聽』到北京人的口音，才可能體會到現實帶給詩人的恐懼。」他又接著說，詩，至少有些詩，寫出來是要人聽的，他想問歐文，唐詩如果由古人念出口來，聽起來又是什麼味道？[32]另一位論者則認為，歐文「過於輕率地將中國非現實主義的一些創作視為西方中心話語體系『世界化』的又一例證。」[33]這些不同意歐文見解的各位，是否對一篇短短的書評反應過激，小題大做了呢？這書評畢竟只是研究中國古詩的一位權威學者信筆寫來，走出他慣常熟悉的一片學術園地，到郊野的一次遠足旅行。研究古典文學的學者願意涉足到研究現代的領域，這本來是極好的事，因為要成功地走出文化的封閉圈，首先就需要拆除學術的藩籬，打破不同研究領域相互隔閡的界限。然而歐文書評的問題，並不在於他對某個詩人或某些詩作的好惡褒貶，而在於他的見解會把中國文學更深地推進封閉圈裡，把中國和西方、「民族」詩和「國際」詩視為「兩個截然對立、封閉的體系。」[34]歐文書評的標題「環球影響的憂慮」，當然是故意模仿哈樂德‧布魯姆（Harold Bloom）一本很有名氣的書，即《影響的憂慮》。奚密也故意模仿歐文的題目，說歐文自己的見解也表露出一肚子的憂慮，一方面是「對（中國詩和世界詩之間）差異消失的憂慮」，另一方面又是「對（傳統詩和現代詩之間）差異的憂慮。」[35]我們將會看到，歐文在研究中國詩的時候，的確喜歡強調文化的差異。

---

[31] 奚密，〈差異的憂慮〉，95頁。

[32] 李歐梵，〈狐狸洞詩話〉，《今天》1992年1期，204頁。

[33] 尤翼，〈也談八十年代文學的「西化」〉，《今天》1991年3-4期，31頁。

[34] 奚密，〈差異的憂慮〉，95頁。

[35] 同上，96頁。

　　歐文認為「民族詩」與「世界詩」、中國詩與西方詩是絕然不同的，而且這不同的根源來自「詩」這個概念在中國和西方根本不同的理解。歐文所謂中國詩的概念，特別強調詩與歷史的相互融合，他在論北島詩的書評中反覆提到這一融合，並以此作為否定北島詩的最重要標準。按照歐文的觀念，古代中國的詩本身就是歷史或歷史的真實記錄，中國讀者看一首詩的時候也總是抱著一種「信念」，即認為詩是「歷史經驗的實錄。」[36]西方詩是虛構，與歷史無關，中國詩則與歷史真實保持根本的連續性。歐文說：「西方文學傳統往往使文本的界限絕對化，就像《伊利亞德》中阿基力斯之盾自成一個世界。……中國文學傳統則往往注重文本與生活世界的連續性。」[37]奇怪的是，這重要得不得了的「歷史」和「生活世界」都只存在於過去，只能由具備「繁富的學問」的大學者們從過去之中揀出來。歷史似乎只是過去了的東西，所以按其本質就是現代中國文學不可能有的。例如現代詩人寫受壓迫，寫爭取民主的鬥爭，儘管所寫的是他們生活世界中真實經驗的一部分，他們卻受到嚴厲的苛責，說是在寫毫無意義的政治詩，在把自己當作文學商品出售。可是他們如果有意識地躲避政治決定論的窠臼，把詩「作為純詩」來寫，就又會被斥為「多愁善感（或曰故作姿態）」，而按照歐文的診斷，這正是「中國現代詩的通病。」[38]

　　認為中國文學和西方文學的差異是歷史真實和創造性虛構之間的差異，這個觀念在余寶琳的著作裡表述得更為清楚。她認為西方傳統所謂文學，是「以一種基本的本體論的二元論為前提，即假定超越於我們生活在其中的具體歷史王國之上，另有一種更真實的存在，而這二者之間的關係又重複表現在創造活動及其成品之中。」[39]正因為有這「基本的本體論的

---

[36] Stephen Owen, *Traditional Chinese Poetry and Poetics: Omen of the World* (Madison: University of Wisconsin Press, 1985), p. 57.

[37] Stephen Owen, *Remembrances: The Experience of the Past in Classical Chinese Literature* (Cambridge, Mass.: Harvard University Press, 1986), p. 67.

[38] Owen, "What is World Poetry?" p. 30.

[39] Pauline Yu, *The Reading of Imagery in the Chinese Poetic Tradition* (Princeton: Princeton University Press, 1987), p. 5.

二元論」，西方文學才有隱喻（metaphor），尤其是諷寓（allegory），而隱喻和諷寓在中國文學中則不可能存在，因為中國人的思想不是二元的，中國哲學裡沒有超越的觀念，中國詩不是比喻和虛構，而是「詩人對他生活於其中的周圍世界直接的反應。」[40]中國人「不是把詩作為虛構的作品來讀，寫詩也不是為了隨意創造或者應合某種歷史現實或哲學的真理，而是從那現實取出來的真實的片段剪影。」[41]儘管我們可以舉出無數中國古詩來，證明以中國詩為實錄的看法並不符合事實，但歐文和余寶琳強調中國和西方傳統之間有根本差異，卻非常符合某些西方學者的口味，因為這些學者正急切地想把非西方的世界看成一個純粹差異的世界，一個引人入勝、難於想像的世界，那個世界中思維和語言的運作方式與他們完全不同，比他們在古代神話和中世紀傳奇中可能找到的任何可怪可異之事，更為浪漫，更為離奇。我們可以說，傑姆遜欣賞第三世界的「民族諷寓」及其「政治與性欲衝動之間全然不同的客觀的關係」，也屬此類，也是希望找到一個全然不同的非西方世界，其中表露出來的正是他希望看到和欣賞的那些差異。於是中國文化內部的各種差異可以忽略不計，中國和西方文化之間的差異才可以格外突出。於是只有在西方，我們才找得到「私與公、文學與政治之間的根本性分裂」，也只有在西方的詩和詩學裡，才存在「基本的隔離」，才有「本體上完全不同的兩個王國，一個具體，另一個抽象，一個是感性的，另一個則不可能通過感覺去把握。」[42]

　　凡用中文來讀中國詩的人大概都相信，在創造性或想像力方面，我們的李白、杜甫並不一定就亞於他們的但丁、彌爾頓或者荷爾德林，也就是說，中國詩人也能在詩中創立一個虛構而自足的世界。余寶琳說中國詩人只能「以一種刺激和反應的創作方法，而不能以模仿的方法來寫詩」，我們大概很難同意。[43]我雖然沒有像切福斯那樣反理論的情緒，但我很贊同他

---

[40] 同上，35頁。
[41] 同上，76頁。
[42] 同上，17頁。
[43] 同上，82頁。

所說的一點，即他認為「在把中國的一元論與西方的二元論互相對立起來
的當中，再加上這對於隱喻和諷寓等問題的影響……就似乎否認了中國語
言和思想有某種東西：即表述抽象概念的能力。」[44]我在此並不想深入探
討歐文和余寶琳所持中國詩的觀念，不過我要指出，他們在中國和西方、
中國的實錄和西方的虛構之間劃出一道嚴格界限，對於中國文學研究非但
無益，而且有害，他們很可能關上了中國文學研究的大門，把它更深地推
進文化的封閉圈裡，把中國文學變成實際上在文化方面提供異國情調的西
方的「他者」。具諷刺意味的是，他們這樣做顯然出於對中國文學真心的
愛好，出於他們對文學理論的興趣，以及想把握中國古典詩歌獨特的中國
本質的願望。簡言之，他們集中注意的是把中國和西方區別開來的基本差
異。如果說強調差異確實是當代西方理論所要求於研究者的，而這些學者
們闡述的東西方傳統之間的文化差異又存在不少問題，我們就不能不重新
思考西方理論與中國文學研究的關係，不能不設法另闢新途，以求對超出
民族和語言界限的文學和文化問題的討論，作出我們自己的貢獻。

第一世界理論與第三世界經驗

　　在討論現代中國文學研究的一篇文章裡，劉康批判了三位學者所代
表的三種不同批評模式。他認為夏志清的著作使用形式主義模式，李歐梵
使用歷史主義模式，劉再復使用人道主義模式，而這三家都自以為擺脫政
治的干預，其實他們的模式下面卻又暗含了政治假定和目的，於是劉康總
結說，政治普遍存在於一切文學和文化的表現形式當中。他認為儘管夏、
李、劉這三位批評家都希望超脫政治的考慮，甚至明說要逃離政治，但都
沒有真正脫離政治。劉康自己則承認，他強調政治貫穿在一切文學和文學
批評之中，是受當代文學理論以及後現代主義文化論辯的啟發。對劉康來
說，對理論有興趣也就意味著對政治的興趣，於是他在文章結尾響亮地號

---

[44] Chaves, "Forum: Form the 1990 AAS Roundtable", p. 78.

召「某種文化和政治的關聯和參與。」[45]政治似乎是他全篇文章的眼目，他力求要做到的事情之一，就是要開路架橋，溝通作為西方理論概念的政治和作為中國社會實踐的政治。前者體現在他所謂「福柯所揭示的權力與知識的串通關聯」之中，後者則可以用毛的觀點和中國的政治現實為代表。雖然這二者在西方的名聲很不相同，劉康卻提醒我們說，「毛關於政治和審美的關係的觀念事實上很可能激勵了福柯對西方自由派人道主義的激烈批判。」[46]這句話的用意在於把毛的觀點和福柯的觀點相聯繫，從而證明毛觀點的正確，而這一步成功之後，劉康就可以進一步闡明毛和福柯關於政治滲透一切這種觀點的真理價值。他論證說，毛以後中國的作家和批評家儘管明確主張把文學和文化非政治化，他們拋棄毛的觀點本身便是政治的行動，因而「恰恰證明了毛關於文學和文化活動都是政治活動的觀念，而不是動搖了這一觀念。」[47]當然，政治鬥爭中的各方都各有其政治性，在中國，文學非政治化的努力是要把文學從國家政權的直接控制下解放出來，在這個意義上，當然可以說這是政治的行動。可是，斷言文學和文化中的一切都是政治，究竟有什麼意義呢？假如這一斷定確實很對，可以適用於一切觀點和一切行動，那麼對於任何具體事物特殊的政治性，豈不等於什麼也沒有說嗎？假如一切批評活動都同樣是政治的活動，每個批評家都各有其政治見解，非政治化就不可能存在，那麼劉康指責別的批評家，其原因是因為他們的批評非政治化呢，還是因為他們的政治見解不符合他認為正確的那種政治呢？

劉康的論述看起來好像很複雜，其實卻以一個簡單的前提為基礎：即把西方當代理論及其政治辭藻視為文學和文化研究中的絕對價值標準，具有判定是非正誤的力量。所以他一旦證明毛（即一局部性的政治理論和實踐）符合甚至預先提出了福柯的觀點（即普遍性的西方理論），也就可

---

[45] Liu Kang, "Politics, Critical Paradigms: Reflections on Modern Chinese Literature Studies", *Modern China* 19 (Jan. 1993): 38.

[46] 同上，14頁。

[47] 同上。

以通過這一聯繫，論證毛觀點的正確。但是這一邏輯論證的前提，在我看來並不是一條毋須證明的公理，所以從毛與福柯的這一聯繫，我並不能就得出結論，認為我們應當通過福柯接受毛的真理。恰恰相反，倒是因為我們有中國政治現實的經驗，我們對福柯的觀點應當再三審慎地思考。斯坦利・羅森（Stanley Rosen）也曾提到，福柯「晚年確曾與毛主義調情。」[48] 依我之見，這調情的結果與其說是毛變乾淨了，毋寧說是福柯染髒了。我想我可以趁便在這裡說明，我所謂採取一個理論的立場是什麼意思。理論的立場首先就要求我們以實踐經驗為基礎，對理論前提本身作批判的思考。我完全承認理論的重要，承認批評理論能夠給我們特別的理智上的滿足，但是我還是要重複以實踐經驗來檢驗理論的必要，這包括我們閱讀的經驗和社會現實的經驗。理論和實踐並不必然起矛盾，但也並不總是一致，正是通過考察它們之間或分或合的關係，我們才可能超出純經驗主義的局限和純理論的繁瑣，取得自己獨立批判的立場。

　　如果我們接受劉康的說法，即「政治隨時以各種各樣的形式滲入到一切文化形態和組織機構之中」，[49]那麼政治無處不在的滲透本身，就會使他的說法變得多餘，而且不進一步注意那「各種各樣的形式」，這不言而喻的自明之理在文學和文化研究中就毫無用處。說政治存在於一切文化形態之中，就像說一切詩是由文字構成的一樣，都是一種毋須說的空話，對於更好理解任何具體的文化形態或一首具體的詩，很難有什麼幫助。可是劉康這一論說的問題，還不在於提出政治無所不在的自明之理，而在於消除了西方學院裡談論的政治和中國現實政治之間的根本差別。在西方，公民社會的傳統保障了文學和文化活動的獨立性，而在中國，這樣的公民社會及其對人們自由的保障還並不是政治的現實。這兩種不同政治的混淆使劉康的文章具有典型美國式「多元文化論」論述的特點。正如芝加哥文化研究組在一篇文章裡指出的，這種論述「在其表達手法上有一些弱點：如過

---

[48] Stanley Rosen, *Hermeneutics as Politics* (New York: Oxford University Press, 1987), p. 6; 又參見pp. 190-93.

[49] Liu Kang, "Politics, Critical Paradigms", p. 14.

份依賴理論的效力；一種虛假的自願參與政治的意識；對公民社會的條件沒有充分認識；傾向於把批判的基礎局限在一套少數派化的身份之中（例如種族、階級、性別等等）；而且忘記其術語在所謂『第三世界』的環境裡是如何流通的。」[50]

在我看來，上文最後提到的「忘記」兩個字，是親身體驗過「第三世界」現實環境的人最不該犯的錯誤。在那種社會環境裡，政治由執政者來界定，而不是交給學者們去討論分析。在中國，尤其在文革當中，從黨組織和國家機構到個人生活的具體細節，政治當然滲透了一切，但對絕大多數中國人說來，這種全盤政治化帶來的是災難性的後果。由政治滲透一切導致公開宣佈政治統率一切，國家政權獨霸一切，使包括文學和文學批評在內的一切，都服從少數統治者的利益，服從極權主義政治的指揮。在這種情形之下，為推進黨的路線和政策，為說明其為放之四海而皆準的真理製造出來的文學作品，把黨的路線形象化作為自己存在理由的作品，都不過是極枯燥無味的政治宣傳品。完全為灌輸某種思想寫出來的小說或劇本，讀起來味同嚼蠟，令人生厭，那種沉悶的經驗同樣是令人難以忘記的。劉康批評夏志清的「現代派偏見」，說他只欣賞沈從文、錢鍾書和張愛玲這些非左翼作家，而刻意貶低了「楊朔的共產主義小說《千里江山》。」[51]當然，審美趣味是個人性的，不過就審美趣味總是在一定社會政治條件下形成的而言，我很懷疑劉康會真的覺得「楊朔的共產主義小說《千里江山》」比沈從文、錢鍾書和張愛玲的作品更值得一讀。在八十年代比較開放和寬鬆的氣氛裡，在中國大陸被讀者和批評家們重新發現的，恰好正是沈從文、錢鍾書和張愛玲這樣的作家，而像楊朔那一類唯黨命是從的文人，則很快被人遺忘了。這是第三世界閱讀經驗的一個事實，我們不能為了接受第一世界的理論，就忽略或抹煞這一事實。恰恰相反，正是這種不能忘記的經驗，正是我們在自己生活中感受到的全盤政治化的

---

[50] Chicago Culture Studies Group, "Critical Multicuturalism", *Critical Inquiry* 18 (Spring, 1992): 532.

[51] Liu Kang, "Politics, Critical Paradigms", pp. 18, 20.

後果，使我們更多一份慎重，更多一點考慮，不會毫無頭腦地去盲目接受
「福柯的啟示」，把它機械搬用到中國的實際當中去。

　　有時候，第三世界的經驗似乎妨礙我們完全吸收或支援第一世界的
理論，可是那經驗是我們存在的一部分，是我們本性或歷史性的一部分，
哪怕你想把它從我們的歷史意識中清除，也根本做不到。其實正是那種經
驗提供基礎，使我們能夠去認識事物，理解事物，去得出一些有價值的洞
見，而這些洞見之所以有價值，也就因為它們是從不完全受西方理論控制
的角度得來的。我們的洞見也許不僅對我們自己有價值，而且對西方的批
評家們也有價值。正如芝加哥文化研究組所說：「當西方學院裡的知識份
子宣佈政治干預的計畫時，他們那種意願是因為有公民社會模式的存在才
有可能形成的，但他們的計畫卻往往沒有反映出這種模式。」[52]也許我們
對政治極為敏感，正可以使這種模式更清楚地突現出來，我們對全盤政治
化有過深切感受，這種經驗就可以幫助防止政治化在實際生活中帶來並不
美妙的後果。換言之，我們的經驗可以說明西方批評家們認識到，「如果
政治化去掉了學院公共話語之間的界限，其結果將不會是獲得與現實的聯
繫，而是喪失政治化所追求的理想，即多元文化的空間互不侵犯，也不受
國家侵犯。」[53]在這個意義上，我們的經驗也許不是應該消除的障礙，而恰
恰是一種精神財富，在我們覺得自己的「中國經驗」有礙於我們附和某些
西方理論和概念時，我們也許正可以從中得出某種洞見來。伽達默曾說：
「真正夠得上稱為經驗的東西總會打破我們的預料。人的歷史性基本上就
意味著在經驗和洞識的關係中產生出來的一種根本的否定性。」他又說，
洞識「總是有自我認識的成份，並構成我們所謂經驗的必然的一面。」[54]
他這些話要表明的，也許就是我上面所說的意思。由此看來，在文學和文
化研究中，強調經驗在闡釋學上有正面的意義。這和反理論的立場毫不相
干，卻正好為一個真正理論的立場提供基礎。這種理論立場不會對自己批

---

[52] Chicago Culture Studies Group, "Critical Multicuturalism", p. 534.

[53] 同上，534-35頁。

[54] Gadamer, *Truth and Method*, p. 356.

評上的假設前提視而不見，不會把理論變為教條，卻會使之成為分析和批判的有力工具。

　　中國的生活經驗與西方理論之間不很協調的關係，海外的一些中國批評家是頗有感受的。八十年代初期，在當代西方文論最初介紹到中國的時候，大多數批評家都以毫無保留的態度熱情支持，歡迎西方新文論的到來，因為在這些新的理論中，他們不僅看到研究文學的不同方法，而且看到一個機會，覺得終於有可能脫離長期戕害了中國文學及文學批評的正統觀念。然而隨著與西方理論的接觸逐漸深入，尤其當有些批評家六四後流亡海外，到達西方之後，中國經驗與西方理論之間的衝突也開始顯露出來。這種情形由劉再復的例子看得最明白。他在擔任中國社會科學院文學研究所所長和《文學評論》主編時，對西方理論表示熱烈支持。可是他到美國後不久發表的一篇文章，卻意味深長地題為《告別諸神》，其中明確表現出他對西方理論的失望。劉再復說，近代以來，中國作家和批評家一直在「偷竊」外國人的理論，包括德國人、俄國人、法國人和美國人，其結果是喪失了自己的獨創性，生活在「他人的各種形式的無所不在的精神地獄之中。」所以中國文學評論者在二十世紀末必須完成的任務，就是「要走出他人的地獄的陰影。」[55]劉再復描繪的地獄陰影，也實在是巨大無比，由二十年代以來引進中國的各種激進的社會和文化理論所構成。他認為這些理論變成了各式各樣的「美學暴君」，都有「革命金紙包裹著的獨斷論」的特色。[56]統治當代中國文壇的是一個俄國暴君，即文學應該「反映」生活的觀念，這個觀念最先由列寧提出來，後來便發展為「社會主義現實主義」原則。劉再復正是針對這暴君式的「反映論」，提出了「文學主體性」理論，以求為中國文學研究「提供新的哲學基點。」從流亡海外的知識份子的觀點，劉再復可以明確地說，他提出「文學主體性」理論的

[55] 劉再復，〈告別諸神：中國當代文學理論「世紀末」的掙扎〉，《二十一世紀》1991年5期，127頁。

[56] 同上，129頁。

最終目的，是要「超越政治意識形態的局限和獨斷。」[57]他認為阿城、韓少功等「尋根派」作家的創作，顯然有意識地想要走出「歐化」的陰影，因此是一種「回歸精神家園的努力」，而在文學理論上，同樣的傾向則表現為「回歸主體」和「回歸本文」的努力。[58]劉再復的目的是要引導當代中國文學和文學批評，走出國家政治的精神地獄，所以他在理論上所做的，首先就是非政治化的努力。

　　在六四之後，劉再復到了美國，與西方文論有了更切近的接觸，於是他很快發現，在目前西方的文學和文化批評中，非政治化並不是受人尊重的體面立場，趕時髦的理論家們奢談的恰恰是政治和政治的干預。不僅如此，「主體」的理論，甚至「主體」這個概念本身，在西方已經基本上被解構，喪失了信譽，不再認為具有批判思考的活力。如果說劉康號召「某種文化和政治的關聯和參與」，正是順應西方理論主流的趨勢，那麼劉再復提出的非政治化方案則顯然代表另一種思想方式，在與當代西方理論比照之下，很可能顯得令人難堪地落後過時。因此劉再復承認有「東西方文化需求的嚴重落差」，而由於這個原因，有一系列問題不斷困擾著中國的知識份子：如何在尚缺乏主體性觀念的人文環境裡，去理解已經「取消主體」的後現代理論？在劉再復看來，這就構成了「中國學人世紀末的一種煎熬。」[59]如果說他在中國看見一個「社會主義現實主義」的暴君，那麼在西方他看見的是另一種，即「能指的暴君」，這個暴君把主體縮減成了一個毫無意義的抽象。[60]很明顯，劉再復要告別的「諸神」不僅是柏拉圖和亞里斯多德、克羅齊和史賓崗、佛洛德和達爾文、盧卡契和布萊希特、普列漢諾夫和車爾尼雪夫斯基這些舊的神，而更是巴爾特、拉康、德里達和福柯這類後現代主義和後結構主義新的「諸神」。

---

[57] 同上，131頁。
[58] 同上，129頁。
[59] 同上，133頁。
[60] 同上，134頁。

　　劉再復文中表現出想逃出他人地獄陰影的那種衝動，不禁使我們想起歐文對他所謂「世界詩」不以為然的態度，因為這兩者都表現一種企望，即企求思想和文體風格上的某種純粹性，企求絕對中國特色的真實性和原創性。從後現代主義理論的角度看來，在批評思想上追求完全不受他人影響的原創性的意願，當然只能是一種虛幻而不可能的、浪漫的、烏托邦式的意願。伍曉明批評劉再復的文章，就吸取了不少解構主義語彙，認為劉再復的本質論基調、其「獨創神話」和「多元幻夢」，都只暴露了懷舊式的「純真起源的嚮往。」伍曉明說，「告別諸神」這個觀念本身就是來自西方的比喻，「世紀末」也是典型西方的情緒。[61]伍曉明說得很對，「自我只有通過他人才能規定自己。遺忘或壓抑使自我成為自我的可能性條件，壓抑或遺忘自我也是他人的他人，是自我神話得以產生的原因。」[62]他對劉再復的批評可以使我們認識到，不能憑空構造一個孤立的中國本質，也可以使我們注意到自我封閉的危險，即把自己關在一個文化的封閉圈裡，卻還幻想有自己的批評空間。在我們這個時代，思想在全球範圍內相互關聯是一個基本事實，任何人企求追尋民族或文化的本質，都不可能忽略或否認這一事實。所以中國的文學理論家們並毋須走出他人的陰影，這些他人也並非超越我們的「諸神」，我們首先要做的，倒是把這些「神」也看成和我們一樣的人。也就是說，中國批評家的任務與其說是獨立於他人來思考，不如說是批判地思考他人已經思考過的東西，因為我們只有通過弄清楚別人思想的內容，才可能達於自己獨立的思想和批評立場。就思想和知識而言，只有通過逐漸積累，通過不斷與他人或他人的思想互相交往，才可能獲得獨創性和真正的自由。

　　然而我們如果不承認西方的理論權威是神，我們也就毋須西方理論家們來賜予我們最基本的理論概念。伍曉明在批評劉再復時斷言，說「『人』和『主體』概念本身都是來自西方哲學的借貸，」而且進一步把這些概念描述

---

[61] 伍曉明，〈讀《告別諸神》〉，《二十一世紀》1991年8期，152-156頁。
[62] 同上，153頁。

為「笛卡爾以來西方哲學話語的建構」。[63]我們不禁懷疑伍曉明是否意識
到，中國傳統哲學並非就不能提供類似的概念，中國學者也不需要等福柯
來告訴我們，人是「笛卡爾以來西方哲學話語的建構」，前後只有二百來
年的歷史。伍曉明的論證完全以利奧塔和德里達提供的解構主義理論為依
據，但我們如果不承認解構主義是唯一的西方理論，而且對西方理論本身
多一些瞭解，我們就可以看出，在西方文學理論內部，關於主體性的爭論
決不是已經完結，也不是無人對此感興趣，而且劉再復設想的東西方之間
的「落差」，也存在於西方本身。在傳統西方社會裡處於邊緣的婦女、黑
人等等，他們要獲得主體性的要求和劉再復在中國文化環境裡提出的爭取
主體性的要求，都同樣的合理。美國著名黑人批評家亨利‧路易士‧蓋茨
（Henry Louis Gates, Jr.）說：「西方男性的主體」早已經「在歷史上為他
自己並在他自身建立起來了，」所以西方批評家解構這個主體不無道理，
但是「否認我們有權利在批判主體之前，首先探索和獲取我們的主體性，
不過是在批評理論上重複老祖父條款，雙倍地有利於恰好是先已建立起來
的範疇。」因此蓋茨很不滿取消一切主體性的論述，他說：「正當我們
（和其它第三世界的人民）終於具備了複雜的條件，要來界定西方文藝的
共和國中我們黑人的主體性時，我們的理論界同行們卻宣佈說，從來就沒
有所謂主體這個東西。」[64]我們可以本著真正多元論的精神說，正如世上有
各種不同的政治，世上也有各種不同的主體。在考慮這些不同現象和不同
立場時，在理論上要緊的是留意事物和理論範疇的多元性。毫無批判地把
一個範疇或一種理論奉為唯一正確，無異於放棄自己思考和批判的責任，
而那種責任恰好是批評理論的全部意義所在。

---

[63] 同上。

[64] Henry Louis Gates, Jr., "The Master's Pieces: On Canon Formation and the African-American Tradition", in Darryl J. Gless and Barbara Herrnstein Smith (eds.), *The Politics of Liberal Education* (Durham: Duke University Press, 1992), p. 111.

爭取更大的開放性

如果說回顧中國文學研究中近來一些變化和爭論，要想引出什麼有用的結論，那麼我首先想到的就是一種開放感。這至少有兩個意思：一個是把中國文學研究的門打開以接納更多的作品（不僅有古典，也有現代和當代的作品），以及更多的方法（包括來源於西方文學理論的各種方法）；另一個意思則是打開自己的看法以接受他人的挑戰和修正。如果研究中國文學的學者在這兩方面都更為開放些，他們的著作就很可能不僅在他們的專業領域，而且在文化研究更廣大的範圍內，都產生相當的影響。

開放必然意味著寬容，必然使思想靈活。如果我們明白意識到自己研究專長的局限、自己的政治觀點和批判假設的局限，如果我們同時又真心願意去接觸他人的觀點和解釋，學術爭論中也就不會有那麼多過激的言辭和情緒。我們必須首先拆除的障礙是中國和西方之間僵硬的對立，這有時被誤解為舊與新、傳統與現代之間的對立。如果我們記住中國文化在其複雜悠久的歷史中，從來不是一個單一的傳統，而包含了各種各樣的因素，那麼尋求一種純粹的中國本質就既沒有意義，也根本不可能做到。雖然每一首詩、每一部小說、每一個真正的藝術品，就其為不同於其它作品的新的創作這一點而言，都是獨一無二的，但是獨特性說到底只是一個程度的問題。作為在全社會範圍內有意義的象徵結構，文學作品無論多麼獨特，也總與其它作品有些關聯，與用別的材料、別的語言，或屬於別的傳統的作品有關聯，因此總可以相比。問題不在於比較是否可能，而在於比較是否有趣、有用、有意義。打破隔閡，消除古典與現代中國文學研究的對立，中國文學與比較文學研究的對立，文學研究與理論和批評的對立，也許是我們走出文化封閉圈的第一步。

因此，開放意味著願意去回應理論的挑戰，同時也喚起一種批判精神，使理論也更加開放，以接受研究和檢驗。開放絕不是被動接受西方理論關於文學、文化、政治等作出的一系列判斷，絕不是把理論權威看成

神，而是把中國和西方的批評立場完全平等看待，絕不認為它們一方全對，另一方全錯。只有各方互相平等，有互相瞭解的真誠願望，只有把思想的交流隨時調整，使理論表述在特定的文化和政治局勢中有明確意義，而且切合於具體作品的閱讀，我們才可能有真正批評的對話。譬如文化研究中差異和相同的問題，就需要隨時放在具體環境中來解決。雖然我認為當代理論過份強調文化差異，而我往往論證相同的方面，但是我決沒有也不想抹煞中國和西方在文學和文化傳統方面的各種差異。在差異強調得過分時，就須指出文化之間也有相同或相通之處，而如果差異完全被抹煞，則有必要指出文化傳統或政治制度之不同。相應於目前需要和情勢，開放的批評立場應該是靈活變動的，但與此同時，一旦明確瞭解了目前需要和情勢，又應當有一個堅定的立場。所以開放不等於無原則，不是人云亦云，更不是沒有信念和立場。正是基於這樣的認識，我對傑姆遜的「民族諷寓」概念提出不同意見，對其他一些我認為不妥的看法，也表示異議，展開爭論和批評。不過，開放的基本精神是向外的，吸收的，只要是合理而有說服力的論述，我將隨時樂於聽取，以使自己的認識更全面，更近於真實。

第三章　關於理論上的時髦

　　從西方學習，這大概是清末以來一個總的趨勢，不僅在清末開商埠、辦洋務時就已開始，而且自嚴復以來，更成為中國知識份子一代又一代人努力的方向。這樣看來，把最新的西方後現代主義和後殖民主義理論介紹到中國，可以說是這總趨勢的又一體現。我在前面一章已經提到，西方理論的挑戰有助於我們走出文化的封閉圈，使我們不能不去思考超出狹隘範圍的理論問題，所以有積極的意義。然而理論必須與我們生活的現實相符合，對來源於西方的文學和文化理論，我們更須考察其是否適用，而不能人云亦云，以趕時髦代替獨立思考，或故弄玄虛，以搬弄生硬的名詞術語來代替認真研究。講到中國的事情而毫不顧中國的歷史和現實，不符合大多數中國人的實際生活感受，只一味求新、求熱，這樣的理論文章還不如不寫的好。

　　一般說來，理論和時髦是不相干的，可是在理論上追求時髦卻成了所謂「後新時期」文化討論中的一種風氣。當然，中國的讀者和學者們需要介紹和研究西方新的批評理論，但毫無獨立見解，只拾取一些流行的概念術語，追求理論上的時髦，則又一無可取。在一九九三年前後的《讀書》上看到好幾篇介紹愛德華・賽義德的文章，使我不禁產生了上面所發的感想。賽義德的《東方主義》一書初版於一九七八年，那時中國的文革剛剛結束，文革中各種政治口號，如反帝、反殖，反封、資、修，反美蘇超級大國霸權主義等等，在大多數中國人頭腦中還記憶猶新。這些空洞的口號和政治宣傳描繪出一幅光、亮、鮮的假像，好像中國是全世界人民嚮往

的革命聖地和天堂，世界上三分之二受苦受難的人民群眾都等待著我們去
解放，而這幅虛假的圖畫與文革現實中的暴力、混亂、窮困和腐敗恰成對
比。賽義德在美國出版的新書，當然很難在文革剛剛結束的中國找到，但
在當時的文化和政治氛圍中，即使《東方主義》能出現在中國的書店裡，
其反對西方帝國主義文化霸權的基調，大概也很難使中國讀者覺得有什麼
新意，起振聾發聵的積極作用。因此這本在美國學術界引起轟動的書，當
時在中國並沒有發生影響。但在八九年六四事件之後，中國的政治和文化
氣氛發生了根本變化，賽義德的《東方主義》也突然在中國成為熱門話
題，被不少人寫文章介紹，而撰文者許多是在美國的留學生。這些介紹文
章往往把賽義德的理論與八十年代中國的「文化熱」明確對立起來，相當
自覺地要造成九十年代一種新的、或者叫做「後新時期」的文化環境。這
是我們看待九十年代的理論傾向時，必須注意的一點。

西方文明與「死掉了的白種男人」

　　在九十年代初介紹賽義德和西方後殖民主義理論方面，一位相當活躍
的作者是張寬。但讀過他的文章之後，我總覺得他對西方文論和賽義德著
作的理解十分膚淺，介紹得又相當片面，極力要把賽義德描繪成「替第三
世界各民族打不平的文化鬥士。」[1]他介紹美國有關多元文化論爭的文章
也是如此，把階級、種族、性別作為分析一切的尺度，並且作為普遍適用
的原則搬到中國來，似乎全然不知道自五、六十年代以來，尤其在文革當
中，機械的階級分析和階級鬥爭理論曾給中國帶來巨大的災難。我自己也
曾在美國留學、任教，在美國的大學裡教過西方理論，包括文學理論和範
圍較廣的文化批評理論，但我對許多問題的理解與張寬卻很不相同。在美
國的大學裡，我明白感覺到自己的價值觀念和思想方法是在中國形成的，
因而對西方理論的理解和態度與我的有些美國同行不盡相同。不過這種不

---

[1] 張寬，〈歐美人眼中的「非我族類」〉，《讀書》1993年9期，3頁。

同並不能用中國美國或者東方西方來做區分的標準，因為在不同之外，也隨時存在互相溝通和交流的可能。一個人的思想觀念相當複雜，不斷變化，民族、種族、性別、階級等等並不能完全規定人對一切事物的反應。我從來不相信同是中國人或美國人，同是男人或女人，或者同是無產階級或別的什麼階級，就一定會有共同統一的思想，也更不能強求統一的思想。「統一思想，統一步伐，統一行動」，文革中這個叫得很響的口號只能是一句空話。同種、同族、同時代的人，在外表相貌上尚且不同，更不用說在內心的思想感情上有怎樣的差異了。事實上，我對西方理論的理解和態度與某些來自中國大陸而在美國留學或任教的同胞們也不盡相同。於是我相信，讀書思考，從事科學或文藝的創造，做人和做學問等等，歸根到底都是個人的事，只不過處在大致相同的環境下，不同的個人多多少少可能對周圍事物產生大致相同的反應而已。在我自己，重要的不是我的想法是否合於大多數人占主導地位的意見，而是我是否真有自己的想法，這想法是否符合理性和我所能認識的真理。

　　張寬談論多元文化的文章以介紹為主，讓讀者知道在美國學術界這場論爭之中，誰是「保守派」，誰是「左派」，爭論的焦點是什麼，為什麼西方的文化經典現在受到革新派的挑戰。對於國內讀者，這種介紹無疑有傳遞資訊、開闊視野的作用。然而張寬並不僅止於轉述事實、報導消息，他不僅在文章裡讓讀者見出他的傾向性，而且在文章結尾處點明，「在美國這場關於『經典』的論戰中」，他「同情革新派」。[2]我自己對這場爭論也比較留意，也看過一些討論這類問題的書和文章，不過我極力想做的是去瞭解這場爭論產生的背景，其實際意義和對將來可能發生的影響，而不想貿然決定哪一派對，哪一派錯，贊成哪派，反對哪派。這並不等於在互不相同甚至激烈衝突的意見中，我沒有自己的是非和看法，而是說我的看法不以派別為基礎。我在前面已經說過，學問是個人的事，所以我看一個人的書或文章，不是看作者是左派或右派來決定取捨，而是看在所討論的

---

[2]　張寬，〈離經叛道：一場多元文化的論爭〉，《讀書》1994年1期，123頁。

具體問題上，作者個人的意見是否有道理。在傳統和革新，保守和激進之間，「同情革新派」總不會有什麼錯，這似乎是近代中國歷史上一條被人普遍接受的原則。讀王元化先生為《杜亞泉文選》所作序文，對此便深有感觸。在激烈的文化論爭中要堅持理性的立場和冷靜的頭腦，既不抱殘守闕，也不以激進革新為標榜，並不是一件容易的事。讀完張寬的文章後，覺得他有很多地方不夠準確全面，實在應作一點補充，為讀者提供另一個角度來看待這場爭論。

討論文學和文化問題，把抱有不同觀點、持不同見解的人分為左、中、右三派，也許可以把分散的個人歸結為某一類的集體，化複雜為簡單，使討論的問題一下子具有清晰的輪廓，所以不能說完全沒有用處。但劃分左、中、右不僅把複雜的個人在政治上定性，而且往往促成好與壞、正確與錯誤黑白分明的兩極看法，似乎越左越革命、越正確。這種情形我在文革中見得夠多了，所以總懷疑這種做法是否準確，是否有助於問題的理解和解決。如果思想觀念是個人的，那麼把一個人的思想首先歸入某一派，並由此來判定是非，便往往會失之粗略。張寬所介紹的革新派論點中，有一條說「西方經典的作者清一色的是『死掉了的白種男人』」，這句話顯然就太絕對而欠準確。[3]且不說西方傳統的經典作家也有為數不多的女人，而且張寬列舉的美國大學「西方文明」課的必讀經典，有奧古斯丁《懺悔錄》的一至九章。這位大名鼎鼎的聖徒奧古斯丁出生在北非，父親是個異教徒，三十歲以前一直住在伽太基（今突尼斯城附近），就種族而論，他大概不是白種人。這也許是一個微不足道的小例子，但也由此可見，把西方傳統以種族和性別的觀點縮小為「死掉了的白種男人」的特產，是相當簡單化和情緒化的說法。宣揚這種說法的人好像以為在這樣的口號下，女人和非白種人就可以心安理得地否定西方文明，而且以此為革命和進步的行動。然而在我看來，人類歷史上的任何一種文明，無論是哪方的文明，都不可以簡單拋棄和否定。迄今為止，我還沒有見到有說服力

---

[3] 同上，122頁。

的論證，能向我證明為什麼「死掉了的白種男人」就一定壞，未死和已死的白種女人或別種族的男人和女人就一定好。以種族來分好壞，在我看來是毫無道理的。如果說白人曾經對黑人和其它少數種族有過種族歧視的偏見，那麼糾正這偏見的辦法應該是讓人們認識一切人的尊嚴和平等，而不是反過來「以其人之道還治其人之身」。張寬轉述的另一個革新派論點認為，「西方文明在歷史上可說是壓迫性的文明」，「西方經典是壓迫他人的產物」。[4] 且不說這總括性的論點本身是如何簡單粗糙，我想問的是，有沒有人可以舉出一種在歷史上是「解放性」的文明，列出東方、南方或北方的解放他人的經典，好讓我們去一心一意地頂禮膜拜？我擔心在對西方文明這樣簡單的否定中，我們往往自覺或不自覺地否定和拋棄了人類創造出來的許多正面價值。用這樣的代價來換取一頂左派或革新派的桂冠，我以為是不合算的。

異國情調與文化相對主義

　　西方文明有沒有正面價值，值得去保存甚至爭取呢？譬如民主制度就是西方文明的一個產物，在批判西方文明的人當中，有人就認為民主其實是壓迫性的。對資產階級虛偽的民主自由的批判，我們在文革中已經聽得爛熟，所以解構民主的新理論現在聽來，在政治上一點也不新。民主制度並非完美無缺的現世烏托邦，那是自不待言的，然而不幸的是，人類社會還沒有一種盡善盡美的制度，民主固然不是完美無缺，可是比較起獨裁和專制來，恐怕你得承認，民主畢竟要略勝一籌。民主制度保障思想和言論的自由，包括批判民主制度本身的自由，所以在西方學院裡可以產生對西方傳統的激烈批判。我很欣賞和尊重這種批判的傳統，而且希望我們中國的學院和中國的知識份子也有這樣獨立批判的意識。但是我不可能欣賞在批判西方民主的同時，把非西方和非民主的制度理想化、浪漫化，甚至神

---

[4] 同上。

聖化。在美國所謂多元文化的論爭中，有些人在批判西方傳統的同時，把非西方文化視為與西方全然不同的另一種模式，因為具有異國情調和神秘色彩而對他們有無窮的吸引力。他們生活在舒適高雅的現代學院環境裡，可以把落後的第三世界國家的傳統習俗作為古董或新奇東西來欣賞把玩，卻從來不必擔心自己日常生活中會有第三世界國家政治現實和經濟現實裡可能存在的種種不方便。在我看來，這表面上好像激進的革新，恰好在批判西方歷史上的殖民主義的同時，暴露出一種新形式的文化殖民主義心態。且讓我舉一個具體的例子來說明這一點。

有一位美國經濟學家抱怨西方文明在不斷摧毀印度農村純樸的傳統生活方式。他舉了一個頗為意味深長的例證：印度人的傳統觀念認為月經期的婦女不潔，所以婦女在經期不能走進廚房，而且按同樣的道理，女工在經期也不能走進工間。據這位美國學者說，這表現了印度文化中家庭與社會和諧一致的觀念，所以不潔的婦女不能進自己家裡的廚房，也就不能進工廠的工間，這當中並沒有公與私的分別。可是由於西方的影響，這種傳統的和諧正受到把公與私分裂開來的西方文明的威脅。這位美國學者的太太是一位法國人類學家，她抱怨英國人把預防天花的牛痘疫苗引入印度，使純樸的印度人原來在得天花時去拜神的古老習俗完全絕跡。據這位法國學者說，這也表明西方殖民者全不尊重非西方文化的特性和傳統價值觀念，而把所謂西方文明強加給被壓迫的東方民族。[5]我想，如果這些批判西方文明的西方學者們允許被認為不潔的印度婦女自己說話，允許染上天花的印度人自己發言，他們很可能會由失望而憤怒，很可能會責怪愚昧的印度人不能認識印度文化的價值。他們甚至很可能自以為比東方人更瞭解東方，也比東方人更愛東方。然而他們自己身體有不適的時候，大概會要求全世界最好的醫療條件，而不肯把自己的生死依託給印度的神祇；他們大概也不肯或不敢對自己的太太或女友說，在月經期不准出外，也不准走進

---

[5] 參見這兩位西方學者編的論文集，*Dominating Knowledge: Development, Culture, and Resistance, ed.* Frédérique Apffel Marglin and Stephen A. Marglin (Oxford: Clarendon, 1990)，102-44，144-84，217-82頁。

自己家裡的廚房。然而他們己所不欲者，卻可以施與東方的他人，這就是我所說的文化殖民主義的虛假和偽善態度。對於五四以來的中國人，尤其是中國知識份子對民主和自由的追求，也有在美國大學裡任教的學者頗不以為然，認為那是放棄中國固有的傳統而徒然追求西方文明，即張寬文中所說的「壓迫性的文明」。可是讓我們設想一下，如果有人告訴當代的中國婦女，說她們不應該放棄裹腳的傳統，因為她們那嬌小的「三寸金蓮」曾經是那麼迷人，那麼有詩意，我們是該感謝他恩賜給我們「解放性的文明」呢，還是老實不客氣地讓他活見鬼去呢？正如美國學者瑪莎‧諾斯鮑姆（Martha C. Nussbaum）所說，這種貌似激進的文化相對主義在尊重非西方文明的藉口之下，往往有意無意地支持發展中國家傳統當中壓制人、歧視婦女和歧視少數民族的種種陋習。她指出文化相對主義者們是帶著「旅遊者的情感」來看待非西方國家的傳統，即帶著獵奇的心理而完全不把自己設身處地擺進去，不問一問如果自己處在印度婦女或患病的印度人的位置，那又會作何感想？[6]

　　多元文化的論爭在美國確實鬧得轟轟烈烈，不過情形比張寬介紹的更複雜些。即使他批評的那些攻擊多元文化論的所謂右派暢銷書可以一筆勾銷，多元文化的許多問題並不能就此解決。在所謂左派或改革派內部，也有不少人對多元文化論提出批評，而對這種批評，就很難一概目之為保守而斷然否定。例如美國現代語言學會（MLA）刊物*Profession*在一九九三年出版的一期，就刊載了著名黑人批評家蓋茨對多元文化論相當深入的思考和尖銳的批評。蓋茨認為現在所謂多元文化，往往代替了曾經被稱為多種族的內容，但並沒有解決多種族曾經面臨的問題。很多人批判傳統的個人主體，認為個人並不具有傳統文化所認定的那種穩定性，但他們不過是把主體的那種穩定性從個人轉移到種族，而產生出一個新的集體性質的中心。在批判傳統經典的同時，文化整體分崩離析，變為各種片段湊成的

---

[6]　Martha C. Nussbaum, "Human Function and Social Justice: In Defense of Aristotelian Essentialism", *Political Theory* 20 (May 1992), p. 240.

整體，卻又在性別、種族、同性戀關係等層次上組合成新的文化聯合體。但蓋茨認為，這種以性別、種族、或性關係為基準聯合起來的文化碎片，並不能構成一個和諧的公民社會。他引法國人類學家安姆塞（Jean-Loup Amselle）的話說，「文化並不像萊布尼茲那種完全封閉的單子那樣一個挨一個排列在一起。……事實上，文化的定義本身就是不同力量的各種文化之間互相關聯的結果。」[7]

　　蓋茨對美國社會在多元文化論爭中趨於分離的情形，顯然並不覺得是可以慶倖的好事，對那種否認理性和客觀性的認識論相對主義，他更毫不含糊地批評，稱之為「相對主義幽靈」。這種否認客觀性和客觀現實的認識論相對主義，據張寬說正在得到現代哲學主要理論的證明，可是我們應該清醒地認識到，這種相對主義的後果不一定都那麼具有解放性。就在發表張寬文章同一期的《讀書》上，有董樂山先生評論所謂「修正主義歷史學派」的文章，其中就明確告訴我們在歷史認識上，相對主義的危害。[8]那些同情納粹而「修正」歷史的學者為了否認納粹德國曾有屠殺猶太人的種族滅絕暴行，就往往用否認客觀現實的相對主義理論來「證明」歷史事實並不存在，或其存在與否不可能客觀驗證，因此將永遠是個未知數。讓我們設想一下，如果有人說日本從未侵佔過東北三省，也從來沒有發生過什麼南京屠殺之類的暴行，作為在抗日戰爭之後出生和長大起來的中國人，你我是否就應該相信這些「修正主義歷史學家」的話呢？文化相對主義否認不同文化之間有任何普遍性或共同性，也就否定了人類各種文化之間有互相交流和溝通的可能，於是文化變成互相隔離的一個個萊布尼茲式的單子，不可能有什麼文化的多元。所以蓋茨說：「如果相對主義是對的，就不可能有什麼多元文化主義。相對主義不僅不可能有助於多元文化，反而會根本消除可能產生多元文化的條件。」[9]可見不光是美國的洋「右派」才

---

[7]　Henry Louis Gates, Jr., "Beyond the Culture Wars: Identities in Dialogue", *Profession 93*, p. 8.

[8]　董樂山，〈歷史不容遺忘和篡改〉，《讀書》1994年1期，124-27頁。

[9]　Gates, "Beyond the Culture Wars: Identities in Dialogue", p. 11.

批評文化上的相對主義和虛無主義。在美國當前關於文學和文化問題的各種爭論當中，蓋茨是我認為比較能堅持理性、頭腦清醒的一位理論家。在他關於種族和多元文化等問題的論述中，找不到什麼西方文明是「壓迫性的文明」、西方經典的作者都是「死掉了的白種男人」這類誇張的話。看來要瞭解美國多元文化論爭的複雜情形，需要認真閱讀和思考，需要自己的判斷。

「東方主義」與中國社會

　　與多元文化論有些聯繫而稍早的另一個理論範疇，就是由賽義德的一本書得名的「東方主義」。賽義德是生在耶路撒冷的巴勒斯坦人，後來在美國受教育，六十年代以來一直在紐約的哥倫比亞大學任教。他極力主張學術與實際政治相結合，在政治上明確代表中東巴勒斯坦人的觀點而顯得相當活躍。賽義德的《東方主義》正是把十九世紀歐洲的學術，尤其是西方學者關於東方（主要指中東）的歷史和文化研究，與當時帝國主義侵略和殖民主義擴張的政治背景聯繫起來。賽義德批判西方殖民主義把東方視為異己的「他者」，構造一種處處不如西方的「他者」的形象，毫無疑問是有道理的。我自己也曾約略追索過西方人眼裡的中國的變化史，發現西方所見的中國往往不是真正在認識中國，而是描繪一個不同於西方的另一種文化。當西方處於自我批判意識較強的時期，便往往把中國理想化，十七至十八世紀法國啟蒙時代思想家們所想像的中國就是如此；而當西方處於自我滿足的時期，則往往視中國為停滯不前的過時的文明，這在十九世紀帝國主義時代表現得最為明顯。但我並不認為東方和西方永遠不能互相認識，文化之間必然永遠隔著種族、民族、語言和歷史的鴻溝而毫無共同性和普遍性。我也並不認為西方的漢學都必然體現帶有殖民主義色彩的「東方主義」，都只是在論證西方文化比中國文化優越。在我看來，文化相對主義把自我和非我截然對立，是毫無道理的。因為文化的認識恰好是對自我和非我的超越，是在真正開放的多元文化的相互溝通和交流中，尋

求人類文化的共識。[10]我同意賽義德的某些理論，同時也有不少保留。國內已有很多介紹賽義德著作的文章，把他的主要論點已經講得很清楚，我用不著再多講。我感到有興趣的是兩個有關的問題：一個是與東方主義相聯繫的「西方主義」，另一個是國內學者對東方主義的反應。

張寬在他介紹賽義德的文章裡，把「西方主義」定義為「中國的學術界在西方強勢文明衝擊下，產生出來的一種浮躁的、盲目的、非理性的對待西方文化的態度」，並且把從張之洞到李澤厚，「一直到八十年代末的蔚藍色論、基督教救國論」等近代和現代中國文化中的許多思想、理論和觀點，都統統歸在西方主義名下來考察。他在文章結尾處還以教訓人的口氣，告誡「中國的學者們，切切不要一窩蜂去加入『東方主義』的大合唱。」[11]西方主義是否能概括那麼多不同的思想觀念，我覺得頗值得懷疑。站在「海外」，學了西方當代時髦的理論，反過來看中國人自己的理論和思想，便覺得沒有一處順眼，全是些幼稚、膚淺或浮躁、盲目的謬見，這種態度在我尤其覺得格格不入，因為這種態度和我前面提到過的文化殖民主義很有關係。抱這種態度的人在反對十九世紀西方殖民主義的同時，又把二十世紀當代的西方理論作為判斷東方問題的標準，好像只有在「海外」，即在西方學習了先進理論之後，才可能真正認識中國文化的問題所在，才可能解決中國的問題，這不能不使我感到一種反諷的意味。

陳小眉曾專門討論中國人的「西方主義」，對之作細緻的區分。她認為有官方的和非官方的兩種西方主義。[12]也許五四時代的中國知識份子，尤其是魯迅，最能代表非官方的西方主義。魯迅曾經勸中國的年輕人讀外國書而不讀中國書，對中國的傳統文化和國粹派攻擊得不遺餘力。他處

---

[10] 參見拙文 "The Myth of the Other: China in the Eyes of the West"，載美國《批評探索》（*Critical Inquiry*）1998年秋季號，131頁。此文已收在拙著*Mighty Opposites: From Dichotomies to Differences in the Comparative Study of China* (Stanford: Stanford University Press, 1998).

[11] 張寬，〈歐美人眼中的「非我族類」〉，8，9頁。

[12] 參見Xiaomei Chen, Occidentalism: A Theory of Counter-Discourse in Post-Mao China (New York: Oxford University Press, 1995).

處把西方的先進文明與中國的愚昧落後相對照，以當代西方理論的眼光看來，可以說魯迅完全襲取了賽義德抨擊的那套東方主義觀念和語彙。但我們現在讀了賽義德的書，再反過來看魯迅，是否就覺得一無是處了呢？魯迅有不少過火偏激之處，這是不必諱言的，可是我相信，頭腦正常的人大概不會說魯迅是在為西方殖民主義或帝國主義張目，於西方當代理論無論有多麼深厚修養的人，大概也不至於說魯迅膚淺，說他對待西方文化的態度是浮躁、盲目、非理性的。事實上，如果說魯迅和五四時代希望改變中國現狀的知識份子採用了西方的概念和術語，不斷追求自由、民主、科學、進步等西方啟蒙時代以來的價值觀念，這恰好說明這些概念和術語本身並不是什麼壓迫性的，中國知識份子這樣做的目的不是為了證明西方文化高明，而是想把中國由弱變強，不再受西方列強的欺侮。在這個意義上，中國知識份子的「西方主義」和賽義德所謂「東方主義」可以說恰好是南轅北轍，背道而馳。當然，五四已經過去八十多年了，魯迅也死了五十多年了，我們對五四應該有冷靜的再認識。五四以後近代中國的歷史不能僅僅在中國本身的範圍內來理解，而必須在第二次世界大戰和東西方對立的局勢中來理解，這當中確實有不少可以吸取的教訓。五四時代自我和個人意識的覺醒後來何以漸漸淹滅在集體和民族的總體之中，何以各種力量都以科學進步為標榜，而自由、民主卻不得實現，何以整個社會越來越激進化，革新和革命不僅被視為社會發展的手段，而且成為目的本身。這些都是值得我們認真思考的問題。如果說五四以來的近代歷史有不少挫折甚至失誤，我們在重新審視這段歷史時，是應該以中國社會的現實發展為依據，還是盲目追隨西方當代理論的時髦，完全否定現代性本身而緬懷往古，在反思的名義下讓歷史的沉渣泛起呢？

　　有些人主張超越五四，覺得八十年前的五四精神早該過時了。我卻想說，中國歷史是那麼悠久，比較起數千年來，八十年還算不得太長。張寬在他介紹多元文化論爭那篇文章的結尾，一面說他在美國文化「經典」的論戰中「同情革新派」，一面又說如果中國發生類似的論戰將「偏向於傳統派」。這看來好像自相矛盾，其實正是始終一致的立場，即反對西方

文明，弘揚中華傳統，把五四以來對民主、自由、科學、進步等西方價值觀念的追求，視為「東方主義的大合唱」而否定拋棄。然而中國的情形畢竟不同於中東，如何理解和評價賽義德的《東方主義》和《文化與帝國主義》等著作，尤其是如何把這些著作中的思想放到中國的環境裡去理解，確實需要我們作細緻深入的思考。王一川等五位在國內的學者有關東方主義的對話，我以為正是這種思考的努力。五個人寫了不到七頁紙的筆談，自然說不上如何全面深刻，也還沒有具體討論一些理論問題，可是我讀過之後，很佩服他們銳利的眼光。他們相當清醒地堅持一種思考和批判的精神。陶東風指出，熱衷於談論東方主義與民族情緒有關，他還把這種東方主義熱和近幾年來出現的文化保守主義、東方文化復興論以及反西化思潮聯繫起來。孫津甚至明確說現在大談東方主義，「其反動性將遠大於其進步性，或者說其落後作用遠大於其文明作用」。王一川則肯定東方主義的意義，在於拆解西方人造出的東方形象的虛構性，並「揭示西方霸權在其中的支配作用」。[13]也許限於對談的形式，他們的討論似乎展開得不夠，也還可以涉及更多的問題，可以更細緻深入些，但我覺得他們的看法很可以給人啟發。他們似乎寧願多批判自己的文化傳統，而不願在責怪西方之中得到廉價的自我滿足。魯迅說過，多有不自滿的民族才是有希望的民族；在堅持民族的自我批判精神這一點上，他們似乎走的仍然是魯迅那一代人走的路。在我看來，這恰好也就顯出將來不是沒有希望。至於這路該怎麼走，那是需要大家合力來商量和探索的。希望之路往往是出名地難走，往往滿是荊棘和陷阱，而並非充滿了樂觀的笑和英雄凱旋式的光榮，但是與之相反的方向，卻只能引人入於沒有希望的絕境。

---

[13] 王一川等，〈邊緣‧中心‧東方‧西方〉，《讀書》1994年1期，150，149頁。

第四章　多元社會中的文化批評

　　一九九五年二月號的《二十一世紀》在「評九十年代中國文學批評」的欄目下，發表了趙毅衡和徐賁討論中國文學批評與西方當代理論之間關係的文章，接著又在四月、六月和十月各期發表了張頤武、鄭敏、吳炫、許紀霖、萬之等人回應和繼續討論的文章，十二月號更有劉東、雷頤、崔之元、甘陽針鋒相對的一組論辯。這些討論，作者見解各不相同，有時候辯論的語氣也頗為激烈，但我認為他們討論的問題十分重要，值得更多人注意。如果大家都來關心當代文學和文化的問題，使這場討論深入下去，豈不更有意義？我因此不揣冒昧，也來參加這場討論。我知道，這場爭論會繼續下去，但我希望大家都能以冷靜理性的態度來討論問題，因為儘管我們各人的認識和見解有所不同，最終的目的卻應當是一致的，那就是有利於中國文化和中國文學在未來的發展。

如何在當代中國背景上理解後現代？

　　實現現代化可以說是近代中國走向自強之路，也可以說是自五四以來大多數中國人的共識。現代化的內容，從科學技術的更新到社會制度的改革，尤其是自由、民主和進步的觀念，都以西方啟蒙時代以來的思想為基礎。然而自六十年代以來，在西方哲學、文學和文化理論各個領域中，又出現了對啟蒙時代以來的現代思想作全面反思和批判的後現代主義。如何

在中國社會、政治和文化的背景上理解後現代主義思潮，的確是值得我們
討論的問題。

　　趙毅衡的〈「後學」與中國新保守主義〉對近年來中國文學和文化討
論中出現的後現代主義熱潮作了尖銳的批評，儘管這篇文章過於簡短，也
不免有失諸粗略的地方，但在傳統、現代與後現代這一基本輪廓中看來，
我認為作者有明確的立場和堅定的信念，有十分敏銳的眼光，在文章裡提
出了值得大家注意的問題。我可以坦率地說，我十分贊同這篇文章的基本
觀點。趙毅衡明白表示，無論在文學或文化上，他都「堅持精英主義的立
場」，這就是文化批判的立場，而這批判不是民族主義式的中西對立，而
是「以本國的體制文化（官方文化、俗文化、國粹文化）」為對象。[1]他在
〈文化批判與後現代主義理論〉一文中，把這一層意思講得更顯豁，認為
「文化可以變遷，萬象或能更新，批判的鋒利卻是永在的，甚至可以說批
判本身即目的。這是知識份子區別於傳統中國的讀書士子，或宗教社會經
學家的根本特徵。」他又說「傳統文化與大眾文化本身並不是文化批判的
對象，文化批判的對象是體制化，是現存文化秩序的理論化、合理化。」
他把文化批判視為知識份子當仁不讓的根本職責，而批判的對象是現存秩
序以及為之辯護或順應其意旨的理論。這種批判是現代的、理性的，其根
源是近代西方的民主思想和科學精神，顯然繼承了五四新文化的批判傳
統。趙毅衡在九十年代國內熱衷於談論後現代、後殖民等等他稱之為「後
學」的理論中，敏銳地見出對五四和八十年代文化批判的否定和背叛，同

---

[1] 本章引用的文字大都出自香港中文大學中國文化研究所出版的《二十一世紀》
　1995年各期，包括趙毅衡：〈「後學」與中國新保守主義〉（2月號），〈文化
　批判與後現代主義理論〉（10月號）；徐賁：〈「第三世界批評」在當今中國
　的處境〉（2月號）；張頤武：〈闡釋「中國」的焦慮〉（4月號）；鄭敏：〈文
　化、政治、語言三者關係之我見〉（6月號）；吳炫：〈批評的癥結在哪裡？〉
　（6月號）；許紀霖：〈比批評更重要的是理解〉（6月號）；萬之：〈「後學」
　批判的批判〉（10月號）；劉東：〈警惕人為的「洋涇濱」學風〉（12月號）；
　雷頤：〈「洋涇濱學風」舉凡〉（12月號）；崔之元：〈反對「認識論特權」：
　中國研究的世界視角〉；（12月號）；甘陽：〈誰是中國研究中的「我們」？〉
　（12月號）。為節省篇幅起見，以下引用這些文章不再一一注明出處頁碼。

時又是以東西方的對立代替了「以本國的體制文化」為對象的文化批判。從文化批判的立場看來，這種傾向無論在政治或在文化上都是對現存秩序的妥協，所以他稱之為「新保守主義」。這種新保守主義的特點在於一方面宣稱代表「第三世界」中國的利益而反對西方霸權，另一方面又以西方當代最新最流行的後現代主義、後殖民主義理論為依據，從概念、方法、術語到句法和詞彙，其整個「話語」都是最時髦的西式。

後現代主義對啟蒙時代以來的現代思想文化作全面批判，在西方是否有激進意義，在此姑且存而不論。但由於東西方在歷史、文化和尤其是政治制度上的不同，西方學者對西方傳統所作的自我批判，很容易變成東方人維護自己傳統和本民族利益的口實。對西方傳統持激烈批判態度的西方後現代主義，為中國知識份子放棄自身文化批判的責任而轉向民族主義立場，是否會提供方便的理論依據呢？難怪趙毅衡要問，西方的「後學」是否「本身具有某些特點，使它在中國的具體情境中自然趨向保守」？

徐賁的《「第三世界批評」在當今中國的處境》一文，可以說對這個問題作了簡明扼要的回答。所謂「第三世界批評」和趙毅衡所說的「後學」一樣，都是避開對本國現存文化秩序的批判，在東西方對立的觀念中，把反對西方「第一世界」的文化霸權作為首要任務。這種批評和官方政治宣傳中反帝、反殖的說法以及對集體統一和民族主義的強調，有頗為驚人的相似之處，或至少兩者之間有異曲同工之妙。徐賁指出「中國第三世界批評的核心是『本土性』，而不是反壓迫。儘管它也談反壓迫，但那是指第一世界對第三世界的話語壓迫。它脫離中國實情，把這種話語壓迫上升為當今中國所面臨的主要壓迫形式，從而有意無意地掩飾和迴避了那些存在於本土社會現實生活中的暴力和壓迫。」所以徐賁認為，中國這種第三世界批評的基本傾向是「捨近求遠、避實就虛」。值得深思的是，「作為民族『當然代表』的官方文化機器和意識形態是不是一定代表本土人民呢？本土文化機器的歷史敘述是不是一定與人民記憶相一致的呢？」以「人民」的名義壓制實際生活中每一個具體的人，在把集體抽象的「人民」偶象化、神聖化並盡量抬高的同時，又把每一個具體的人壓縮到幾乎等於零的

渺小，這是專制極權制度慣用的手法。何以九十年代某些批評家們也來奢談「人民」，而且與官方宣傳的口氣如此相似呢？正是這樣的疑問使我們不能不對中國的「後學」和「第三世界批評」提出質疑。而說到底，這質疑的根本問題就是：這種對外不對內、放棄知識份子文化批判責任或根本否認知識份子獨立存在意義的「後學」和「第三世界批評」，在中國近代歷史的大背景上看來，是否有利於中國的現代化，尤其是中國的民主化？

　　以敏銳的眼光見出九十年代中國文學和文化批評中這些問題，又以明確的形式提出質疑和尖銳的批評，這是趙毅衡和徐賁兩篇文章的主要價值。這兩篇文章當然不是無懈可擊，許多人在對趙毅衡的回應和批評中，已經指出了他的某些失誤，有些意見是中肯的，態度也是懇切的，但是我希望在爭辯中我們不要只是情緒激化，熱度升高，卻失去冷靜思考的頭腦和公平省視的目光，以至於看不到他們文章的主要價值，聽不到他們提出的根本問題，甚至把這場有意義的討論引入無意義的歧途，變成無聊的個人意氣之爭。

中國「後學」的困境

　　張頤武作為中國九十年代「後新時期」鼓動後現代、後殖民理論最活躍、最有影響的批評家之一，理所當然對趙毅衡和徐賁的文章作出了反批評。這篇反批評的文章也自有它的價值，因為它不是從批評者的立場，而是從主張者的立場對「後學」作了正面的表述。儘管這表述是在反駁和辯難當中作出，不那麼全面，卻至少可以讓我們從主張者的口中聽到「後學」的聲音，見出其中的問題。換句話說，這篇文章的正面論述和反面批評，包括其中的自相矛盾之處，都可以視為「後學」的典型，其難以避免的毛病是自相矛盾，而這正是「後學」內在的困境。這首先表現在張頤武文章的標題、開頭和結尾上，標題是《闡釋「中國」的焦慮》，在文章開頭及全文大部，作者都儼然以整個中國或中國大陸批評界發言人的口氣說話，可是到結尾處卻突然一轉，承認這只是「個人的若干觀點」，並沒有

「代表其它人或任何群體」。既然如此，何必一開頭要打出「中國」的旗號，至少代表「中國大陸理論批評」的全部或主流呢？原來第三世界批評家的招數，是以第三世界中國反第一世界西方為立言之本，而且以中國發言人自居，就可以使一切批評者閉口，誰批評他，誰就是以「西方中心的文化霸權」去壓制第三世界的中國，去把中國「再度變為一個馴服的『他者』」。「後學」不是一貫講「全球性後殖民語境所構成的權力關係」和「西方『現代性』話語的文化霸權」嗎？「後學」批評家把自己等同於「中國」，正是使「個人的若干觀點」變成全中國統一思想的妙法，由此而獲得無限的「權力」和大得可怕的「話語霸權」。

　　張頤武特別點出趙、徐二人是「來自中國大陸，並任教於西方學院體制中的學者，」而且反覆指出他們已經有「對西方的主流話語和意識形態的強烈認同」，甚至更進一步說是「對西方白人中產階級的主流意識形態的強烈認同」。言下之意，大有將此二人革出教門，不認其為炎黃子孫的架勢。這樣一來，就可以方便地把趙、徐作為西方第一世界的代表，而自己則安居第三世界中國代言人之位，於是「後學」和「第三世界批評」又有了立言之本，可以照著中西、內外對立的套數一路打下去。然而對「後學」說來不妙的是，中國大陸的理論批評不止一條言路，對「後學」的批判不僅來自海外，也來自海內。例如葉秀山一面對後現代思潮作詳細介紹，一面又對其否定一切意義和價值深表懷疑，認為這「沒有時尚」和「沒有大氣候」的後現代，「未必是好的時代」。[2]王嶽川也在對後現代主義文化作多方面介紹之後問道，這「指向世紀末的極點，並映照出世紀末意緒」的後現代主義，「到底標示了二十世紀文化和價值的出路還是末路」？他最後更明確說，即使「在思維論層面上」我們可以肯定後現代主義的懷疑精神和多元論，但「在價值論層面上，」我們卻必須「批判其喪失生命精神超越之維的虛無觀念和與生活原則同格的『零度』藝術。」[3]許

---

[2]　葉秀山，〈沒有時尚的時代？論「後現代」思潮〉，《讀書》1994年2期，11頁。
[3]　王嶽川，《後現代主義文化研究》（北京：北京大學出版社，1992），404-05頁。

紀霖批評趙毅衡用「後學」概括國內後現代主義研究過於籠統，也以葉、王等學者為例，說明他們「對後現代哲學顯然保持一種冷靜的、批判的、反思的知識距離。」

在我看來，雷頤發表在《讀書》上的一篇短文《背景與錯位》，對「後學」的批判最為精闢，可謂入木三分。他指出在中國的具體背景上看來，後現代、後殖民理論給人有錯位的感覺，更有無可避免的內在矛盾。「後學」批評家指責別人步西方人後塵，他們自己卻又比任何人更徹底地接受當代西方的一套理論、方法、概念和術語，弄得他們自己的「話語系統」先就「被『後殖民』得難以卒讀」。他們宣稱後殖民、後現代在西方是「弱勢集團的代言人，對社會主流文化持批評態度，」可他們就是不肯在中國做同樣的事情。於是雷頤質問他們，「為何不用以對中國語境中的『主流』、『中心』、『大一統』、『傳統』作一番深刻的解釋、解構、消解和知識考古呢？而偏偏要拋其神髓，不期而然地加入到『主流』對『支流』的衝擊、『主調』對『雜音』的淹蓋、『中心』對『邊緣』的擴張、『整體』對『片段』的吞噬、『強勢』對『弱勢』的擠壓中去呢？」[4]雷頤發表在《二十一世紀》上的《「洋涇濱學風」舉凡》，也指出大陸學術界出現的後現代、後殖民理論，是「脫離具體社會、歷史內容的『新趨勢』」，其危險正在於「加強權勢、中心、主流對弱勢、邊緣、支流的統治、擴張和衝擊。」最能發人深省的是他從抗日戰爭時期一本漢奸文人的《論文集》摘引的例子，這些人明明做了日本「皇軍」的走狗和奴隸，寫起賣國文章來卻理直氣壯、振振有辭，原來他們「都是以『大東亞戰爭』是黃種人反對白種人數百年殖民統治的解放戰這一冠冕堂皇的『反對殖民主義』為其『理論基礎』的。」當年日本帝國主義宣揚的「大東亞共榮圈」，不正是以黃種人「同文同種」作侵略別國的藉口嗎？這歷史的例證提醒我們，以種族作是非標準是何等荒謬而危險，而這正是在中國機械搬

---

[4] 雷頤，〈背景與錯位：也談中國的「後殖民」與「後現代」〉，《讀書》1995年4期，18，20頁。

用後殖民、後現代理論的危險，正是中國「後學」和「第三世界批評」的危險。

多元是否意味著無正義、無普遍價值？

　　張頤武文章無法避免的另一個矛盾，是既以「中國」代言人自居，又以西方當代理論為立言之本。他指出九十年代「最尖刻的『歷史的諷刺』在於，中國政治／文化／經濟的進程完全脫離了昔日居於話語中心的『知識份子』的把握，也完全脫離了在海外或中國本土所產生的既定話語及闡釋模式的把握。中國似乎已變成了一個無法加以馴服的『他者』。」真是如此麼？且慢！且看西方理論家們提供「後學」闡釋模式來馴服和把握中國這「他者」。這才是「後學」最為尖刻的歷史的諷刺。僅就張頤武文章所舉者，就有荷米‧巴巴（Homi Bhabha）、「一位印度學者」、博得裡亞（Jean Baudrillard）、斯皮瓦克（Gayatri C. Spivak）、葛蘭西（Antonio Gramsci）等人。誠然，這當中有幾位以種族而論不是西方的白種人，但是都是「任教於西方學院體制中的學者」，而在他們背後的是從尼采、海德格爾到福柯、德里達等諸多理論權威。同樣的矛盾在鄭敏回應趙毅衡的文章裡，也表露得很明顯。據鄭敏說，她在《世紀末的回顧》一文裡否定五四、新詩和白話文，以及「近年關於文化傳統的討論，……其動力還真是來自世紀末自我審視，是純本土的。」可怎麼這「純本土的」自我審視又全依賴於西方的「當代結構—解構語言觀，」發源於索緒爾（Ferdinand de Saussure）、拉康（Jacques Lacan）、海德格爾、佛洛德和德里達等西方的「經典著作」？「後學」可以為否定五四以來的現代中國文化提供依據，這算得一個明顯的例子。

　　研究傳統文化，提倡繼承章太炎、王國維、陳寅恪的國學研究，甚至呼籲重視文字的考據訓詁，並不能一概目為保守。在大多數情況下，這種國學研究也和西方後現代、後殖民理論全然不相干。張頤武就以鄙夷的口氣談論這種傳統文化研究，並在「國學」的名稱前冠以一個「後」字。

像鄭敏那樣把西方後現代理論和文言文及古詩扯在一起，實在不多見，也和實際上的國學研究沒有關係。在這一點上，趙毅衡沒有作細緻區分，把「新國學」與「後學」混為一談，的確太粗疏籠統，反而誇大了「後學」的學術視野和能力。許紀霖在此點上對趙毅衡的批評，我認為是有道理的。萬之在《「後學」批判的批判》一文中轉述汪暉對這一問題的闡述，也頗有說服力。不過許紀霖的文章也引起我一點疑問，那就是他在批評趙毅衡的同時，是否完全忽略了趙毅衡提出的主要問題，即「後學」在中國具體的社會文化背景上，是否會導致與現存文化秩序妥協，甚至把它理論化、合理化，從而引向保守？許紀霖明確指出，「後學」的興起與一九八九年天安門事件之後的社會環境有直接聯繫，而據說人們在這一環境中思考的是這樣一些問題：「為什麼89年事件中對立的雙方都表現出一種同構性的思維邏輯，都自以為真理在握，代表著正義，掌握著道德的制高點？為什麼現代中國知識份子往往不自覺地以一種一元化的、獨斷論的整體主義思維方式思考問題？中國的政治專制主義又以什麼樣的話語霸權作為自己學理上的合法性依據？進而，所有整體性的宏大敘事對價值、意義的烏托邦承諾是否從根底上來說是虛妄的，是現代悲劇的思想淵源所在？」毫無疑問，這是一些十分嚴肅的問題和十分認真的思考，不過問題在於，取消二元對立是否意味著世界上根本就無真理、無正義、無價值、無意義、無是非，也就毫無價值判斷的可能？是否一切都不過是權力關係，是「話語」敘述，是表像而非真實，於是任何真理、正義都不過掩蓋著權力和意識形態，也就和它們的對立面沒有兩樣，是「同構性的」？這種取消一切對立、根本否認有什麼真理的「後學」理論，相比於對真理的執著，哪怕只是執著於局部而非絕對的真理，究竟何者為虛妄？中國早有成者為王、敗者為寇的說法，莫非「後學」提供給我們的，也就是這樣的歷史觀麼？秦二世時指鹿為馬的趙高，莫非就是今日「後學」權力關係理論的實踐者和「後學話語」的先驅麼？

　　問題又還在於中國的「後學」並不僅僅只是抱一種哲學上的相對主義而毫無取捨，無可無不可。哲學相對論的後現代主義加上「第三世界批

評」的後殖民主義，就使中國的「後學」有相當明確的取捨，即只消解五四和八十年代近代西方文化中吸取的現代性價值，而不消解本土現存文化秩序及其價值。張頤武說：「『現代化』或『現代性』絕不是一種超越歷史和文化限制的絕對真理，絕不是一種在意識形態之外的純潔的烏托邦，而是深深地捲入了全球性的權力話語之中的壓抑性的關係。」如果您覺得這句話的意思還不大清楚，請把「現代性」換成具體的現代價值觀念，如人權、民主、自由等，看張頤武又是怎麼說的：「『人權』早已變作了對中國市場進行調控及對於貿易進行控制的籌碼，變成了對『中國』的他性進行定位的最後幻影。正如周蕾指明，由自由女神所代表的民主，只是『以白人女性代表美式民主的理想得天真的喧鬧』。」這是文學批評家在說話呢，還是外交部發言人在作政府聲明？「後學」的特點，正在於消除這樣的二元對立，而代之以第一世界西方和第三世界中國的對立。我想問的是，除「後學」批評家認可的西方後現代、後殖民理論之外，是否凡是西方的東西，就都不符合中國的特殊國情，中國人就都不能有？人權、民主、自由固然是源於西方的價值觀念，汽車、飛機、電燈、電話也都是西方的發明，何以「後學」不把後面這類東西也反掉而代之以木牛流馬之類第三世界中國本土的發明呢？為什麼中國人可以有汽車、飛機、電燈、電話之類源自西方的「奇技淫巧」，卻不可以有或者不配有人權、民主、自由呢？我認為這就是五四和八十年代文化批判與今日「後學」的根本分歧，只要關心中國和中國文化的人，都需要在這裡作出明確的選擇和回答。

明確是非的界限

「後學」和現代性之間的分歧，絕不是以黃種人和白種人的種族差別為界限，也不是以海內和海外、第三世界中國和第一世界西方為界限。不明白這簡單的道理，就很容易受「後學話語」的蒙蔽。「後學」不代表中國，上面已經論及，「後學」本身也正以西方後現代理論為精神資源，而

且「後學」批評家不僅在中國大陸有，在海外也不乏其人。批評「後學」並不是批評它研究後現代、後殖民理論（研究一種理論並不等於認同那種理論），而是批評它脫離中國的歷史和現狀，機械搬用西方當代理論，在中國的實際環境裡形成一種維護現存秩序的保守理論，成為中國實現現代化和民主化的障礙。在這個意義上，我很贊成劉東對中國本土經驗和實際情形的強調，而且正如他所說，「似乎人們所想要採納的理論框架越是新穎獨特，就越難以把它們原樣照搬到中國的經驗材料當中，否則便會有跟中國的原有事實越隔越遠的危險。」用這句話來描述「後學」的困境和毛病，可以說十分妥帖。「後學」批評家們的文字脫離中國實際，違背中國生活經驗，充滿生硬的外來名詞和過分歐化的句法，讀起來像拙劣的翻譯，將其戲稱為「洋涇濱」，也可以說別致而恰當。

　　然而劉東自己對「洋涇濱學風」的理解卻未免有些狹隘，起碼他的文章給人的印象，似乎是他以海內、海外作分界，只看見海外有「洋涇濱」，對海內的「洋涇濱」則好像視而不見。趙毅衡對「後學」的批評，正在於大陸的「後學」脫離中國實際，在故意誇大的中西對立中迴避面對中國現實的問題。可是因為趙毅衡身在海外而批評的是國內學者，竟成為劉東列舉的「洋涇濱學風」之一例。這樣一來，所謂「洋涇濱學風」豈不成了海外學人的通病？而只要在國內，就可以有一種天然免疫力，絕不會受到傳染？如果真是這樣，那麼「洋涇濱學風」之產生就不是因為在「援西入中」的過程中生搬硬套，脫離中國本土經驗和實際情形，而只是由於人到海外就必然失去對中國「完備的直覺把握」，到頭來全視人在什麼地方而定，跟這具體的人有怎樣的思想感情、觀念意識倒沒有什麼關係了。於是對脫離實際，故弄玄虛的空論本來很有針對性的「洋涇濱」概念，就變成一個毫無理論意義的貶詞，成為海內學者壓倒海外學人的一個法寶，這就令人感覺遺憾。把有關「後學」及「洋涇濱學風」的討論變成誰在中國研究中最有發言權的爭執，實在沒有什麼意義。因為在正常的學術論爭中，大家都應當有平等的發言權，這本來不成其為問題。重要的不是誰有發言權，而是發的言有沒有道理，能否深化大家對所討論問題的認識，而

這和發言者在海內還是在海外無關。我希望這場有關中國文學和文化批評及其西方當代理論關係的重要討論，不要因此而偏離了主要的方向，變成海內海外誰有發言權，誰是原味正宗的無聊論爭。在這裡我希望再一次請讀者和參加討論的諸位，不要忽略了趙毅衡和徐賁最先提出的問題，不要在情緒化的爭辯中失去理性和邏輯，不要輕易放棄了是非標準和價值判斷的責任。據說後現代主義否認理性和邏輯，否認有大家可以普遍接受的真理和是非標準，一切只是權力和「話語」，不過「後學」家們既然也著書立說，便總也以為別人應當以他們的所說為是，以「後學」所反對者為非。這是否是「後學」無法避免的又一個矛盾呢？此一問題值得探討，我極願就教於海內、海外的方家，在互相切磋中獲得共識。

第五章　知識份子與現代社會

　　在第一章討論文化與傳統時，我曾說傳統通過現在來說話，我們也通過對傳統作出理性的選擇，使傳統不斷變化以適應現代社會新的條件和環境，成為活的文化。一個相應的問題是，誰是文化的傳人？是誰對傳統作出選擇，使文化不斷變化？這在過去似乎不成其為問題，因為歷來有一個被普遍接受的共識，即文化，尤其是就文字記載的狹義的文化而言，人們從來認為讀書人或知識份子擔負著保存發揚文化傳統的社會職責。然而隨著九十年代中國大陸市場經濟活動的發展成為社會關注的中心，而同時政治和意識形態環境又不再有利於八十年代「文化熱」中對傳統那種批判式的討論，整個文化領域便發生了明顯的變化，出現了所謂精英文化的失落和大眾或通俗文化的興起，而批評界也出現了與此相應的議論。一方面有關於「精英文化失落」的討論，另一方面在後現代主義理論影響之下，又有批評家對「精英」和知識份子本身提出批評，認為那是在「後新時期」已經過時的既陳芻狗，完全不合時宜。然而在當前的社會裡，知識份子是否仍然要不怕孤獨和寂寞，在思想上走在前面呢？知識份子是否需要自省，在現代社會中重新定位呢？更進一步說，在今日的中國，知識份子是否還有文化批判的職責呢？

「精英」與「大眾」

　　在文化討論中，我以為對所謂精英和大眾，應該首先作一點分析。反知識份子和反精英的立場是否就代表民眾，因而無庸置疑具有道義上的

優勢呢？稍稍回顧一下歷史，我們就不能不承認，從五十年代「三反」、「五反」、「反右」及各種思想改造運動，直到文革中對「臭老九」和「資產階級學術權威」的批判，中國知識份子在權力和政治上從來就處在邊緣而非中心的地位，從來是受批判、被改造的對象。「後學」家們搬來福柯的觀念，把知識就是力量歪曲為知識就是權力，再用所謂知識和權力共謀的觀點，把中國知識份子與中心和主流相聯繫甚至等同起來，這不僅完全不符合中國近代歷史的現實，而且恰好是用表面看來精巧的理論，掩蓋了現實政治中大量存在的暴力和壓制。這種反智主義理論（anti-intellectualism）恰好投合處於中心的政治權力的利益，對本來就處在邊緣的知識份子施加壓力。與此同時，大眾、群眾、人民等概念在政治上也從來是強有力的概念，而且正是這類概念使政治權力具有表面上的合理性，成為知識份子改造運動在道義上的支柱。韓少功把這個道理講得很清楚。他說在歷次思想改造運動和後來的文革中，「無論有多少極端的政策讓知識份子暗暗生疑，但單單是『與工農大眾相結合』這一條口號，就具有道德上的絕對優勢，足以摧垮知識份子的全部心理抵抗，使他們就範。」[1]陳平原在討論精英文化失落的一篇文章裡，也早已指出這失落不僅有商業大潮和政治高壓的外部原因，還有更值得反省的內部原因，那就是「知識份子自身選擇的失誤」，其中包括近代中國知識份子的「『泛政治』意識、『革命』崇拜以及『平民文學』的迷思。」[2]換言之，中國知識份子近百年來大都在鼓吹一種激進的民粹主義，一面相信「勞工神聖」，把群眾浪漫化、理想化，一面又以自己是不從事體力勞動的「樑上君子」而內疚、自責，最後則被他們所熱切呼喚的大眾文化把他們自己以及他們的文化價值推向社會的邊緣。其實精英和大眾並不總是貴族和平民的關係，尤其在現代的工業消費社會裡，大眾並不一定是「勞苦大眾」，而所謂精英，尤其是人文知識份子，倒往往過著相當清貧的日子。所以知識份子大可不必自

---

[1] 韓少功，〈哪一種「大眾」？〉，《讀書》1997年2期，5頁。
[2] 陳平原，〈近百年中國精英文化的失落〉，《二十一世紀》1993年6期，18頁。

以為是「精神貴族」而自傲或自譴，更不必悲天憫人地以為只要作出自我犧牲，世間的一切問題就都可以解決。托爾斯泰小說中的貴族人物往往解放自己莊園裡的農奴，從中得到精神上的自我滿足。這在他那個時代就已經是空想和虛構，更何況在今日的中國。

然而文化主要是精神的價值，在文化傳統中的重要性並不等於政治上的權力和經濟生活中的優越地位。換言之，知識份子從來不是有權有勢的人，也不等於有錢人。他們所有的不過是知識，而且這些知識並不都具有直接的實際功用，也就不是社會上大多數人所關切重視的。以為知識份子可以一言九鼎，一言興邦，都過分誇大了他們的作用。法國十七世紀思想家帕斯卡（Blaise Pascal）曾說，人好比是萬物中最脆弱的蘆葦，但卻是「能思考的蘆葦」（un roseau pensant），這句話用在知識份子身上最為貼切。[3]不過與此同時，思考或思想的力量又是不容忽視，不可低估的，認為知識份子在現代市場經濟和商業化大潮中已經失去作用，甚至喪失了存在的理由，也完全是目光短淺之見。回顧歷史，在人類文化中曾經發揮重要作用的思想家和其它類型的知識份子，有多少在他們自己的時代是在政治、經濟和社會生活中一帆風順而又舉足輕重的大人物呢？反過來我們也可以問，歷史上許許多多頤指氣使、顯赫一時的王侯將相，又有多少在精神文化的領域裡能占得一席之地，足以博得後世人們的敬仰呢？由此看來，既無權勢，又無萬貫家財，似乎正是知識份子社會地位的特點之一。然而除此之外，他們還有別的什麼特點呢？究竟知識份子是怎樣一個概念呢？

傳統的士與現代知識份子

中文裡知識份子這幾個字，大概是從日文轉譯的西方名詞，即intellectual，從西文詞源學角度看來，知識份子與知性、理解（即拉丁文intellectus）

---

[3] Blaise Pascal, *Pensées*, vi.347.一部討論前蘇聯知識份子的書，就以《能思考的蘆葦》做標題，見Boris Kagarlitsky, *The Thinking Reed: Intellectuals and the Soviet State, 1917 to the Present, trans. Brian Pearce* (London: Verso, 1988).

等觀念有關，其基本意義可以說是指以理性思考為主要行為的人。哲學家
也以理性思考為其主要行為，所以哲學家可以說都是知識份子。但知識份
子這個概念比哲學家的內涵包括更廣，其不同於哲學家之處，在於除了純
理性的思考之外，還有對社會狀況更直接的關懷，對現實人生有道德的承
擔，有政治和文化批判的職責。知識份子的定義，歷來眾說紛紜，但無論
從歷史變遷的方面看，或是從觀念本身的內涵來分析，我們都可以肯定，
知識份子總是和社會實踐、和社會的基本結構和價值觀念有關，尤其和自
由、平等、公理、正義等理念有關。從知識份子的角度看，這種關聯又主
要在於理性的思考，體現為語言文字的著述，而不在直接參與政治體制本
身的運作。[4]西方有所謂政治軀體（body politic）的舊喻，如果我們稍作
發揮，就可以說知識份子乃是社會的良知和思想，而不是發號施令的大腦
或神經中樞，更不是執行指令的軀幹和肢體。換言之，知識份子為社會提
供理論和觀念，而理論觀念的具體實現則是政治家和社會活動家的事。這
主要是就社會和政治理論而言，不是說一般的知識和實踐毫無關係。《論
語·微子》那位荷蓧丈人對子路說的「四體不勤，五穀不分」，歷來以為
是對勞心者的譏諷，當然有道理。不過就思想觀念與實際行動的關係而
言，能把心與四體分開倒不無好處，否則真以王者之師自居，使天下號令
必由己出，又自以為掌握了真理，強迫別人服從，那才會造成最可怕的結
果。所以思想和行動的這種區別至關重要，然而二者之間並沒有嚴格絕對
的界限，尤其在中國文化傳統中，知與行歷來相輔相成，關係十分密切，
這一區分就顯得尤其重要。余英時先生曾詳細論證中國傳統的文人或士與
西方近代的知識份子有許多共同之處，但他同時又指出，「雖然中國的
『士』和西方的『知識份子』在基本精神上確有契合之處，但是我並不認

---

[4]　討論知識份子的著作數量很大，特別涉及知識份子政治與文化批判職責的近著，
可以舉以下兩部為例：Ian Maclean, Alan Montefore and Peter Winch (eds.), *The
Political Responsibility of Intellectuals* (Cambridge: Cambridge University Press, 1990);
Ron Eyerman, *Between Culture and Politics: Intellectuals in Modern Society* (Cambridge:
Polity Press, 1994). 我在本章後半部分主要討論的則是另一本書：Edward Said,
Representations of the Intellectual (New York: Random House, 1994).

為這兩者之間可以劃等號。」[5]以我的愚見,中國古代的士和現代知識份子一個重要的區別,就在於知與行的分或合,也就是思想與行動是否有明確區分的問題。

哲學家為王,這曾是柏拉圖政治哲學的理想,但他在說出這一理想時,就深知這是難以實現的,說出來恐怕只會被人訕笑攻擊,「被嘲笑和蔑視的浪潮捲走。」[6]孔子一生帶領門人弟子四處奔走,卻非但未能為王者之師,而且到處踫壁,被人譏為「知其不可而為之者」。連他自己也說「道之將行也與,命也,道之將廢也與,命也」(《論語・憲問》),似乎抱一種無可奈何、聽天由命的態度。所以哲學家、思想家或知識份子參與當時政治往往並不成功,對當時社會現實的支配力量往往有限,但是,又有誰能忽視孔子和柏拉圖對東西方文化和政治傳統產生的巨大影響呢?德國詩人海涅以雄辯生動的語言,描述了思想家與行動家的關係,而在這形象化的描述中,行動只不過是實現思想的手段和工具。海涅說:

> 聽著吧,你們這些驕傲的行動家們。你們不過是些毫無頭腦、替思想家們幹活的人,他們雖然往往卑微無聞,卻早已極度精確地預先規定了你們一切的行動。瑪克西米廉・羅伯斯庇爾不過是楊・雅克・盧梭的一隻手,把盧梭已造好靈魂的那個胎兒從時間的子宮裡取出來的血淋淋的手。使盧梭一生抑鬱不樂、不得安寧的那種憂愁,或許正出於他在精神上已經預感到,他的思想需要怎樣的一位助產士才可能投胎到這世界上來的吧?[7]

---

[5] 余英時,《士與中國文化》自序(上海:上海人民,1987),3-4頁。

[6] Plato, *Republic* 5.473c. *The Collected Dialogues, including the Letters*, eds. Edith Hamilton and Huntington Cairns (Princeton: Princeton University Press, 1963), p. 712.

[7] Heinrich Heine, *Concerning the History of Religion and Philosophy in Germany*, trans. Helen Mustard, in *The Romantic School and Other Essays*, eds. Jost Hermand and Robert C. Holub (New York: Continuum, 1985), p. 202.

　　這當然是十九世紀浪漫時代詩人對啟蒙時代思想家略帶戲劇性的理想化描述。海涅在講到康德時，說這位哲學家一生平淡無奇，也許唯一能引人注意的一點，就是不管天晴下雨，他每日下午三點半必出門散步，準時得使鄰居們可以用他來對自己的鐘錶。可是，海涅接下去說，「要是康尼斯堡的市民們能稍微意識到他思想的充分含義，在面對此人時，他們會比看見一個只不過處決人犯的劊子手更為心驚肉跳。」[8]海涅把康德與羅伯斯庇爾相比較，指出在思想領域裡摧毀舊秩序的康德，「在恐怖手段上遠遠超出羅伯斯庇爾。」兩人本來都是小地方的市民，「他們生來本當去稱量咖啡和砂糖的，可是命運卻決定讓他們去稱量別的東西，而且在他們其中一個人的秤盤裡放上一個國王，在另一人的秤盤裡放著上帝。」[9]海涅在此極力強調批判哲學的精神力量遠在現實物質力量之上，但是康德內在精神的非凡出眾與他外在現實裡的平淡無奇恰成反比，這又正是我在前面提到的近代思想家和知識份子帶決定意義的特點。這就是說，恰好是超脫現實政治，尤其是超脫於政治體制的獨立特性，使知識份子得以最充分地發揮在宗教、哲學、法學、政治學等多方面精神文化批判的力量，而且正是這種文化批判構成知識份子的根本特點和社會職責。值得注意的是，無論我們提到的是柏拉圖或孔子，盧梭或康德，無論是古代的哲學家、思想家、中國傳統的士，或是現代的知識份子，我們所談論的都是人文科學，即德文所謂Geisteswissenschaften，而不是自然科學即Naturwissenschaften。傳統意義上的文化首先是人文知識的傳統，而人文知識所探討的具體人生問題，正如伽達默強調指出的那樣，是不可能用自然科學的歸納演繹方法來全面把握的。[10]伽達默學闡釋學的中心議題之一，正在於指出自然科學方法在涉及社會歷史多方面問題時的局限性以及人文傳統的重要性。

---

[8] 同上，203-04頁。

[9] 同上，204頁。

[10] Gadamer, *Truth and Method*, p. 4 et passim.

知識份子的「邊緣化」

由於科學技術在二十世紀現代社會中的飛速發展，傳統人文知識份子的重要性日益受到挑戰。一方面是社會結構和管理上的專家政治傾向，另一方面是各門知識技能的專業化或職業化，兩者都使傳統意義上的文化以及人文知識份子越來越從中心退向邊緣。不僅如此，在西方當代的哲學和文化理論中，對傳統和現代性的批判往往也趨於對啟蒙時代以來知識份子作用的懷疑和否定。福柯認為知識總是和權力結成共謀的關係，「知識份子本身正是這權力系統的代理人。」[11]利奧塔（Jean François Lyotard）認為所謂後現代即是宣告真理、知識、進步等現代性「宏大敘事」的終結，也是知識份子作用的終結。他說：

> 一類知識份子（如伏爾泰、左拉、薩特等）顯然已經隨著現代性的衰微而消失了……六十年代對學院的激烈批判，以及隨後所有現代國家教育機構無可挽回的衰落，都相當清楚地說明，知識及其傳播不再構成權威，知識份子登臺開講也不再能使人洗耳恭聽。在一個節省時間就等於成功的世界裡，思想有一個無可救藥的弊病：那就是浪費時間。[12]

如果我們比較利奧塔這段話和前面所引海涅的一段話，兩者之間真可謂有天壤之別，兩者對思想或思想家的評價真是不可同日而語。在中國文化傳統中，歷來有對讀書人或知識份子的尊重，讀書人也以天下為己任。

---

[11] Michel Foucault, "Intellectuals and Power", *Language, Counter-Memory, Practice: Selected Essays and Interviews*, ed. Donald F. Bouchard (Ithaca: Cornell University Press, 1977), p. 207.

[12] Jean FranHois Lyotard, *Le Postmoderne expliqué aux enfants: Correspondance, 1982-1985* (Paris: GalilJo, 1986), p. 63.

近代以來，更有許許多多中國的知識份子欲發奮圖強，使中國自立於世界民族之林，實現科學與民主的目標。余英時先生曾論證自清末以來近百年的歷史，也就是中國知識份子不斷邊緣化的歷史。這當然要取決於我們對邊緣和中心如何定義，對知識份子的職責又如何理解。余先生說，中國傳統社會中的士號稱「四民之首」，所以「在傳統中國，『士』是處於中心的地位」，而從傳統的士大夫到現代知識份子，便是一個「從中心向邊緣移動」的衰落過程。[13]這一觀察無疑是深刻的，但這當中尚需注意傳統的士與現代知識份子之間的區別。古代的讀書人通過科舉考試進入仕途，「學而優則仕」，往往是以宦海生涯中的成功作為做學問的目的和標準。學與仕，或者說知識與政治合二而一，於是士大夫很難有超脫政治體制之上或之外的獨立批判意識。從這個意義上說，知識份子的邊緣化，即脫離政治體制而有可能獲取相對的獨立性，則又未嘗不可視為產生現代意義的知識份子之必要條件。當然，誠如余先生所言，近半個世紀以來中國政治史的實際情形，無論國民黨或共產黨都讓社會上的「邊緣人佔據了政治中心，而知識份子則不斷從中心撤退，直到完全邊緣化為止。」[14]如前所述，知識的領域和政治的領域，知與行，從來有極大差別。現代知識份子能夠存在並產生作用，需要社會能提供足夠的公共空間，保證思想和知識生產的獨立性。換言之，沒有政治上的民主和言論的自由，知識份子不僅無法盡到文化批判的職責，甚至無法維持基本的生存。所以現代意義上的知識份子是與現代意義上的社會同時生成的，爭取平等、自由、民主、正義等精神價值的過程，也就是形成一個在精神文化領域具有相當活力的知識份子群體的過程。因此，就近代中國的情形而言，知識份子的邊緣化與其說導源於讀書人被迫離開仕途而游離於政治體制之外，毋寧說是政治體制本身的不健全，是由於缺乏民主開放的社會環境，缺乏政治與學術的相對獨立，缺乏思想、言論和學術的自由。中國大陸從五七年「反右」到六、七十年

---

[13] 余英時，〈中國知識份子的邊緣化〉，《二十一世紀》1991年8期，15，16頁。
[14] 同上，19頁。

代的「文革」，便是政治壓倒學術的極端例子。由於政治權力擴張到一切領域，知識份子幾無立錐之地，要他們對社會政治體制從精神和思想方面作任何公開的批判，根本就是空想。從這一點看來，知識份子的邊緣化似乎可以有另一種意義。如果說學術的獨立以及思想和言論的自由是知識份子能夠擔當起文化批判職責的先決條件，那麼狹義的政治上的邊緣化使知識份子能超脫於政治體制之外，發言時不會有公私利害的衝突，「無官一身輕」，對他們自己和他們所生存於其中的社會，又未嘗不是一件好事。這又是前面提到的知與行的區分，是知識份子在精神領域裡影響深遠，但在外在現實生活中卻平平無奇的獨特處境。但是這種狹義的政治上的邊緣化必須有相對獨立的民間社會為前提。因此，對於現代中國的知識份子而言，重要的不是緬懷柏拉圖式的哲學家為王的理想，或者做先儒為王者之師的夢，而是爭取社會的民主，學術的獨立，以及思想和言論的自由。畢竟蘇格拉底和孔子在他們當時的社會裡，並未處在權力中心的地位，而所謂「知其不可而為之」，正可以借用到我們的時代來形容不滿足於現狀而負起文化批判職責的知識份子。在這個意義上說來，所謂邊緣化可以有完全不同的理解，即思想和政治權力的分離，也就是知識份子有充分的獨立性。

在中國社會尚未健全民主的政治制度，知識份子尚處於相當弱勢的情形下，爭取知識份子的獨立性正是一個尚待完成的任務。在中國這樣的社會環境裡，福柯所謂「知識和權力的共謀關係」以及利奧塔認為後現代即是「知識份子作用的終結」，與中國社會現實就形成複雜的關係。西方當代的後現代主義理論對現代性價值取向和對知識份子作用的懷疑，就使中國知識份子處於一種理論上的尷尬境況。在文革後的八十年代，大陸上出現相對寬鬆的政治氣氛，儘管政治上敏感的問題仍然構成種種禁區，但知識份子已經可以在相當程度上展開文化批判，肯定民主、自由對中國社會的正面意義。毫無疑問，這場針對中國傳統和社會現實中許多問題展開的文化批判，是八十年代思想界最突出的特點，也為八九年在北京和其它許多地方出現的民主運動，在思想上作了準備。八九年民主運動的被扼殺，同時也是八十年代文化批判的終結，而九十年代中國大陸的社會政治和文

化環境，呈現出全然不同的狀態。一方面是資本主義式市場經濟有限度的
發展，另一方面是在政治意識形態上有選擇的然而更加嚴密的控制。正是
在這樣的社會政治背景之上，西方後現代主義和後殖民主義理論在中國大
陸突然成為熱門話題，這就不能不使人考慮其中的因由，在討論西方後現
代和後殖民主義理論在中國的作用和意義時，不能不同時注意到這種政治
文化環境的背景。

　　無論在西方社會裡，後現代主義和後殖民主義理論可能有怎樣的激進
意義，在中國當前的政治文化環境中，這些理論實際上往往趨於保守，這
已經有不少人指出過了。某些「後學家」不僅貶低知識份子的作用，甚至
否認知識份子存在的理由，把本來就處於弱勢的中國知識份子更推向社會
的邊緣。我在此希望就知識份子的文化批判職責問題，指出被人稱為「後
學」的這類西方理論在九十年代中國大陸的鼓吹者們，往往拋棄這些理論
在它們本來環境裡可能具有的批判精神，因而愈加顯出其保守性。在所謂
「後新時期」的九十年代，有不少「後學家」徹底否定了八十年代的文化
批判以及推進這種批判的主力，即呼喚民主和自由的中國知識份子。他們
把自五四以來中國知識份子爭取科學和民主的種種努力，都視為「臣服」
於西方現代性「話語」的「殖民化」症狀而全盤否定。在商業化和大眾俗
文化浪潮衝擊之下，許多知識份子哀歎中國精英文化和人文精神的失落，
一些「後學家」以鄙夷或幸災樂禍的口氣指責知識份子的精英立場，認為
那是應當隨過時的現代性一起拋棄的既陳芻狗。但西方當代有影響的理論
家是否都拋棄了知識份子文化批判的立場呢？這是可以討論的問題，而我
想在下面以中國「後學家」們所借重的批評家愛德華・賽義德為例，說明
西方理論家們並非完全拋棄了知識份子作用問題的討論。

「東方主義」與本質主義

　　近幾年來，用中文介紹賽義德著作的文章，在大陸和海外都有不少，
而評介最多的，尤其要數《東方主義》和《文化與帝國主義》這兩部書。

然而「後學家」們對賽義德關於知識份子應當承擔文化批判職責的論述，卻似乎視而不見，諱莫如深。在我看來，這不僅說明「後學」在理論上的零碎浮淺，而且暴露其在政治上的保守性，因為賽義德所謂知識份子的責任，是對自身所處政治文化環境的內在批判，而不是狹隘民族主義式矛頭對外的批判。一些介紹賽義德的文章往往把他的著作描述成體現一種反西方的情緒和傾向，似乎代表了第三世界文化傳統對西方的反抗。這種說法也許不是毫無因由，因為賽義德的確注重西方文化和文學著作與政治歷史背景的關係，尤其是十九世紀殖民主義時代西方列強對東方民族侵略、壓迫和控制的歷史。在政治上，賽義德顯然屬於左派，明確為巴勒斯坦解放陣線說話，譴責以色列強佔巴勒斯坦人的土地，也譴責美國的中東政策和對以色列的支持。無論從思想傾向或從政治立場來看，賽義德都確實具有反抗西方政府，尤其是反抗美國官方政策的激進色彩。然而以為《東方主義》或賽義德的全部思想可以歸結為反西方主義，則完全是一種誤解。

在一九九五年初《東方主義》一書再版時，賽義德寫了一篇很長的跋，回顧此書自一九七八年初版以來所引發的反應。他明確說，在這些反應之中他「最覺得遺憾而且現在最費力去克服的一個方面」，就是贊成者和反對者都大力宣揚的「所謂此書的反西方主義。」[15]有不少人認為賽義德所謂東方主義，即西方學者對東方歷史、文化、民族性格等等片面甚至歪曲的描繪和論述，代表了整個西方對東方的侵略和壓制，而賽義德既然批判這種東方主義，那他一定反西方，也一定是維護東方第三世界國家的文化和民族傳統。在這些人看來，只要批判東方主義，「也就等於支持伊斯蘭主義或穆斯林原教旨主義」。賽義德本人對這種非此即彼的粗鄙看法頗不以為然，因為他不相信東西方各有恆定不變的本質，而且他說在批判西方學者的東方學時，他「格外小心不去『保衛』所謂東方和伊斯蘭教，甚至不去討論它。」很多西方學者在研究東方各民族的歷史和文化傳統時，

---

[15] Edward Said, "East isn't East", *Times Literary Supplement*, Feb. 3, 1995, pp. 3-6.以下幾處引文凡出於此者，不再另注。

過度強調所謂東西方的根本差別，好像他們既瞭解西方文化的恆定本質，又瞭解東方文化的恆定本質，而且認定這二者決然不同。這種本質主義（essentialism）不是從變動的歷史進程去看文化和文明的生成發展，卻把不同文化各各視為互不相關的獨特實體，而這正是賽義德根本反對的。他說：

> 我之所以反對我所謂東方主義，並不僅僅在於那是對東方語言、社會和民族作賞玩古董式的研究，而在於它作為一種思想體系，毫無批判地從本質主義立場出發，去考察多樣、能動而且複雜的人類現實；這就假定有一個恆久不變的東方現實，還有一個與之相對而且同樣恆久不變的西方本質，而後者是從遠處或者說從高處來觀察東方。

　　賽義德對這種本質主義文化觀的批判，應該說是有原因、有根據的，而且在西方學界也很有意義。即以西方的漢學研究而言，雖然情形不同於西方對阿拉伯國家及其穆斯林文化的研究，但在不少方面也有賽義德指出的本質主義文化觀的問題。文化相對論強調文化之間的根本差異，往往把東方視為西方的反面或所謂「他者」，認為兩者無論在宗教、哲學、文學以及政治與社會生活諸方面，都絕無共同之處。雖然大部分漢學家並不會抱這樣極端的看法，但文化相對論在漢學界乃至西方整個的亞洲研究中，都有相當大的影響。美國亞洲研究學會曾組織討論普遍主義和相對主義在亞洲研究中的影響問題。當時《亞洲研究學刊》的主編就在引言中明確說，「大概可以肯定，在研究亞洲的學者中，而且就在《亞洲研究學刊》發表的文章裡，相對主義出現的頻率遠比普遍主義的觀念為高。」[16]在討論中國文學和文化傳統的漢學著作中，確實不難發現文化相對主義的影響，

---

[16] David D. Buck, "Forum on Universalism and Relativism in Asian Studies: Editor's Introduction" , *The Journal of Asian Studies* 50 (Feb. 1991): p.32.

其中不乏把中國和中國人視為西方和西方人之「他者」的論述，似乎中國人的思想觀念、語言文字乃至整個文化傳統與西方毫無共同之處甚至恰恰相反，適足以為西方提供一面反照的鏡子。至於這面鏡子裡照出來的形象是美還是醜，則全視西方人當時的自我感覺或自我認識如何而定。這種機械的中西對比往往以抽象觀念、邏輯思維、精神超越等價值為西方所獨具，而相比之下，中國則特備具體事物、實感經驗和物質主義，西方文學為想像的虛構，中國文學則為歷史的實錄，如此等等，不一而足。這種文化相對論當然不是只在西方有，中國人討論自己的文化傳統而欲與外來文化相對比時，過分強調差異者也大有人在，更有甚者則為抱殘守闕，挾著夷夏大防的陳腐觀念而自認為獨特無比。東方和西方的文化相對論者都否認東西方在根本的文化和價值觀念上有相通之處，而兩者恰好在否認文化觀念有任何普遍性這一點上完全是相同的。這種本質主義的文化觀無助於各種文化的多元共存和相互理解，卻容易形成狹隘的民族主義，導致不同民族文化之間的對立和衝突。

　　無論《東方主義》一書的實際影響如何，賽義德自己堅持認為，他並沒有站在東方的民族主義立場來籠統地反對西方。他說，「我從來不覺得自己是在加深兩種相互競爭而又各自鐵板一塊的政治文化實體之間的敵意，我恰好是在描述這種實體是如何構造出來的，而且在力求減輕其可怕的後果。」在福柯影響之下，賽義德確實強調西方學者關於東方的知識與帝國霸權以及殖民主義的歷史背景有密不可分的聯繫，但這不等於全盤否定所有研究東方文化的西方學者，也不等於籠統地反對西方。從一個反本質主義的立場出發，賽義德反對把文化看成一個個鐵板一塊、互相孤立的實體。如果說在《東方主義》一書裡，他對這一點還強調不夠，以至造成他現在引以為憾的那種普遍誤解，那麼在他的一部近著《論知識份子的代表性》裡，他就更明確地說，他所寫的許多書，包括《東方主義》和《文化與帝國主義》，都力圖說明所謂東方、西方以及有關的種種帶種族色彩的觀念，都是虛構而非現實，是「神話式的抽象。」他說：「文化互相混合，其內涵和歷史如此互相依存而且雜糅，絕不可像用手術刀切割那樣，

分成東方、西方這樣大略而基本上是意識形態意義上的對立物。」[17]賽義德在這部近著裡尤其注重個人的獨立性，認為知識份子不能放棄文化批判的職責，不能被任何集團或團體籠絡收買，成為其喉舌，而應為受壓制的弱者說話。

賽義德論知識份子的職責

賽義德這部新著，是他受英國廣播公司（BBC）邀請所作一九九三年度里斯講座（Reith Lectures）的系列演講，經整理後翌年由紐約藍登書屋出版。演講原分六次，書也按此分為六章，書前有一簡短緒言。因為每次演講有一定時間限制，全書也不長，總共不到一三〇頁，但這本書對於瞭解賽義德基本思想的某些方面很重要，而且那正是一般介紹賽義德、討論後現代或後殖民主義理論的文章不大注重甚而忽略的方面。賽義德明確說，在這一系列演講裡他所說的知識份子，是具有獨立人格的個人，他們的公共活動「既不遵循預定的方案，也不能被強迫順從於某種口號、正統的黨的路線或一成不變的教條。」[18]雖然知識份子可能來自不同的民族或國家，具有不同信念和信仰，但賽義德認為在涉及人類受苦受壓迫的現實方面，大家仍然要堅持共同的「真理標準」，絕不能沉默不言，明哲保身，或以愛國為藉口，維護狹隘的民族利益。賽義德所說的知識份子顯然不是站在某個民族、國家的立場，也不是維護東方或西方的利益，而是有超然於任何集團利益之上的是非和真理標準，以之作自己言論和行動的依據。正如賽義德所說，知識份子應當「質疑愛國的民族主義、集團思想，以及任何階級、種族和性別特權的意識。」[19]真正的知識份子「不怕被燒死在火刑堆上、不怕被孤立或釘死在十字架上。」他們是「有倔強性格的徹底的個人，而最重要的是，他們須處於幾乎隨時與現存秩序相對立的狀

---

[17] Edward Said, *Representations of the Intellectual* (New York: Random House, 1994), p. xii.

[18] 同上，xii頁。

[19] 同上，xiii頁。

態。」[20]這裡對個人獨立性格和知識份子文化批判責任的強調，對於近年來海內外有關中國知識份子問題的討論，也許可以有借鑒的作用。經濟活動已成為當前中國社會最引人注目的活動（這在很多方面都有積極的意義），商業大潮迅速席捲社會的每個角落，人文知識份子面臨消費性的通俗文化的全面挑戰，而一些接受西方後現代、後殖民主義理論的批評家們一面否認知識份子對現存秩序和體制文化的批判責任，一面以民族主義式的東西方對立根本否定知識份子個人的獨立性格。在這種情形下，讀一讀賽義德這本論知識份子的近著，無疑是有好處的。

　　當然，知識份子並非完全超脫直接現實環境，只認同抽象的普遍意義和價值。首先不能脫離的便是民族這個大背景，知識份子藉以表達自己思想和見解的媒介即語言──無論哪一種語言──便都是民族的語言。然而賽義德不僅指出語言對任何知識活動的決定意義，而且特別指出語言的保守性，尤其是官方政治語言的保守性。他引用著名諷寓性小說《一九八四》的作者喬治‧奧威爾（George Orwell）討論此問題的文章，宣稱政治上的陳詞濫調、使人說起來不假思索的官話、套話和慣用語，都是「語言的衰朽。」[21]正如奧威爾所說，「政治語言──而且推而廣之，從保守黨到無政府主義者的一切政治黨派──都存心要讓謊言聽起來像真話，使謀殺變得冠冕堂皇，把無中生有的空穴來風說得好像煞有介事。」[22]知識份子的獨立性格恰好就在於要打破這種政治語言的規範性，因為這種規範性與國家或民族有緊密的聯繫，而國家或民族「總是佔優勢，總是處在權威地位，總是要人表示忠誠順從，而不要人去調查研究和重新思考。」[23]在有深厚文化傳統的國家，語言和政治象徵往往有悠久的歷史，其保守性更為根深蒂固，而現代知識份子所負文化批判的責任也更為重大。賽義德舉的例子，正是伊斯蘭教文化和中國文化，是阿拉拍國家和中國破除傳統規範的現代知識份子，

---

[20] 同上，7頁。

[21] 同上，27頁。

[22] 同上，28頁。

[23] 同上，36頁。

「像阿里‧沙立阿提（Ali Shariati）、阿冬尼斯（Adonis）、卡瑪‧阿布‧狄伯（Kamal Abu Deeb）和五四運動中的知識份子。」[24]他特別強調知識份子不能人云亦云，附和社會主流。以伊斯蘭文化為例，雖然那是阿拉伯國家大多數人的信仰，但知識份子毋須「去加入讚美伊斯蘭教的合唱，卻該首先在眾聲之中引入對伊斯蘭的闡釋，強調其複雜多樣的性質——像敘利亞詩人和知識份子阿冬尼斯那樣提問，究竟是統治者的伊斯蘭，還是持不同政見的詩人和其它派別的伊斯蘭？——而且進一步要求掌握伊斯蘭教權力的人正視非伊斯蘭教少數派的挑戰、婦女權利的挑戰和現代性本身的挑戰。」[25]總而言之，賽義德極力呼喚的是在文化、社會、傳統、民族等等宏大集體概念籠罩之下，仍然能隨時保持獨立性格和批判精神的知識份子。

　　作為在美國大學裡任教的學者，賽義德特別討論了脫離本土文化環境而處於流亡狀態中的知識份子。流亡狀態固然有很多特殊的困難，但也自有它特別的有利條件，因為處於局外或邊緣反可以使人容易擺脫主流文化的控制，保持自己的獨立性和批判思考的精神。賽義德所舉最突出的例子是阿多諾（Theodor Adorno），認為他是「二十世紀中葉極具影響的知識份子的良心，他的一生是在法西斯主義、共產主義和西方大眾消費文化的邊緣度過的，其一生事業便是與法西斯主義、共產主義和西方大眾消費文化的危險作鬥爭。」[26]賽義德認為，在二十世紀快要結束的今天，對知識份子獨立性的極大威脅不僅來自外在的壓力，而且來自知識本身發展的專門化即所謂職業化（professionalism）。當知識的活動變成僅僅是謀生的手段時，知識份子便被局限在他從事的職業範圍之內，看不到自己所做的事情與更廣闊的社會和歷史有怎樣的關係。職業化首先帶來專門化的壓力。以文學研究為例，專門化意味著愈來愈脫離文學創作的實際和歷史感，同時又發展出一套越來越帶技術性的特別形式，一套虛玄的理論和方法。不僅如此，由於老順著一定的理論，用一定的方法去研究文學，「到頭來，一

---

[24] 同上，37頁。

[25] 同上，40頁。

[26] 同上，54頁。

個研究文學的專業化知識份子就變得毫無鋒芒，只是接受自己領域裡所謂
的領袖人物認可的那一套。」專門化成為以不變應萬變，對任何作品都施
用同樣的概念方法去如法炮製，結果必然「泯滅任何新發現的興奮感」，
而且是「別人叫你做什麼，你就做什麼」。[27]專門化還造成對專家和權威的
盲目崇拜，造成權勢的慾望，而各種政府機構、大公司企業和大基金會提
供的研究經費，都在不同程度上規定了研究的性質和目的。所有這一切使
得知識份子很難保持個人的獨立性格，完全不受現代學術研究職業化形成
的壓力之影響，但這並不意味著知識份子不可能在一定程度上保持相對的
獨立性。賽義德認為「西方的大學，首先是美國的大學，仍然可以為知識
份子提供一種近於烏托邦式的空間，那裡儘管有新的限制和壓力，但他們
仍然可以繼續作自己的研究和思考。」[28]針對職業化的壓力，賽義德提出的
反抗辦法是取一種業餘愛好者的態度（amateurism），並認為這是保持知
識份子獨立性和超越專門化局限的唯一出路：

> 今天的知識份子應當是業餘愛好者，他認為要做一個有思想、負責
> 任的社會一分子，就應當在哪怕最技術性和職業化活動的核心提出
> 道德的問題，尤其在這類活動牽涉到自己的國家及其權力，牽涉到
> 其與本國公民和與其它社會的相互關係時，更是如此。此外，知識
> 份子作為業餘愛好者的精神可以深入我們大多數人習以為常的職業
> 化常規，將其變得更有生氣，更具激進意義；於是他做任何事就不
> 只是按部就班，而要問為什麼要做這件事，這樣做對誰有利，怎樣
> 才能重新與個人的計畫和具原創性的思想聯繫起來。[29]

賽義德對個人道德責任感的強調，對於今天的中國知識份子也許尤其
重要。商業化使人見利忘義，職業化使人按部就班，全然不考慮自己所做

---

[27] 同上，77頁。
[28] 同上，82頁。
[29] 同上，82-83頁。

的與社會人生有什麼關聯，這些都是使人喪失道德感的陷阱和誘惑。在賽義德看來，真正的知識份子「絕不是完全服從政府部門、大公司甚至同業行會政策目標的職員或雇員」，而是獨立思考的個人。[30]儘管客觀的道德準則現在似乎受到普遍懷疑，賽義德仍堅持認為知識份子應有原則的立場，能夠「對強權說出真理」。[31]他以普遍人權為例子，認為那就是知識份子應當堅持的一個普遍真理和客觀道德標準。當然，在當今世界上，許多地方都在違反人權，但賽義德堅持認為，那並不能否定人權的普遍意義：

> 對於一個美國、埃及或中國政府的官員說來，這些權利至多不過應該「從實際出發」加以考慮，而不必有始終一致的立場。可是這只是當權者的標準，絕非知識份子的標準，知識份子最起碼應當一視同仁地隨處應用整個國際社會現在在書面上已經集體接受了的標準和行為準則。[32]

在目前西方的學院中，認識論和文化研究中的相對主義有極大影響，客觀性和客觀現實受到普遍懷疑，賽義德堅持普遍人權和普遍真理標準也許會使不少人覺得意外。然而這正是賽義德高出一般學院中職業化理論家和批評家之處，因為他主張學院裡的研究要對社會負責，能在現實世界中起作用。如果不承認客觀實際，不承認在一定範圍、一定程度上有普遍適用的真理標準和行為準則，就不可能使理論和學術研究與社會實踐發生任何關係，具有任何政治意義。在目前中國的學院中，一些「後學家」把人權、民主和自由都視為西方現代性價值全盤否定，而我們從賽義德這本薄薄的小書裡卻聽到完全不同的聲音，可以得到不少的啟發和洞見。我們可以明確認識到，知識份子獨立的政治立場是絕不可拋棄的，無論周圍是怎樣的氛圍和環境，我們都應當堅持知識份子文化批判的崇高職責。

---

[30] 同上，86頁。
[31] 同上，97頁。
[32] 同上，98頁。

第六章　什麼是「懷柔遠人」？

　　《二十一世紀》一九九七年十二月號發表了兩篇美國學者的文章，評論何偉亞（James Hevia）有關英使馬嘎爾尼在乾隆朝來華一事的近著，就這本書在掌握材料，說理論證以及作者的中文程度等方面，提出了針鋒相對的看法，使我讀過之後頗有些感觸。周錫瑞（Joseph Esherick）批評何偉亞漢學基礎不扎實，認為他那部問題頗多的新著獲得美國亞洲研究學會的列文森書獎，不僅顯得美國漢學研究學術水準大大降低，而且給年輕的後來者樹立了一個影響很壞的榜樣。艾爾曼（Benjamin Elman）是那次評獎委員會主席，他和胡志德（Theodore Huters）兩位則撰文為何偉亞辯護，不僅批評周錫瑞落後保守，未能跟上史學向後現代模式的發展，而且以考據學權威的口氣，反過來置疑周錫瑞對歷史文獻的解讀。學者們對一本書有不同評價，本是很尋常的事情，可是這次爭論卻非一般的意見分歧，而涉及後現代主義理論與中國歷史研究的一些根本問題。艾、胡二位在他們文章的結尾希望「與其它學者交流看法」，深入一步討論這些問題。[1]所以我決定回應他們的呼籲，也來談談我的看法。

---

[1] 艾爾曼、胡志德，〈馬嘎爾尼使團、後現代主義與近代中國史：評周錫瑞對何偉亞著作的批評〉（以下簡稱「評周錫瑞」），《二十一世紀》1997年12期，127頁。

「懷柔遠人」與華夷之辨

　　艾爾曼教授曾研究清代的考據學，胡志德教授曾著有錢鍾書評傳，兩位在美國漢學界都有些聲望。可是我讀了《二十一世紀》上艾爾曼和胡志德合寫的這篇文章，卻感到此文不像他們論清代樸學或討論錢鍾書著作的專著那樣條理清楚。他們一開始用了不少篇幅來大批法國人佩雷菲特（Alain Peyrefitte），認為他討論乾隆朝馬嘎爾尼來華事件的一本書，是充滿歐洲人偏見的「東方主義」的典型著作。可是周錫瑞並不是佩雷菲特，而且他指出佩雷菲特「因其對中國文化所持的本質主義觀點以及他那難以令人接受的『停滯的帝國』的觀點理所當然地受到了非議」，不過就「對使團敘述本身的準確性而言」，他認為佩氏比何偉亞想當然的解釋更為可靠。[2]不過艾、胡二位振振有詞的批判並非無的放矢，他們揭露佩雷菲特的「東方主義」謬誤，顯然是為把周錫瑞也歸入「東方主義」的另冊，以此證明周錫瑞的看法已落後於最新的後現代主義理論。這種劃分主義派別的辦法比細緻的說理分析當然要省事得多，可是對於解決實質性問題卻沒有什麼幫助，對那些不輕易盲從理論權威，不認為把事情歸結為「東方主義」或「後現代主義」就可以了事的人，這種辦法也很難奏效。

　　許多中國學者對馬嘎爾尼使團的研究，何偉亞是看不上眼的，因為在他看來，這些中國學者好像只在「複製」歐美的解釋，甚至「盜用殖民者的思想架構」，而周錫瑞則針鋒相對地說：

　　　我們的中國同事並不一定像何偉亞所暗示的那樣毫無頭腦、容易受騙。對於中國學者來說，「公共領域」的公開辯論，新生的「觀察、測量、計算和比較」的科學精神，以及馬嘎爾尼所代表的啟蒙價值觀的整個情結並不顯得那麼特別危險。美國學者可以在批判的

---

[2]　周錫瑞，〈後現代式研究：望文生義，方為妥善〉，同上，109頁。

同時，享受現代生活所帶來的一切物質上的舒適；中國學者則認識到，只有科學技術的進步才能夠改善中國人民的生活。因此，他們毫無困難地批判乾隆的自負及其自給自足的幻想，斥責他對西方的技術成就缺乏興趣。對於這些仍在致力於中國現代化的學者來說，對現代性作一種自以為是的批判就更加困難了。[3]

　　這段話似乎使艾爾曼和胡志德兩位大為惱怒，他們反脣相譏說：「周錫瑞對何偉亞的批評如果機遇好，大概會得到來自各個政治陣營的許多名人及領袖們的首肯，比如亞當斯密、黑格爾、馬克思、嚴復、陳獨秀、毛澤東、鄧小平、福山、克林頓乃至江澤民。」[4]艾、胡二位列出從亞當斯密到江澤民這一長串名字，用來代表他們所深惡痛絕的「現代性」，可是他們未必不知道這些人物在時代、文化、政治背景和思想觀念方面都各不相同。以為所有這些人物關於現代性有連貫的思路和共同的政治立場，實在是簡單幼稚的看法；說他們大概都會「首肯」周錫瑞對何偉亞的批評，更是毫無根據的空話。在嚴肅的學術問題的討論中，我認為不應當有這種過分情緒化的說法，因為這無助於討論的深入，卻只會激起不必要的私怨。

　　何偉亞那本討論馬嘎爾尼出使中國的書，周錫瑞批評說有許多基本錯誤，包括對中文的誤解和一些基本概念的誤讀和誤譯。艾、胡二位雖極力反駁，卻也不可能完全否認何偉亞確實有誤解中文的地方，只是他們肯定何偉亞的書指出了後現代史學一個新的方向，個別文字上的錯誤只是小節，無傷大體。他們的討論涉及一些具體漢字的翻譯，我不想重複他們已經辯論過的內容。我想提出來的是他們雙方似乎都忽略了的一個問題，即何偉亞書的標題《懷柔遠人》。此書用英文寫成，書的主要標題原文是*Cherishing Men From Afar*，但何偉亞所給的英文標題是否相當於漢語裡「懷柔遠人」的意思呢？按照英文字面看來，Cherishing Men From Afar是

---

[3] 同上，115-16頁。
[4] 艾爾曼、胡志德，〈評周錫瑞〉，126頁。

「愛護遠方來人」之意。我在沒有讀這本書之前先聽說了書名，便以為英文標題可能是翻譯《論語・學而》鄰近開頭一句話的大意，即「有朋自遠方來，不亦樂乎」，而且覺得這翻譯還頗能傳神。可是我把書從圖書館借出來拿在手中時，才看見封面上有幾個漢字作背景，乃是「懷柔遠人」四個字。我頓時覺得很奇怪，「懷柔遠人」絕非平等待人之意，怎麼說也不可能翻譯成「愛護遠方來人」呀！

　　要講「懷柔遠人」這四個字的來歷，我們可以看《禮記・中庸》裡的這一段話：「子曰：好學近乎知，力行近乎仁，知恥近乎勇。知斯三者，則知所以修身。知所以修身，則知所以治人。知所以治人，則知所以治天下國家矣。凡為天下國家有九經，曰修身也，尊賢也，親親也，敬大臣也，體群臣也，子庶民也，來百工也，柔遠人也，懷諸侯也。……柔遠人則四方歸之，懷諸侯則天下畏之。」孔穎達的疏講得十分清楚：「柔遠人則四方歸之。遠，謂蕃國之諸侯；四方，則蕃國也。懷諸侯則天下畏之。懷，安撫也，君若安撫懷之，則諸侯服從，兵強土廣，故天下畏之。」[5]據說這是孔子為魯哀公講解修身治國之道所說的一段話，「柔遠人」、「懷諸侯」是治天下國家的「九經」即九條基本原則中最後的兩則，說的是如何用招安綏靖的辦法使四方歸順，達到使「天下畏之」的目的。「遠人」明明是指「蕃國之諸侯」，也就是未開化的蠻夷，所以「懷柔遠人」從來是中國皇帝或君主對待蠻夷的手段，是取一種居高臨下的姿態，絕非平和待人，與「有朋自遠方來，不亦樂乎」那句話所表現的愛惜朋友之情，更是不可同日而語。把「懷柔遠人」譯成Cherishing Men From Afar，把盛氣凌人的口氣變成殷勤好客的語言，不知何偉亞真是中文程度太低呢，還是故意要通過這樣歪曲原意的翻譯來達到他「動搖史料（事實）與解釋之間的那種被認為是理所當然的關係」呢？[6]周錫瑞舉出何著翻譯和書末詞彙表

5　《禮記正義》卷52，阮元校刻《十三經注疏》（北京：中華書局，1980），下冊，1629-30頁。

6　James L. Hevia, *Cherishing Men From Afar: Qing Guest Ritual and the Macartney Embassy of 1793* (Durham: Duke University Press, 1995), p.225.

中不少的錯誤，的確使人懷疑何偉亞是否能準確把握中文。不過我相信，他書中許多誤解誤譯並不完全由於作者中文程度低，而是由於他刻意把當時的一些中文文獻硬要按照他的理解來翻譯，以符合他對歷史事件所作的那套後現代式解讀。這樣看來，何著的問題就不僅是簡單的誤譯，而且是有傾向性的誤譯：貧弱的漢語知識加上強烈的意識形態傾向，就使得「懷柔遠人」被譯成了「愛護遠方來人」。

　　誠如周錫瑞在文中指出的，「由於何偉亞不承認清廷的外交政策有『文明』（華夏）與蠻夷之分」，所以他「將『蕃國』譯成『foreign kingdoms』（外國），而將『四夷』譯成『peoples of the four directions』（四方之人）。如此，蠻夷的概念就完全被掩蓋了。」[7]問題是在乾隆皇帝和他的大臣們頭腦裡，「懷柔遠人」有像上面所引《禮記》那種古代典籍作為背景，而「遠人」不過是「蠻夷」的同義詞。《尚書・舜典》裡有一句話把這一點講得再清楚不過了：「柔遠能邇，惇德允元；而難任人，蠻夷率服。」[8]「柔遠」正是「懷柔遠人」，其最終目的是「蠻夷率服」，也正是《禮記・中庸》所謂「四方歸之」、「天下畏之」之意。華夷之辨在中國文化和政治傳統中是一個重要的基本觀念，乾隆正是按照這一傳統觀念來理解和處理馬嘎爾尼來華一事。用後現代主義多元和消除中心的觀念來刻意否認乾隆或清朝的賓禮有華夷之辨，不過是違背歷史的想當然而已。正如中國學者葛劍雄所說，在乾隆和其它中國皇帝眼裡，「任何外國和外族，只要沒有和中國的行政制度和文化傳統聯繫在一起，就必定是落後蠻夷之地。所以朝廷中只有典屬國、鴻臚寺，而不會有外交部；首都也只有蠻夷邸、槁街、四夷館、蕃館，不會有國賓館。中原王朝與一切外國外族的關係都只是皇帝和臣子的關係，自然沒有平等可言。」他引用故宮博物院《掌故叢編》裡的許多材料作依據，其中有乾隆皇帝在一七九三年陰曆八月初六的上諭，與我們討論的問題尤其有關。乾隆上諭中有這樣幾句值得

注意的話：「朕於外夷入覲，如果誠心恭順，必加以恩待，用示懷柔；若稍涉驕矜，則是伊無福承受恩典，亦即減其接待之禮，以示體制。此駕馭外藩之道宜然。」[9]從這段話我們可以明白，乾隆是如何看待馬嘎爾尼使團的，何謂「懷柔」，所謂天朝「體制」又是什麼。這段話也使我們看得很清楚，「懷柔」乃是「駕馭外藩之道」的手段之一，如果按照何偉亞的理解，別出心裁地譯成「愛護遠方來人」或「駕車待友之道」一類，那可就大違乾隆皇帝的聖意了。在面對《掌故叢編》裡的原始材料和中國古代典籍裡表現出的傳統思想時，我們是從中文原文去理解可靠，還是相信何偉亞後現代式的誤譯，這兩者之間作何選擇，我想應該是不言而喻的。

殊途同歸：後現代與前現代

　　有趣的是，何偉亞這種有強烈傾向性的後現代式誤譯，在當時清廷官員呈遞給乾隆看的英方檔的前現代式中譯裡，幾乎找得到相反的對照文本。葛劍雄對勘《英使謁見乾隆紀實》裡英方文件的譯文和《掌故叢編》裡「英使馬戛爾尼來聘案」所載當時進呈御覽的中譯本，發現這當中有不少出入甚至相當荒唐的錯誤。「原來平等的行文被譯成了下級對上級的呈文，而且一些重要的詞句不是未全部譯出，就是作了一廂情願的修改。」[10]葛劍雄的文章舉例頗詳，我在此不必多加解說，僅舉一例。英王喬治三世給乾隆的一封信末尾只是說：「貴國廣土眾民在皇帝陛下統治下，國家興盛，為周圍各國所景仰。英國現在正與世界各國和平共處，因此英王陛下認為現在適逢其時來謀求中英兩大文明帝國之間的友好往來。」可是這幾句話翻譯成中文到了乾隆手中，卻完全變了樣，走了調：「如今聞得各處惟有中國大皇帝管的地方一切風俗禮法比別處更高，至精至妙，實在是頭

---

[9]　葛劍雄，〈要是世界上只有中文〉，《讀書》，1994年第7期，138，136頁。

[10]　葛劍雄，〈世界上不止有中文：《英使馬戛爾尼來聘案》與《英使謁見乾隆紀實》之對勘〉，《讀書》1994年第11期，102頁。

一處，各處也都讚美心服的，故此越發想念著來向化輸誠。」[11]如果說何偉亞的後現代式誤譯力圖抹去清廷文件中把英使當做來朝貢的蠻夷那種口氣，那麼兩百多年前那些中國官吏和通事則恰恰相反，他們前現代式的誤譯，力圖把語氣平等的外交文件變成外蕃蠻夷仰慕天朝、前來朝貢甚至歸化的口氣。在莎士比亞著名喜劇《仲夏夜之夢》裡，老實的織布工匠鮑騰姆（Bottom）受了魔法，頭變成一個大毛驢，他的同伴大叫道：「老天保祐，鮑騰姆，老天保祐！你可是遭了翻譯了！」（Bless thee, Bottom, bless thee! Thou art translated.）[12]把「謀求友好往來」翻譯成「越發想念著來向化輸誠，」把「懷柔遠人」翻譯成「愛護遠方來人，」不管是前現代或後現代的亂譯蠻譯，大概都與莎劇中鮑騰姆所遭那種「翻譯」不相上下。

是「考證」還是強詞奪理？

指出何偉亞的翻譯有誤，說他中文程度不高，很可能會開罪於艾爾曼和胡志德兩位教授。他們在文章末尾有一篇附錄，逐一駁斥周錫瑞對何偉亞寫錯漢字和翻譯錯誤的批評，而且冠以「考證學之辨」的題目，使人不能不肅然起敬，不敢輕舉妄動。我現在指出何偉亞書的主要標題根本就是誤譯，當然也很擔風險，只怕也會引得艾、胡二位來一番「考證學之辨」，「烤」得我焦頭爛額。但考證學講究來歷，注重證據，主張「實事求是」，有一定標準而不能空口無憑。借用艾爾曼教授看重的清代樸學大師戴震的話來說，即「如繩繩木，昔以為直者，其曲於是可見也；如水準地，昔以為平者，其坳於是可見也。」[13]所以我希望，通過理性的爭辯而不是意氣用事的爭吵，我和艾、胡二位可以達到某種共識，做到戴東原所謂「不以

---

[11] 同上，102，103頁。

[12] Shakespeare, *A Midsummer Night's Dream*, III.i.118. 參見錢鍾書，〈林紓的翻譯〉，《七綴集》，78頁。

[13] 戴震，〈與姚孝廉姬傳書〉，趙玉新點校《戴震文集》（北京：中華書局，1980），142頁。

人敝己，不以己自敝。」[14]本著這樣的精神，我以為艾、胡二位的「考證學之辨」是可以再加考辨的。他們似乎決心為何偉亞的每一個錯誤辯護，首先儘量大事化小，小事化了，乃至宣稱何著書末所附詞彙表「共收了171個詞條，周找到6個錯誤，只占總數的3.5%。」[15]我隨便看了一下那個詞彙表，錯誤絕不止六個，把「陪臣」的拼音誤寫成beichen，把「懇」字誤拼為geng，都不像是排印錯誤。這本是細微末節，可是艾、胡二位竟肯去計算百分比，又儘量減小這百分比，與其說是小題大做，毋寧說是以小見大了。何偉亞把「方為妥善」譯成"squaring with proper circumstances"，他們竟說「"squaring with"並不是對『方』字的翻譯，而是對取得『妥善』之過程的翻譯，」更明顯是強詞奪理。原文的「方」並非「方圓」之「方」，即並非英語之"square"，而是表示條件的「才」字。只要略通中文的人都不難讀懂乾隆上諭裡常常出現的這幾個字，誰會看不出何偉亞的誤解和誤譯呢？

讓我再舉一個頗能說明問題的例子。周錫瑞指出何偉亞把「逼遛京城」解為「滿北京亂逛」完全是誤解，而艾、胡二位則極力回護。讓我們先看原文：

> 向來西洋人惟有情願來京當差者，方准留京，遵用天朝服飾，安置堂內，永遠不准回國。今伊等既不能如此辦理，異言異服逼遛京城既非天朝體制，於該國亦殊屬無謂。[16]

讓我們再看艾、胡仁位的「考證」和辯解：

> 「異言異服逼遛京城既非天朝體制」一段的「逼遛」字樣，因有《掌故叢編》作出處，被周錫瑞解釋成「被迫滯留京城」。然而這

---

[14] 戴震，〈答鄭丈用牧書〉，同上，143頁。
[15] 艾爾曼、胡志德，〈評周錫瑞〉，127頁。
[16] 《掌故叢編》（北平：故宮博物院，1928-1930），8：64b，見前引周錫瑞文，110頁。

個解釋與當時歷史情況似有不合：既然英國人願意留在中國開領使
館，何「被迫」可言？另方面，如果乾隆帝像周所說，對這些要來
北京又拒絕「當差」的英國使臣心中正反感，何必反而「迫使」他
們滯留京城？[17]

　　從《掌故叢編》的原文可以看出，乾隆說「西洋人」要想留在北京，
不僅得「遵用天朝服飾」，而且「永遠不准回國」，要留就得留一輩子。
馬嘎爾尼等英國使臣並不願意永遠留在中國，所以乾隆皇帝認為，讓這些
「異言異服」的西洋人留在北京「既非天朝體制」，對他們本國也沒有什
麼意義。無論原文是「逼遛」還是「逗遛」，通篇意義都相當明確，即乾
隆拒絕英使在北京設立使館，因為這段話前面提到英國表文「有懇請派人
留京居住一節」，後面則有「其事斷不可行」一語。[18]由此可見，艾、胡二
位認為「清廷對於建立使館一事本身是相當靈活寬容的」，這才真是「與
當時歷史情況似有不合。」[19]誠如艾、胡二位所說，「英國人願意留在中
國開領使館」，但他們是用現代外交的觀念來解讀歷史文件，沒有想到像
現代的外交官那樣在北京住一陣又回國去，是乾隆皇帝萬萬不能接受的。
這才是馬嘎爾尼來華時的「當時歷史情況」。然而乾隆這樣做，也並不是
他特別古怪，不近人情。西洋人到中國後永遠不准回國，是所謂「中國儀
禮之爭」造成的後果。梵蒂岡教廷認為像利瑪竇那樣身著儒服，用中國的
「天主」、「上帝」等字眼來表達基督教的名詞和概念，有損教義的純
潔，而中國的基督教教友敬孔祭祖，更是異教行為，於是有所謂「中國儀
禮之爭」，這當中又牽涉在中國傳教的各教派之間的利益衝突。經過長期
的爭論，教皇格肋孟十一世（Clement XI）在一七四〇年發佈上諭，禁止
在中國的傳教士及中國教友用「天主」、「上帝」等字，也不許參加各種

---

[17] 艾爾曼、胡志德，〈評周錫瑞〉，128-29頁。

[18] 中國第一歷史檔案館編《英使馬戞爾尼訪華檔案史料彙編》（北京：國際文化出
　　版公司，1996），159頁。

[19] 艾爾曼、胡志德，〈評周錫瑞〉，122，128頁。

敬孔敬祖的祭祀。這一決定後來傳到中國，康熙皇帝得知後勃然大怒，立即下令「在中國的傳教士，均應向朝廷領取發票，聲明遵守利瑪竇成規。不領票者，一概不准留居國內。」而所謂發票，即按康熙上諭的規定，「凡不回去的西洋人等，寫發票用內務府印給。票上寫明西洋某國人，年若干，在某會，來中國若干年，永不復回西洋。」[20]由此可見，乾隆皇帝要求留居北京的西洋人「永遠不准回國」，實在是因循康熙以來祖宗的成例，而這祖宗成例也是乾隆認為「異言異服」的西洋人滯留京城不合「天朝體制」一語的來歷。

　　艾、胡二位在「考證學之辨」裡，只抓住「逼遛」或「逗遛」二字，卻不顧整句全篇，也不管上下文裡有「永遠不准回國」、「伊等既不能如此辦理」等語，極力想把清廷對英使的態度說得「相當靈活寬容」，這就違背了「考證學」的要義。錢鍾書先生曾說：「乾嘉『樸學』教人，必知字之詁，而後識句之意，識句之意，而後通全篇之義，進而窺全書之指。」整個過程乃是局部和整體互相照應的「闡釋之循環」。[21]像他們二位這樣抓住一點，不及其餘，這算得上什麼考證呢？何偉亞對歷史文獻不僅讀解有誤，而且態度相當輕率。徵瑞給乾隆的奏摺明明說，「臣等查該貢使登答各語，尚知體制。」[22]何偉亞在他書中卻說徵瑞等與英使談話之後，「只能作出結論說，他對於禮節仍尚為無知。」他當然知道這與原文不符，便特別加注說，雖然中文原件說「尚知體制」，但他卻「相信此處在集子裡是一個印刷錯誤。」[23]這樣毫無根據的論斷實在令人難以置信。如果有哪一個字讀不懂、解不透，或不符合自己的意願，不反求諸己，卻斷言是原文裡的字寫錯或印錯了，這樣的後現代式史學能讓人信得過嗎？像這樣的錯誤還值得用「考證學」為之辯護嗎？何偉亞要原文來依從他的解讀，斷言「尚知體制」應該是「尚為無知」，使我不禁想起阿根廷作家博

---

[20] 羅光，《教廷與中國使節史》（臺北：傳記文學出版社，1969），118頁。

[21] 錢鍾書，《管錐編》，（第2版，全5冊，北京：中華書局，1986），第1冊，171頁。

[22] 中國第一歷史檔案館編《英使馬戛爾尼訪華檔案史料彙編》，154頁。

[23] Hevia, *Cherishing Men From Afar*, p. 182, n. 16.

爾赫斯的一句俏皮話：這真叫做「原文沒有忠實於譯文。」（The original is unfaithful to the translation.）[24]難道這就是所謂後現代式史學的研究方法嗎？但願並非如此。

「不可一世的（後）現代話語機制」

《掌故叢編》等檔案裡的中文並不怎麼特別費解，只要不抱偏見，能讀《掌故叢編》原文的人都看得出何偉亞的理解顯然有誤。艾、胡二位卻一味曲說為之回護，其原因就在於他們太急於推翻他們認為已經過時的「現代式」解釋，重新在後現代主義和後殖民主義理論的基礎上，建立起一套新的後現代式史學。所以艾、胡兩位說：「史學在中國和美國都是一個長期任不可一世的現代話語機制縱情踐踏歷史原貌的學術園地。」而他們要做的，就是「在這樣一個園地中重建一點多元性的內容。」[25]在學術園地裡別開生面，另闢蹊徑，本無可厚非，值得人尊敬和讚揚。可是通過誤解、誤譯，甚至推翻歷史文獻的原文這類手法，怎麼可能建立起在學術上站得住腳的任何內容？又怎麼可能把自己區別於在學術園地裡「縱情踐踏歷史原貌」那個「不可一世的現代話語機制」呢？一旦有人指出理解和翻譯的錯誤，便立即強詞奪理，以各種辦法為之回護，而且以「考證學」權威的霸道口氣壓倒對方，這又怎麼能使人心服口服，承認後現代式史學的價值呢？史學作為一種嚴肅的學術，無論後現代或非後現代，都得尊重起碼的歷史事實、歷史文獻和學術規範，都得以理服人，不能靠劃分敵我和派別來決定是非，也不能靠霸道的強詞奪理來建立學術地位。而恰好在這些方面，艾、胡二位的文章最不能令人滿意。

在艾爾曼和胡志德兩位看來，周錫瑞對何偉亞著作不止是指出細節錯誤的一般性批評，而是表現一種「敵意」，是「向『後現代』宣洩的惡

---

[24] Jorge Luis Borges, "About William Beckford's Vathek", *Other Inquisitions, 1937-1952*, trans. Ruth L.C. Simms (New York: Simon and Schuster, 1965), p. 140.

[25] 艾爾曼、胡志德，〈評周錫瑞〉，127頁。

意。」[26]他們兩位也正是以後現代主義學術代表的身分為之論爭，所以語氣激烈，義正辭嚴。也正由於這個原因，何偉亞誤解、誤譯中文的種種錯誤似乎都只是小節，都可以原諒，因為他路線正確，大方向正確，即他「把中文史料從東方主義者的偏見中解救出來。」[27]可是我們不要以為宣稱擺脫了「東方主義者偏見」的漢學家們，對中國人就一定沒有西方人的優越感。如果說佩雷菲特所謂「停滯的帝國」那種觀點表現了以歐洲文明為優越的東方主義偏見，何偉亞在綜述中國學者有關馬嘎爾尼使團的研究時，又何嘗沒有一種新的優越感？對清朝覆滅後和尤其是八十年代中國知識份子有關這段歷史的研究和討論，他又何嘗不是抱著鄙棄的態度？他認為這些中國學者都是「襲取殖民者的思想框架」，放眼看來，中國學者們這許許多多的研究滿是無所不在的「污染」（Pollution, in other words, was everywhere）。[28]於是殖民主義者與後殖民主義者之間，呈現出一種極具反諷意味的聯貫性。如果東方主義的偏見認為，停滯的中國落後於有先進文明的西方，那麼在批判東方主義的後現代主義者和後殖民主義者看來，今日的中國仍然再一次落後於西方，不過這一次中國人不只是在科學技術上，而且又在批評理論上落後於西方後現代主義和後殖民主義的先進們。

　　何偉亞的著作在美國也許代表一種新的研究方向，可是他不滿於近年來中國學者的有關研究，是因為大陸中國的學者大多強調從內部，而不是從外部去尋找中國「落後」的原因，而這樣一來，他們就「脫離了前幾十年反帝國主義的研究方向。」[29]但由此也可見，反帝、反殖的研究方向在中國的學者們並不是什麼學術園地裡的新途徑，而是自五十年代以來官方的正統。這就是為什麼後現代主義和後殖民主義等「後學」，在當代中國的特殊環境裡非但不是什麼激進的新派理論，反倒代表一種政治和文化上的保守主義傾向。中國的「後學」正是襲取西方後現代主義和後殖民主

---

[26] 同上，125頁。

[27] 同上，124頁。

[28] Hevia, *Cherishing Men From Afar*, pp. 246, 247.

[29] 同上，243頁。

義的思想框架，以反對西方霸權為口號，一方面否定五四以來在中國爭取科學和民主的努力，另一方面則為九十年代興起的狹隘民族主義浪潮提供理論依據，自覺或不自覺地成為正統的政治意識形態在九十年代一種似新實舊的表現。關於「後學」的保守性及其在中國社會環境中的作用，近年來在《二十一世紀》和其它一些中文刊物裡，已經有相當深入的討論，周錫瑞和艾、胡兩位教授的文章譯成中文，也加入到這場討論中來了。這在我看來是一件好事，我也希望他們能多與中國的學者交流看法，而不要像何偉亞那樣，過分低估了中國學者們的智慧和眼力。何偉亞在他那本書的結尾說：「生在某一國並說那一國的語言，並不就能給一個人什麼特殊的便利，使他能特別接近那個地方的過去。他仍然需要翻譯和解釋；而這些又都要求設身處地的同感和想像（empathy and imagination）。」[30]誠哉斯言！這也正是我自己一貫堅持的看法。否認我們能夠通過努力掌握另一種語言，尤其是通過「設身處地的同感和想像」掌握另一種文化，就無異於否認我們有能力超越自己的時空局限去瞭解過去，去瞭解別的民族及其文化傳統，最終也就否認我們有能力認識自己。然而肯定這一點，也並不等於肯定我們實際上已經有了深切的瞭解。因此我要補充說：沒有生在某一國，沒有準確把握那一國的語言，對我們想瞭解那個國家過去的歷史所造成的困難，也是絕不可低估的。具體就馬嘎爾尼使團在乾隆朝來華一事而言，那畢竟是發生在中國的事情，對中國近二百年來的歷史乃至現狀，都有各種各樣的聯繫和影響。研究這段中西衝突的歷史，在許多中國學者有一種切膚之痛的實感，而不僅僅是建立或運用一種理論來著書立說的好題目而已。何以許多中國學者在研究方向和看法上，不盡同於歐美的後現代式史學，這大概也要求西方學者能夠有「設身處地的同感和想像」方可瞭解的吧。

---

[30] 同上，248頁。

餘論

　　以上所論雖然針對幾位美國漢學家，可是希圖打出後現代史學的旗號，在學術論壇上別具一格，獨樹一幟者，在中國當然也大有人在，於是關於「懷柔遠人」的討論很快在中國大陸學者中引起了反響。羅志田在《二十一世紀》上撰文進一步為何偉亞辯解，認為我「說『懷柔』具有『盛氣凌人』的口氣，則是一種典型的現代誤讀（且不排除實有『東方主義』的成分在）。」[31]這儼然是一個判斷的陳述，而評判的標準就是「現代」和「東方主義」這兩個術語。「現代」必為「誤讀」，而一含「東方主義」成分，則其餘不足觀矣。也許在羅志田看來，這些都是不言自明的。可惜這些術語並不是帶有魔力的咒語，對於並不以談「現代」為恥，也不以歸依「後現代」為榮的人，這一套是不起作用的。在文革以前的中國，政治性術語確曾具有咒語般的魔力，但現在即使在中國大陸，這種咒語也已經失去效力，更何況在海外。「懷柔遠人」是否基於傳統的華夷之辨，含有對化外蠻夷的歧視和不平等觀念；乾隆的上諭是否盛氣凌人；這些我覺得都用不著再多說，只要認真去讀一下歷史文獻就可以明白。關於讀古文，羅志田斷言中國人不比外國人強，「中外學人大致處在同一起跑線上」，而且還「套用韓愈的一句話，中國人不必不如外國人，反之亦然。」[32]其實他想說的，哪裡是「中國人不必不如外國人」，而是外國人，具體說來即何偉亞，比中國人更懂古文。雖然他承認何偉亞「把『懷柔』譯為cherishing顯得過於親熱了」，但他最後的結論卻是「何偉亞對相關史料的解讀似比他的批評者更接近原義。」[33]羅志田顯然自以為對古文讀得最通，可以有資格來判定中國人和外國人誰的解讀更接近原義。可是我不

[31] 羅志田，〈夷夏之辨與「懷柔遠人」的字義〉，《二十一世紀》1998年10期，139頁。

[32] 同上，143頁。

[33] 同上，139，144頁。

知道，他從哪裡取得這樣的評判資格呢？誰認可他這資格呢？《尚書‧舜典》中「柔遠能邇，惇德允元；而難任人，蠻夷率服」一句，明確把「懷柔遠人」與「蠻夷」聯在一起。羅志田硬說「懷柔遠人」不含歧視「蠻夷」的意味，讓我也「套用」英語裡常用的一句俗話來作答：Who do you think you're kidding?（你以為這是在騙誰呢？）

　　與艾爾曼、胡志德一樣，羅志田為何偉亞辯護，最終原因是他把何偉亞引為後現代史學的同道。用他自己的話來說，「何偉亞表述出的後現代史學路徑與我個人的研究取向相當接近。」[34]因此，批評何偉亞就使羅志田感到大為不自在，從而不惜強詞奪理，為之回護辯解。可是這「後現代史學路徑」的要義又是什麼呢？從羅志田的論述可以得出兩點，一是推翻被稱為「現代」的各種觀念和研究方法，包括科學、進步、講求史實或實事求是等等，而強調「主動介入所有學術研究都要捲入的知識的產生與傳佈的政治之中。」所以羅志田說，「問題不在於怎樣使敘述更少偏見或更少帶有意識形態色彩，而是如何在多重詮釋立場與我們日常應對的權力結構的關聯之中確定我們自己的史學研究的位置。」[35]換言之，後現代史學自覺地以破字當頭，並意識到自己強烈的意識形態色彩。既然一切人的論述，一切歷史學家的敘述都免不了有政治和意識形態色彩，那麼後現代史學家憑什麼要人接受他的解讀或論述呢？憑什麼他的意識形態就比別人的高明呢？於是羅志田提出第二點，即後現代史學力求「切近歷史」，「與昔人心通意會。」或曰「將人類個體或群體的言行置於其發生當時的直接語境之中。」[36]換言之，後現代史學自詡能超脫一切現代價值觀念的局限和偏見，回到過去，「與昔人心通意會」。所謂「心通意會」即何偉亞所說的empathy；讀過朱光潛先生著作的人大概都知道，朱先生把這個字翻譯成「移情」，這是十九世紀德國美學裡的一派，德文叫Einfühlung，即在心理

---

[34] 羅志田，〈後現代主義與中國研究：《懷柔遠人》的史學啟示〉，《歷史研究》1999年1期，119頁。

[35] 同上，116-17頁。

[36] 同上，118頁。

上撇開自己而進入別人的世界，體會別人或歷史上古人的經驗。相信可以抓住頭髮把自己從現代拔地而起，回到歷史上去「與昔人心通意會」，不過是一種浪漫時代的幻想。羅志田自以為可以指引新方向的「後現代史學路徑」，原來竟是在哲學和文學理論領域裡早已荒廢了的老路。

　　歷史學家當然希望能「切近歷史」，我也尊重史家「與昔人心通意會」的願望，但問題在於羅志田在「切近歷史」的口號下，恰恰要一筆勾銷近二百年來中國所經歷過的歷史，要現代的中國人回到乾隆的時代，認同乾隆皇帝的思想和心理狀態（且不說我們何以知道，羅志田認同的確實就是「昔人」之「心」或思想）。朱雍在研究馬嘎爾尼來華使團的專著裡，批評了乾隆「限關自守」的政策，認為他給英王喬治三世的敕諭表現出自大和對世界各國情形的無知，「從現代人的眼光來看，這是外交上的一椿笑話。」[37]羅志田針鋒相對地評論道：「這正是何偉亞希望糾正的：在『現代眼光』裡可笑的敕諭，如果從乾隆時代的眼光來看，或者就不一定可笑了。」[38]後現代史學要求於讀者的，原來是閉眼不看或儘量忘記近代以來的歷史，努力回到那「限關自守」的前現代去！這做得到嗎？做到之後又怎樣？這種「後現代史學路徑」將引我們到何處去？

　　擺脫現代似乎就是羅志田最大的和最終的訴求。他要求討論何偉亞這本書的人，先得要擺脫現代，接受後現代主義的基本觀念，否則最好不要開口。他說：「批評後現代主義者著作時也許應注意儘量不以『現代』標準來衡量，否則實各說各話，且有可能適得其反，蓋後現代主義者本不欲寫出與現代標準一致的論著來。像『科學』這樣的現代標準就不僅不是後現代學人追求的目標，且是其企圖『解構』的對象。」[39]後現代史學與其它各種「後學」一樣，把科學、理性、客觀現實、真理等等，都當成啟蒙或現代性的觀念否定拋棄了，剩下來的就只有赤裸裸的「話語權力。」既

---

[37] 朱雍，《不願打開的中國大門》（南昌：江西人民出版社，1989），306頁。
[38] 羅志田，〈後現代主義與中國研究：《懷柔遠人》的史學啟示〉，110頁。
[39] 羅志田，〈夷夏之辨與「懷柔遠人」的字義〉，144頁。

然如此，憑什麼人們要去服從後學家們的「話語權力」呢？這也許正是後學，包括後現代史學的困境。

　　一九九九年二月的《讀書》上有楊念群的一篇文章，加入有關何偉亞《懷柔遠人》一書的爭論，不指名地指責我以「不識字」這樣一種「常識性批評」來「遮蔽乃至封殺極富創見之研究」，而且說這是乾嘉以來中國人的「虛驕心態」，是「學術界長期拒斥或懸置西方研究成果的一幅擋箭牌。」[40]其實在我看來，何偉亞的問題不僅是「不識字」而已，不過就學術研究，尤其是歷史研究而言，「不識字」當然是個大問題。在文學研究領域，脫離本文字面想當然的臆說很多，但歷史要講史實，依據史料，還該有點史德，所以我以為歷史學家再離譜，總還有一個譜。若依楊念群的說法，歷史學家「不識字」不要緊，只要把握好後現代史學的大方向就行，那麼歷史也將完全離譜了。我對中國史學界還不至如此悲觀，而且我相信研究歷史的人需「識字」，也不能算是過分的要求。如果後現代史學毋須識字，也不講求歷史事實，不尊重歷史文獻，卻只拿出一套空頭理論來，我看就實在沒有必要認真對待這樣的「史學」，也不值得與這樣的「史學家」去認真辯論。

---

[40] 楊念群，〈「常識性批判」與中國學術的困境〉，《讀書》1999年2期，79頁。

第七章　起步艱難：
晚清出洋遊記讀後隨筆

　　清政府在同治五年，即西元一八六六年，給曾任山西襄陵縣知縣並協助辦理海關稅務司文案的斌椿加賜三品銜，帶領其子廣英及同文館學生鳳儀、張德彝和彥慧等一行五人，作為第一批官派出洋考察的代表，到歐洲各國遊歷了一番。記述這次出洋始末的文字有斌椿薄薄的一本《乘槎筆記》和兩本詩集，一曰《海國勝遊草》，一曰《天外歸帆草》；此外還有張德彝記載稍詳的《航海述奇》。這些遊記都收在鍾叔河先生主編的《走向世界叢書》的第一輯裡。這套叢書選取晚清因外交、留學等各種原因到過西方的中國人所寫的遊記，加以新式標點和小標題，又編附索引，並略加注釋說明，先由湖南人民出版社出版，後來再加修訂，由長沙嶽麓書社印行。這套書對於瞭解近代中國與西方接觸的歷史，瞭解中國人如何在不得已的情況下步履維艱地走出文化的封閉圈而邁向現代世界，都有極大意義。

讀斌椿《乘槎筆記》

　　一八六六年斌椿帶隊這一次的出洋考察，實際上的組織者是任職清政府、來自愛爾蘭的英國人赫德（Robert Hart）。他在一八六三年繼李泰國（Horatio Nelson Lay）任職清政府總稅務司，在後來很長的一段時間裡，在辦理「洋務」方面是個十分重要的人物。赫德留下了大量書信和七十七本日記，一九七〇年由他的後人全部交給北愛爾蘭貝爾法斯特市女王大學

（The Queen's University）的圖書館收藏。美國哈佛大學教授費正清（John K. Fairbank）等人對赫德的書信和日記詳加整理，已經出版了兩部專著。赫德一八六三至一八六六年所寫日記，其中有涉及斌椿歐遊的一段，由德克薩斯州萊斯（Rice）大學教授司馬富（Richard J. Smith）以及費正清和凱瑟林‧布朗納（Katherine F. Bruner）等三人編輯整理，作為哈佛東亞研究系列的一種，一九九一年在哈佛大學出版，書名題為《赫德與中國早期的現代化：1863－1866年日記》。此書除刊載赫德日記原文之外，並有編者對當時政治外交各方面背景情形簡明扼要的敘述和評析，極便利於讀者瞭解日記的內容和意義。是書承司馬富先生親筆題贈一冊，在我讀過之後，覺得把赫德日記有關部分與斌椿等人所述相比照，頗有意味。我們從中國人和外國人兩方面的記載來看當年清廷派員到西方考察的情形，可以看得比較全面，其中有一些段落在今天讀來使人覺得可歎可笑，但也往往可以發人深省，有深長的意味。

　　中國古來無所謂平等外交的概念。雖然歷史上也有過好幾次外族入主中原的情形，而且清朝本身便是滿人當政，但在華夷對立的傳統觀念中，中華乃文明之邦，一切外族都被視為蠻夷，如果外邦來交往，便一定是稱臣納貢，作為屬國來接受天朝文明的感化。乾隆五十八年（1793），英國派使臣馬戛爾尼以祝壽的名義來謁見中國皇帝，實際上是想瞭解中國情形，能夠互派使節，建立起貿易和外交關係。乾隆對這件事前後的處理，充分暴露出當時中國對外部世界一無所知，傳統的華夷對立和以外邦為屬國的觀念已經完全不能應付當時的世界局勢。在馬戛爾尼來華之後不到五十年，英國的槍炮和軍艦就一直打到了南京城下。

　　一八四〇至一八四四年的鴉片戰爭和以後一連串的不平等條約，逼使清政府步步退讓，在迫不得已的情況下，才在咸豐十一年（1861）設立了總理各國事務衙門，並在同治元年（1862）成立同文館，開始培訓通外語的人材。然而皇帝和朝中大臣多半頑固保守，對於世界局勢仍然是渾渾噩噩，一片黑暗。尤為可怪的是，清朝皇帝不願見外國使節的一個重要原因，竟是礙在堅持要外使行三跪九叩首的跪拜禮這類荒謬的儀節問題上。

咸豐八年（1858），英法聯軍攻入北京，清廷被迫簽訂割地賠款的和約，可是「圓明園燒了，北京條約訂了，咸豐躲在避暑山莊，一不痛心割讓九龍，二不痛心賠款一千六百萬兩，只痛心『此次夷務步步不得手，致令夷酋面見朕弟（指恭親王奕訢）』，已屬不成事體。」[1]直到一八八〇年前後，薛福成才在《籌洋芻議・變法》篇裡，明確指出天下之大遠遠超過古老的觀念，即使起堯、舜於地下，中國也「終不能閉關獨治，」很清醒地認識到「華夷隔絕之天下，一變為中外聯屬之天下。」[2]但當時在皇朝權力的中心，又有多少人贊同薛福成的看法呢？

　　在英法聯軍攻入北京之後差不多十年，同治皇帝終於派斌椿去西歐各國，但那也絕非主動或者輕易的決定。總稅務司赫德一直主張中國應派使臣到外國去。他在一八六三年七月二十九日曾對恭親王手下辦理洋務的得力助手文祥說，「在外交事務方面，中國人如不派使節到歐洲去，就絕不可能把事情辦得圓滿。」[3]這話一直沒有引出什麼結果，差不多三年之後，他告假回國省親，又建議中國派一兩個同文館學生隨他去歐洲。總理衙門覺得他這個建議值得考慮，但又認為同文館學生「皆在弱冠之年」，怕他們會「因少不更事，貽笑外邦」，提議由年已六十三歲的斌椿帶隊前往，「即令其沿途留心，將該國一切山川形勢、風土人情隨時記載，帶回中國，以資印證。」[4]最後的決定當然要皇帝本人來做。一八六六年元月二十八日，赫德還說：「斌是否將與我同去英國，還未安排妥當。」[5]但不到

---

[1] 鍾叔河作志剛《初使泰西記》敘論，見《走向世界叢書》第一輯（包括林鍼《西海紀遊草》，斌椿《乘槎筆記・詩二種》，志剛《初使泰西記》以及張德彝《航海述奇・歐美環遊記》等七種，長沙：嶽麓書社，1985），231-32頁。以下在文中引用此輯中各書，簡稱《叢書》。

[2] 徐素華選注《籌洋芻議：薛福成集》（瀋陽：遼寧人民出版社，1994），88頁。

[3] *Robert Hart and China's Early Modernization: His Journals, 1863-1866*, eds. Richard J. Smith, John K. Fairbank and Katherine F. Bruner (Cambridge. Mass: Council on East Asian Studies, Harvard University, 1991), p. 347。以下在文中引用此書，簡稱《赫德日記》。

[4] 語見恭親王奕訢1866年2月20日奏摺，引自鍾叔河作斌椿《乘槎筆記》敘論，《叢書》，68-69頁。

[5] 《赫德日記》，342頁。

一個月，在二月二〇的日記裡，他就確知恭親王上了奏摺，斌椿等人將隨同他去歐洲「遊歷」。[6]奕訢的奏摺說得明白，「與該稅務司同去，亦不稍設張惶，似乎流弊尚少。」[7]這就是說，斌椿本非要員，行前才臨時加賜三品，與赫德的官銜相等，隨赫德前往，不那麼正式，是跟外國人去外國，在外交禮節上不必顧慮太多。

　　由於斌椿相對而言地位不高，當時上海等通商口岸的英文報紙對他和赫德等人都有不少攻擊。「許多中國人覺得斌椿名不見經傳卻無功而受祿，西方的商人們則憎恨海關稅務司，尤其是赫德，認為他竟賤到為中國人服務，有傷西方人的威望。外國使節尚未能面見中國皇帝，這兒卻出來一小人物，一個以私人身分出訪的旅遊者，不久就要受到歐洲各國君主的禮遇和接待。」[8]隨同斌椿一行的稅務司洋員有法國人德善（Emile de Champs）和英國人包臘（Edward Bowra）。從《赫德日記》可以看出，包臘對斌椿印象極壞，而赫德則設法轉圜，保持中立。一行人乘法國船「拉布德內號」從上海到香港出海。船到新加坡時，旅客中有人向船長抱怨，說中國人得到和西方人一樣的待遇。赫德在日記中寫道：「應當抱怨的是，他們『沒有得到比其它人更好的待遇』。」[9]看來赫德對斌椿沒有什麼惡感，對中國人也並沒有種族歧視的偏見。在斌椿這方面說來，像他這樣一個年過花甲的老頭，既不懂外文，又沒有辦外交的經驗，第一次漂洋過海到西方旅行，一路上免不了經歷許多周折和麻煩，也實在是難能可貴了。

　　斌椿的《乘槎筆記》基本上是逐日記載所見所聞的一本流水帳，讀來覺得簡略而枯燥。他對所乘的法國輪船，到埃及後乘坐的火車，初到法國所見的電梯以及法國鑄幣廠、英國紡織廠等等，都有稍微具體的描述，但在我們今天看來，也只有歷史的意義而無新奇的趣味。然而在他簡略的筆記中，有時候也會突然出現一兩個鮮明的形象，說出一兩句有意思的話

---

[6]　同上，345頁。

[7]　《乘槎筆記》，《叢書》，68頁。

[8]　《赫德日記》，351頁。

[9]　同上，377頁。

來。如同治五年二月十八日記新加坡所見：「車製與安南小異，御者亦皆麻六甲人，肌黑如漆，唇紅如血，首纏紅花布則皆同。十餘里至市廛，屋宇稠密，仿洋制，極高敞壯麗。市肆百貨皆集，咸中華閩廣人也。」[10]寥寥數語就寫出了當地居民不同種族雜處的情形，而描繪駕車的黑人尤為生動，像是一幅色彩鮮明的風俗畫。三月十一日遊覽埃及金字塔，「方下銳上，皆白石疊成。石之大者高五六尺，闊七八尺不等，」這大概是中國人最先進入金字塔者。斌椿等人進入塔中，見到放木乃伊的石棺。又見「洞口高十餘丈。橫石刻字，計十行，約百餘字，如古鐘鼎文，可辨者十之二三，餘則苔蘚剝蝕不可識。洞之上下兩旁有石刻，皆泰西文字。山下有方池，石砌未竟。旁豎巨石，鑿佛頭如浙江西湖大佛寺像，洵稱巨觀。」[11]以鐘鼎文和佛頭來比附古埃及文字和人面獅身的斯芬克斯像，俱是以熟悉來理解生疏，在文化交往之初是難免的現象，正如他記述西方各國歷史，都用中國的朝代記年一樣，現在讀來，反有一種特別的味道。

斌椿記載更多的是各類社交場合的聚會，他在巴黎觀劇，印象尤為深刻。雖然他一句話也聽不懂，卻知道戲劇所搬演的「皆古時事」。更能以眼代耳，見臺上「衣著鮮明，光可奪人。女優登臺，多者五六十人，美麗居其半，率裸半身跳舞。劇中能作山水瀑布，日月光輝，倏而見佛像，或神女數十人自中降，祥光射人，奇妙不可思議。」[12]看來這位斌老爺對洋劇和「女優」的興趣大大超過外交拜會，因為五月中到倫敦後，「斌椿的健康在白天總不大好，可是一到晚上就奇跡般恢復過來，恰好趕得上去觀劇。」[13]然而數月之中他到處遊覽，耳聞目睹之間畢竟能得到一些新鮮事物的印象。有些只能算是引起這位老先生好奇，如《海國勝遊草‧書所見》的幾首詩，每首都自注詩裡所寫的迥異於中國的西俗，其一曰：「出門遊女盛如雲，陣陣衣香吐異芬；不食人間煙火氣，淡巴菰味莫教聞（西

---

[10] 《乘槎筆記》，《叢書》，98頁。
[11] 同上，105頁。
[12] 同上，109頁。
[13] 《赫德日記》，355頁。

俗最敬婦人，吸煙者遠避）。」其二曰：「白色花冠素色裳，縞衣如雪屢如霜；旁觀莫誤文君寡，此是人家新嫁娘（泰西以白為吉色，婦女服飾多用之，新婚則遍身皆白矣）。」[14]這裡不僅寫了他當時所見西俗，而且還在詩裡用了外國字的譯音，「淡巴菰」即tobacco，也就是煙草。另外如《包姓別墅》第二首：「彌思（譯言女兒也）小字是安拿，明慧堪稱解語花；嚦嚦鶯聲誇百囀，方言最愛學中華。」[15]「彌思」即Miss或小姐，稱未婚婦女；「安拿」當是女人名Ann或Anne，現在通譯「安娜」。在近體詩裡用外來語，這算是較早的例子。

　　斌椿詩裡所寫多是他筆記裡所記，他的詩基本上是押韻的日記，並無佳作，所以錢鍾書先生說，斌椿的一卷《海國勝遊草》「比打油詩好不了許多」。[16]在斌椿所見所記之中，只有四月十八日參觀英國議會的寥寥數語，有也許他自己也意識不到的重要意義：「申刻，至公議廳。高峻閎敞，各鄉公舉六百人，共議地方公事。（意見不合者，聽其辯論，必俟眾論僉同然後施行，君若相不能強也）。」[17]斌椿好像只是記事而沒有議論，他一點沒有深究，更沒有把它和中英兩國國勢強弱之差異聯繫起來想一想。在他西遊歸來寫的一首詩裡，他把去歐洲各國的經過和目的以及與歐洲君主的對話，都完全用華夷對立那老一套的思想和語言作了總結。他以問答的方式洋洋自得地寫道：

> 蕃王知敬客，處處延睞視；
> 詢問大中華，何如外邦侈？
> 答以我聖教，所重在書禮；
> 綱常天地經，五倫首孝悌；
> 義利辨最嚴，貪殘眾所鄙；

---

[14] 《海國勝遊草》，《叢書》，165頁。
[15] 同上，168頁。
[16] 錢鍾書，〈漢譯第一首語言詩《人生頌》及有關二三事〉，《七綴集》，132頁。
[17] 《乘槎筆記》，《叢書》，114頁。

今上聖且仁，不尚奇巧技；

盛德媲唐虞，儉勤戒奢靡；

承平二百年，康衢樂耕耡；

巍巍德同天，胞與無遠邇；

采風至列邦，見聞廣圖史。[18]

　　在斌椿筆下，歐洲的君主皆是進貢中華的「蕃王」，他們也許有奇技淫巧，但不知中國的綱紀倫常，尚處於化外。他又把去歐洲的遊歷自比為古代樂官之採詩於列國，目的在於使王者可以觀風俗而正得失，所以他完全是以傳統的舊眼光來看自己面臨的新世界。赫德在一八六六年七月十五日的日記裡，認為他組織斌椿一行歐遊有四個主要目的，一是讓中國政府派官員去歐洲，二是讓歐洲政府友好接待這些中國官員，三是使歐洲人喜歡中國，增加對中國人的興趣，四是「使中國官員帶回對外邦愉快的記憶（他們的時間太倉促，不可能承認自己接受了教育）。」[19]赫德自認為這四個目的都完全達到了，同時他又列出另外四個目標，認為還須進一步努力。這就是：「五，使斌椿回國後能升任主管外交的朝官；六，通過他而使中國政府善意看待西方的某些科學的技藝；七，勸說中國派出駐外使節；八，使中國和其它國家建立起一種合情合理的友好關係。」[20]可是斌椿回國之後，並沒有主辦洋務或管理外交，赫德想爭取的這幾點可以說全都落空了。晚清洋務運動本身只是對整個傳統政治觀念和治國方法相當有限的局部調整，始終沒有超出「師夷之長技以制夷」和「中學為體，西學為用」的範圍。像斌椿這樣滿腦袋綱紀倫常的傳統士大夫，很難改變華夷對立的觀念，從根本上重新考慮體和用的關係。

---

[18] 《天外歸帆草》，同上，202-03頁。
[19] 《赫德日記》，392頁。
[20] 同上，393頁。

讀張德彝《航海述奇》與《歐美環遊記》

只要中國讀書人唯一的出路是通過科舉考試走上仕途，他們要學的便只有四書五經，其它一切皆非正途。不要說年過花甲的斌椿，就是當時不過十七八歲而且學過外文的年輕小夥子張德彝，腦子裡也滿是一些陳腐的觀念。張德彝是同文館開辦之後第一批學生之一，學了三年英文後，於一八六五年通過總署大考，獲得八品的官銜。他不僅隨斌椿訪歐，而且後來多次以譯員身份隨清廷派出的使節到西方各國，並於一八九六年任駐英使館參贊，一九〇一至一九〇六年間，升任出使英、意、比國大臣，成為高等的職業外交官。一八九一年，思想稍微開通而且年輕的光緒皇帝曾決定學英語，張德彝受命做光緒的英文老師。據任同文館總教習的美國人丁韙良（W.A.P. Martin）記載，在皇帝面前，眾親王和大臣都必須下跪，為了尊師重道，光緒皇帝特許他的兩個英文老師在他面前可以坐下。光緒在半夜四點鐘上課，他的老師一近午夜就須到宮門守候，十分辛苦。最可笑是老師不敢糾正皇帝的發音，所以光緒雖然還算用功，學習成績卻並不理想。「皇帝一開始學，便立即引出一股學英語的熱潮，王公大臣們都四處買書，找人授課。可是新年接見外國使節，皇帝準備用英語講話，外使卻不要聽，皇帝和王公大臣們學英語的熱忱也就立即冷了下來。」[21]丁韙良的記述語焉不詳，但在中國的外語教學史上，這不失為一段有趣的軼聞。看來光緒皇帝的英語發音沒有得到他老師的矯正，張口說來，中國人會以為他在說外語，外國人會以為他在講中文，誰也聽不懂，難怪駐北京的外國使節不要聽了。光緒學外語失敗，原因不在他偷懶或蠢笨，而在他是皇帝，沒人敢說他有錯。細細想來，這失敗是必然的，而且可以說頗有象徵意義，預示了後來變法維新的失敗。當時的情形如此，也就難怪張德彝對自己同文館英文學生出身的背景，始終抱著強烈的自卑感。

---

[21] W.A.P. Martin. *A Cycle of Cathay* (New York: Fleming H. Revell. 1900), p. 317.

　　鍾叔河先生在《航海述奇》敘論裡談到張德彝的自卑，引了張《寶藏集序》教導自己兒孫的話：「國家以讀書能文（按指科舉考試）為正途。……余不學無術，未入正途，愧與正途為伍，而正途亦間藐與為伍。人之子孫，或聰明，或愚魯，必以讀書（按指應科舉考試）為要務。」[22]由此可見，就是在懂外文、辦洋務的張德彝心目中，仍然是以讀四書五經、應科舉考試為務正業，走正途，而傳統士大夫們對張德彝這類人是「藐與為伍」的。這就可以解釋何以在張德彝對西方風俗制度、山川人物的詳細記錄中，我們仍然找不到許多新思想和新意味。

　　《航海述奇》是張德彝隨斌椿西行的記錄，在內容上與《乘槎筆記》沒有許多差別，只是詳細一些。他在同治七年（1868）第二次出國，隨志剛到歐美各國，寫了《再述奇》，但並未刊行，這次收進《走向世界叢書》，由編者題名為《歐美環遊記》。應該說，張德彝的觀察是細緻的，書中大部分記述的是他當時在西方見到的近代工藝器具。那些奇巧的技藝和機械有時也引發他的一點感歎。例如他在詳細描繪了火車之後說，「凡火輪車皆紳富捐資製造，每年獲利，一半入官，一半自分。趨使一切夫役，多係官派。引舉洵乃一勞永逸，不但無害於農商，且裨益於家國。西國之富強日盛，良有以也。」[23]這可以說張德彝從具體的機械發明，認識到了工業革命與「西國富強」的關係，可惜像這樣的觀察在張德彝的遊記中並不很多。不過他初次見到許多外國特有的事物和風俗，充滿了好奇，其記載有時候也自有一種意趣。譬如他寫埃及的金字塔：「相傳前三千數百年建造，天下第一大工也，其次則屬中國之萬里長城矣。正面一洞，高約八丈，上有埃及文一篇，字如鳥篆，風雨侵蝕，模糊不復辨識。」斌椿把埃及文比為鐘鼎文，張德彝則說像鳥篆（斌椿的詩《古王陵》也用了相同的比喻：「不知何王陵，鳥篆捫斷碣。」[24]）。張德彝描繪斯芬克斯像說：「王陵大小共三座，此大者居其中。前一大石人頭，高約四丈，寬三

---

[22] 《航海述奇》，《叢書》，412頁。

[23] 同上，486-487頁。

[24] 見《海國勝遊草》，同上，163頁

丈許，耳目清晰。或云此古時蚩尤之頭，在此已化為石矣。語殊荒誕不經，吾未之敢信。」[25]斌椿看金字塔前的斯芬克斯像如佛頭，張德彝則托稱「或云」而謂「古時蚩尤之頭，」一樣是牽強比附，但也都古拙有趣。張德彝當時不到二十歲，好奇感之強自不待言，所以他的記述中，有許多對於像他這樣的年輕人會特別有興趣的奇聞。例如記當時剛剛發明的避孕套：「此物法國名曰『英國衣』，英國稱為『法國信』，彼引推諉，誰執其咎，趣甚。」[26]又如記日本所謂「川寶藏」，「以為孩童玩具，雖婦女亦以手握之，不以為恥。」[27]再如記西洋上層社會婦女奇怪的時髦打扮：「聞西洋女子修飾容止，意外翻新，有將腳小趾旁之骨令醫生損去二三分，以求其瘦小者；有面孔潔白，故著黑點於口旁目下，以張其美者。一則矯揉造作，一則點污清白，殊乖培養脂粉之道。」[28]張德彝在此對西洋婦女刻意修飾、矯揉造作的批評確實有道理，不過他應該想到，中國男人欣賞婦女纏小腳更為殘酷，不止是有乖「培養脂粉之道」而已。還有一條趣聞是記巴黎一個喜作女妝的同性戀者：「法京有男子杜廬者，年逾二旬，美麗自喜，手足秀好如女子，一生喜著巾幗。家資饒裕，服色率多翻新，婦女多有仿製者。其人往來街市，鮮有知其為男子者，可謂雄而雌者也。」[29]

可惜的是，張德彝對這類稀奇古怪的事情記載都頗為詳細，卻很少對西方思想文化方面真正重要的事物注意留心。同治五年（1866）四月二十五日，他從倫敦乘火車到「敖四佛村」即牛津，記「有本地官勒德富者以四輪馬車來接。登車北行，過大橋洞，周遊二十四處，皆前古禮拜堂、大學院等所。」[30]同治七年（1868）七月初七日，他隨志剛、孫家谷兩位「欽憲」從波士頓乘馬車過橋到「堪布立支」即康橋，記述了當地居民如何熱情歡迎中國來的「貴客」，然後「行數里至大學院，樓記憶體古今書籍二

---

[25] 《航海述奇》，同上，474頁。

[26] 同上，498頁。

[27] 《歐美環遊記》，同上，631頁。

[28] 同上，720頁。

[29] 同上，757頁。

[30] 《航海述奇》，同上，526頁。

萬六千冊，四面環以屋宇，係肆業者退息之所。書樓之後有集奇樓，內藏
各種鳥獸魚蟲之骨，與他國者同。」[31]在這再簡略不過的記述裡，懂得英
語的張德彝竟然連記下牛津和哈佛這兩所大學名字的興趣都沒有，更談不
上對西方學術文化作任何描述和探討了。要想在晚清那麼多出洋的官吏、
使節、隨員的筆記遊記中找到對西方文化和尤其是文學的記述，結果只能
讓人失望。正如錢鍾書先生所說：「不論是否詩人文人，他們勤勉地採訪
了西洋的政治、軍事、工業、教育、法制、宗教，欣奮地觀看了西洋的古
跡、美術、雜耍、戲劇、動物園裡的奇禽怪獸。他們對西洋科技的欽佩不
用說，雖然不免講一通撐門面的大話，表示中國古代也早有這類學問。只
有西洋文學──作家和作品、新聞或掌故──似乎未引起他們的飄瞥的注
意和淡漠的興趣。」[32]張德彝記述風土人情都頗為詳盡，「甚至街巷的新事
趣聞，他也談得來頭頭是道，就只絕口不談文學，簡直像一談文學，『舌
頭上要生碗大疔瘡』似的。」[33]我們發現在新刊的《歐美環遊記》裡，張德
彝也提到文學，那是他洋洋數百萬言的記述中絕無僅有的一段西洋詩話：
「外邦詩文，率多比擬，無定式。詩每首數十韻不等，每句字數亦不等。
緣西文有一言一音者，有一言數音者。如英國二韻詩，還以華音系『爾裡
圖倍，爾里圖賴，美萬海西，委西安外。』譯以華文即『早睡早起，令人
康健，義利兼收』之意。若虛實共還，則『額爾里圖倍達，額爾里圖賴
斯，美克萬海拉西，威拉西安大外斯。』文之章法，修短不等，大抵以新
奇者為貴。」[34]這裡舉的西洋詩例子，只算得一首極通俗的順口溜，原文是
Early to bed, early to rise, Makes one healthy, wealthy and wise，據說是講究實
際的美國科學家、政治家和外交家佛蘭克林（Benjamin Franklin）年輕時為
他辦的一種通俗讀物所寫。以這樣一首順口溜來做「外邦詩文」的例，實

[31] 《歐美環遊記》，同上，691頁。
[32] 錢鍾書，〈漢譯第一首語言詩《人生頌》及有關二三事〉，《七綴集》，132-33頁。
[33] 同上，134頁。
[34] 《歐美環遊記》，《叢書》，771頁。

在不倫不類，可是張德彝也許本來就沒有把「外邦詩文」看在眼裡，放在心上，我們也實在不能指望他對西洋文學有任何深入的瞭解。

對外國文學的無知來源於當時一種莫名其妙，然而普遍存在的民族自傲感。承認西洋船堅炮利，但絕不承認西洋也有文化和文學，這在清末民初的舊派文人當中是相當普遍的態度。錢鍾書先生回憶他在一九三一或一九三二年和陳衍先生的一次談話，就很能說明這一點。陳衍先生知道錢鍾書懂外文而且到國外學習，但不知道他學的專科是文學，「以為準是理工或法政、經濟之類有實用的科目。那一天，他查問明白了，就感慨說：『文學又何必向外國去學呢！咱們中國文學不就很好麼？』」[35]在當時——也包括現在——留學生中絕大部分都以攻讀理工、法政、經濟之類實用科目為主，能重視和真正認識西方文學、歷史、哲學等人文學科精神價值的人，實在寥寥可數。本世紀初在哈佛留學的陳寅恪先生，就是這少數有眼光的人之一，也對國人急功近利、只講求實際的傾向，發過一通感慨。據吳宓《雨僧日記》一九一九年十二月十四日所記，陳寅恪曾對之慨歎說：「救國經世，尤必以精神之學問（謂形而上之學）為根基。乃吾國留學生不知研究，且鄙棄之。不自傷其愚陋，皆由偏重實用積習未改之故。此後若中國之實業發達，生計優裕，財源浚劈，則中國人經商營業之長技，可得其用，而中國人當可為世界之富商。然若冀中國人以學問美術等之造詣勝人，則決難必也。」[36]八十多年過去了，我們已經到了二十一世紀，這段話現在讀來，仍然那麼有針對性，那麼值得深思，至少說明我們的進步並不大，而且要往前走，每一步都很費力，很艱難。我們現在很容易取笑晚清出洋那些人的無知、偏見和狹隘，但他們畢竟是最初走出國門、面對外部世界的先驅者，正是他們走過的曲折崎嶇的道路，引我們到了我們目前

---

[35] 錢鍾書，〈林紓的翻譯〉，《七綴集》，87頁。錢先生在為陳衍先生此話作注釋的時候指出，這是許多老輩文人共同的看法。「他們不得不承認中國在科學上不如西洋，就把文學作為民族優越感的根據。」同上，98頁。

[36] 吳學昭，《吳宓與陳寅恪》（北京：清華大學出版社，1992），9-10頁。

之所在。如果我們處在他們那個時代，面對同樣的艱難，我們是否就一定
會比他們更高明，把事情做得比他們更好呢？

步履維艱

　　在結束此文之前，我想通過幾個具體的實例，再一次來想見當年要
走出國門是多麼不容易，要打破傳統觀念的羈絆又是多麼艱難。同治五年
四月初六日，張德彝等人在倫敦曾參觀一所醫院，第一次看見醫生作外科
手術，印象頗深。但他生病的時候，卻絕不願請西醫診治。同治八年六月
十七日，他在隨志剛出使歐美的中途，在巴黎墜馬受傷，「欲用華藥」而
不能，不得不聽憑兩位洋醫生擺佈，受了一場洋罪。生病就醫的麻煩引得
他總結出一套道德教訓，現在讀來使人覺得既可憐又可笑。張德彝寫道：
「墜馬一事，可為前車之鑒；一為雙親在堂，不保身體者鑒；一為客遊在
外，不慎起居者鑒；一為少不更事，任性妄為者鑒。若能邀天之福，不藥
有喜，是亦祖宗積德之所致也。」[37]那兩位西醫好像確實不怎麼高明，他
們沒有用藥，只連稱要「以冰追取瘀血」，到後來又「放二十四枚螞蝗於
耳後以吸之。初放時，各大四五分，少刻盈寸，取下置於水盆，則形皆縮
小，而血盈盈矣。」[38]可見當時醫術水準尚低，出洋遠遊的確有不少風險。
張德彝不能很快痊癒，只好提早回國了事。這還只是涉及身體肌膚的外在
方面的困難，思想意識方面的困難，則更不知要大多少倍。

　　後面這一種的困難，志剛的《初使泰西記》可以為我們提供幾個現
成的例子。志剛在同治六年（1867）年底與孫家谷一起，隨曾任美國駐
華公使而當時被清廷聘為特使的蒲安臣（Anson Burlingame）出使歐美各
國，歷時三載，於同治九年十月才返回北京。志剛其人，誠如鍾叔河先生
所說，只是「一個平庸的滿族官員，」然而在不平常的際遇中，他「也

---

[37] 《歐美環遊記》，《叢書》，799-800頁。
[38] 同上，800頁。

會有不平常的體會和認識」。[39]他有時不光是記述見聞,也記下自己的想法。《初使泰西記》中有兩處評論基督教的文字,由利瑪竇等耶穌會教士借用「儒名」談起,討論了儒、墨和西教的異同,很可以發人深省。志剛在同治七年五月十九日的日記中寫道,墨氏兼愛,孟子斥之為無父,西方的基督教也主張兼愛,近於墨氏。接下去他就討論基督教是否也有無父的問題:「至無父之說,亦必推極於上帝示夢以實之。由於子無姓氏,翁不可知,不得不傳為天父之說矣。且上帝降生之說,若究其理,微特耶穌為上帝所生,即一草一木一螻一蟻,孰非上帝所生者,而況橫目之民乎?乃自古惟帝王稱天子,所謂旻天其子也。若人人自認其天父,不但無其父,並無其君矣,則墨而兼楊矣,果儒乎哉?」[40]這是把基督教比為楊墨而區別於儒家,揭露利瑪竇等耶穌會教士假儒教之名,行基督教之實。值得注意的是,志剛意識到基督教和中國講究忠孝節義的君臣父子之道格格不入。在中國只有皇帝稱天子,也就只有皇帝才夠得上以天為父,而基督教宣揚在上帝面前人人平等,人人可以認天為父,那就「不但無其父,並無其君矣」。我不能不佩服這位「平庸的滿族官員」對東西方宗教和政治制度的異同,居然有這樣「不平常的體會和認識」。他在同治七年十二月十二日,又有一段話評論「西國之五倫,概以朋友之道行之」,認為這是西方宗教的影響。他說:「西人於夫婦、昆弟,固猶可以朋友之道行;至於父子、君臣,而概行之以朋友之道者,非其性然也,其習使之然也。其習之所以然者,由其教使之然也。乾父坤母之說,究其理則有其同,究其情則親疏貴賤之等殺,固不能昧沒而雜之也。彼概以天為父而尊之親之,至其君若父亦不能不以天為父,則其子與臣於其君與父不得不以雁行而視之矣。」[41]按志剛的意思,西方的人倫關係沒有君臣父子的親疏貴賤之分,並非基於事物的本性,而是出於人為的習養,最終說來是他們受了基督教的影響。《易·說卦》:「乾,天也,故稱乎父。坤,地也,故稱乎母,」

---

[39] 《初使泰西記》,《叢書》,239頁。

[40] 同上,281頁。

[41] 同上,310-11頁。

表面看來好像和西方以天為父之理相同，但《說卦》原文接下去是：
「震，一索而得男，故謂之長男。巽，一索而得女，故謂之長女。坎，再索而得男，故謂之中男。離，再索而得女，故謂之中女。艮，三索而得男，故謂之少男。兌，三索而得女，故謂之少女。」這樣一來，在天地乾坤之外，還有震、巽、坎、離、艮、兌各卦，就在父母之外再分出長男長女、中男中女和少男少女，親疏貴賤的等級就不至於「昧沒而雜之」，也就不至於人人平等，長幼不分了。西人「概以天為父」，君臣父子等人世間長幼尊卑的區別沒有了，一切人倫關係概以兄弟朋友之道行之，於是乎「其子與臣於其君與父不得不以雁行而視之矣」。儘管志剛的話說得有點籠統空泛，但他卻十分準確地把握住了西方基督教與中國儒家思想的根本區別，以及由此產生出來的政治和倫理方面的差異。我們也許可以認可志剛的這一番分析，但他由此引出來的結論卻很可能出乎我們的意料。在志剛看來，君臣父子之倫常綱紀是萬世法程，打破這種倫常是絕對不可思議的，人人平等也就是天下最可怕的事情。西方宗教和人倫無父無君，正說明他們尚為化外的蠻夷，他們如果接受中國儒教的感化，將來也許可以有稍進文明的一天。這不是我隨意推測，而是志剛本人的原話：「近今泰西頗購求儒書，俟其德慧日開，自有不期合而自和者，真天涯若比鄰矣。」[42]這位出使泰西各國的使臣對於華夷優劣有如此根深蒂固的信念，那又怎麼可能指望他會細心觀察外國的風土人情和文物制度，從中吸取有益於中國的東西呢？

　　事實上，志剛的狹隘、頑固和偏見有時簡直到了不近情理的地步。同治七年八月二十二日，他遊覽倫敦「萬獸園」，見「其中珍禽奇獸，不可勝計」。[43]他似乎印象深刻，那一天的日記用了好幾頁篇幅，詳細記錄所見的各類飛禽走獸、水族、兩棲類和爬行類動物，觀察既細，描繪得也栩栩如生。然而在記述完畢之後，他突然筆鋒一轉，寫道：「雖然，博則博

---

[42] 同上，281頁。
[43] 同上，293頁。

矣。至於四靈中麟、鳳必待聖人而出。世無聖人，雖羅盡世間之鳥獸而不可得。龜之或大、或小，尚多有之。龍為變化莫測之物。雖古有豢龍氏，然昔人謂龍可豢，非真龍。倘天龍下窺，雖好如葉公，亦必投筆而走。然則所可得而見者，皆凡物也。」[44]這一番突如其來而且莫名其妙的感慨，真像癡人說夢，不著邊際，要之仍在發傳統的民族自大狂，說倫敦的動物園再好，畢竟沒有中國古代傳說裡的龍鳳和麒麟。要是有人問這位欽差大臣，「閣下在北京見過龍鳳和麒麟麼？」不知此老又該作何回答？更說明問題的，是繼評論「西國五倫概以朋友之道行之」之後，志剛對於中國是否應當築鐵路、行火車這類實際問題，又發了一通令人瞠目的議論。他假設有人問：「火輪車之利益何如？」他明確回答：「公私皆便，而利益無窮。」看來他很明瞭火車對國計民生的好處，但接下來是這樣古怪的一段：「曰：『何以中國不急辦也？』曰：『中國欲行火車，將何途之從邪？城池廬舍，皆可改易，惟墳墓乃各家擇地而葬，非若泰西聚處而叢葬也。其新者可遷，而數十百年之遠則不可遷，各家視其墳塋之祖、父，較泰西天主堂之視天父尤為親切。若使因修鐵路而可以毀天主堂，亦不可濫毀其祖、父之墳塋。若以朝廷之勢力，滅中華孝敬之天性，日將以牟利也，恐中國之人性未易概行滅絕也。』客無以難，乃曰：『中國有官塘大路，其間並無墳墓，未始不可修鐵路也。』使者曰：『官塘大路終年不斷行人，若修鐵路又將何地另開官塘大路以待鐵路之成邪？此事或當相機而緩商也』。」[45]我們用不著評論這一段話，因為這當中已經夠清楚地暴露出了王朝末日的危機。在一個龐大帝國中做官行政的，竟是這樣迂腐而且冥頑不化的守舊派（我們不要忘記，任「辦理中外交涉事物大臣」出洋的志剛，還遠遠不是最頑固的守舊派），這樣的帝國不迅速倒臺，才真是咄咄怪事。現在回過頭去看一百多年前這樣的奇談怪論，我們可以深切體會到，中國人在近百年中確實走過了很長一段歷史的路程。我們可以慶幸我

---

[44] 同上，296頁。

[45] 同上，311-12頁。

們時代的進步，我們甚至可以嘲笑當年出洋使節們的幼稚無能，但歷史的路程並沒有走完，更值得我們深思的是，我們現在又該怎樣走我們的路。正如朱維錚先生在論及郭嵩燾、劉錫鴻、薛福成等最早出洋的外交官們的日記時所說，「他們的記敘未必可靠，議論或許膚淺，甚至曲學阿世，以挑剔攻訐異域政治文化為能事。但重要的不是他們的陳述的客觀性。重要的是他們是出現在工業革命和民主革命以後的西方世界的首批中國使者。」[46]讀一讀晚清出洋遊記，不僅可以瞭解當時中外交流的歷史，而且也可以作為我們今日上進的鞭策。

---

[46] 朱維錚，〈使臣的實錄與非實錄——晚清的六種使西記〉，《求索真文明：晚清學術史論》（上海：上海古籍出版社，1996），139頁。

第八章　維柯思想簡論

　　朱光潛先生對十八世紀義大利思想家維柯其人及其著作，曾有如下概括：「維柯在西方是近代社會科學的奠基人，《新科學》所要研究的問題，用簡單話來說，就是人類如何從原始的野蠻動物逐漸發展為過社會生活的文明人。」[1]這一概括的確道出了維柯的重要和廣博。朱先生在八十多歲的高齡，殫精竭慮，日作不懈，終於把《新科學》全譯出來，奉獻給讀者。不過維柯究竟是怎樣一個人，他有什麼重大見解，對後世有些什麼影響，大概多數讀者還並不十分了然。所以我在此希望對維柯和他主要的著作，嘗試作一個簡單的述評。

維柯對笛卡爾哲學的批判

　　十七世紀後半和整個十八世紀，在歐洲思想史上常常被稱為理性時代，當時占統治地位的哲學是強調理性思維的笛卡爾主義。全部笛卡爾哲學的出發點是思維的自我，因為在笛卡爾看來，日常的感覺和常識都不可靠，一切都可以懷疑，一切都必須由思維的自我來重新審定。懷疑一切的自我最後發現，唯一無可懷疑的是他自己在思維、在懷疑這個事實，而正是在這當中，他意識到自己的存在。存在的可靠性首先在自我的思維中得到證明，所以笛卡爾有這樣的名言：「我思，故我在」（Cogito, ergo

---

[1] 〈維柯的《新科學》簡介〉，《朱光潛全集》（以下簡稱《全集》；合肥：安徽教育出版社，共20卷，1987-1993），第10卷，580頁。

sum）。笛卡爾認為抽象的邏輯思維明確肯定地把握住事物的性質，可以把認識到的真理用數學式精密的語言描述出來，而具體的感性事物卻難於明確肯定地把握，容易造成人的偏見和錯覺。在這種唯理主義觀念支配下，所謂科學只能是自然科學，可靠的認識必定是可以數量化的認識，而法律、歷史等等屬於人類社會範疇的理論，都算不得科學的真知。

這種唯理主義哲學在十八世紀末和十九世紀浪漫主義思潮逐漸興盛之前，一直是歐洲思想的主流。可是早在浪漫主義尚未萌動之時，在十八世紀的義大利，那不勒斯大學的修辭學教授維柯已經匹馬單槍地向笛卡爾哲學提出了挑戰。維柯的理論也追求可靠的認識，是十六、十七世紀以來尋求科學真理的傳統之一部分，但其基本傾向是反笛卡爾主義的，同時又繼承了義大利文藝復興時代人文主義的文化傳統。維柯一部重要的早期著作題為《從拉丁文的起源論義大利人的古老智慧》，這標題本身就明顯地以義大利的古傳統來對抗當時盛行的笛卡爾認識論。維柯對笛卡爾的批判集中在思維與存在的關係這個根本問題上，明確指出思維不可能是存在的原因。他抓住笛卡爾「我思，故我在」這個根本命題，爭辯說存在的事物並不都能思維，所以思維並非存在的原因，倒是先有能思維的心靈，然後才有思維，所以「思維不是我之有心靈的原因，卻是它的標記，而標記並不是原因。」[2]維柯認為笛卡爾的「我思」只是意識主體，不能作為真理的標準。他在這部早期著作裡提出另一種認識原理，也就是後來成為他的主要著作《新科學》理論基礎的認識原理，即真理和創造是同物異名，可以互相轉換。[3]在這一點上，維柯繼承了文藝復興時代人文主義的傳統，在新條件下為人文科學奠定了哲學基礎。

在十四紀人文主義剛興起的時候，彼特拉克（Francesco Petraca）就提出，人的尊嚴最強有力的證據莫過於《聖經》上說，人是按照上帝的形象創造出來的。這當然是基督教一個傳統的觀念，可是彼特拉克獨到的一

---

[2] Vico, *Selected Writings*, trans. L. Pompa (Cambridge: Cambridge University Press, 1982), pp. 58-59.

[3] 同上，pp. 50-52.

點，是強調人不僅僅是上帝的形象，而且是造物主上帝（*Dei Creatoris*）的形象。人正是在創造能力上像天上的神，這就意味著「人也有能力根據自己的需要和目的來創造自己的世界」。[4]對彼特拉克等人文主義者說來，上帝創造了自然，人類則創造了社會歷史，自然的秘密是只有上帝才知道的，被人類創造的歷史則可以為人所知。正是在這一觀念的基礎之上，人文主義傳統認為歷史知識是比自然科學更為可靠的真知。維柯提出人類創造世界因而能認識世界，正是回到人文主義的論證，把基督教關於上帝神知的原理世俗化為人類認識的原理，強調了知與行、實踐與真理內在的聯繫。在這個意義上說來，維柯是「第一個試圖設計一個『沒有神的』歷史系統的人」。[5]所以維柯在《新科學》裡寫道：

> 人類社會的世界無疑是人創造的，因此它的原理也就可以在人類心智的變化中去尋找。只要仔細思量這一點，誰都會感到驚訝，何以哲學家們會竭盡全力去研究自然，竟忽略了研究各民族的世界，而自然界既是上帝所造，也就獨為上帝所知，人類社會的世界既為人所造，也就是人能夠認識的。[6]

　　按照維柯的觀點，認識世界的過程就是參與創造世界的過程，創造的實踐活動成為人的認識內容，真理即創造的實踐。由此很容易得出的一個重要結論，就是真理的標準不是笛卡爾的我思，而是實踐。這在維柯的時代，實在超出一般人可以達到的思想境界，是一個具有劃時代意義的洞見。

---

[4]　E. Kessler, "Vico's Effort to Establish the Foundation for the Humanities", in *Vico: Past and Present*, ed. Giorgio Tagliacozzo (Atlantic Highlands: Humanities Press, 1981), p. 83.

[5]　René Wellek, "Auerbach and Vico", in *Vico: Past and Present*, p. 89.

[6]　Vico, *New Science*, sec. 331, trans. T. G. Bergin and M. H. Fisch (Ithaca: Cornell University Press, 1968), p. 96.參見朱光潛譯維柯《新科學》331節，《全集》第18卷，191-92頁。

神話、詩與創造

　　在笛卡爾主義在哲學思想中占主導地位的十八世紀，上述結論很難被人接受，所以維柯在他那個時代鮮為人知，幾乎沒有發生任何影響；《新科學》這部論述人類社會發展歷史的巨著，在當時也成為很少人理解的奇書。差不多經過了兩個世紀，尤其經過克羅齊（Benedetto Croce）和尼寇里尼（Fausto Nicolini）的研究和介紹，維柯才好像哲學天空中新發現的一顆明星，突然放射出燦爛的異彩。維柯反笛卡爾主義的傾向，他對語言問題的關注，他從各民族制度文物、社會習俗入手研究歷史的方法，他對想像的重視和對神話的解釋，他的實踐觀點，所有這些都使他對二十世紀的現代思想具有特別的吸引力。在《新科學》裡，維柯拒絕用唯理主義的標準去看待古代人類，認為用理性概念去解釋人類歷史早期的思維方式是一種時代錯亂，是不懂得在不同歷史階段和文化裡，可以有不同的思維和不同的價值標準。維柯認為古代人類具有「詩性智慧」，其特點是用具體的形象代替抽象的概念，古代神話並非幼稚的幻想，而是代表早期人類對周圍世界的認識和反應。神話即詩，兩者都是創造性想像的產物；可是維柯關於詩的概念不僅是文學的，而且首先是政治和歷史的。詩人在希臘文裡就是創造者，維柯正是在創造這個意義上把古代人類的各種實踐稱為詩，《新科學》也正是論述人類怎樣在各個發展階段創造神話，創造典章制度，創造社會歷史，而且在這過程當中「創造他們自己」。[7]

　　由於維柯認識到人在不斷的創造實踐中形成各種社會關係，創造人自己，他就否認有恆定不變的人類本性。正像貝金和費希在英譯本《新科學》導言裡指出的那樣，「維柯與馬克思主義者和存在主義者都有這樣一個否定的看法，即在各個人當中是找不到什麼人類本質的，他和馬克思主

---

[7]　Vico, *New Science*, sec. 367, p. 112. 參見朱光潛譯維柯《新科學》367節，《全集》第18卷，213頁。

義者共有這樣一個肯定的看法，即人的本質是社會關係的總和，或者說是不斷發展的社會制度的總和」。[8]馬克思在《資本論》的一個注裡提到過維柯，但在許多理論問題上，維柯都似乎為馬克思的思想，和理論提供了來源。在實踐觀點，在歷史發展的規律性，在人類創造世界的同時也創造自己的本質等重要理論問題上，維柯與馬克思的確有不少可以比較之處。在研究馬克思與歐洲文化傳統的關係方面，維柯的意義或許並不亞於黑格爾和德國古典哲學。

維柯在美學方面的貢獻，也許是他思想中最有影響的部分。《新科學》對古代神話的研究，把神話看成一種隱喻，看成早期人類現實世界的詩性解釋，在許多方面已開現代人類學和神話研究的先河。維柯相信保存古代神話的各民族史詩，都是集體的創造。《新科學》第三卷題為「發現真正的荷馬」，維柯在這裡最早提出了民間創作的概念，指出荷馬史詩《伊利亞特》和《奧德修記》不是個人創造的作品，而是許多片斷的集合，這些片斷產生在希臘早期歷史的不同階段，實際上是以詩的方式記述了早期希臘的文明史。荷馬並非實有其人，而是一個神話人物，是古希臘吟頌神和英雄業績的眾多民間歌手的象徵。維柯說：「希臘的各族人民自己就是荷馬。」[9]史詩和民歌是民間創作才能的產品，這個在十九世紀浪漫主義時代極有影響的觀念，在歷史比較語言學中極為重要的理論，維柯早在十八世紀初就已明確而系統地提出來了。

維柯與近代思想

維柯大概是最早提出系統的歷史理論的人，他強調各歷史階段和各民族文化有其獨特的思維方式和價值觀念。從審美的方面講來，這種歷史觀使絕對抽象的美的標準失去意義，人們因此而學會理解和鑒賞不同歷史條

---

[8]　Vico, *New Science*, translators' intro., p. xxxix.

[9]　Vico, *New Science*, sec. 875, p. 324. 參見朱光潛譯維柯《新科學》875節，《全集》第19卷，35頁。

件下產生的美。照埃利希‧奧爾巴赫（Erich Auerbach）的說法，這是維柯在歷史研究中的「哥白尼式的發現」。由於這一歷史觀念的形成，「誰也不會因為哥特式大教堂或中國式廟宇不合古典美的模式而說它們醜，誰也不會認為《羅蘭之歌》野蠻粗疏，不值得和伏爾泰精緻完美的《昂利亞德》相提並論。……我們以樂於去理解的一視同仁的態度，欣賞不同時代的音樂、詩和藝術」。[10]然而另一方面，維柯的興趣在於尋找人類歷史的共同規律，理解在人類生活多種形式中表現出的基本統一。他相信在人類種種的習俗和制度中，必定有「一種各民族共通的精神語言」，這種語言儘管有多種變化的表現形式，卻能「統一地把握人類社會生活中各種可能事物的實質」。[11]在各種不同的實際語言下面尋求人類共通的普遍語言或普遍語法，這種觀念和結構主義者通過研究語言規律尋求思維的恆定結構的努力，確實有驚人的相似之處。所以在一本講結構主義的書裡，泰倫斯‧霍克斯（Terence Hawkes）首先討論維柯，並且說「詩性智慧的稟賦可以說就是結構主義的稟賦」。[12]

　　針對笛卡爾認為數學和自然知識是可靠真理的唯理主義觀念，維柯提出真理即實踐的觀點，肯定歷史知識更為可靠。維柯的思想對十九世紀德國哲學家狄爾泰（W. Dilthey）很有啟發，狄爾泰也把歷史科學的基礎放在認識主體與客體的一致上面。這就是說，既然人就是歷史的創造者，那麼認識歷史就是認識自己和自己創造的東西，於是維柯的觀點成為狄爾泰歷史闡釋學的一個認識論基礎。這一觀點雖然認為歷史和人文科學優於自然科學，但實際上仍然是把自然科學的認識標準應用在認識歷史上，即我們如果能夠人工複製一種自然事物，就可以說認識到了那種事物，實踐就是認識可靠性的保證。闡釋學在當代的發展對自然和歷史在認識論上的

---

[10] Erich Auerbach, "Vico's Contribution to Literary Criticism", in *Studia Philologica et Litteraria in Honorem L. Spitzer*, ed. A. G. Hatcher and K. L. Selig (Bern: Franke, 1958), p. 33.

[11] Vico, *New Science*, sec. 161, p. 67. 參見朱光潛譯維柯《新科學》161節，《全集》第18卷，150頁。

[12] Terence Hawkes, *Structuralism and Semiotics* (London: Methuen, 1977), p. 15.

差別，提出根本不同的看法，所以伽達默認為維柯的觀點只是表面上解決了認識歷史所提出的問題，認識歷史的問題在於認識者本身是被歷史限定的，任何個人都不可能像創造某個自然物體那樣創造歷史，而我們對歷史的認識總會因人因時而異。舊的歷史主義之幼稚，就在於它沒有意識到自己的歷史局限，以為它可以達到絕對有把握的真知；而在伽達默看來，「真正的歷史思想必須同時考慮到它自身的歷史性」。[13]認識歷史是一個無窮盡的提出問題和回答問題的辯證過程，就像早在柏拉圖的哲學對話中已經體現出來的那種提問和對答的辯證法。這裡重要的不是對認識對象的絕對把握，而是隨時保持問題的開放性和進一步認識的可能性。

　　維柯和他的理論當然都擺脫不了自己的歷史性，這首先是十八世紀義大利的文化環境對維柯思想的激發和局限。在二百多年後的今天看來，他的理論體系和許多具體細節有不少顯得幼稚、片面乃至於錯誤。例如他固執地認為中國歷史並不怎麼古遠，只因為中國人長期與其它民族隔絕，「沒有真正的時間概念」，所以自以為有很古的歷史。[14]奧爾巴赫所盛讚的審美的歷史主義，雖然源於維柯的理論，卻並不處處合於維柯的實踐，因為在《新科學》裡，維柯就以西方文字和西方繪畫作標準，認為中國的文字落後，中國畫沒有高光和投影，沒有透視深度，所以「極為粗糙」。[15]但總的說來，維柯在二百多年前已經提出一套系統的人類社會發展史理論，在許多方面都預示了現代學術思想的發展，這在思想史和文化史上的意義是十分重大的。

　　《新科學》初版於一七二五年，一七四四年出更完備的第三版。全書分五卷，加上緒論和結論，英譯本是厚厚四百多頁的一部大書。這部書不僅有複雜的結構，而且內容涉及神話、宗教、歷史、法律、政治、語

---

[13] Gadamer, *Truth and Method*, p.299.

[14] Vico, *New Science*, sec. 83, p. 45.參見朱光潛譯維柯《新科學》83節，《全集》第18卷，117頁。

[15] Vico, *New Science*, sec. 99, p. 51.參見朱光潛譯維柯《新科學》99節，《全集》第18卷，126頁。

言學等等方面的知識，是一部不大好讀，更不好譯的書。近幾十年來，《新科學》已有了各主要西方語文的譯本，這與維柯研究的發展很有關係。在美國有專門研究維柯的學術機構，出版《新維柯研究》（New Vico Studies），自六十年代以來已組織過多次大型的國際學術會議，會議論文集由維柯研究所的負責人塔里亞柯佐等人編輯出版，從中可以窺見維柯在現代的影響和意義。對中國讀者和研究者說來十分幸運的是，《新科學》這部學術名著有朱光潛先生晚年花費了大量精力翻譯過來的中文本。朱光潛先生一生不僅自己著書立說，代表了我國美學研究的學術水準，而且始終如一地堅持譯介西方美學原著。從柏拉圖對話錄、萊辛的《拉奧孔》、愛克曼與歌德談話錄到黑格爾和克羅齊的美學，他把重要的西方美學著作介紹給中國讀者，使我們得以深入瞭解西方美學思想，通過借鑒和比較，建立我們自己的理論。記得有一位文藝刊物的編輯曾對我說，我國讀者對西方美學的瞭解，可以說朱先生介紹到哪一步，就走到哪一步。在美學資料的譯介方面，朱先生的貢獻確實沒有第二個人可以比擬。《新科學》中譯本是朱先生晚年辛勤勞作完成的工作，是他對我國美學研究作出的又一貢獻。維柯在十八世紀是默默無聞的，他並不屬於那個唯理主義的時代。研究維柯的《新科學》將使我們認識到，這位十八世紀思想家的著作對於我們不僅有美學史上的價值，而且能引我們注意到二十世紀美學研究中一些重要問題。在這個意義上說來，我們要在維柯思想中注意尋找的不是歷史的因素，而是它奇特的現代性。朱先生在自己的維柯研究中，指出了維柯與馬克思主義思想之間的聯繫，也許我們後來者可以在朱先生所譯《新科學》的基礎上，對這位偉大思想家的著作作出更深入一步的研究。

第九章　美的追求：懷念朱光潛先生

　　捷克作家米蘭・昆德拉（Milan Kundera）曾在他的一本書裡說：「人對強權的鬥爭也就是記憶對遺忘的鬥爭。」[1]在想起朱光潛先生的時候，我特別記起了昆德拉這句話，而且對這句話的妙處，自認頗能領會於心。朱光潛先生生於一八九七年，曾留學英、法，研究文藝理論和美學，深受康德、叔本華、克羅齊等西方哲學家影響，在三十和四十年代著有《談美》、《文藝心理學》、《詩論》等書，廣為讀者所喜愛。五十年代以來，他對美和審美經驗的強調顯然很難適應中國社會和政治的環境，於是在相當長的一段時期，朱先生成為批判和改造的對象，走過了精神上十分艱苦的歷程。文革之後，他以八十多歲的高齡重新回到美學和文藝理論的研究領域，辛勤筆耕，寫出了《談美書簡》和《美學拾穗集》等新著，並有包括維柯《新科學》在內的譯著以及其它許多論文。一九八六年朱先生在北京去世，享年八十九歲。他一生經歷了現代中國許多次政治和社會的大變動，這在他一生的思想和著述上，也留下了明顯的印記。回憶和紀念朱光潛先生，既是緬懷一位我極為敬重的前輩，同時也提供一個機會，讓我們可以重新思考政治與學術、尤其是政治與文藝和美學之間的關係。

---

[1]　Milan Kundera, *The Book of Laughter and Forgetting*, trans. Michael Henry Heim (Harmondsworth: Penguin Books, 1980), p. 3.

虛懷若谷的美學大師

我最早知道朱光潛先生的名字，是一九七○年前後讀先生所著《西方美學史》。那正在文革當中，一切學術文化都在遭受極野蠻的摧殘，此書談「美」而且專論「西方」，自然在被焚被禁之列。不過精神是沒有辦法禁絕的，禁書從來就總會在讀書人中間輾轉流傳。和其它許多關於文藝和美學的書一樣，朱先生一九六三年初版這部《西方美學史》是當年城鄉知識青年中的「搶手貨」，朱光潛的名字也是許多年輕人所心儀崇敬的。在那艱難的歲月，一切正直的人無不對我們這「文明古國」喪失了文明而痛心疾首，然而也正是在那樣艱難的歲月，讀到朱先生說理透徹而又晶瑩流暢的文字，看他評介從柏拉圖、亞理士多德到黑格爾和克羅齊的美學理論，感受尤為深刻。精神這東西大概是人身上最難殺死的。在一個人日子過得很舒服，生活條件十分優裕的時候，精神反而可能萎靡不振，但當身外之物被剝奪殆盡，甚至筋骨和皮肉也遭受痛苦的時候，赤裸的人只剩下精神真正屬於他自己，反而會格外頑強，精神生活的充實完善也會成為一種執著的追求，成為唯一能賦予生命以意義的活動。在這種時候，文藝、歷史和哲學尤其會顯出它們的重要。親身經歷過那種艱難歲月的人，大概不少人都有這種體會吧。那時候不顧風險和困難、堅持讀書而且愛好文學的青年，對朱光潛先生是十分敬重的。

數年之後，夢魘終於過去，一九七八年秋，我考上文革後第一批研究生，來到北京大學西語系，第一次見到朱光潛先生。在西語系，我從楊周翰先生研讀英國文學，但我一直對文學理論和美學很感興趣，又很敬慕朱先生的學問文章，所以時常去登門拜訪。朱先生和師母也待我有如家人。朱先生年事已高，不願有太多應酬，所以往往息事謝客，但每次我去燕南園先生寓所，卻可以徑直上樓到那間小小的書房裡和他見面。在同輩的年輕人中，我大概算得對朱先生晚年的研究工作瞭解最多的一個。我只是一個後生晚輩，而朱先生是德高望重的名教授，但在他跟前，我從來沒有感

到過拘謹侷促。荒蕪寫過一篇文章談他對朱先生的印象，其中說到朱先生身體瘦小，穿著又很樸素，不認識的人會以為他是一個小學教員。朱先生雖不是小學教員，卻也絕無大教授的架子，待人誠懇謙和，從不自詡為美學權威。在一九八〇年出版的《談美書簡》裡，有「漢文『美』字就起於羊羹的味道」這句話，用以說明藝術和美並非起於抽象概念，而最先見於食色人性。[2]《說文》釋美為甘，從羊從大，「羊在六畜，主給膳也，美與善同意。」段玉裁注：「甘者，五味之一，而五味之美皆曰甘。引申之凡好皆謂之美。從羊從大，則肥美也。」朱先生對「美」字起源的解釋，大概就是以此為依據。可是後來有人在一家刊物上撰文，批評朱先生的解釋不對，而另據金文和甲骨文的字形，論證「美」字最早有可能是一個舞蹈者的形象。在一次談話中朱先生拿出這份刊物，要我讀那篇批評他的文字，而且誠懇地笑了笑說，「這個人說的大概有道理。」這件事留給我的印象頗深，因為朱先生是中國最有聲望的美學家，在「美」字的起源問題上卻並不固執己見，不把自己專治的學問視為一己之私產，而能誠懇地虛己以聽，隨時準備從旁人的意見中吸取任何有價值的東西。何況就「美」字的語源而言，這批評者的意見是否正確，也並不是沒有再商榷的餘地。與朱先生接觸愈久，愈感覺到他心胸廣闊。他對學問抱著極為認真的態度，所以他對任何批評和意見，只要是來認真討論學問的，就都竭誠歡迎，十分寬容。

美學論爭與馬克思的權威

如果說虛懷若谷是朱先生為人治學中的一種美德，那麼作為一位嚴謹的學者和理論家，他還有也許是更為可貴也更具特色的一面，那就是在重大學術問題上絕不盲從任何人，對自己認為錯誤的意見絕不退讓妥協。五十年代後期開始的美學討論，始終是以批判朱先生的美學思想為核心，

---

[2] 《談美書簡·三·談人》，《全集》第5卷，244頁。

他自然成為眾矢之的。各派老的和新起的理論家都在批判朱光潛之中表明自己的觀點，贏得自己的名聲，而朱先生就像傳說中的漁王，在那場激烈而嚴峻的批判中經歷了死而復生的重大轉變。他拋棄了自己過去的美學觀點，承認自己的文藝思想「反動」，並開始以馬克思主義的觀點重新探討基本的美學問題。[3]可是那並不能使他的論敵們滿足。在那場批判之中，朱先生已經成為主觀唯心主義的代表，是一個十分方便的靶子，人人皆可瞄準射擊。如果這靶子中了幾箭之後，竟要挪動位置，要求和射手們站到一起，那將造成怎樣的混亂！和五十年代以來歷次的思想改造運動一樣，那場美學討論也絕不是單純的學術論爭，而是政治鬥爭，人作為政治的動物是這種鬥爭最終的分野。如果馬克思主義是批判朱光潛的人所掌握的，在邏輯上就不可能同時又是朱光潛所可依據的，於是有人說，「朱光潛不夠資格學習馬克思主義！」至少在某些人政治邏輯的推論之下，批判朱光潛的目的本來就不是也不可能是把他改造成一個馬克思主義美學家。可是，朱先生以十分虔誠的態度接受馬克思主義，認真鑽研馬克思的著作，於是很快發現自己過去的美學觀念固然是「唯心主義」的，但批判他的許多人也並不處處符合馬克思主義。所以他在自我批判的同時，也對他認為錯誤的觀點提出辯難，有來必往，有批必駁。

　　爭論的焦點之一是美的本質：美究竟是客觀的，主觀的，還是客觀與主觀的統一？朱先生承認自己過去追隨克羅齊視藝術為抒情表現的理論，否認美有客觀基礎，是錯誤的唯心主義理論。與此同時，他又敏銳地見出否認美是客觀條件與審美主體意識的辯證統一，是「見物不見人」的美學，在理論上十分片面，在實踐中更是遺害無窮。他在一篇文章中總結各派意見的時候說：

一、他們誤解了而且不恰當地應用了列寧的反映論，把藝術看成自始至終只是感覺反映，把藝術的「美」看成只是單純反映原已

---

[3] 參見〈我的文藝思想的反動性〉，《美學批判論文集》，《全集》第5卷，11-39頁。

客觀存在於物本身的「美」，因此就否定了主觀方面意識形態
的作用。

二、抹煞了藝術作為意識形態的原則，因而不是否定了美的社會性
（如蔡儀），就是把社會性化為與自然迭合的「客觀社會存
在」（如李澤厚）。

三、抹煞了藝術作為生產勞動的原則，因而看不出原料與產品的差
別，否定了主觀能動性和創造性的勞動對於美的作用。

四、抹煞了客觀與主觀兩對立面的統一，對主觀存著迷信式的畏
懼，把客觀絕對化起來，作一些老鼠鑽牛角式的煩瑣的推論，
這就註定了思想方法必然是形而上學的。

這就是目前美學所走進的死胡同。[4]

　　朱光潛先生在這裡指出的幾點，都恰好是中國學界在文藝創作、文藝
批評和理論研究實際情形中的嚴重弊病。長期以來，物和心、客觀和主觀
不僅形成概念上的絕對對立，甚而帶上革命與反動這種政治是非的色彩，
人們對心和主觀，的確存著「迷信式的畏懼」。朱先生一直堅持美是主
客觀的統一，他不把美看成客觀自然物的屬性，也不把它看成人的主觀感
受，因為這二者都只是美的條件而不是美本身，這樣就避免了片面唯物和
片面唯心，即馬克思在《經濟學—哲學手稿》中所批判的「抽象唯物」和
「抽象唯心」。[5]他認為美是人對客觀自然物加以改造的實踐活動的產物，
美確實要有自然物的客觀存在為條件，同時也要有審美主體及其意識活動
的存在為條件，二者缺一不可，而作為人的生產實踐活動的產物，美就必
然是二者的對立統一。

　　朱先生尤其強調，藝術美作為意識形態的性質與人的主觀創造有密
不可分的關係。作為自然形態的物，只為藝術提供美的原料或條件，作為

4　〈論美是客觀與主觀的統一〉，《全集》第5卷，74頁。
5　〈《經濟學—哲學手稿》新譯片斷〉，《美學拾穗集》，《全集》第5卷，460頁。

意識形態的物的形象即藝術形象，才真正具有美學意義上的美。在美學史上，康德曾區分「自由美」和「依存美」，以不依存於人的概念和意識活動的美為美的極致，而且在《判斷力批判》第42節裡強調自然美高於藝術美。但是康德的美學思想有許多自相矛盾之處，他所舉「自由美」的例子除了自然界的花之外，還有圖案優美的地毯和無標題的音樂（見第16節），而他所謂「美的理想」（見第17節）是只在人身上才能充分體現的，是「道德的表現」，所以並非脫離人的理性內容和目的。[6]康德的美學思想畢竟不是單用形式主義一語，便可概括無餘的。康德之後的德國哲學改變了康德許多概念的內容，強調他的天才概念與藝術創造的聯繫，美學成為天才創造的藝術之哲學。席勒的審美教育把藝術——而不是趣味和判斷——提到首位；而在黑格爾那裡，美作為「理念的感性顯現」首先是藝術的特性，甚至自然美也是精神的反映。自然美隨人的性情喜好之不同而不同，說明在本質上它仍然離不開審美意識主觀方面的作用，黑格爾美學完全以藝術為基點，因為正是在藝術中，理性和感性、內容和形式、主觀和客觀達到了對立面完美的統一。但朱先生在論述美的本質時，不僅把主客觀統一的觀點建立在總結西方美學豐富史料的基礎上——這是他後來所著兩卷本《西方美學史》貫穿始終的重要主題之一——而且儘量用馬克思主義的基本原理去說明它。在一九六〇年前後，他已經把馬克思《經濟學－哲學手稿》裡關於「自然的人化」和「人按照美的規律去創造事物」等重要觀點，應用到有關美的本質等基本問題的理論探討之中。[7]毫無疑問，朱先生相當自覺地用馬克思主義來改造自己，希望從中獲得美學研究的指導思想。

　　以八十年代的眼光回顧一九五七年至一九六二年的美學討論，我們不能不看到那場討論和後來文藝界乃至整個學術領域裡發生的許多事情的關

---

[6]　參見Immanuel Kant, *Critique of Judgment, trans.* Werner S. Pluhar (Indianapolis: Hackett, 1987), pp. 76-77, 83-84, 166-67.

[7]　參見〈馬克思的《經濟學－哲學手稿》中的美學問題〉，《美學拾穗集》，《全集》第5卷，412-37頁。

係，不能不把它和「四人幫」統治下走到極端的文化專制主義聯繫起來思考。我們親身經歷過的歷史現實使我們不能不認識到，「見物不見人」，否定人和人的價值，正是那個時代一個可悲的偏向。朱光潛先生對中國美學思想的一個主要貢獻，也恰好是在幾個關鍵的時刻，在重大的理論問題上，和這種偏向作不懈的鬥爭。朱先生回憶起當年那場爭論的時候，覺得爭辯各方對馬克思主義的瞭解都很幼稚膚淺，而對他個人說來，最重要的是使他從此認真研究馬克思主義，把美學建立在唯物辯證法的基礎之上。

記得有一次和朱先生談起這類問題，他承認「幼稚膚淺」也適用於評價當時的他自己。我們如果重讀他那時的文章，不難發現有許多觀點和語彙都帶著那個時候的特別印記和局限。在那時候，討論問題的方式和對一些基本概念的理解，往往是機械而粗糙的；對很多重大理論問題，蘇聯學者們的意見幾乎和馬克思原著有同等的份量，許多人接受的是經過別人過濾了的馬克思主義。除對馬克思主義缺乏深入瞭解之外，參加美學論爭的人有許多對哲學、心理學、人類學和社會學之類與美學密切相關的學科，更缺乏必要的知識，甚至對文學藝術缺乏瞭解和切身體會。在知識的廣博、理論修養的深厚和鑒賞能力的敏銳等方面，可以說朱先生是大大超出許多人的。尤其因為他懂英、法、德、俄數種外語，不僅能接觸到豐富的美學資料，而且可以直接從原文去把握馬克思原著的意義，所以在運用馬克思主義原理於美學研究上，他往往有自己深入的見解，而且往往針對美學研究的實際，提出重大的理論問題。

八十年代的反思和解放

一九七九年《西方美學史》出第二版時作者重寫的序論，就是這樣極重要的一篇論文。朱先生結合美學研究的實際情況，大膽提出他在閱讀馬克思主義原著當中產生的三點「迷惑」，討論了三個關鍵的問題。第一點涉及歷史唯物主義的總綱，指出馬克思和恩格斯在強調經濟基礎決定上層建築、人們的社會存在決定人們意識的同時，絕沒有把經濟看成唯一決

定作用的因素。因此，「經濟唯物主義」是對唯物史觀的歪曲，它否認了政治、法律的上層建築以及思想、理論等意識形態在歷史發展中的積極作用。第二點涉及上層建築和意識形態之間的關係問題。朱先生引用原著，說明馬克思和恩格斯是以「上層建築豎立在經濟基礎上而意識形態與經濟基礎相適應，與上層建築平行」，但史達林在《馬克思主義和語言學問題》裡卻提出上層建築包括意識形態，甚至等於意識形態，在蘇聯、東歐和中國都很有影響，造成了理解的混亂。第三點涉及思想史的研究，指出社會分工日趨嚴密，人的認識也不能不受到局限，片面或錯誤的認識在所難免，但正確的認識正是在清理思想線索、批判幻想和謬誤之中得到發展，因此思想史研究是應當充分肯定的重要工作。[8] 序論裡提出這三點，看起來好像糾纏在概念和術語上，全是煩瑣的考證，但在那經院哲學式的論證下面，卻隱含著極有針對性的理論觀點。把這三點聯繫起來，我們不難看出其核心是在充分承認經濟基礎的決定作用的前提下，儘量肯定哲學、文藝等等意識形態的相對獨立性，從而肯定思想史研究和意識形態工作的價值。

　　這三點涉及的美學和文藝問題就更多，例如必然性和偶然性的關係問題。恩格斯一八九○年九月致布洛赫的信，批判了機械狹隘的經濟決定論，而且指出經濟運動作為必然因素，要通過無數的偶然事件起作用。他在《費爾巴哈論》裡，也有類似的論述。可是在我們的文藝創作和批評裡，偶然性很少受到重視，奇和巧往往被視為怪誕，遭人懷疑，甚至加以「反現實主義」的罪名，好像現實都是鐵板一塊，按照一加一等於二這樣嚴密的數學公式一步步推演，毫無偶然機緣起作用似的。與此有關的一件事，使我尤其緬懷朱先生對我的關切和鼓勵。我在一九七八年夏天讀到一篇評論文章，其中批評莎士比亞戲劇情節的發展太依賴偶然事件的作用，好像服藥沉睡的茱麗葉只要早幾分鐘醒來，就不會有羅密歐與茱麗葉的悲劇，只要苔絲德蒙娜沒有弄丟那張手帕，就不會有奧瑟羅的悲劇等等。我

---

[8] 《西方美學史》上卷，〈再版序論〉，《全集》第6卷，27-41頁。

覺得這實在是不懂而且貶低了莎士比亞，尤其是否定了偶然機緣在生活和文藝中的作用，於是我寫了一篇短文提出不同意見。在那之後不久，我就到了北大，並且把這篇文章請朱先生看。他不僅把我這剛進校的學生的習作認真看過一遍，而且用數頁稿箋寫下具體意見，對我表示支持和讚賞，鼓勵我把文章拿到刊物上去發表。我第一次投稿和發表論文，便是在朱先生鼓勵之下，這是我永遠不會忘記的。

　　以為必然性就是一切，看不到必然必須通過偶然事件才能實現，就和以為經濟因素決定一切那樣，都是缺少辯證法的機械觀點。這個道理，朱先生在序論中討論的第一點已經說得很明白。然而序論中最重要的是第二點，即上層建築不能和意識形態劃等號。在打倒「四人幫」之後不久，這實際上是提出了文藝和學術研究相對獨立於政治的問題。「文藝為政治服務」那句口號已經喊了許多年，圖解政策的創作和評論已經生產了那麼多，突然要推翻這條公式，難免會使某些人覺得不習慣、不舒服，甚至於惶惶不安。《西方美學史》第二版發行之後，很快引起了文藝、學術相對獨立性的討論，也引起不少人提出異議。朱先生這時已年過八旬，還有許多重要的研究計畫有待完成，既然序論已經把觀點闡明，他就沒有再進一步爭辯其中細節，逐一回答反對者的意見。朱先生自己後來在《談美書簡》的結束語裡明確地說：「我當時提出這個問題，還有一個要把政治和學術區別開來的動機。我把這個動機點明，大家就會認識到這個問題的重要性。」[9]回顧後來整個八十年代中國思想和學術的發展，我們不能不敬佩朱先生當時的勇氣和遠見，不能不承認他從理論上首先提出問題的功績。

譯介工作：淀馬克思到維柯

　　經過一九五七年到一九六二年的美學討論，尤其經過文革十年的動亂和劫難，朱先生在耄耋之年是以期待的眼光注視著學術的復興，以解放

9　《談美書簡‧十三‧結束語》，《全集》第5卷，336頁。

的思想重理美學舊業的。唯其期待之殷，對於故步自封、抱殘守闕的態度就格外憤恨；唯其思想之解放，對於玩弄抽象概念、唯我獨「左」的空頭理論就格外不能容忍。文革後重印和新出了好幾種美學原理、文學概論之類的書，其中固然有些可以滿足人們對於知識的饑渴，但也確實有一些毫無新意，繼續把陳舊的概念和教條販賣給讀者。對於這樣的書，朱先生是極度輕蔑的。在《談美書簡》裡，朱先生自知「以一個年過八十的老漢還經常帶一點火氣，難免要冒犯一些人」，但是他說：「我實在忍不下去啦！」[10]要想真正取得學術的進步，就必須掃除這種陳舊概念的蜘蛛網，重新審視過去，儘量吸取實在而不是空洞的理論和知識。也正因為如此，朱先生十分重視理論著作的翻譯，而且在這項工作中花費了大量的時間和精力。他譯介柏拉圖《文藝對話》、萊辛《拉奧孔》、愛克曼《歌德談話錄》、黑格爾《美學》和克羅齊《美學原理》等重要著作，對我國美學研究的發展作出了極大貢獻。

　　朱先生一九八〇年七月分別發表在《美學》和《社會科學戰線》上的馬克思《經濟學－哲學手稿》的節譯和《費爾巴哈論綱》的改譯，特別值得注意。在與這兩篇譯文同時發表的論文裡，朱先生討論了異化、勞動、實踐觀點等等重要問題，特別是它們對美學的意義。在《經濟學－哲學手稿》裡，馬克思指出私有制就是勞動的異化，而共產主義是人的自我異化的徹底廢除，是人的本質的恢復，人與自然的衝突的解決。所以「這種共產主義，作為完善化的（完全發展的）自然主義，就等於人道主義，作為完善化的人道主義，也就等於自然主義。」[11]自然與人的衝突的解決，是通過人的實踐活動，把自然改造成「人化的自然」，而人在改造自然的同時也改造他們自己。這個實踐的觀點也是《費爾巴哈論綱》的重要觀點之一。自然能夠人化，是由於人可以「按照美的規律」來創造世界，發揮人的主觀能動作用，使自然符合於人的目的。馬克思在這裡強調了人的主體

---

[10]　《談美書簡・二・從現實生活出發還是從抽象概念出發？》，《全集》第5卷，
　　　242頁。
[11]　〈馬克思《經濟學－哲學手稿》新譯片斷〉，《全集》第5卷，450頁。

的作用。甚至人的感官和感官所能感受到的外部世界的豐富性，也是通過實踐才能獲得的：「正如只有音樂才喚醒人的音樂感覺，對於不懂音樂的耳朵，最美的音樂也沒有意義」。[12]朱先生的譯文和論文實際上強調了在馬克思的理解之中，人對於客觀世界是取主動的態度，人的感覺和認識不是被動反映自然和社會，而是同時體現人的本質力量，因而是主觀和客觀的統一。如果說視、聽、味、觸等基本的感覺是如此，美感這種更為複雜和高級的感覺，這種主要是對藝術品特質的敏銳鑒賞能力，當然更是如此。在馬克思的基本觀點中，朱先生為自己的美學思想找到了強有力的支持。

由此我們便能理解，何以朱先生在最後幾年中拋開別的一切工作，把全部精力貢獻給翻譯十八世紀義大利思想家維柯的名著《新科學》。在十八和十九世紀，《新科學》其實並不怎麼有名，只是到了二十世紀初，經過克羅齊和尼寇里尼的研究介紹，才日益成為一部重要的歷史哲學著作，在西方發生廣泛的影響。克羅齊曾說「新科學實在就是美學」，給維柯以很高的評價。可是朱先生翻譯《新科學》，並不僅僅由克羅齊注意到維柯，而且由馬克思注意到維柯。他在六十年代編寫《西方美學史》的時候，對維柯的介紹主要在神話即詩和形象思維這一方面，而八十年代全力翻譯《新科學》，強調的卻是維柯哲學思想的核心，也就是真理即創造的實踐這一重要原理，以及與此相關的「人類創造世界而且同時創造他們自己」的思想。朱先生自己曾明確指出維柯與馬克思相近之處和他能給予我們的啟示：

> 在一些基本哲學觀點上（例如人性論、人道主義以及認識憑創造的實踐活動觀點、人類歷史由人類自己創造出來的觀點等），維柯都是接近馬克思主義的。我在人性論和人道主義以及形象思維等問題的爭論中曾公開發表過我的意見，這些意見和一般報章雜誌中流行的議論原是唱反調的，但是贊同我的看法的人已一天多似一天，因

---

[12] 同上，第457頁。

此深信真理越辯越明。近年來一直在流行的哲學和文藝方面的「反映論」，以為哲學思想和文藝創作都應「如實地」反映客觀世界，不應夾雜個人主觀情感和思想，稍涉主觀便成了罪狀。我一直堅持的「主客觀統一」，大約在五十年代前後，也一直成為攻擊的目標。看輕主觀其實就是看輕人，所以人性論、人情味和人道主義才可以構成罪狀。自從在維柯的《新科學》和馬克思主義經典著作兩方面下了一點功夫，我比從前更堅信大吹大擂的「反映論」對哲學和文藝都沒有多大好處。[13]

　　朱先生在這裡批判以為文藝像鏡子那樣「反映」現實的機械觀點，正和自五十年代美學討論以來他所寫的許多文章一樣，歸根到底都是要說明，美既不是物或物的屬性，也不是心或心的作用，而是物與心的結合，是客觀和主觀的統一，而在人的感覺和認識裡，人這個主體起著相當重要的作用。簡言之，肯定人和人的創造性，肯定藝術價值的美學，這就是朱先生到晚年仍然為之奮爭的理論。這毫無疑問是美學研究的重大問題，然而也是基本的問題，因為否定了人和人創造的藝術，哪裡還有什麼美和美學？在這個意義上說來，這其實是爭取美和美學存在權利的問題。中國最傑出的美學家要花那麼大的力氣來解決這樣基本的問題，想來也不能不令人痛惜！以朱先生那樣深厚的理論修養和敏銳的藝術鑒賞力，如果他不必在這上面花那麼多精力，在文藝理論和美學更廣闊的領域中，在更多的具體問題上，他又會作出怎樣巨大的貢獻！在他早年寫成的《悲劇心理學》、《文藝心理學》、《詩論》、《談美》、《談文學》等等論著中，對詩、戲劇、創作和欣賞等重要問題，已經作出那麼深入的探討，在具體美學問題上已經取得那樣的成就，而在他後來的著述中，對這些問題卻沒有再進一步討論，這不能不說是極大的損失和遺憾。

---

[13] 《維柯的〈新科學〉的評價》，《朱光潛美學文集》第3卷（上海：上海文藝出版社，1983年），584-85頁。此文不知何故未收進《全集》，故以上海文藝版《文集》為據。

探求美的精神

　　就朱先生一生事業和對美學的貢獻說來，他那些影響頗大的早期著作是不應該也不可能一筆抹殺的。上海文藝出版社在一九八一年決定為朱先生編印文集，使朱先生有影響的舊作得以重新面對讀者，其中包括朱先生的博士論文《悲劇心理學》。這是一部英文著作，一九三三年法國斯特拉斯堡大學出版社出版。此書是用英文寫成的，所以在國外曾發生過一些影響。我所見到的有英國格拉斯哥大學拉菲爾教授（D. D. Raphael）一九六〇年出版的《悲劇論》（*The Paradox of Tragedy*），拉菲爾在這本書裡論述悲劇快感、悲劇與宗教的關係等問題，把朱先生的論文作為涉及同類問題的一部重要著作來討論。他雖然並不完全贊同朱先生的意見，卻承認朱先生把悲劇和崇高感聯繫起來詳加討論的功績。朱先生委託我代他翻譯《悲劇心理學》，我覺得這本書是朱先生早年在國外留學的成果，包含著他後來許多著作的思想萌芽，應當讓國內讀者知道，於是欣然從命，在一九八一年暑假譯完了全書。後來三聯書店重印《詩論》，朱先生又委託我負責文字的校訂，對我十分信任。朱先生的早期著作討論了很多具體問題，對我們至今仍有許多啟發，而且文字流暢雋永，以親切的態度對讀者侃侃而談，正如朱自清為《文藝心理學》所作序文所說，「頭頭是道，醰醰有味」。[14]朱先生的早期著作，尤以《談美》和《詩論》最為膾炙人口。就拿《談美》和《談美書簡》的文字來比較，早年寫的那一部讀來就顯得更加親切有味。記得朱師母曾私下對我說，《談美書簡》大不如年輕時寫的《談美》那樣明快清新，我心裡也有同感。究其原因，恐怕並不是作者年齡上的差異，而是因為《談美》比後來的《談美書簡》涉及更多具體的文藝鑒賞問題，有更多取自日常經驗和具體文學作品的例子，使人覺得入情合理。至於《詩論》，朱先生自己曾說那是他心中的主題，在那上面他

---

[14] 《文藝心理學》朱自清序，《全集》第1卷，522頁。

用力頗多。這本應用近代批評觀念和方法於中國詩鑑賞的小書，至今仍保留著它的特色和價值。我相信，朱先生這些早期著作是讀者所喜愛的，對愛好文學的青年尤其會有很大的吸引力。

朱先生常常告誡願意學習美學的青年，一定要有文藝創作或欣賞的經驗和廣博的知識，不要做空頭理論家，更不要盲從空頭理論家。他自己的文章總以文字優美、說理透闢見長，這就和他的鑑賞趣味和修養分不開。記得有一次朱先生和我談起他的求學時代，說香港有一宋皇台，是紀念陸秀夫負小皇帝投水的地方，他在香港大學做學生的時候曾到那裡憑弔過，而且寫過好幾首詩。這些詩他都忘卻了，只有一首還記得，於是用筆寫給我。詩曰：

　　蒼鷹凌清風，海螺呷潮水；
　　吁嗟正氣微，留此清靜理。

這四句詩在平淡自然中蘊含一種豁達的態度，其意境和情調似乎和朱先生後來寫的許許多多文章有一種默然契合的聯繫。豁達開朗這四個字，確實可以用來描繪朱先生的性格。他在任何時候都對人生抱著樂觀態度，在文革中被關進「牛棚」，精神和肉體都遭受極大折磨的時候，正是這種樂觀態度使他歷經磨難而活了下來。雖在八十多歲的高齡，他仍然健康地活著，每天還堅持工作數小時，除了《談美書簡》之外，八十歲以後寫的文章還彙成一集，一九八〇年由天津百花文藝出版社印行。朱先生取法國畫家米勒（Jean François Millet）名作《拾穗者》之意，把這本書題為《美學拾穗集》，這裡面的許多文章，像馬克思《手稿》的譯注，使人不能不佩服作者思路的清晰和論證的嚴密。有一件事給我留下的印象特別深。那是我做北大研究生時，在中文系的好友鍾元凱君想向朱先生請教有關形象思維的幾個問題，我們一起去找朱先生談。談話涉及的內容很多，使我最感驚訝的是朱先生由一個問題發揮出去，談到許多別的問題，引我們涉及許多別的內容，在已經愈走愈遠的時候，又會突然把話題拉回到出發的那

一點，說明開頭討論的問題。談話中思想那麼敏銳，思路那麼清晰，隨時意識到議論的中心問題之所在，這恐怕是許多年輕人也難以做到的。朱先生說起話來聲音不大，帶著他安徽桐城的鄉音，可是炯炯的目光卻使人感覺到他不尋常的精力和智慧。在先生的晚年，看到文革之後百廢待興的局面，他對於獎掖後進可謂不遺餘力。除了帶兩位研究生之外，他還時常注意和鼓勵年輕人在學習美學上的每一點進步。朱先生好幾次提起蕭兵，要我注意他寫的文章，還親自帶社科院哲學所的鄭湧到我住的宿舍，介紹我們認識。他唯一的希望是中國的美學研究能夠後繼有人，衝開各種各樣的羈絆向前邁進。

一九八三年十月底，我離開北大去美國哈佛學習。臨行前幾天，三聯書店的范用「老闆」和沈昌文、董秀玉兩位編輯約朱先生和我到城裡吃飯。那一天朱先生興致很高，大家談得十分愉快。我們給朱先生祝酒時還說，到一九八七年先生九十大壽的時候，我們一定要再在一起聚會慶祝。沒有想到這個意願竟未能實現，而那次聚會也竟是與朱先生最後的一次長談！朱先生在一九八六年仙逝，而我遠在異域，未能最後再見先生一面，想來不能不令人黯然神傷！可是朱先生一生的事業和成就使他的聲名長存，將永遠為未來的莘莘學子所追念，這又是我們大家都可以告慰的。如果我們幻想人的靈魂可以存在，那麼先生現在終於到了另一個世界裡，去和他所敬仰過的眾多先哲們對話了。在那裡，擺脫一切眼前實際利害的考慮和外在的權威，哲人們的靈魂是真誠而自由的，他們將樂於傾聽別人的意見，互相砥礪，會在平等的討論中探求美而完善的精神，探求精神的完善和美。

第十章　《朱光潛美學文集》讀後雜感

　　美學是討論美的，包括自然美和藝術美，文藝創作尤其是美學探討的中心議題。當然，美學作為哲學之一種，往往和具體的文藝鑑賞並不相同，康德的《判斷力批判》就很少具體的例子，其抽象複雜的理論推展，讀來讓人覺得艱深難解；黑格爾《美學》稍微易讀一些，可是最終要說的，卻是藝術的黃金時代已經過去，哲學才是使精神或理念得以充份實現的唯一方式。不過無論以輕鬆明快的語言來討論文藝，或以艱深甚至晦澀的推理來思考文藝理論問題，美學總是與人類精神的創造有關，總是超然於尋常生活中的一般現實問題。可是從五十年代直到文革，中國大陸上所謂美學討論，卻與文藝或文藝理論問題沒有什麼關聯。說得更準確些，所謂美學討論大半是現實政治論爭的延伸，讀來令人覺得與「美」離得很遠很遠。當然，強調政治涵蓋一切的人會說，所有的理論，包括美學，都有政治的大背景。這句話也許大致不錯，不過具體分析起來，康德或黑格爾在寫他們的美學論著時，他們是否有時代和社會的政治大背景直接壓在他們的肩頭，呼出的熱氣直逼他們的耳背呢？換句話說，他們的學術是否直接感受到政治的壓力呢？我常常深切感到，西方學院裡所謂政治，往往是學院式的，意識形態的，和中國所謂政治那種嚴峻性，那種與人的生活起居直接相關的特性，實在不可同日而語。

小引

　　記得初讀楊絳先生的《幹校六記》，我還在北京，是從錢鍾書、楊絳先生那裡討來的一本香港出版的《廣角鏡》月刊，《幹校六記》的原文最初就發表在這月刊的一九八一年四月號上。楊絳先生的文筆是細膩而雋永的，她那平和沉靜的敘述把那段沉重的日子寫得真實感人，在風雨如晦之中又有人情的溫暖可貴，正所謂怨而不怒，哀而不傷。楊絳先生後來又有《丙午丁未年紀事》，最初刊在一九八六年第六期的《收穫》上，我是一九八七年四、五月間在哈佛燕京圖書館裡讀到的。那時候我到美國已經三年多，我的生活和周圍環境與在北京時的情形大不相同，文化大革命那些殘酷而荒謬的日子早已成為遙遠記憶中的陰影，很少浮起到活動的意識裡來攪擾我的心靈。讀到《丙午丁未年紀事》，心裡卻即刻受到很大的觸動，因為我從中才知道，在下放幹校之前，錢鍾書和楊絳先生曾被「揪鬥」，被剃「陰陽頭」，遭受過比下放幹校遠為嚴重的侮辱和折磨。文革之初，我在中學裡親眼看見很多老師被掛黑牌批鬥，被紅衛兵打得頭破血流。有一位姓鄭的年歲已大的數學老師捱不住打罵，在一個早上天朦朦亮的時候，從教學樓上跳下去，頭先著地摔死了。那屍體是我親眼看見過的，那是冬天，一團凝成紫黑色的血，凍硬了的頭和手有點發綠灰色。那時候中小學教員幾乎人人被鬥，大學教授和知名學者就更不用說了。在這個意義上說來，《丙午丁未年紀事》裡所述的情節並不見得格外觸目驚心，據楊絳先生自己的說法，不過是「一個『陪鬥者』的經歷，僅僅是這場『大革命』裡的小小一個側面」。[1]可是我對錢鍾書、楊絳先生滿懷尊敬和愛戴，讀到《丙午丁未年紀事》裡所述那些侮辱人格的「革命行動」，明知那已經是數十多年前發生在中國的往事，離我的現在是那樣遙遠，卻

---

[1] 楊絳，《丙午丁未年紀事（烏雲與金邊）》，見《將飲茶》校定本（北京：中國社會科學，1992），158頁。

仍然在心裡有一種刺痛的感覺。對忍受屈辱而值得敬重的人，對不知人格為何物而侮辱他人人格的人，我都感到深切的悲哀。

　　讀《丙午丁未年紀事》是一次難忘的閱讀經驗。它使我重新真切地感受到過去——不是一般地回憶，而是再一次親身經歷那種生活的具體氛圍。不僅如此，它還使我思考過去，使我在過去與現在乃至與未來的聯繫中，反省我自己、嘗試理解我自己的生命和我們生活的這個時代。我在前面已經說過，忘記我們親身經歷過的中國社會生活和政治生活的現實，是我們「所能犯的錯誤之中最大的錯誤」。[2]這話當然是針對有共同生活經驗和共同感受的人而言，如果你沒有我所說這種經驗，或者你雖在中國生活過，而感受完全不同，那自然不必自作自受來認同這犯錯誤的「我們」，因為你是清白的，你甚至沒有犯我所說這種錯誤的可能。在莎士比亞名劇《哈姆萊特》第二幕第二場，哈姆萊特見到國王派來試探他的兩位老同學羅森克蘭茲和基騰斯吞，便說「丹麥是一座監獄」。羅森克蘭茲說，他們並不這樣想。哈姆萊特於是答道：「那對你們說來就不是；因為世間本無所謂善惡，只是人的思想才作此區分。它在我看來是監獄。」歷史和社會生活之複雜就是如此，有人的失利恰好是另一些人的得利，有人以為苦的，又另有人以為樂。所以要所有的人在有關社會和政治這類重大問題上有同一的認識，既不可能，也並不重要。但如果我們以誠實懇切的態度各各說出自己的經驗和感受又自有其意義和價值。

美學批判與政治鬥爭

　　重讀了朱光潛先生的美學文集，不禁深所感觸。從一九七八年至一九八三年在北大前後五年，我和朱先生經常見面，但是談話之中從沒有提過文革時期的具體事情，我只是從別人口裡知道，朱先生長期受到批判，有一段時間被命令打掃系裡的廁所。推想起來，不外是把高雅的美學和污穢

---

[2] 見第二章《走出文化的封閉圈》，《今天》（1992年第4期），218頁。

的茅廁聯繫起來，達到斯文掃地、侮辱人格的目的。重讀《朱光潛美學文集》，尤其是收集五十年代美學批判以來各時期論文的第三卷，可以感覺到的不是身體皮膚的傷痛，而是在極險惡的處境中靈魂的掙扎、精神的痛苦和奮鬥。開卷第一篇，赫然以〈我的文藝思想的反動性〉為標題，以近三十頁的篇幅作了相當徹底的自我否定。否定的邏輯是階級分析的邏輯，「自從六歲識字時起」，從家庭出身到所受的教育，從過去所寫的一切文字著述到關於美和文藝的基本信念，整個人的發展是線性的、必然的，思想、感情、觀念、行動都作好與壞、唯物與唯心、革命與反動絕然對立的分野。階級鬥爭不僅為否定自我提供邏輯論證的格式，而且提供了兩軍對壘的形象和語彙。在文章接近尾聲的一段，我們看到這個被批判的「我」「作為沒落的剝削階級的一個代表」，「以螳臂擋車的氣慨，去抵抗革命文學的潮流」，而且向革命作家射出「冷箭」。[3]我並不懷疑朱先生自我批判的真誠，這有他後來思想的發展為證明，但是我很難相信這全盤否定的論證、這把自己描繪成人民之敵的文字，真是發自內心的肺腑之言。與其說從這種徹底否定和醜化自己的語調，我們可以見出作者的醒悟和懺悔，毋寧說可以見出當時美學批判作為政治鬥爭的嚴峻、殘酷和沉重的壓力。

　　然而就是在這篇自我否定的文章裡，朱先生並沒有放棄對合理的美學觀念的正面追求，而且他相信，馬克思主義可以為他的追求指引道路。他確實相信，要繞出「唯心主義的迷徑」，別無他法，「非有馬克思列寧主義的光輝照耀不可」。[4]這種光明和黑暗的比喻用得太普遍了，我們幾乎注意不到它的比喻性，更注意不到這種比喻實際上代替了批判的思考。這也難怪，正如德里達（Jacques Derrida）在討論哲學語言和隱喻的內在聯繫時點明的那樣，太陽和光明的比喻（heliotrope）不僅歷來是哲學表述常用的修辭手段，而且是哲學的自我理解，是哲學的生命。清除隱喻，也就消除

---

[3]　〈我的文藝思想的反動性〉，《朱光潛美學文集》（下簡稱《文集》）第三卷（上海文藝，1983），4頁，28頁。

[4]　同上，13頁。

哲學本身，所以他說，隱喻的死亡「也就是哲學的死亡」。[5]不過在嚴峻的
政治環境裡，這種政治的隱喻和修辭語言都直接代表著權力，尤其是太陽
的隱喻更有特殊的神聖性質，不容任何人懷疑。在這種情形下，有誰可以
提出這樣褻瀆神聖、大逆不道的問題，有誰敢問：這真是太陽嗎？這確實
代表真理的「光輝」嗎？

　　列奧・斯特勞斯（Leo Strauss）在一本有關政治學的有名的小書裡
說，所謂思想自由就是「有可能在少數公眾發言人或作者提供的兩種或多
種不同觀點之中作出選擇。如果不允許這樣的選擇，很多人能夠有的唯一
一種思想意識的獨立性就被摧毀了，而那正是唯一在政治上有重要意義的
思想自由」。[6]經過五十年代的美學批判，接受馬克思主義，在馬克思主
義哲學的基本前提下討論美學問題，在朱先生顯然是唯一的選擇。就朱先
生說來，這種選擇是自覺的、主動的，他後來對馬克思和恩格斯的著作，
就像他以前對西方美學和文藝心理學的著作，對尼采、克羅齊、佛洛德等
人的著作一樣，研究得極認真而仔細。就五十年代以後中國大陸的現實環
境說來，這種選擇又是勢所必然，是無情批判和鬥爭的結果。任何選擇都
不是也不可能是絕對自由的，而總是個人和社會環境兩方面談判協調的結
果。社會環境提供的選擇愈少，選擇的可能也就愈小，思想自由也愈近於
無。一旦失去不同觀點並存的條件，在只有一種觀點即官方意識形態具有
合法性和權威性的時候，大多數人也就失去了思想意識的獨立性。可是朱
先生是有淵博學識和獨立思考能力的學者，絕非人云亦云、盲從權威的庸
碌之輩。在接受馬克思主義之後，他對馬克思不是抱著宗教式的盲目信
仰，而是理性的瞭解和探索。這種瞭解和探索是個極艱難的過程。從《文
集》第三卷所收的論文可以看出，出朱先生不斷受批判，不斷寫論辯的文
章，而他始終為之奮鬥的中心觀念，不過要肯定美是主觀和客觀的統一，

[5]　Jacques Derrida, "White Mythology", *Margins of Philosophy*, trans. Alan Bass (Chicago: University of Chicago Press, 1982), p. 271.

[6]　Leo Strauss, *Persecution and the Art of Writing* (Chicago: University of Chicago Press, 1988), p. 23.

肯定人作為審美和創造主體的能動作用。除此以外，他卻無法繼續探討
他以前討論過的文藝創作和欣賞的問題，無法再更深入研究具體的美學
問題。他早年的著作如《變態心理學》、《悲劇心理學》、《文藝心理
學》、《詩論》、《談美》等，在很長一個時期裡都好像只是過去迷誤的
印跡，不可能把中國的美學更向前推進一步。其結果毫無疑問是中國美學
的損失，而且不單單是美學的損失。由這一點我們也許最能看出，在政治
和意識形態的壓力之下，學術的進步是何等艱難。然而就中國的現實狀況
而言，朱先生對馬克思重要著作的研究探討又有極重大的意義。

馬克思《手稿》的激進意義

在寫於五十年代後期的某些文章裡，朱光潛先生開始引用馬克思《一
八四四年經濟學──哲學手稿》，到八十年代初寫的文章，更把馬克思
《手稿》作為極重要的理論依據闡發他的美學思想。這部《手稿》是二十
六歲的青年馬克思在巴黎寫成的，在結構和術語上都明顯受黑格爾哲學的
影響。馬克思一直未發表這些手稿，最早的德文本刊印於一九三五年，但
在戰後的西方，尤其在五、六十年代，《手稿》在馬克思主義者和非馬克
思主義者當中都引起了熱烈的討論。對《手稿》的強烈興趣產生於多方面
的原因。首先是馬克思主義在蘇聯、東歐、中國、古巴等社會主義國家成
為指導思想，在第三世界國家有極廣泛的影響，對馬克思主義的研究不僅
止於政治經濟學和社會主義運動的歷史，也逐漸深入到探索其哲學根源，
於是馬克思的早期著作顯得尤其重要。當時歐洲思想界流行的是存在主義
哲學，而存在主義對黑格爾哲學的批判和對人的異化的強調，也正是馬克
思《手稿》中的重要內容。對馬克思《手稿》，有從哲學、政治學、經濟
學、神學、心理學等各種不同角度出發的討論，討論中提出的中心問題涉
及到所謂「青年」馬克思和「成熟的」馬克思的異同、異化和階級鬥爭、
馬克思的哲學和他的政治經濟學之間的關係。正統馬克思主義者，尤其是
掌權的馬克思主義者，傾向於強調科學社會主義、階級鬥爭和無產階級專

政的理論，非正統的馬克思主義者則往往在馬克思《手稿》對未來理想社會的描述中，見出超越階級鬥爭的所謂「徹底的人道主義」精神。

　　在西方後工業化社會裡，資本主義的狀況與馬克思的經典性描述已經大不相同。在六十年代晚期，西方重要的馬克思主義者阿多諾（Theodor Adorno）有一篇文章，標題就是《馬克思已經過時了嗎？》。阿多諾對這問題的回答當然是否定的，但他在文章裡承認，資本主義的內部資源和潛力遠遠超出了馬克思的預料，「由這類技術的發展看來，生產關係顯然比馬克思所認可的要靈活得多」。[7]對於阿多諾和別的很多西方的馬克思主義者，馬克思的政治經濟學似乎在六十年代末已經基本上失去現實意義，而《手稿》中表現的哲學思想，尤其是異化概念和消除異化的共產主義理想社會的憧憬，則保持著巨大的吸引力。[8]羅伯特・塔克爾（Robert C. Tucker）根據《手稿》作出斷言說：「共產主義在馬克思並不是一種新的經濟制度，而是在未來社會中經濟學的終結，在那個社會裡人從勞動中解放出來，將在悠閒的生活中實現自己的創造本性。」換言之，使馬克思主義保有活力的不是所謂科學社會主義，也不是階級鬥爭和無產階級專政，因為這些都只是達到未來無階級的共產主義社會的手段；「對於我們這個時代，馬克思最有持久意義和現實性的方面，」正如塔克爾所說，「乃是烏托邦式的方面，是我們今天可以稱之為馬克思的『未來學』的部分」。[9]傑姆遜也指出，社會主義國家的官方意識形態往往「缺乏烏托邦思想」，而在西方馬克思主義，尤其在瑪律庫塞（Herbert Marcuse）和布洛赫（Ernst Bloch）的著作裡，則顯然可以見出「烏托邦思想的復興」。[10]在傑姆遜自己的著作裡，那種「復興」也是顯而易見的。事實上在社會主義

---

[7]　Theodor Adorno, "Is Marx Obsolete?" trans. Nicolas Slater, *Diogenes* 64 (Winter 1968): 2.

[8]　關於西方馬克思主義者由強調政治經濟學和科學社會主義轉向哲學、文化和心理因素的方面，可參見Martin Jay, *Adorno* (Cambridge: Harvard University Press, 1984), pp. 82-84.

[9]　Robert C. Tucker, "Marx and the End of History", *Diogenes* 64 (Winter 1968): 167.

[10]　Fredric Jameson, "Introduction/Prospectus: To Reconsider the Relationship of Marxism to Utopian Thought", *The Minnesota Review* 6 (Spring 1976): 54.

國家裡，馬克思《手稿》為對抗官方意識形態的正統，也起了重要的鼓舞和支持作用。

朱光潛先生討論馬克思的《手稿》，其政治和意識形態的背景當然與西方馬克思主義者的情形根本不同。科學社會主義、階級鬥爭和無產階級專政以及馬克思對資本主義制度的分析和批判，在中國都是意識形態的正統觀念，也就成為理解《手稿》的前提。在討論《手稿》時，朱先生首先就說明「這部手稿是既從人性論又從階級鬥爭觀點出發的。」[11]在中國特定的政治和意識形態環境裡，立即引人注意的是肯定《手稿》的出發點之一是人性論，因為人性論和人道主義自五十年代以來一直就是官方意識形態批判的對象，是資產階級思想的代名詞。朱先生在討論異化勞動時，引用原話反覆說明馬克思是從人性的觀點出發來分析資本主義制度的弊病，即從相對於自然之社會的人的觀點出發，設想未來的共產主義社會。他所引用的馬克思原文中最能在理論上給他支持的一段，也是馬克思最具理想氣質的一段：

> 共產主義就是作為人的自我異化的私有制的徹底廢除，因而就是通過人而且為著人，來真正佔有人的本質；所以共產主義就是人在前此發展出來的全部財富的範圍之內，全面地自覺地回到他自己，即回到一種社會性的（即人性的）人的地位。這種共產主義，作為完善化的（完全發展的）自然主義，就等於人道主義，作為完善化的人道主義，也就等於自然主義。共產主義就是人與自然和人與人之間的對立衝突的真正解決，也就是存在與本質，對象化與自我肯定，自由與必然，個體與物種之間的糾紛的真正解決。[12]

馬克思在這裡為共產主義下的定義，的確以人性或人的本質為基點，經過朱先生的闡發，《手稿》的這一基本出發點不僅為他歷來堅持的美是

---

[11] 《馬克思的〈經濟學－哲學手稿〉中的美學問題》，《文集》第三卷，463頁。
[12] 同上，471頁。

主觀和客觀之統一的看法提供依據，而且在意議形態領域開出一條新的言路，對文革後八十年代初思想界的解放和較為寬鬆的氣氛，作出了重要貢獻。在這之前，朱先生在一九七九年《西方美學史第二版序論裡，已經提出極有針對性的三個重要論點，一是反對經濟決定一切的機械唯物論，二是把上層建築和意識形態平行分開，三是肯定思想史研究的價值，而提出這些問題來討論的最重要的實際結果，正像朱先生自已點明的，是要「把政治和學術區別開來」。[13]這裡所說的「政治」，不是政治學意義上的政治，而是官方意識形態通過行政控制直接干預學術討論的所謂「實際政治」（realpolitik）。文革後，中國大陸在哲學和文藝以及整個文化領域展開的種種討論，其中一個重要的、甚至最重要的方面，可以說都和朱先生提出這些問題有關，都是為爭取學術獨立和思想自由而擺脫官方控制的「非政治化」的努力。離開集權政治的高壓和控制的背景，就無法準確理解和評價中國作家和文學理論家們「非政治化」的努力，這應當是不言而喻的。正是這種努力造成的開放和寬鬆的氣氛，使我們眼界更為開闊，對西方的文學和文化理論，包括西方馬克思主義的理論，有了相當的瞭解，而且往往用這些理論反過來幫助我們理解中國的文學和文化。這無疑是學術的進步；但與此同時，我們不能夠忘記中國學術和文化的現實環境，中國學者針對這種環境提出的問題，以及在這種環境中這些問題的意義。

維柯《新科學》的意義

朱先生在他一生事業的最後幾年裡，集中精力翻譯了義大利思想家維柯的名著《新科學》。朱先生很重視西方美學中經典名著的翻譯和介紹，認為這是發展美學研究的基礎工作之一，可以為研究者提供基本材料，避免抓住一兩個概念便空談理論。從柏拉圖《文藝對話集》、萊辛《拉奧孔》、愛克曼《歌德談話錄》到黑格爾《美學》和克羅齊《美學原理》，

---

[13] 《談美書簡》，《文集》第五卷，（上海文藝，1989），111頁。

他譯出的這些名著在讀者中產生了極大的影響。這些理論著作大都很艱深，表達形式和中文有很大距離，要譯成中文，不僅需要外文知識，更需要理論修養，二者缺一不可，否則那變相走樣的譯文便無意間成為對原作者和讀者的一種背叛或欺騙。朱先生的譯筆卻總是那麼清新流暢，內容又表達得那麼準確，就像他自己寫的文章一樣。維柯的《新科學》是一部內容十分龐雜的奇書，有朱先生來翻譯，是最為合適的了。

朱先生早年對克羅齊的著作下過認真研究的功夫，自然會由克羅齊注意到維柯。在《西方美學史》裡，他也提到維柯，著重介紹了維柯關於隱喻、典型、形象思維等問題的論述。收在《文集》第三卷裡的最後一篇論文討論維柯的《新科學》，比《西方美學史》有關維柯的一節，涉及內容更廣，論述也更深入。維柯認為遠古人類的神話是以想像征服自然力，神話或詩代表他們對世界的認識，並非虛幻荒誕的無稽之談，而是「詩性智慧」的產物。這對美學和文藝研究自然有重要意義。但除此以外，朱先生特別指出維柯哲學思想的中心，即「認識真理憑創造」（*verum factum*）的原理。維柯在這一點上發展了彼特拉克（Petrarch）等義大利早期人文主義者的看法，認為自然是上帝所造，亦為上帝所知，而歷史是人創造的，所以人可以對歷史有正確的認識。這一理論不僅在認識價值上把歷史和其它人文科學放在自然科學之上，而且強調人類創造性實踐的作用，認為人的認識來源於實踐經驗，而不是來自抽象的理性概念和邏輯推理。在這一點上，維柯與笛卡爾的唯理主義背道而馳，而與當代西方思想的基本傾向有很多相近之處。朱先生在討論《新科學》時，很注意維柯和馬克思的共同點。實踐的觀點是馬克思在《費爾巴哈論綱》裡強調過的，而人類創造自己的歷史也是馬克思在《路易‧波拿巴的霧月十八日》等著作裡闡述的重要觀點。朱先生總結起來說，「在一些基本哲學觀點上（例如人性論、人道主義以及認識憑創造的實踐活動觀點、人類歷史由人類自己創造出來的觀點等），維柯都是接近馬克思主義的。」[14]馬克思在《資本論》的一個注裡提到維柯

---

[14] 《維柯的〈新科學〉的評價》，《文集》第三卷，584-85頁。

關於歷史是人創造，也是人所能認識的觀點，這是馬克思著作中提到維柯的唯一一處地方。不過第二國際的理論家們，包括馬克思的女婿拉法格等人，確實認為維柯「預示了馬克思有關歷史發展客觀規律的思想」。[15]

維柯《新科學》的一些基本觀點的確和後來馬克思的某些觀點有相似之處，但《新科學》的內容十分龐雜，有許多方面不是馬克思主義所能包括或接受的。例如維柯對歷史發展的循環論看法，他對歷史變遷的動因（conatus）的觀念等，都和馬克思主義的基本觀點大不相同，然而這些又恰好在近代西方思想中產生很大影響。正如朱先生指出的，由純粹靜觀的思辯轉向實踐行動，「是近代世界來臨的一個顯著的徵兆」，而維柯的動力或動因在近代西方思想中正獲得廣泛的影響。「尼采的『酒神精神』，叔本華的『意志世界』，佛洛德的『里比多』（libido）和柏格森的『生命的跳躍力』（élan vital），都是著例」。[16]仔細讀來，這一帶而過的幾句話卻很值得人思考。如果在尼采、叔本華、佛洛德和柏格森各不相同的理論當中，我們可以見到維柯的影響，那麼對維柯《新科學》的研究就不僅僅限於追溯馬克思的思想來源，《新科學》的意義就不僅止於在某些方面預示了馬克思的基本觀點。恰恰相反，在《新科學》提供的一個相當廣闊的背景上，我們可以把馬克思主義作為近代西方思想眾多的理論派別之一來作深入的研究。雖然朱先生在他的文章裡強調的是從維柯到馬克思，但上面那句話實際上承認了完全有可能從維柯到尼采、叔本華、佛洛德和柏格森。這是否違反了朱先生譯介維柯《新科學》的初衷呢？對這樣的問題，我沒有把握作出簡單的回答，也毋須作出回答。但如果中國文藝理論和美學研究走出以馬克思主義為唯一指導思想的「獨斷論」，出現一個真正自由開放，百家爭鳴，欣欣向榮的局面，我相信朱先生一定會歡欣鼓舞的。[17]

---

[15] Martin Jay, "Vico and Western Marxism", in *Vico: Past and Present*, ed. Giorgio Tagliacozzo (Atlantic Highlands: Humanities Press, 1981), p. 195.

[16] 《維柯的〈新科學〉的評價》，《文集》第三卷，577頁。

[17] 關於走出「獨斷論」，可參見劉再復，《告別諸神－中國當代文學理論「世紀末」的掙扎》，《二十一世紀》）（第五期，1991年6月），125-34頁。亦請參見本書第二章的討論。

面對現實的挑戰，每一代人都要對這一類的問題重新作出選擇和回應。在過去大半個世紀裡，我們的前輩經歷了無數磨難和痛苦，那種困苦的境遇是我們也熟悉的。他們孜孜不倦追求真理的精神，應當永遠是我們的楷模，而他們達到的境界，如果我們也能達到的話，也將是我們去開闢新路的起點。

第十一章　錢鍾書談文學的比較研究

　　一九八一年初，北京大學集中好幾個系和研究所的力量，成立了中國大陸上第一個比較文學研究會，並請錢鍾書先生擔任研究會顧問。我那時常有機會去拜訪錢先生，在談話中聽他談論文學和文學批評，發表許多精闢的見解，於是決定寫一篇文章，把與錢先生幾次談話中涉及比較文學的內容略加整理，追記如次，以饗海內外諸位同好。

中西文學的關係

　　比較文學在西方發展較早，它的史前史甚至可以追溯到古羅馬時代，而作為一門學科，也從十九世紀三、四十年代就開始在法國和德國逐漸形成。比較文學是超出國別民族文學範圍的研究，因此不同國家文學之間的相互關係自然構成典型的比較文學研究領域。從歷史上看來，各國發展比較文學最先完成的工作之一，都是清理本國文學與外國文學的相互關係，研究本國作家與外國作家的相互影響。早期的法國學者強調rapports de fait（實際聯繫），德國學者則強調研究Vergleichende Literaturgeschichte（比較的文學史），都說明了這種情況。錢鍾書先生說他自己在著作裡從未提倡過「比較文學」，而只應用過比較文學裡的一些方法。「比較」是從事研究工作包括文學研究所必需的方法，詩和散文、古代文學和近代文學、戲劇和小說等等，都可以用比較的方法去研究。「比較文學」作為一個專門學科，則專指跨越國界和語言界限的文學比較。

　　錢先生認為，要發展我們自己的比較文學研究，重要任務之一就是清
理一下中國文學與外國文學的相互關係。中外文化交流開始得很早，佛教
在漢代已傳入中國，而馬可·波羅（Marco Polo, 1254?——1324?）於元世
祖時來中國，則標誌著中西文化交流一個重要階段的開始。《馬可·波羅
遊記》在西方發生巨大影響，在整個文藝復興時代，它是西方最重要的、
幾乎是唯一重要的有關東方的記載。研究馬可·波羅的權威學者本涅狄多
（I. F. Benedetto）曾把馬可·波羅的《遊記》與但丁《神曲》和湯瑪斯·
阿奎那《神學總匯》（*Summa Thelogica*）並舉為中世紀文化的三大「總
結」，並非過獎。在《神曲·天堂篇》第八章，但丁描寫金星天裡一個
幸福的靈魂為歡樂之光輝包裹，如吐絲自縛的蠶（quasi animal di sua seta
fasciato），這個新奇比喻毫無疑問題來自中國文化的影響。[1]早在六世紀
時，拜占廷帝國（即中國史書所載「拂菻」國）就從中國走私種種而發展
起養蠶和絲綢業。據拜占廷史家普羅柯庇（Procopius）記載，兩個拜占廷
人在皇帝查士丁尼一世（Justinian I）唆使下，從中國把蠶卵和桑種藏在一
根空心手杖裡偷偷帶到君士坦丁堡，從此使西方也發展起綾羅綢緞來。以
昆蟲學家的眼光看來，蠶吐絲作繭不過是蠶的生活史中由成蟲變成蛹所必
經的階段，但在詩人的眼中，吐絲的春蠶卻成為為愛情或為事業獻身的感
人形象。李商隱《無題》「春蠶到死絲方盡，蠟炬成灰淚始乾」，是中國
詩中千古傳唱的名句，而在西方文學中，除剛才提到的但丁之外，德國大
詩人歌德也曾以春蠶吐絲喻詩人出於不可遏制的衝動而創作，辭意與義山
詩頗為貼合：

Wenn ich nicht sinnen oder dichten soll

So ist das Leben mir kein Leben mehr.

Verbiete du dem Seidenwurm zu spinnen,

---

[1]　見Dante Alighieri, *The Divine Comedy*. Text with trans. Geoffrey L. Bickersteth (Oxford:
　　Basil Blackwell, 1981), *Paradiso*, viii.54, p.572.

Wenn er sich schon dem Tode näher spinnt.

Das köstliche Geweb' entwickelt er

Aus seinem Innersten, und läßt nicht abm

Bis er in seinen Sarg sich eingeschlossen.

——*Torquato Tasso*, V. ii

如果我不再思考或寫作，

生活對於我也就不再是生活。

你豈能阻止蠶吐絲結網，

哪怕它是把自己織向死亡。

它從體內織出這珍貴的柔絲，

一息尚存，決不停息，

直到把自己封進自製的棺材裡。

——《塔索》，第五幕第二場

　　此外如元雜劇《越氏孤兒》，已經有不少文章論述過它在歐洲的流傳以及它對英、法某些作家的影響。錢鍾書先生指出此劇不僅在英、法文學中產生影響，而且義大利詩人麥塔斯塔西奧（Pietro Metastasio, 1698-1782）的歌劇《中國英雄》（*L'Eroe Cinese*）也採用這個題材，並且在劇本前言（argomento）中聲明這一點，這個問題值得讓留心中意文學關係的學者去進一步研究。

　　外國文學對中國文學的影響，是還有大量工作可做的研究領域。自鴉片戰爭以來，西學東漸，嚴復、林紓的翻譯在整個文化界都很有影響，而五四以後的新文化運動，更有意識地利用西方文化、包括俄國和東歐國家文學的外來影響，以衝擊舊文化傳統的「國粹」。魯迅、郭沫若、茅盾、巴金、郁達夫、聞一多以及活躍在當時文壇上的許許多多作家、詩人和理論家，都從外國文學中吸取營養，做了大量翻譯介紹外國文學的工作。郭沫若自己曾說他寫詩受泰戈爾、歌德和惠特曼影響，他詩中那種奔騰呼

號，就顯然與他研習德國浪漫詩人的作品有密切的關係。當時的重要作家無一不精通一種或數種外語，深深浸淫於外國文學的影響之中，因此，研究現代中國文學而不懂外語、不瞭解外國文學，就很難摸到底蘊。有人不必要地擔心，以為一談借鑒和影響，就似乎會抹殺作家的獨創性，貶低他作品的價值，這其實是一種狹隘的偏見。現代中國文學受外國文學的影響是毋庸諱言的，但這種文學借鑒不是亦步亦趨的模仿，而是如魯迅所說「放出眼光，自己來拿。」[2]文學的影響或接受從來不會是純粹被動的抄襲模仿，而一定是經過作者自己的想像、重組和再創造。莎士比亞所有的劇作都有老的劇本或別種文字為基礎和依據，可是這並不妨礙他的獨創，也絕不減少他作品的價值。因此，比較文學的影響研究不是來源出處的簡單考據，而是通過這種研究認識文學作品在內容和形式兩方面的特點和創新之處。

中西比較詩學

　　就中外文學，尤其是中西文學的比較而言，直接影響的研究畢竟是範圍有限的領域，而比較文學如果僅僅局限於來源和影響，原因和結果的研究，按照韋勒克（René Wellek）譏誚的說法，就不過是一種文學「外貿」（the "foreign trade" of literatures）。[3]比較文學的最終目的在於說明我們認識人類文學的全部或稱總體文學（littérature génerale），乃至認識人類文化的基本規律，所以中西文學超出實際聯繫範圍的平行研究不僅可能，而且極有價值。這種比較唯其是在不同文化系統的背景上進行，得出的結論就更具普遍意義。錢鍾書先生認為，文藝理論的比較研究即所謂比較詩學（comparative poetics）是一個重要而且大有可為的研究領域。如何把中國

---

[2] 魯迅，〈拿來主義〉，《且介亭雜文》，16卷本《魯迅全集》（北京：人民文學，1991），第6卷，39頁。

[3] René Wellek, "The Crisis of Comparative Literature", *Concepts of Criticism*, ed. S. G. Nichols, Jr. (New Haven: Yale University Press, 1963), p.290.參見張隆溪選編《比較文學譯文集》（北京：北京大學出版社，1982），23頁。

傳統理論中的術語和西方的術語加以比較和互相闡發，是比較詩學的重要任務之一。[4]進行這項工作必須深入細緻，不能望文生義。中國古代的文學理論家大多是實踐家，要瞭解其理論必須同時讀其詩文，否則同一術語在不同的人用起來含義也不同，若不一一辨別分明，必然引起混亂。錢先生的《詩可以怨》，就是比較詩學的一篇典範論文，其中對韓愈兩篇文章中的用語，就有幽眇精微的辨析。韓愈《送孟東野序》裡說「物不得其平則鳴」，並不同於司馬遷所說「發憤所為作」，而他在《荊潭唱和詩序》裡說「歡愉之辭難工，而窮苦之言易好」，才是「詩可以怨」一個明確的注腳。[5]在這篇文章裡，錢先生旁徵博引，用大量材料，令人信服地說明在中國和在西方，人們都認為最動人的是表現哀傷或痛苦的詩。很多詩人和理論家在說明這一點時不僅看法相近，而且取譬用語也常常巧合，這就指出了比較詩學中一個根本性的規律。

　　錢先生認為，研究中國古代的文藝理論不僅要讀詩話、詞話、曲論之類的專門文章，還應當留意具體作品甚至謠諺、訓詁之類，因為很多精闢見解往往就包含在那片言隻語當中。研究文論還應留意畫論、樂論，像文論中品詩言「韻」，就是取譬音樂而最早見於謝赫論畫的「六法」，這與印度和西方文藝理論中以不絕餘音喻含蓄有致的韻味，如出一轍。[6]同時，對於脫離創作實踐的空頭理論，錢先生不甚可許。他強調從事文藝理論研究必須多從作品實際出發，加深中西文學修養，而僅僅搬弄一些新奇術語來故作玄虛，對於解決實際問題毫無補益。他舉了一些現代法、美文論家濫用「結構主義」的例子，批評了像克利斯蒂瓦（Julia Kristeva）這樣一類人的理論。

---

[4] 錢先生注重文學批評理論的比較即比較詩學，也正是著名比較文學學者紀廉後來提出的一個重要看法。紀廉認為文學理論研究是比較文學發展的模式之一，而在這一方面，東西方的比較研究可以提供「特別有價值和有前途的機會」。參見Claudio Guillén, *The Challenge of Comparative Literature*, trans. Cola Franzen (Cambridge, Mass.: Harvard University Press, 1993), p. 70.

[5] 《七綴集》，101-16頁。

[6] 《管錐編》，第4冊，1352-66頁。

文學翻譯研究

　　各國文學要真正溝通，必須打破語言的障礙，所以文學翻譯是必然的途徑，也是比較文學關注的一個重要方面。錢先生在《林紓的翻譯》一文中，對文學翻譯問題提出了許多見解，認為「文學翻譯的最高標準是『化』。把作品從一國文字轉變成另一國文字，既能不因語文習慣的差異而露出生硬牽強的痕跡，又能完全保存原有的風味，那就算得入於『化境』。」[7]錢先生在談到翻譯問題時，認為我們不僅應當重視翻譯，努力提高譯文品質，而且應當注意研究翻譯史和翻譯理論。在各國翻譯史裡，早期的譯作往往相當於譯述或改寫，以求把外國事物變得儘量接近「國貨」，以便本國讀者容易理解和接受。嚴復譯赫胥黎《天演論》，態度不可謂不嚴肅，「一名之立，旬月踟躕」，但實際上加進了許多譯者自己的闡釋。林紓根本不懂外文，他的譯作是根據別人的口述寫成，遇到他認為原作字句意猶未盡的地方，便往往根據自己作文標準和「古文義法」為原作者潤筆甚至改寫。英國十六、十七世紀的翻譯，這種改譯的例子也很多，《劍橋英國文學史》及馬蒂生（F.O. Matthiessen）、斯賓干（J.E. Spingarn）等人都有論述。黑格爾《美學》第一卷第三章有論劇作家處理題材的不同方式一節，說法國人出於本國文化的驕傲（aus dem Hochmut），把外國題材都一概地本國化（sie haben sie nur nationalisiert）。[8]這和施賴爾馬赫（F.D.E. Schleiermacher）論翻譯分兩派，有兩條路可循的話正相發明：一派讓作者安然不動，使讀者動身上外國去，另一派讓讀者安然不動，使作者動身到本國來。施賴爾馬赫還說「這兩條路完全不同，譯者必須選擇其中一條，順道前行，如果兩者交叉混淆，結果一定混亂不堪，

---

[7] 《七綴集》，67頁。

[8] 中譯文可參見朱光潛譯黑格爾《美學》，第1卷，第3章B，三，3.a〈讓藝術家自己時代的文化發揮效力〉，《朱光潛全集》第13卷，325頁。

作者和讀者恐怕就永無見面的可能。」[9]義大利詩人列奧巴蒂（Giacomo Leopardi）論德、法兩國的翻譯不同，在於兩國語言性質的不同，也和黑格爾的話印證。錢先生用黑格爾《美學》中的論述來談論翻譯問題，顯然是把翻譯當成一門藝術來看待，因此適用於其它藝術的美學原則，也應當適用於文學翻譯。就目前情況看來，我們對翻譯重視得還不夠，高品質的譯文並不很多，翻譯理論的探討還不夠深入，這種種方面的問題，也許隨著比較文學的發展會逐步得到深入探討。

比較絕不可牽強比附

此較文學在中國大陸真正引起學術界普遍注意，畢竟是八十年代以後的事，大家對比較文學的性質、內容、方法等等理論問題，仍然有深入探討的必要。錢鍾書先生借用法國已故比較學者伽列（J.M. Carré）的話說：「比較文學不等於文學比較」（La littérature comparée n'est pas la comparaison littéraire.）。意思是說，我們必須把作為一門人文學科的比較文學與純屬臆斷、東拉西扯的牽強比附區別開來。由於沒有明確比較文學的概念，有人抽取一些表面上有某種相似之處的中外文學作品加以比較，既無理論的闡發，又沒有什麼深人的結論，為比較而比較，這種「文學比較」是沒有什麼意義的。事實上，比較不僅在求其同，也在存其異，即所謂「對比文學」（contrastive literature）。正是在明辨異同的過程中，我們可以認識中西文學傳統各自的特點。不僅如此，通過比較研究，我們應能加深對作家和作品的認識，對某一文學現象及其規律的認識，這就要求作品的比較與產生作品的文化傳統、社會背景、時代心理和作者個人心理等等，都能綜合起來加以考慮。換言之，文學之間的比較應在更大的文化背景中進行，考慮到文學與歷史、哲學、宗教、政治、心理學、語言學以及

---

[9]　Friedrich Schleiermacher, "On the Different Methods of Translation", trans. AndréLefevere, *German Romantic Criticism*, ed. A. Leslie Willson (New York: Continuum, 1982), p. 9.

其它各門學科的聯繫。因此，錢先生認為，向我國文學研究者和廣大讀者介紹比較文學的理論和方法，在大學開設比較文學導論課程，是急待進行的工作。同時，他又希望有志於比較文學的研究者努力加深文學修養和理論修養，實際去從事具體的比較研究，而不要停留在談論比較文學的必要性和一般原理上。正像哈利・列文（Harry Levin）所說那樣，Nunc age：是時候了，去實際地把文學作比較吧。

第十二章　錢鍾書的語言藝術

　　英國作家王爾德（Oscar Wilde）嘗言，評論比創作更具創造性，而且「評論遠比創作要求更高深的修養。」[1]我一向喜愛王爾德文章的機警風趣，以為在他幽默俏皮的語言當中，往往存有雋永的深意，耐人尋味。按前面所引一語的道理推想出去，我很懷疑當今之世有多少人有足夠的學識和修養來評論錢鍾書先生的著作。我雖然極愛讀錢先生的文章，可是何敢妄言「評論」？很久以來，我一面想把讀錢先生著述的一點體會寫成文字，一面又深知淺陋而不敢動筆。現在終於提筆寫來，絕非自信有了評論的資格或能力，而是全然打消評論的企望，只信筆寫來，不求深切，亦不講章法，算是一堆零散的讀書筆記。

佛經與文章繁簡

　　讀錢鍾書先生著作，無論《人‧獸‧鬼》、《圍城》等散文和小說，或《談藝錄》、《管錐編》等學術文章，使讀者不忍釋卷、贊羨不已的，首先是錢先生那極活潑生動、運用得極巧妙妥帖的語言。我們常常說，語言是傳達思想感情的媒介和工具，好像思想感情可以離開語言獨立存在。且不說這看法在近代已很成問題，就是把內容和表現內容的形式分開，如果僅視語言為工具，甚至認為這工具的利鈍精粗無關大局，則實在是迂

---

[1] Oscar Wilde, "The Critic as Artist", Intentions (New York: Bretano's, 1905), p. 126.

腐的謬見。我們沒有驚天地、泣鬼神的雄健筆力，就說重要的不是文，而是道，是德，甚而以為辭賦小道，是壯夫不為的雕蟲篆刻。重道輕文不過是道學冬烘的迂拙，詆毀文辭則往往是無才者酸葡萄主義式的自欺欺人之談。把語言形式之重要解說得最明白的，還是錢鍾書先生論漢譯佛經的一段話。佛經用語枝蔓，丁寧反覆，不厭其煩，歐陽修譏曰：「余賞聽人讀佛經，其數十萬言，謂可數言而盡。」[2]錢先生批評歐陽修「挾華夏夷狄之見，加之正學異端之爭」，一語抹殺佛經未免輕率，但也認為歐陽修此語也並非「不根無故」。[3]錢先生引東晉時譯的《那先比丘經》數喻與《晏子春秋》、《墨子》、《說苑》等相比較，各書設喻相同，可是佛經輾轉反覆，「含意盡伸而強聒勿舍，似不知人世能覺厭倦者」，吾國典籍則要言不繁，「繁簡相形，利鈍自辨矣」，恰好證明歐陽修對佛經的譏評不無道理。[4]韓愈和劉勰，一個排佛，一個奉佛，錢先生認為如果佛經文字能像《莊子》那樣奇偉，也許能得韓愈的贊許，劉勰著《文心雕龍》，更當大引而特引。方浚師《蕉軒續錄》卷一載方孝孺為一和尚文集所作序文，有這樣幾句話：「佛氏入中國稍後，而其術最奇，其闊詭玄奧，老、莊不能及之。然而世之學者常喜觀諸子之書，至於佛氏之說，非篤好者，多置不省。何哉？豈非諸子之文足以說人，故人尤好之邪？佛氏之意蓋亦深遠矣，惜其譯之者不能修其詞也。以其所言之詳，使有能文者譯其辭，命文措制，與諸子相準，雖阻遏諸子而行於世可也。」[5]錢先生引此數語，說明佛典用語笨拙直接影響佛教思想在中國的傳播，語言修辭之重要，也由此可見一斑。

錢先生在《談藝錄》、《管錐編》中，常常拈出佛經中精彩段落與中西典籍相通之處交相發明，而他不僅精深地理解段落，更極準確地把握其語言特點。一個很有趣的例證，便是錢先生用佛經體的文言翻譯古希臘史

---

[2] 《歐陽文忠公全集》卷130《試筆》；見錢鍾書，《管錐編》第四冊，1264頁。

[3] 《管錐編》第五冊，96頁。

[4] 同上，97頁。

[5] 同上，97-98頁。

家希羅多德《史記》所載一樁趣聞，用《三言兩拍》體的白話翻譯義大利作家邦戴羅（Matteo Bandello）一篇小說，與《生經》裡佛說的一個故事相比較。[6]希羅多德所記那節掌故，錢先生用四字一句的佛經體譯來，唯妙唯肖。描寫一賊竊銀、盜屍，最後騙得王女，都簡略而明快。相形之下，《生經》講同一個故事，不僅詞句生硬，而且加枝添葉，反覆囉嗦，令人生厭。同一個故事（fabula）因為講故事的語言技巧之高下不同，就變成效果迥異的不同敘述（sjuzet, récit），這又證明語言本身之重要。

文字機趣

《生經》的冗筆使故事結構鬆散，難免產生情理上說不通的漏洞。錢先生用他特有的幽默且帶譏諷的筆調，對佛經文體的弊病作了一針見血的批評：「中世紀哲學家講思想方法，提出過一條削繁求簡的原則，就是傳稱的『奧卡姆剃刀』（Occam's razor）。對於故事的橫生枝節，這個原則也用得上。和尚們只有削髮的剃刀，在講故事時都缺乏『奧卡姆的剃刀』。」[7]作為體現錢鍾書語言特點的例子，這幾句話很值得玩味。奧卡姆即十四世紀生於奧卡姆的著名哲學家威廉（William of Occam）。他反對中世紀經院哲學的煩瑣論證，提出刪繁就簡的論辨原則，剪除冗贅有如剃刀削髮之乾淨俐落，所以有奧卡姆剃刀之喻。對於佛經文體的冗贅拖遝，故事結構的鬆散，用奧卡姆所提的原則來作修正的戒條，當然最為妥帖。講漢譯佛經而聯想到歐洲中世紀哲學，使東西方典籍互作鄰壁之光，也正是錢先生行文的特點。可是用「奧卡姆的剃刀」來剪除《生經》佛說故事的橫生枝節，不僅止在道理上十分貼切，而且還能最後構成結尾那一句妙語，即英語所謂punch line，在那裡巧妙的構思具體化為巧妙的語言。信佛的人削髮為僧，當然身邊少不了一把剃刀，可是佛經繁雜囉嗦，沒有

---

[6] 見錢鍾書，〈一節歷史掌故、一個宗教寓言、一篇小說〉，《七綴集》，143-57頁。

[7] 同上，153頁。

「奧卡姆的剃刀」所代表的簡潔明快。和尚的剃刀是實物，「奧卡姆的剃刀」是比喻，把兩者合用，一虛一實，一有一無，在語句結構上形成有趣的對比。不僅如此，和尚們「有削髮的剃刀」，卻「缺乏」「奧卡姆的剃刀」，「削」與「缺」同韻，「髮」與「乏」同音，「削髮」與「缺乏」在同一句中連用，更有特別的修辭效果。

　　利用諧音字連用對比，相映成趣，確實是錢先生語言風格的一個特點。我們可以從《詩可以怨》的結尾一段再舉一例。錢先生此文像他別的著作一樣，旁徵博引，縱橫中外，涵蓋古今，全然打破各種學科界限，也決非一般學術論文的寫法。可是正因為超越各專門學科的分野，才有可能以更開闊的眼界見出事物本來的聯繫，由分散見於各種文學和文評的例子，總括出「詩可以怨」即「窮苦之言易好」這樣一條原則。再從跨學科的寬闊視野看回來，以專攻某一學問鳴世，本不是什麼值得自傲的事。錢先生說：「由於人類生命和智力的嚴峻局限，我們為方便起見，只能把研究領域圈得愈來愈窄，把專門學科分得愈來愈細，此外沒有辦法。所以，成為某一門學問的專家，雖在主觀上是得意的事，而在客觀上是不得已的事」。[8]「主觀上得意」和「客觀上不得已」，又是在音與義上都形成絕妙的對比，使人讀過便難以忘記。前半句活畫出專門家沾沾自喜之態，後半句則指出專家之所以能成為專家的最根本原由，這是專門家大半不能或不願自己意識到的，而一經點出，專門家或許要現出跼促的窘態。以上所舉同聲諧音字的使用，在錢著中並非僅有的例子。我們只要看看《管錐編》論及古代典籍中風人體雙關語等修辭手段，就可以明白錢先生著述中諧音字的妙用不僅憑靈感巧思，而且有深厚的學問基礎。[9]錢先生說：「修詞機趣，是處皆有：說者見經、子古籍，便端肅莊敬，鞠躬屏息，渾不省其亦有文字遊戲三昧耳」。[10]這正說明「文字遊戲」的「機趣」與嚴肅重大的內

---

[8]　錢鍾書，〈詩可以怨〉，《七綴集》，113頁。

[9]　參見《管錐編》第一冊，116，126頁；第二冊，460頁；第四冊，1520頁；第五冊，14，37，38，118頁。

[10]　《管錐編》第二冊，461頁。

容並非如水火互不相容。細看前引兩例，音與義、形式與內容實為一體，文字之妙與文思之精細密不可分，深邃的思想憑妙趣橫生的語言傳達給讀者，使我們既得到作者智慧的啟發，又得到美文的享受。

　　錢先生的文章使人覺得活潑生動，重要原因之一就是深得「文字遊戲三昧」，而又絕非詞浮意淺的遊戲文字。還是從《詩可以怨》再舉一例。我們聽慣了文學反映生活的理論，以為作家體驗生活之後，作品裡所寫的便是現實裡所有的，卻完全忽視或無視文學虛構與生活實際可能恰好相反而形成互為補償的關係。錢先生指出鍾嶸《詩品‧序》裡的幾句話：「使窮賤易安，幽居靡悶，莫尚於詩矣」。又引李漁《笠翁偶寄》自謂雖「生憂患之中，處落魄之境」，但一當寫作，便「非但鬱藉以舒，慍為之解，且嘗僭作兩間最樂之人」。這些例證都說明文學不直接等同於作家的生活，所以錢先生總括說：「李漁承認他劇本裡歡天喜地的『幻境』正是他生活裡局天蹐地的『真境』的『反』映──劇本照映了生活的反面」。[11]這裡把「反映」兩個字拆開來，故意依字面直解，看似輕鬆的「文字遊戲」實際上卻有千鈞之力，筆鋒過處把長期被奉為國內文藝理論正統的「反映論」一掃而空。此外，「劇本裡歡天喜地的『幻境』」和「生活裡局天蹐地的『真境』」又是結構對稱的排比句，在錢先生著述裡是隨處可見的基本句式。

駢體文，駢偶語和外來語的化用

　　《管錐編》的文體，已有陸文虎先生作過詳細論考，以為是類於漢、魏以來的連珠式文體，而且與類比推理有內在聯繫。[12]《管錐編》論徐陵《與齊尚書僕射楊遵彥書》一節，有關於駢體文和駢偶語一段議論，最能幫助讀者領會錢先生自己文體之妙，值得我們注意。錢先生盛讚徐陵

---

[11] 〈詩可以怨〉，《七綴集》，106頁。
[12] 見陸文虎，〈論《管錐編》的比較藝術〉，載鄭朝宗編《〈管錐編〉研究論文集》（福州：福建人民出版社，1984），267-361頁。

此文，以為僅憑此一《書》已足傳名於世；又由此論及駢體文的對稱句式說理兼正反兩面的長處。錢先生說：「世間事理，每具雙邊二柄，正反仇合；倘求意眩詞達，對仗攸宜。《文心雕龍‧麗辭》篇嘗云：『神理為用，事不孤立』，又稱『反對為優』，以其『理殊趣合』；亦蘊斯旨」。[13]不僅中國古代詩文多用對仗，西方修辭學及辯證法亦教人以反對（antithesis）為運思行文的基本方式。[14]據庫格爾（James Kugel）極有影響的研究，對比或排比（parallelism）是希伯萊《聖經》重要的句式結構，一句分兩部分，第二部分或正面強調或反面陪襯第一部分的內容。[15]由此可見對偶句式的重要和普遍意義。正如錢先生所說：「駢體文不必是，而駢偶語未可非」。[16]在錢先生的著述裡，不僅《談藝錄》、《管錐編》典雅的文言多用駢偶語，就是用白話寫的作品，也常常使用排比對稱的字句。讀者只要留意，便不難發現駢偶語是錢鍾書語言特點之一，而構造巧妙的反對語往往凝聚了作者的巧思，發人深省。例如，《漢譯第一首英語詩〈人世頌〉及有關二三事》的結尾，有對所謂「歷史的教訓」一段極風趣而又深刻的議論：「通常說『歷史的教訓』，彷彿歷史只是嚴厲正經的上級領導或老師；其實歷史也像淘氣搗亂的小孩子，愛開玩笑，捉弄人。有機會和能力來教訓人，笑弄人，這是歷史的勝利，很少人聽取或聽懂它的教訓。幾乎沒有人注意和在意它的笑弄，那也是歷史的——失敗」。[17]「歷史的教訓」往往出現在報紙社論或重要文件這類嚴肅莊重的語言環境裡，說是「歷史的教訓」，多半是作者以「嚴厲正經的上級領導或老師」的口氣訓人；而充滿偶然機緣的歷史過程卻往往出人意料，像頑童一樣捉弄人。有趣的是，無論板著臉的教訓或是扮著鬼臉的笑弄，都無濟於事。在錢先生這幾句話裡，蘊含著深意、睿智、機警和風趣；「歷史」的兩種面目和所

---

[13] 《管錐編》第四冊，1474-75頁。

[14] 同上，1475頁。

[15] 參見James Kugel, The Idea of Biblical Poetry: Parallelism and Its History (New Haven: Yale University Press, 1981).

[16] 《管錐編》第四冊，1474頁。

[17] 〈漢譯第一首英語詩《人生頌》及有關二三事〉，《七級集》，136頁。

得的兩類反應，通過對稱的句式和對偶的詞語表達出來，使讀者領受文字之妙而又領會用意之深，這不能不說是駢偶語的獨特效果。

　　上面所引關於「歷史的教訓」一段話，事實上還有一層巧思，就是化用一句拉丁諺語Lux a non Lucendo，即有光而不明，意謂教訓之為教訓，乃因無人聆聽。同時又暗用赫胥黎（Aldous Huxley）的名言：「人們不大記取歷史的教訓，正是歷史給人的一切教訓中之最重要者」（That men do not learn very much from the lessons of history is the most important of all the lessons that history has to teach.）。[18]錢先生熟讀東西方經典名著，他的文章總是除中國古代典籍之外，還隨時引用英、法、德、意、西班牙和拉丁語等各種西文著述，其學問之博大精深不止在中國為僅見，就是在全世界也罕有，這是國際上許多學者承認的。[19]在寫作中化用西方的雋語，也是錢鍾書語言的特點之一。例如《圍城・重印前記》的一句話：「相傳幸運女神偏向著年輕小夥子，料想文藝女神也不會喜歡老頭子的，不用說有些例外，而有例外正因為有公例。」[20]這裡不僅幸運女神（Fortuna）和文藝女神（Musae）來自西方古典神話，而且「有例外正因為有公例」是直接翻譯一句拉丁古諺 Exceptio probat regulam，用在這段話裡十分貼切，絕對沒有半點生硬難解的毛病。我們有時候會讀到一些半中不洋，句式歐化又挾帶許多抽象晦澀的名詞術語的文章，作者好像用方塊漢字來寫外文，結果是中國人外國人都讀不大懂。究其原因，多半是這類文章的作者漢語水準和外文程度都有限，寫出來的東西像拙劣的翻譯。錢先生在《林紓的翻譯》裡說：「把一個作品從一國文字轉變成另一國文字，既能不因語文習

---

[18] Aldous Huxley, "A Case of Voluntary Ignorance", *Collected Essays* (New York: Bantam Books, 1960), p. 308.

[19] 漢學家李克曼（Pierre Rychmans，筆名Simon Leys）在法國《世界報》（*Le Monde*）上說，錢鍾書「對中國文學、西方傳統和世界文學都有深廣的瞭解。錢鍾書在今日的中國，甚至在全世界都是無人可以相比的。」（Sa connaissance de la littérature chinoise, du patrimoine occidental, de la littérature universelle, est prodigieuse. Qian Zhong-shu n'a pas son pareil aujourd'hui en Chine et même dans le monde.）見1983年6月10日《世界報》。

[20] 錢鍾書，《圍城》（北京：人民文學，1980），1頁。

慣的差異而露出生硬牽強的痕跡，又能完全保存原作的風味，那就算得入於『化境』」。[21]不僅錢先生自己的翻譯可以作「入於『化境』」譯作之佳例，而且他在文章裡借用一些西方文字的術語、諺語，也每每臻於「化境」。就像寫舊詩善於用典一樣，外文的成語典故用在中文文章裡，必須上下貼合，毫無生硬牽強的痕跡；讀者毋須懂外文也能理解和欣賞這段文章，這才是所謂「化用」。當然，如果讀的人知道被用的原文原意，更能體會作者運用之妙，也增加一層理解，增多一份樂趣。

比喻的妙用

　　說到錢鍾書的語言，不能不提到新穎巧妙的比喻在錢先生文字中的作用，不過這是太大的題目，我在這裡只能夠略舉一兩個例子。《管錐編》關於比喻有兩柄亦有多邊的理論，把設喻取象的原理和方法講得極為透徹。錢先生說：「比喻有兩柄而復具多邊。蓋事物一而已，然非止一性一能，遂不限於一功一效。取譬者用心或別，著眼因殊，指（denotatum）同而旨（significatum）則異；故一事物之象可以子立應多，守常處變。」[22]同是一月，其圓可喻臉，其明可喻目，「立喻者各取所需，每舉一而不及餘……《翻譯名義集》曰：『雪山比象，安責尾牙？滿月況面，豈有眉目？』同心之言也。」[23]另一方面，也有因為事理相近，立喻者不約而同，共取一象的情形。令人印象深刻的例子，是用貝殼動物產生珍珠來比喻痛苦產生詩。在《詩可以怨》裡，錢先生引了劉勰、劉晝、格里巴爾澤（Franz Grillparzer）、福樓拜（Gustave Flaubert）、海涅（Heinrich Heine）、豪斯門（A. E. Housman）等人的文句為例證，他們都用類似《文心雕龍・才略》所謂「病蚌成珠」的同一意象，來比喻痛苦產生文藝。在《談藝錄》補訂本裡，錢先生對李商隱《錦瑟詩》「滄海月明珠有淚」句的解釋，也把帶淚

---

[21] 《七綴集》，67頁。

[22] 《管錐編》第一冊，39頁。

[23] 同上，40-41頁。

的珍珠解為詩作，並引霍夫曼斯塔爾（Hugo von Hofmansthal）的詩句為佐證。[24]在不同時代，不同語言的文學作品裡，竟有這麼多作者採用同一個意象作同一個比喻，實在是令人驚歎的事，但更使人驚歎的是錢鍾書先生能把這許多例子捉在一處，為「詩可以怨」的原理作出最有說服力的論證。從大從廣的方面講，這些例子來自不同語言的文學傳統，從小從細的方面講，這些例子又都是使用同一物象的比喻，在字句上驚人地相似。既博覽群書，廣為涉獵，又用心極細，留意到一個具體比喻的構成，這正是錢鍾書學問博大精深的明證，讓人不能不深深佩服。

　　亞里斯多德說過，比喻在詩的語言中最為重要，而且說比喻「不能從旁人學得，所以是天才的標記」。[25]懂得比喻有兩柄亦具多邊，並不就能保證下筆時比喻紛至遝來，更仆難數，就像懂得原色和對比色調和的道理，並不就能揮毫成為大畫家，或知道了浮力定律，不就能奪得潛水冠軍一樣。妥帖恰當的比喻，尤其是那些奇而不怪的新鮮比喻，確實是作者天才的標記。在錢鍾書的著作裡，我們隨時可以遇見各種新鮮巧妙的比喻。下面是從小說《圍城》裡隨便挑出的幾個例子：「忠厚老實人的惡毒，像飯裡的沙礫或者出骨魚片裡未淨的刺，會給人一種不期待的傷痛。」「許多人談婚姻，語氣彷彿是同性戀愛，不是看中女孩子本人，是羨慕她的老子或她的哥哥。」「鴻漸追想他的國文老師都叫不響，不比羅素、陳散原這些名字，像一支上等哈瓦那雪茄煙，可以掛在嘴邊賣弄。」「大家照例稱好，斜川客氣地淡漠，彷彿領袖受民眾歡迎時的表情。」「李先生臉上少了那副黑眼鏡，兩隻大白眼睛像剝掉殼的煮熟雞蛋。」[26]《圍城》這書名本身便是比喻，因為這是文學創作，比喻在《圍城》語言中自然佔據相當重要的地位。但是比喻的運用絕不限於文學創作；正像錢先生指出的，儘管《墨子》講究名辯，認為「異類不比」，但「墨子本人和大大小小的理論家一樣，常常受不了親手製造的理論的束縛；譬如他在開卷第一篇《親

---

[24] 《七綴集》，103-04頁，又《談藝錄》補訂本，436-37頁。

[25] Aristotle, *Poetics*, trans. Richard Janko (Indianapolis: Hackett, 1987), p.32.

[26] 錢鍾書，《圍城》，4，33，97，98，148頁。

士》裡，就滿不在乎自己斤斤辯明的道理，竟把『智』和『粟』、人的性格和器物的容量『類比』起來：『是故江河不惡小谷之滿己也，故能大。聖人者，事無辭也，物無違也，故能為天下器。』」[27]錢先生自己的研究論文裡，也有許多比喻。例如在《中國詩與中國畫》裡講到某一時代文藝創作的風氣，就用「好比從飛沙、麥浪、波紋裡看出了風的姿態」，來比喻從具體的評論褒貶中，把握作家創作環境裡無影無形的風氣。[28]這些比喻用鮮明的形象把抽象的道理具體化，或者把某一情境的描寫變得更生動、更誇張，使人讀後印象更深刻，也體會得更親切。不過比喻就像開在枝頭的鮮花，我們只能觀賞讚美，卻無法將它們摘下來放進自己的園子裡，因為它們一旦脫離本身的枝葉，就失去活力和生命，也失了新鮮感。比喻確實是無法學來而必須自創的，不過這種創造不是無中生有，憑空捏造，而是以細心觀察和巧妙構思為基礎。和化用中外的成語雋語一樣，比喻也可以化用而出新意。《圍城》裡寫唐曉芙的美貌動人，有這樣一句話：「古典學者看她說笑時露出的好牙齒，會詫異為什麼古今中外詩人，都甘心變成女人頭插的釵，腰束的帶，身體睡的席，甚至腳下踐踏的鞋襪，可是從沒想到化作她的牙刷。」[29]我們讀《管錐編》論陶淵明《閒情賦》一節，便知道「願在衣而為領」，「願在絲而為履」云云，的確是古今中外詩人讚美女人時常常愛用的套語。[30]《圍城》這句話化用陶淵明此賦和別的詩人的作品，可是又有翻新。牙刷是否雅到可以入詩，頗值得懷疑，於是「化作她的牙刷」或許就帶上一點點幽默甚至諷刺的意味，而這正是一點新意，是符合全書情調的俏皮的意味。

[27] 錢鍾書，〈讀《拉奧孔》〉，《七綴集》，39頁。
[28] 〈中國詩與中國畫〉，同上，2頁。
[29] 《圍城》，51頁。
[30] 《管錐編》第四冊，1222-24頁。

以貝殼見大海

　　如果我們回到開頭提到的問題，即語言和語言所表達的內容之關係，我想現在我們可以明確地說，這二者實在是二而一不可分的。我們拿起錢鍾書的著作就不願放下，既因為作者淵博的學問、精到的分析、深邃的思想和豐富的感情，又因為所有這些都從極生動活潑、趣味盎然的語言中表達出來。沒有錢鍾書這樣的天才，就不會有錢鍾書這樣的語言，我們同樣可以說，沒有錢鍾書的語言，我們也無從認識錢鍾書的天才。

　　既然如此，要概括錢鍾書語言的特點，不啻要全面概括他的學問思想。我自己絕沒有這樣的能力，所以我能夠做的，只是略舉幾個例子，彷彿在廣闊的海灘上拾起幾塊貝殼，奢望能由它們想見大海的浩瀚，看出大海顏色，聽得大海的濤聲。我深知此舉的淺薄，但我拾的貝殼如果竟引得人去看大海，那我又要引以為大幸了。

第十三章　思想的片段性和系統性

有深意的諷刺和幽默來源於深邃的思想和天生的才情，讀錢鍾書先生的著作就往往可以讓人體會到這一點。且看他一篇短文的開頭：

> 在非文學書中找到有文章意味的妙句，正像整理舊衣服，忽然在夾袋裡發現了用剩的鈔票和角子；雖然是分內的東西，卻有一種意外的喜悅。譬如三年前的秋天，偶爾翻翻哈德門（Nicolai Hartmann）的大作《倫理學》，看見一節奇文，略謂有一種人，不知好壞，不辨善惡，彷彿色盲者的不分青紅皂白，可以說是害著價值盲的病（Wertblindheit）。當時就覺得這個比喻的巧妙新鮮，想不到今天會引到它。藉系統偉大的哲學家（並且是德國人），來做小品隨筆的開篇，當然有點大才小用，好比用高射炮來打蚊子。不過小題目若不大做，有誰來理會呢？小店、小學校開張，也想法要請當地首長參加典禮，小書出版，也央求大名人題簽，正是同樣的道理。[1]

這段極其詼諧幽默的話，可以說很能代表錢鍾書的語言風格。仔細分析起來，這裡有許多東西值得一談，但是我只想拈出一點，即對哈德門這位「系統偉大的哲學家（並且是德國人）」的譏諷。德國人自詡為「思想家的民族」，似乎特別喜歡建立各種理論系統（不過近來法國人的理論體

---

[1] 錢鍾書，〈釋文盲〉，《寫在人生邊上》（北京：中國社會科學出版社，1990），66-67頁。

系也正不亞於德國學者，其龐雜臃腫、晦澀艱深也與哈德門《倫理學》不相上下）。不過這些大系統往往是不中用的龐然大物，尤其是一些哲學體系看起來複雜精巧，說到底卻是故弄玄虛，空言無補。這些理論大著讀來詰屈聱牙，以艱澀來代替深刻，正像尼采憤然指責的那樣，「一切凝重、呆滯、看似穩重而實則笨拙的文字，一切冗贅而令人昏昏欲睡的寫法，在德國人當中都得到形形色色的充分發展」。[2]這些令人覺得龐雜而空洞的系統著述，也許只有片斷的思想或個別的見解有突出之處，只有偶爾遇到的一句話或一個巧思能令人怦然心動，給人啟發。用整理舊衣服時突然在衣袋裡找到零錢，來形容在這種大系統中偶然發現一個巧思或妙句的喜悅，實在是生動而貼切的比喻。錢先生說引用這種大著作來做小品隨筆的開篇是「大才小用」，那當然是譏誚的話。誰敢斷然否定，這種看似深奧的系統其實不過是在那裡「小題大做」呢？讀過這一段話，我們也就可以大致明瞭錢先生對系統和片斷思想價值的看法。

具體入微，反對空疏

　　中國和西方有各自的文化傳統，在許多方面都很不相同，而對系統之注重與否便是一個明顯的差異。以哲學或文藝理論的表述而言，西方多詳盡的系統和條分縷析的著述，中國則相比之下缺少系統性和大部頭的專著。自柏拉圖《理論國》和亞理士多德《詩學》起，西方一直有像維柯《新科學》、康德《判斷力批判》、黑格爾《美學》和克羅齊《美學》這樣的鴻篇巨製，不僅各執一說，而且往往在宏大的哲學體系中討論有關美和文藝的理論問題，使美學成為整個哲學體系的一部分。中國談藝論文之作雖有像《文心雕龍》這樣稍具規模的論著，但許許多多詩話詞話大半是具體作品的賞評，很少理論探討，更說不上有什麼系統性。一般說來，有

---

[2]　Friedrich Nietzsche, *Beyond Good and Evil: Prelude to a Philosophy of the Future*, trans. Walter Kaufmann (New York: Vintage, 1996), Part 2, 28, p. 40.

系統似乎比沒有系統好，因為理論系統要自圓其說，各組成部分要互相聯繫而不自相矛盾，必得經過細緻分析和周密思考，比零碎敲打的片斷思想容易想得更深，聯繫得更廣，而且有整個體系的力量作後盾，影響力也往往更大。可是理論發展到系統化的程度，有了宏大的結構，離開最初產生理論的具體環境也愈來愈遠。不僅如此，理論體系有了一套包羅萬象的解釋方法，對世間大大小小的各種問題都能作出解答，以不變應萬變，更往往成為文化的教條，失去理論最初產生時的合理性和力量，而終於被新的理論取代。這樣看來，理論發展而為體系和方法，既是力量的表現，也往往是衰落的開始，理論體系中有價值有活力的也只是一些片斷零碎的思想。

　　錢鍾書先生博覽群書，對中國和西方的典籍都瞭解極深，也最能見出系統理論和零星思想各自的特點和價值。對大部頭的著作和成套的理論，我們容易由注意而起敬意，而對零碎的思想和隻言片語中包含的深刻見解，則往往容易輕視而忽略。針對這種情形，錢先生特別強調零散表述出來的思想往往在理論上有不可忽視的價值；在美學和文藝理論的領域裡，尤其如此。名牌的理論和宏大的系統往往名不副實，「倒是詩、詞、隨筆裡，小說、戲曲裡，乃至謠諺和訓詁裡，往往無意中三言兩語，說出了精闢的見解，益人神智」。[3]中國民間「先學無情後學戲」這七字諺語就大致包含了狄德羅關於表演者與所演角色之間關係的著名理論，因此「作為理論上的發現，那句俗語並不下於狄德羅的文章」。[4]錢先生讀萊辛名著《拉奧孔》，正是徵引中國「詩、詞、隨筆裡，小說、戲曲裡，乃至謠諺和訓詁裡」豐富的材料，加上西方文學和文評裡的具體例證，闡發《拉奧孔》裡重要的理論見解。萊辛只說空間藝術的畫不能表現時間藝術的詩所能表現的內容，錢先生引用大量實例進一步發揮，指明詩與畫不僅在表現時間和空間上不同，而且詩裡的虛實映襯，氣氛烘托，尤其是似是而非、似非而是的比喻，更是畫不出或畫出也達不到詩中效果的。萊辛只說故事

---

[3] 錢鍾書，〈讀《拉奧孔》〉，《七綴集》，29頁。

[4] 同上，30頁。

畫應挑選「富於包孕的片刻」作藝術的表現，錢先生引用大量實例進一步發揮，指明「富於包孕的片刻」不僅是畫家選取的關鍵，而且從含而不露的詩文、「回末起波」的章回小說，到「賣關子」的說書、評彈，都依據同樣的道理，利用了同樣的表現手法。[5]錢先生著作例證之豐富，令人歎為觀止，大量具體例子不僅可以為理論見解作最有說服力的論證，而且可以防止理論脫離具體環境，變成抽象空洞的教條。錢先生採用的例子來自各處，不僅有東西方的經典名著，而且有許多不為人注意的零散材料，可是無論什麼例子，一經取用，就成為說明抽象理論極妥帖的實例，可以舉一反三，達到探幽索隱，鉤深致遠的目的。

　　重視和多用具體實例，可以說是對付理論系統大而無當這一毛病的好辦法。錢先生舉出中外文學史上許多實例，說明一個作家喜愛和自己風格截然不同或相反的另一作家的作品，並不是什麼罕見的獨特現象。但美學家「特地制定一條規律，叫什麼『嗜好矛盾律』（Law of the Antinomy of Taste）」，則不免故弄玄虛，多此一舉，並不解決文學鑒賞和批評的實際問題。「這規律的名稱是夠莊嚴響亮的，但代替不了解釋。在莫里哀的有名笑劇裡，有人問為什麼鴉片使人睡眠，醫生鄭重地回答：『因為它有一種催眠促睡力』（une vertu dormitive）。說白居易『極喜』李商隱詩文，是由於『嗜好矛盾律』，彷彿說鴉片使人睡眠，是由於『催眠促睡力』。實際上都是偷懶省事，不作出真正的解釋，而只贈送了一頂帽子，給予了一個封號甚至綽號」。[6]談藝論文，最終說來是讀者與作品相對，或者說讀者與作者通過作品的閱讀展開一次對談，談話雙方各有自己的經歷見識，各有自己的聲音，所以閱讀經驗必因人因文因時而異，其具體性不可能完全歸納概括在理論的體系裡。錢先生強調「解釋」，而且是「鞭辟入裡的解釋」，就指出文藝鑒賞和批評以具體的審美經驗為基礎，很難套在某一固定的方法或規律裡，更是空洞的理論框架和抽象的名詞術語代替不了的。

---

[5] 同上，42-48頁。

[6] 同上，23-24頁。

闡釋學與系統方法

在這一點上，錢先生的看法與當代德國闡釋學名家伽達默不謀而合。伽達默繼承施賴爾馬赫以來德國闡釋學傳統，但又在海德格爾存在本體論的基礎上對浪漫主義的闡釋作出根本批判，強調理解和解釋不是一套方法，而是「存在的方式」（die Seinsart des Daseins）。[7]闡釋學中重要的概念，即局部和整體的闡釋循環，在浪漫主義闡釋學中是理解和閱讀的方法，最終目的是達到完全合乎作者原意的解釋。伽達默則認為解釋必然摻入理解者自己的主觀成分，所以不必也不能全以作者原意為標準。闡釋循環因而「不是一『方法論』的循環，而是描述理解本身本體結構的成分」。[8]錢先生《管錐篇》有評乾嘉「樸學」一節，指出清代小學家由字之詁而識句之意，再由句之意通全篇之義，窺全書之指，只是片面地以小明大，由局部到整體，而理解過程亦須以大明小，由整體到局部，兩方面相輔相成。錢先生說：「積小以明大，而又舉大以貫小；推末以至本，而又探本以窮末；交互往復，庶幾乎義解圓足而免於偏枯，所謂『闡釋之循環』（der hermeneutische Zirkel）者是矣。《鬼谷子・反應》篇不云乎：『以反求覆？』正如自省可以忖人，而觀人亦資自知；鑒古足佐明今，而察今亦裨識古；鳥之兩翼、剪之雙刃，缺一孤行，未見其可」。[9]在我國典籍裡，《管錐篇》是最早提到闡釋學的，而且對闡釋循環的概念作出了最精到的解釋。不僅如此，錢先生指出理解當中人與我、古與今之間也構成交往反覆的闡釋循環，二者如「鳥之兩翼、剪之雙刃」，缺一不可。這就超出純粹文字理解的範圍而論及理解過程本身，指出「我」與「今」必然對理解過程作出貢獻，解釋不是離開「我」與「今」來認識「人」與「古」。錢先生還指出，無論是詞章還是義理的解釋，有時候別出心裁的

---

[7] Gadamar, *Truth and Method*, p. 259.

[8] 同上，293頁。

[9] 《管錐編》第一冊，171頁。

理解不一定就是誤解，甚至於「有誤解而不害為聖解者」。[10]換句話說，合乎作者原意未必是唯一或最好的解釋。

伽過默認為存在不能完全客觀化，所以也不可能通過客觀科學的方法去完全認識。他之所以重視美和文藝的問題，正在於美和文藝最能使人認識到方法的局限，最能顯出歷史認識的具體性和特殊性。伽過默批評黑格爾「美是理念的感性顯現」這一觀念，因為這是最終以哲學的理念為把握真理的最高形式，而貶低感性的藝術。他說：「我們在獨特形式中接觸藝術，藝術是真理的獨特顯現，其個別性是不能超越的；唯心主義美學的弱點或失誤就在於不能認識到這一點。……藝術只存在於不能純粹概念化的形式裡」。[11]伽達默的主要著作名為《真理與方法》，其要義正在強調真理不是靠系統的理論方法可以把握的，而闡釋學所涉及的是超出理論體系和方法之外的具體存在，包括感性的美和藝術。在強調方法的局限和審美經驗的具體性等方面，伽達默和錢鍾書先生確實有共同的見解，闡釋學所注重的也正是錢先生所要求的「鞭辟入裡的解釋」。也許正是由於這樣的原因，錢先生的書和伽達默的書都是我愛讀的，儘管他們的著作在內容、寫法和風格上都極不相同。

錢鍾書著作的一個特點

伽達默反對理論體系和方法的萬能，可是他的《真理與方法》是德國哲學著作典型的寫法，本身有頗為龐大的系統和結構。錢鍾書先生的《管錐篇》則是傳統中國式的寫法，分條評析古代典籍，每條文字短者數行，長者也不過數頁，各條之間並無固定聯繫，全書亦無統一結論，很難歸納出一個系統結構來。《管錐篇》內容極為繁複，舉凡哲學、史學、文學、

---

[10] 同上，第三冊，1073頁；第五冊，84頁。

[11] H. G. Gadamar, *Die Aktualität des Schönen: Kunst als Spiel, Symbol und Fest* (Stuttgart: Reclam, 1986), p. 49. Also see *The Relevance of the Beautiful and Other Essays*, trans. Nicholas Walker (Cambridge: Cambridge University Press, 1986), p. 37.

心理學、考據學，應有盡有，無所不包，無法歸於某科某類。不僅如此，《管錐篇》、（錢先生的《談藝錄》亦如是）既用靈活典雅的文言，又大量引用英、法、德、西班牙和拉丁文著作，所引外文有時譯其原文，有時則略述其大意，這又是中國歷來絕無僅有的寫法，絕無僅有的文字，成為天下不易讀或不易讀透的奇書。這種打破學科界限、打破語言和文化界限的寫法，大至全書，小至書中每一條目，都貫穿始終，讀來使人覺得如入寶山，遍地珠玉，應接不暇。錢先生每寫一條，往往從一處一個意思生發開去，接連引出許多例證和許多相關的意思，每條之中都有包含許多精闢見解，互相聯繫而闡發一個中心思想，可是各條之間又並無一定聯繫，全書也沒有一個系統的理論。這種寫法毫無疑問體現了錢先生對理論體系和方法的懷疑，因為他說過：

> 許多嚴密周全的思想和哲學系統經不起時間的推排銷蝕，在整體上都坍塌了，但是它們的一些個別見解還為後世所採取而未失去時效。好比龐大的建築物已遭破壞，住不得人，也唬不得人了，而構成它的一些木石磚瓦仍然不失為可資利用的好材料。往往整個理論系統剩下來的有價值東西只是一些片斷思想。脫離了系統而遺留的片段思想和萌發而未構成系統的片斷思想，兩者同樣是零碎的。眼裡只有長篇大論，瞧不起片言隻語，甚至陶醉於數量，重視廢話一噸，輕視微言一克，那是淺薄庸俗的看法——假使不是懶惰粗浮的藉口。[12]

有一位朋友曾對我說，《管錐篇》包含那麼多豐富深邃的思想，其中有些條目如果鋪展開來，可以寫成許多篇論文。言下之意，對錢先生沒有把許多思想發展成系統的理論，不免有一點惋惜。記得我在和錢先生交談時，曾有一次提起這位朋友的話。錢先生回答說：「我不是學者，我只

---

[12] 〈讀《拉奧孔》〉，《七綴集》，29-30頁。

是通人」。他又說自己有太多的想法，若要是一一鋪開寫來，實在沒有足夠的時間。錢先生說他不是學者，實在是似謙實傲之言。王充《論衡・超奇》說：「能說一經者為儒生，博覽古今者為通人，採掇傳書以上書奏記者為文人，能精思著文連結篇章者為鴻儒。故儒生過俗人，通人勝儒生，文人逾通人，鴻儒超文人」。可是我們細讀《管錐篇》，就可以看出錢先生對儒者經生一向是不以為然的。錢先生這裡所謂學者，也就是指那種眼光短淺，胸襟狹隘，一心想著書立說而實則腹中空空的學究。至於通人，葛洪《抱樸子・尚博》便提供了別一種解釋，其中說「通人總原本以括流末，操綱領而得一致焉」。又說淺薄之徒不能認識通人博雜的真正價值，「或云廣博亂人思，而不識合錙銖可以齊重於山陵，聚百十可以致數於億兆，群色會而袞藻麗，眾音雜而韶濩和也」。[13]可以說這才是通人一詞的確解，而錢鍾書先生也正是這樣博富的通人。錢先生學問的廣博，在他的著述裡處處是明白的例證，而這種學問的廣博豐富與《管錐篇》、《談藝錄》的寫法本身有密切的內在聯繫。

　　錢先生論《老子》四十章「反者，道之動」一節，充分闡發《老子》句中的「反」字「兼『反』意與『返』亦即反之反意」，也就是「否定」與「否定之否定」，所以錢先生認為，「此五言約辯證之理」。黑格爾長篇大論，「數十百言均《老子》一句之衍義」。[14]這很明顯是把《老子》這五個字的一句話與黑格爾辯證法等量齊觀，事實上，簡短的精彩論述並不亞於長篇大論，如果說不比長篇大論更深切明白的話。錢先生《談藝錄》裡論常州詞派一節，簡短不滿三頁，卻上溯先秦「賦詩斷章」之法和漢以來對《詩》、《騷》的闡釋，指出由張惠言到宋翔、周濟、譚獻在理論上的變化，更將此派理論相比於德國諾瓦利斯、法國瓦勒利以及當代西方接受美學和解構主義等理論。這短短一則文字可以說最明白地指出了常州詞派理論的沿革流變，以及與西方文論可以相比而互為闡發之處。不僅

---

[13] 葛洪，《抱樸子》，《諸子集成》第八冊（北京：中華書局，1954），157頁。
[14] 《管錐編》第二冊，446頁。

如此，錢先生拈出此派理論最中心的問題，即詩詞意義與讀者理解之關係問題，作出十分精到的評論。錢先生說：「《春秋繁露・竹林》曰：『詩無達詁』，《說苑・奉使》引《傳》曰：『詩無通故』：實兼涵兩意，暢通一也，變通二也。詩之『義』不顯露（inexplicit），故非到眼即曉、出指能拈；顧詩之義亦不遊移（not indeterminate），故非隨人異解、逐事更端。詩『故』非一見便能豁露暢『通』，必索乎隱；復非各說均可遷就變『通』，必主於一」。[15]對於文學作品，沒有也不可能有絕對的闡釋權威來硬性規定一種解釋，但又不可能也不應該陷入闡釋的相對論或主觀主義，似乎各種解釋沒有高下好壞的差別。這是文學理論中一個爭論很多也不易解決的問題，而錢先生關於詩義不顯露亦不遊移的說法，可以說是最持平之論，指出了解決此問題最好的辦法。

　　由此可見，簡約的文字，片斷的思想，並不輸於龐大的體系和詳盡的論述。正如葛洪所言，「合錙銖可以齊重於山陵，聚百十可以致數於億兆，群色會而袞藻麗，眾音雜而韶濩和也。」這幾句話也許可以借用來形容錢先生著作的文體。當然，錢先生的著述也並不全然是散雜無章，《管錐篇》、《談藝錄》等書中常有「參觀」某處之語，就把各條相關之處聯繫起來。可見在作者心中，豐富的思想是匯為一體的，只是在寫成文字時才由不同環境發為不同議論，散見在各處。好事者也許可以由散而聚，把各條內容組合成系統的論述，總括出體系和結構來。但以我的愚見，這樣的做法仍然囿於系統必優於片斷的偏見，從根本上與錢先生思想和著作的性質相違，而且必然喪失錢先生著作具體論述中無數啟人心智的機鋒。從另一方面說來，片段的思想當然也不一定優於系統的理論。片斷和系統本無所謂優劣，我們沒有理由一概否認系統理論的價值，更不能藉口重視片斷思想，偷懶不去認真讀大部頭的著作。錢先生的著作雖然寫法是非系統的，但卻基於對古今中外許多系統大著作深切的瞭解之上。沒有錢先生那樣博富的學養和深刻的洞見，也就寫不出《管錐篇》、《談藝錄》那樣處

---

[15] 《談藝錄》補訂本，609頁。

處閃爍思想光芒的著作。錢先生的文章自出機杼，自成一家，我們既無法模仿，也不必強作解人，去尋求其中的系統結構。《管錐篇》和《談藝錄》是既可像一般系統性的學術著作那樣從頭到尾讀，也可像字典、辭典那樣隨時翻檢，挑選某部分某章節來讀的。正因為錢先生無意建立嚴密周全的體系，他的著作沒有空話，沒有非從頭看起便不知其定義的特別術語，卻處處是啟發人的思想和見解，所以後一種或許是更恰當的讀法。至少在我自己，這種散點式的讀法每次都有新的收穫，使我愈來愈認識到錢先生著作豐富的蘊藏似乎取之不盡，用之不竭，是天下讀者可以共同享用的真正的精神財富。

第十四章　懷念錢鍾書先生

初次見面

　　我第一次見錢鍾書先生是在一九八○年，可以說是相當偶然的機遇。當時我是文革後首屆考入北京大學的研究生，而錢先生在社會科學院，既沒有收研究生，也很少與人來往，更不用說像我這樣的後輩。一九七八年到北京之前，我在四川成都只是個中學畢業生，雖然喜好讀書，堅持自學，但畢竟條件十分艱苦，環境相當閉塞，竟從來沒有聽說過錢鍾書的名字。現在想來，這是何等的孤陋寡聞，其可怪可笑自不待言，但也未嘗沒有另一面的原因。錢先生的《談藝錄》、《圍城》等著作，四九年後在大陸消聲絕跡，先生自己更韜光養晦，淡泊名利，自甘於默默無聞。其實在那種政治環境裡，不求聞達也適可以遠禍全身，所以在當時，錢先生的名聲在海外實遠大於國內。可是到北大後，我在圖書館見到一本舊書，即李高潔（C. D. Le Gros Clark）所譯蘇東坡賦，譯文印象不深，但前面一篇短序是一中國學者所撰，講唐宋文學流變及東坡賦特點，且不說論述精闢，單是那英文的灑脫雋永就使我大為驚歎，想不到中國人寫英文竟有如此精妙者。過了不久我就弄清楚，這篇序的作者就是一九七九年中華書局出版的《管錐編》的作者錢鍾書先生。我這時才知道，文革後的中國竟然還有如此奇書，而且書的作者還活在我們中間！尤其經過了文革那種讀書無用、知識有罪的黑暗年代，《管錐編》的出現更有特別的意義，簡直像在

宣告天意不欲喪斯文於中華，中國文化經過了那樣的磨難，仍然能放出如此絢麗的異彩！也恰好在這個時候，我在北大圖書館讀到海外出版的《秋水》雜誌，上面重刊了夏志清教授〈追念錢鍾書先生〉一文。文革中海外曾訛傳錢先生去世的消息，夏先生這篇「悼文」便是這種訛傳的產物。人尚在而悼念之文已刊佈於世，這實在是天下少有的怪事。如果不是文革完全閉關鎖國的特殊原因，大陸和海外必不至如此隔絕，也就不可能出現這樣一篇妙文。於是我對錢鍾書先生感到格外的興趣，讀過《管錐編》幾則文字之後，更對錢先生由衷地敬佩。

　　一九八〇年六月上旬，荷蘭學者佛克馬（Douwe Fokkema）到北大訪問，我陪他與北大和社科院一些研究文學的人座談，兼作翻譯。他對我的翻譯頗感滿意，就要我陪他去見錢鍾書先生。我當然知道錢先生不需要翻譯，但我很想見見這位學貫中西的大學者，便慨然應允。北大外事處一位辦事員知道後卻對我說，錢鍾書是咱們國家有名的學者，可是他的脾氣很怪，不講情面，如果他不喜歡一個人，臉色上立即就表現出來，讓你覺得很難堪。他又說，我們可以讓你去，但如果談話中你看氣氛不對，最好中途就先走。我聽完這話後頗不以為然，因為我有一個也許是固執的偏見，認為學問愈大的人愈平易近人，絕不會無緣無故瞧不起人。話雖如此，我陪同佛克馬教授去拜望錢先生時，確實作了隨時可能被踢出門去的準備。到了三里河南沙溝錢先生寓所，先生親自開門讓我們進去。坐下之後，錢先生和佛克馬對談，講一口漂亮的牛津英語，滔滔不絕，根本用不著我插嘴，而且他也確實沒有理會我。大概錢先生以為我是外事處隨員，說不定還附帶有監視「涉外」活動詳情的任務，而對這類人，錢先生的確是既無興趣，也沒有法子喜歡的。

　　佛克馬先生與他夫人曾合著一本討論二十世紀文學理論的書，錢先生早已看過。他稱讚這本書簡明有用，但又問佛克馬何以書中未討論加拿大著名批評家弗萊（Northrop Frye）的理論。佛克馬辯解說，弗萊的理論有太多心理學色彩，而對文學本身重視不足。我那時剛好讀過弗萊的主要著作，很喜歡他那種高屋建瓴的氣勢和包羅萬象的體系，覺得佛克馬

的辯解頗有些勉強，於是說，我剛讀完弗萊《批評的解剖》（*Anatomy of Criticism*），有些不同看法。錢先生立即表現出很大興趣，並且轉過身來對我說，中國現在大概還沒有幾個人讀過弗萊的書。那是的確的，當時北大圖書館就沒有《批評的解剖》，我那一本是一位美國朋友遠隔重洋寄給我的。錢先生問我有何看法，我於是大膽講來，說弗萊的理論並不止取源於容格（Carl Jung）的分析心理學，也注重弗雷澤（J. G. Frazer）的神話分析和人類學研究，採用維柯的歷史循環論，更以自然科學為模式，力求使文學批評擺脫主觀印象式的品評而成為一種科學。但文學批評不能排除價值判斷，不可能成為嚴格意義上的科學，所以我對弗萊的主張也有保留。錢先生顯然贊許我這番話，對我也明顯表示好感。他要送佛克馬先生一本《舊文四篇》，也要給我一本，於是把我叫到另一房間，一面用毛筆題字，一面問我的名字怎麼寫，又問我在北大做什麼。我回答說在北大西語系做研究生，錢先生就問我的導師是誰。我答說是楊周翰先生，錢先生說，周翰先生從前曾是他的學生。我於是告訴錢先生，我是作為翻譯陪佛克馬來拜會他的。我知道這裡用不著翻譯，但我很想見錢先生，也就趁機會來了。錢先生立即轉身招呼楊絳先生說：「季康，把我們家裡的電話號碼寫給隆溪。」他又對我說：「以後你要來，盡可以先打電話」。

佛克馬先生和我捧著錢先生贈送的《舊文四篇》，滿心歡喜。那天下午的談話十分愉快，幾個小時很快就過去了。我們向主人告辭，錢先生和楊先生客氣地一直送我們下樓來，待汽車開動之後才回去。我這次見錢鍾書先生的情形，與外事處那位先生的事先警告恰恰相反，證明我認為博學多識與虛懷若谷成正比的信念大致不錯。回到北大後，我立即寫了一封信，對錢先生表示感謝敬愛之情。我記起佛克馬在談話中曾盛讚錢先生博採東西方典籍，為比較文學做出了重大貢獻，但錢先生卻立即辭謝，說他做的不是什麼比較文學，只算是「折衷主義」。那天談話全用英語，所以錢先生說的是eclecticism，而這並不是一個好字眼，我於是在信中稱讚錢先生謙虛。沒有料到星期一寄出的信，星期三就得到回音，是錢先生星期二（一九八〇年六月十一日）寫的。此信兩頁，漂亮流暢的行草，用毛筆寫

成。錢先生在信中感歎說，三十年來「宿願中之著作，十未成一」。至於
「折衷主義」，他說十九世紀以來，eclecticism已成貶意詞，所以近世多用
syncretism一字，但他又說：「『Eclectic』乃我似『謙』實傲之談，故我言
法國『大百科全書』（實即Voltaire，Diderot）之定義：『不為任何理論系
統所束伏，敢於獨立思考（ose penser de lui-même），取各派之精華』。」
這句話後來我一直牢牢記取，錢先生也用這一原則來鼓勵我。我說想作文
討論弗萊的理論，錢先生在信裡就說：「尊文必有可觀，放膽寫來即可，
不必多請教旁人，Many cooks spoil the broth」。[1]得到錢先生這封信，我
深感鼓舞，立即又寫一封信，報告我在北大研究莎士比亞戲劇。這封信星
期四寄出，星期六又得到錢先生覆信，而這一次是英文，用打字機列印出
來的，時間是一九八〇年六月十四日。信雖不長，卻寫得極為風趣。例如
對我那點西方文論知識，錢先生故意先表示「驚訝」（astonishment），
然後似乎像誇獎我說：「You are easily the best-read man in this field among
my acquaintances」（在我認得的人當中，你在這方面可能讀書最多），但
立即又自嘲而且嘲諷似地加上一句：「of course, I am a bit of a recluse and
don't know many people」（當然，我跡近隱士，並不認識很多人）。接下
去談到莎士比亞研究，錢先生問我是否看過一本荒唐而又機警有趣的書
（a silly-clever book by Murray J. Levith, *What's in Shakespeare's Names?*）
此書以莎劇人物姓名作文章，說《亨利四世》中那個滑稽的大胖子福斯塔
夫，是莎士比亞拿自己的姓氏來玩文字遊戲，因為莎士比亞意為「搖動長
槍」，而福斯塔夫意為「落下棍子」，二者實為一人（According to Levith,
Falstaff is Shakespeare's pun on his own name: "Shake-speare, Fals-taff—a
shaking spear transmogrified into a falling staff"）。於是錢先生開玩笑說，「I
therefore wish you every success in your Falstaffian research」（我祝你的福
斯塔夫研究成功）。這封信的語氣似調侃而復親切，既像忠厚長者對後生
晚輩的勉勵，又彷彿熟朋友之間的玩笑嬉戲。後來我發現，讀錢先生寫的

---

[1] 英語諺語：「廚子太多做不好湯」。意謂「人多反而誤事」。

信或與他談話，和讀《圍城》或他別的作品一樣，都是一種真正的享受。無論哪種知識，何等學問，在錢先生胸中都熔為一爐，所以談話作文，出口道來便妙語連珠，意味無窮。錢先生非常重視「文字遊戲三昧，」[2]所以他絕不會板著面孔講官話，卻往往在嚴肅的議論中忍不住說頑皮話、俏皮話，話裡處處閃爍機鋒和睿智，常常會讓你忍俊不禁。

　　我注意到錢先生給我寫的頭兩封信，一封用文言，另一封用英語，於是我也用英文工工整整寫了一封回信，談我打算作的畢業論文。我的英文竟得到錢先生賞識，而自此以後，我便常常與錢鍾書先生見面，不僅多次去三里河登門拜訪，而且經常有書信往還。從一九八〇年六月最初認識錢先生到一九八三年十月離開北大去哈佛，以及後來在美國多年，錢先生總共給我寫了五十多封信。我一直把這些信珍藏起來，因為這當中紀錄了對我說來極為寶貴的一段經歷，可以帶給我親切愉快的回憶，也可以從中永遠吸取精神上的支持和力量。

淡薄名利，卓爾不群

　　錢鍾書先生在學術上的崇高地位，的確是無人可以企及的。舊式的國學家不懂西學，而近世留學西洋的學者又大多缺少扎實深厚的舊學根柢。許多留學歸國的人，在五十年代中國大陸與西方隔絕之後，限於時代和環境，其知識和學術水準往往像凍結的河水，不再汩汩向前，脫離了他們賴以著書立說的思想理論之源頭活水，因而逐漸枯竭。聽錢鍾書先生談論學問令我驚羨不已的一點，就是他好像完全不受周圍封閉環境的影響，獨能在深居簡出之中明瞭一切，對西方當代理論的發展瞭若指掌。一九八〇年六月給我的第一封信裡，錢先生就說：「Frye書我雖看過，已二十年前事，記得Wimsatt曾與爭辯過。是否*Literary Criticism: A Short History*提到？去年見Jonathan Culler，*Structuralist Poetics*（英語中涉及此問題最好的參

---

[2]　《管錐編》第二冊，461頁。

考書），屢引Frye此書，說它含有結構主義成分而未鞭辟入裡」。 這就是
說，錢先生在弗萊的書剛問世不久就讀過了（按《批評的解剖》初版於一
九五七年），而且還注意到西方學界後來對此書的反應和評論。錢先生不
僅飽讀中國古代典籍，又遍覽西方的經典名著，對當代西方學術發展有明
確瞭解。《老子》四十七章云：「不出戶，知天下；不窺牖，見天道。」
我向來以為那是不可能的事，要說可能，也只是講內心的神秘經驗或宗教
體驗，不是講瞭解天下的學問。錢先生就說過，老子此處所謂「知」乃
「知道也」，「非指知識」。[3]然而錢先生自己卻恰好是在知識方面，在中
國當時極為閉塞的環境裡，做到了「不出戶，知天下。」這一點確實是錢
鍾書高出旁人的地方。漢學家李克曼（Pierre Ryckmans，筆名Simon Leys）
曾在一九八三年六月十日的法國《世界報》（Le Monde）上撰文，說錢鍾
書對中西文化和文學都有深廣的瞭解，因此「錢鍾書在今日的中國，甚至
在全世界都是無人可比的」（Qian Zhongshu n'a pas son pareil aujourd'hui en
Chine et même dans le monde）。我認為這句話說得十分公道，恰如其分。

　　對我來說，錢先生的學問自然令我傾心嚮往，但同樣使我崇敬的還
有他正直、孤傲的性格。在與錢先生交談之中，我對後者尤其有親切的體
會。錢先生談話中常常品評各樣的人和事，談論各類的書和文藝，言語詼
諧幽默，然而謔而不虐。初見面不久，他知道我是從四川來的，就問我認
不認得吳宓先生。我回答說聽過吳宓先生的大名，但我在成都，吳先生在
重慶，所以無緣識荊。錢先生聞言頗為我惋惜，說要是我在四川有機緣認
識吳宓先生，一定會得益良多。我剛到北大時，李賦寧先生也說過類似的
話，使我深恨自己失去了求學的機會。不過文革時我只是中學畢業生，上
山下鄉，工廠學徒，前後折騰了十年。吳宓先生五十年代後在重慶西南師
範學院任教，一直被視為改造對象而受壓制，文革中更被反覆批鬥，受盡
折磨，終於含恨而死。在當時的條件下，實在是沒有見面的可能。

---

[3] 同上，450頁。

　　錢先生談話中不大提起文革，除了在楊絳先生的《幹校六記》中讀到若干情節之外，我也從未在談話中瞭解他們當時的處境。有一次偶然談起歷次改造知識份子的政治運動，錢先生對那種昧著良心、出賣靈魂整人的人，表現出極大的輕蔑。他說四九年以前，他曾經對俞平伯先生的《紅樓夢辨》從學術的角度提出過批評，但五十年代全國掀起批判俞平伯《紅樓夢研究》的運動，弄得轟轟烈烈，對《紅樓夢》一知半解甚至一竅不通的人，都在一夜之間變成「紅學家」，對俞平伯口誅筆伐。錢先生說，在那整個政治而非學術的「紅樓夢批判」中，卻始終「沒有錢某一個字」。他接著又用英語說，「If we don't have freedom of speech, at least we have freedom of silence.」[4]我知道這句話的份量，因為在政治運動不斷，在不少人整人而後又被人整的輪迴中，要保持沉默是極困難的事。耐不得寂寞，一發言加入對別人的批判，就立即陷入惡性的輪迴，欲沉默而不能。錢先生始終不求名利，甘於默默無聞，與他對政治極清醒的認識分不開。雖然錢先生談話很少直接涉及政治，但他卓然獨立，疾惡如仇的品格給我留下很深的印象。所以我認為，錢鍾書值得人敬佩的不僅僅是他驚人的淵博學問，還有他高尚的品格和獨立的精神。

　　與錢先生談話，更多的當然是輕鬆愉快的內容。在《談藝錄》開篇敘述緣起時，錢先生記詩友冒效魯敦促他把平時討論詩文的話寫下來，說「咳唾隨風拋擲可惜也」。我相信，凡認識錢先生，聽過他上下縱橫地討論古今學問的人，大概都會有此同感。記得李達三先生和我去見過錢先生後，大為讚歎，覺得錢先生講話字字珠璣，但言語隨生隨滅，實在可惜。他要我學做鮑士威（James Boswell）紀錄約翰生博士（Dr. Johnson）的言談舉止那樣，把每次與錢先生談話的內容都詳細記載下來。然而我自忖並無鮑士威之才，對錢先生的學問不能瞭解萬一，更不能胡攪蠻纏，隨時到錢先生那裡上門叨擾，強言聒噪。然而當年談話雖無筆錄，某些片段卻印象深刻，難以忘懷。例如有一次談起俄國形式主義，錢先生肯定其在二十

世紀文學理論中的影響，又說這種影響通過後來到耶魯任教的韋勒克，在英美新批評中也得到發展。初版《談藝錄》討論文體遞變時，錢先生已介紹了俄國形式主義，並十分讚賞施克洛夫斯基（Victor Shklovsky）認為文體演變是把不入流之體裁忽然列品入流的看法。然而對當時俄國革命領袖托洛茨基批評形式主義那本書，即《文學與革命》，錢先生雖然不贊成其基本論斷，卻認為其文筆不無可取。他尤其欣賞托洛茨基批判一些作家有自戀情結（narcissism），連一字一句都捨不得割棄的話，以及那段話中一些尖刻諷刺的比喻。

　　錢先生記憶力驚人，常常在談話中隨口引用各種語言的各種書裡有趣的地方，有時還順手從書架上取出書來，立即找出原文給我看。他家裡藏書好像並不多，但往往有外文的新書。錢先生聲望在外，文革後海外來拜訪他的人絡繹不絕，所以他對國外情況的瞭解，能遠勝於他人。按楊絳先生的說法，錢鍾書作為「書癡」頗有「癡福」，「供他閱讀的書，好比富人『命中的祿食』那樣豐足，會從各方面源源供應。……新書總會從意外的途徑到他手裡」。[5] 錢先生也託人在海外購書。楊絳先生的《幹校六記》在香港《廣角鏡》發表，便以採購國外新書代替稿費。錢先生的《也是集》在港銷行頗好，他在信中就說：「又有買書基金矣」（一九八四年七月七日信）。錢先生讀書之多之勤，的確無人可比，這正是他能洞察一切的根本原因。不過來看望他的人多了，也成為一種負擔，使他不堪其苦。他時常報怨，有時也自嘲以解。例如他在一九八一年十月三十一日的信中說：「十日前有美學者夫婦惠過，攜其兒來，兒感冒未痊，傳染內人，即波及我，咳嗽引起哮喘，『閉門家裡坐，病從外國來』」。這很風趣的敘述表明，錢先生對遠道來訪的人，在報怨中亦含諒解；但對於一切虛名和一切官場應酬，他就儘量退避。由官方安排來求見，往往會遭拒絕或婉謝，但他是個熱心腸並極講情誼的人，在私人朋友的交往中極為率直

---

[5] 楊絳，〈記錢鍾書與《圍城》〉，《將飲茶》校定本（北京：中國社會科學出版社，1992），153頁。

慷慨。記得香港中文大學的李達三先生（John Deeney）通過官方管道見錢先生而不能，就到北大找我，我給錢先生通電話之後，立即與他騎自行車到三里河，與錢先生暢談了一個下午。北大在一九八〇年成立比較文學學會，想請錢先生任顧問，由我先去遊說。錢先生回答說：「我的牛脾氣，大約你有些認識。一切『學會』，我都敬謝掛名——唯一例外是『中國古典文論學會』，那是因為郭紹虞先生特派人來送手顫墨枯親筆函件，不得已只好充『顧問』」。使我感動不已的是，錢先生在信中說因為和我的「私交」，決定「一定要有你的私人信附在公函裡，我才會破第二次例」（一九八一年一月廿五日信）。

我在此想強調的一點是，錢先生把「公」與「私」亦即「官」與「民」清楚分開，最能顯出他孤傲的性格和獨立的立場，而不瞭解這一點，就不可能瞭解錢鍾書其人及其思想。錢先生答應擔任北大比較文學學會顧問之後，又應允把早年一篇英文文章改寫為〈漢譯第一首英語詩《人生頌》及有關二三事〉，交北大《國外文學》發表。只是國外文學編排太慢，延宕時日，倒是香港的《抖擻》捷足先登，在海外先登載了這篇文章。

文革結束後，錢先生到歐、美、日本去訪問過，後來國外不少大學以最優厚的條件邀請他，他卻一概謝絕。一九八四年底，普林斯頓大學重提邀請講學一事，我那時已在美國，高友工先生就讓我代為打探，並對我說，聽說錢先生有想出來看看的意思。錢先生回信幽默地說：「言老僧思凡下山一節，恐出訛傳」。他又告訴我，法國總統密特朗的夫人、顧問及法大使皆邀請訪法，他概「以『老懶』（un vieillard paresseux）為詞敬謝」。既謝絕了法國，也就不好接受別國邀請。錢先生非常風趣地說：「《舊約》中*Isaiah*言埃及人云，"their strength is to sit still"（憶Emerson，*Journals*中曾以此語形容老大之中國），竊謂老年人當奉為箴銘」（一九八四年十二月十一日信）。[6]他不僅拒絕去國外，法國政府要授予他勳章，

---

[6] 信中引文出自舊約《聖經‧以賽亞書》第30章第7節，上帝說埃及人：「他們的力量就在於穩坐不動。」

嘉獎他「中法文化貢獻」之勞，他卻「以素無此勞，不敢忝冒，囑院部堅辭」（一九八五年五月三日信）。錢先生淡泊名利如此，其氣質品格與世間追名逐利甚至沽名釣譽之徒，真所謂天壤之別。

　　一九八二年五月，錢先生在信中提起除與國外來客應酬之外，「還有無數費唇舌的事（要我出來做名譽『官』），談了幾次，我還是堅持不幹。他們在想『折衷辦法』，明後日還要來疲勞轟炸」。六月廿八日來信，說這是些「夢想不到的事」，並且化用莎士比亞喜劇名言，用英文以犀利的筆法寫道：「Some are born mandarins, some become mandarins, some have mandarinate thrust upon them.」[7]所謂「官」，即指要錢先生出任中國社會科學院副院長之職。這種事自然由不得讀書人自己做主，經過反覆勸說，「疲勞轟炸」，據說由胡喬木以清華同學和老友的名義出面，終於把這頂官帽戴在錢先生頭上。記得與錢先生見面時談起此事，他說這官實在是屍位掛名，他既不要秘書和辦公室，也不管事。錢先生還說，考古所所長夏鼐先生對「副院長」一詞有絕妙解釋。「副院長」之「副」在英文是deputy，讀音近似「打補丁」，所以他說，他只是個「打補丁」院長，強為裝點門面而已。錢先生說完此話，自己就哈哈大笑起來。他那爽朗的笑容，我至今仍歷歷在目。雖然不得以做了「官」，錢先生對「官」卻嘲諷如故而且自嘲。例如經普林斯頓大學教授邁納（Earl Miner）等人提議，美國現代語言學會（MLA）在一九八五年聘錢先生為名譽會員。這一名譽非常難得，是世界各國最有成就的人文學者才能享有的殊榮。錢先生一九八五年五月三日來信說，他本欲「告院方發電代辭，而院方以此乃純學術組織，且與本院有業務交往，命弟接受。紗帽在首，身難自主，不能如Valéry贊Mallarmé所謂：Pauvre et sans honneurs, la nudité de sa condition

---

[7] 「有人生就是官，有人入仕做官，還有人被硬逼為官。」這句話來自莎士比亞喜劇《第十二夜》第二幕第五場，但原文不是講做官，而是說身份的高貴：「Some are born great, some achieve greatness, and some have greatness thrust upon'em」。

avilissait tous les avantages des autres」。[8]《談藝錄》補訂本出版後，我在美國無法購買，去信向錢先生索書。他回信說：「原為足下保留一本待簽寄者，一不甚相識之高幹登門懇索，弟遵守『老百姓畏官』之法則，只好獻與」（一九八五年十二月一日信）。從這字句之間，足已可以看出錢先生對「官」之態度，但我也能領會，隨著錢先生的名望愈來愈大，他不能不應酬的各方面人物也愈來愈多。錢先生在同一封信裡就說：「《談藝錄》不意成暢銷書。《中國書訊》及《廣角鏡》十月號報導可見一斑，然弟本人所受各方糾纏及壓力，記者輩未知萬一也」。以錢先生那麼豐富的學識，那麼冷靜的頭腦和對人情世態那樣深刻的洞悉，任何虛假都矇騙不過他的法眼，任何浮名都不可能引起他半點的興趣，無論什麼官位、榮譽和頭銜，在他都毫無價值。

　　錢先生不求名，也最怕人吹捧。我把錢先生談話中涉及比較文學的一些意見，歸納整理成一篇短文，登在《北京大學比較文學通訊》第一期上。這是北大學會幾個人自己編輯的油印刊物，不算是正式出版，所以此文的寫作曾得到錢先生首肯。但這篇文章後來在《讀書》一九八一年十月號上又正式發表，錢先生在同年十月十六日來信就說：「弟丁寧《讀書》勿發表日譯序（因已被《廣角鏡》索去），今不特發表，且配以大文及復旦某先生之文，大有orchestrated campaign之嫌。傍觀齒冷，謗議必多。編輯者好熱鬧，害人不淺！」[9]此後有人約稿，要我寫關於錢先生的文章，我便不敢貿然行動，先去信通報。錢先生極力勸阻說：「足下可作文之題目不少，何必取朽木枯株為題材！」（一九八四年十一月五日信）既然錢先生這樣說，我也只好擱筆。國內後來興起「錢學」熱，承董秀玉從北京寄給我文化藝術出版社出版的《錢鍾書研究》，後來又有三聯書店出版的《錢鍾書研究采輯》。我總覺得，錢先生大概不贊成「錢學」，不過有那麼多真誠崇敬錢先生的人研究他的著作，對我也頗有觸動。我很想寫文章

---

[8]　這是法國作家瓦勒利贊詩人馬拉美的話，意為：「雖窮困無名，然其一無所有之境況使其它人的一切榮耀竟相形見絀。」

[9]　信中所指係《圍城》日譯本序。兩個英文字意為「精心策劃的鼓吹宣傳」。

加入，但錢先生的「禁令」仍然在起作用，便終於沒有多寫。只有一篇談錢鍾書語言特點的文章，寫成之後在臺灣《當代》一九九一年十月號上先發表，然後才影印了一份寄給錢先生。此外還有一篇，談錢鍾書著作方式兼論系統與片段思想之關係，在一九九二年十月號的《讀書》上發表。前一篇文章，錢先生似乎還滿意，後來三聯書店出版陸文虎先生編的《錢鍾書研究采輯》，就把它收進了第二輯裡。後一篇文章錢先生以為如何，我就不得而知了。

永遠的懷念

我認識錢先生時，正在北大計畫寫論莎士比亞悲劇的碩士論文。歷來討論悲劇人物，都強調他們在性格上總有什麼弱點，因而在道德意義上應對悲劇的發生負一定責任。弗萊在《批判的解剖》裡認為，悲劇之產生不一定源於悲劇人物的道德弱點，而往往是他們所處的崇高地位使他們在各種衝突中首當其衝，造成必然的悲劇結局。他用了一個形象的比喻說：「great trees more likely to be struck by lightning than a clump of grass」（大樹比草叢更容易被閃電擊中）。[10]我覺得這不同於過去的很多說法，頗有新意，便打算以此作為我論文一個基本的理論依據。我寫信向錢先生請教，他很支持我的看法，但又寫信給我說：弗萊那句話「實是西方舊喻。如十七世紀法國名史家Ch. Rollin, *Histoire romaine*, Liv. VI, ch.2 [我譯為英文]：“The highest and loftiest trees have the most reason to dread the thunder”.這個意思就是希臘古人所謂 “Cut down the tallest poppies”（Herodotus, V.92作Periander或Thrasybullus語，Livy, I. 54作Tarquinius語），亞里斯多德*Politics*, Bk.III, ch. 13 & Bk. V, ch. 11兩次引為例證。瑣屑供談助，也許能增進你對西方大經大典的興趣」（一九八〇年九月十三日信）。錢先生為我提供了

---

[10] Northrop Frye, *Anatomy of Criticism: Four Essays* (Princeton: Princeton University Press, 1957), p.207.

更多例證，使我立即可以把弗萊的理論放在更廣闊的背景上，理解得更深入。其實弗萊這個比喻，錢先生論李康《運命論》時有類似的討論，指出《運命論》「故木秀於林，風必摧之；堆出於岸，流必湍之；行高於人，眾必非之」數語，即老子所謂「高者抑之，有餘者損之」，「亦即俗語之『樹大招風』。」[11] 這正是弗萊所見出的悲劇性，而在中國古人的意識中也早有明確認識。後來我寫論文就引用了《管錐編》，並按錢先生的指點增加了幾條材料，作了進一步發揮。

從認識錢先生開始，我在學習上就不斷得到他的指點和鼓勵。不僅在北大學習時如此，後來在哈佛學習以及在往後的研究和寫作中，也是如此。從錢先生的談話和書信中，從他的著作中，我得到許多啟發，受益無窮。其中也許最重要的兩點，一是錢先生信裡所說「不為任何理論系統所束伏，敢於獨立思考」的原則，另一點就是《談藝錄》序所謂「頗採『二西』之書，以供三隅之反」的觀念和研究方法。錢先生讀書和討論問題的範圍，總是超越中西語言和文化界限，絕不發抽象空疏的議論，卻總在具體作品和文本的互相關聯中，見出同中之異，異中之同。《談藝錄》序裡的兩句話：「東海西海，心理攸同；南學北學，道術未裂」，也許對理解東西方文學和文化有最深刻的意義。有不少人，包括西方一些學者和漢學家，也包括一些中國學者，都過分強調東西方文化的差異，將確實存在的文化差異推向極端，使不同文化成為互相排斥的二項對立物。這樣的人往往一句話就概括整個中國，也概括整個西方，我常常覺得他們敢於那樣簡單、絕對地概括中西文化，多半是因為他們讀書沒有錢鍾書那麼多，眼光也沒有那麼開闊遠大，無論對中國或是西方，都瞭解得很不夠。這種無知產生出來的勇氣，真不知為不同文化的相互理解和往來，增設了多少無謂的障礙和困難。

錢先生用自己的著作最有力地反駁了東西方文化對立論。有一次我問錢先生，為什麼《管錐編》和《談藝錄》不用現代白話，卻用大多數讀者

---

[11] 《管錐編》第三冊，1082頁。

覺得困難的文言來寫？錢先生半開玩笑地回答說：「這樣流毒就可以少一點。」[12]然後他又認真解釋說，《管錐編》引文多是文言，不宜處處譯為白話，而且初稿是在文革中寫的，環境和時間都不充裕，不如逕用文言省事。不過我總認為，此外還另有一層更重要的原因。《管錐編》開篇批駁「黑格爾嘗鄙薄吾國語文，以為不宜思辨」。[13]錢先生用文言撰寫《管錐編》，又廣引西方文字著述，凡哲學、宗教、文學、歷史等等問題，無不涉及而且作細緻深入的探討，這就有力證明了傳統的中國語文，即文言，完全宜於思辨。這不僅駁斥了黑格爾的無知偏見，奠定了比較研究的基礎，而且為我們跨越文化界限來認識我們的傳統，在不同文化的相互發明中研究文學和文化，提供了最佳的典範。

　　我在一九八三年十月離開北京去美國，臨行前不久和妻子薇林一起，到錢先生那裡去辭行。錢先生給我很多鼓勵，並送我上下兩冊的一套《全唐詩外編》作為紀念。錢先生的題字中有「相識雖遲，起予非一。茲將遠適異域，長益新知。離情固切，期望亦殷」等語。我看見這幾句話，隨時感到無限親切，但又同時覺得無比愧怍。我們這一代的人（所謂「老三屆」），生長在傳統文化幾乎滅絕、現代文化未能建立那樣一種青黃不交之際，再加上求學時期遇上文革，失去十年的光陰，所以既無國學的根基，亦無西學的修養。尤其在錢先生面前，是連作學生的資格都沒有的，然而錢先生對我卻特別厚愛。記得有一次他告訴我，卞之琳先生開玩笑說我是「錢鍾書的死黨」。錢先生故意把這玩笑直解，大笑著對我說：「錢某還在，你活得還會更長，怎麼能說我們兩人是『死黨』呢？」我聽了這話深為感愧，因為做這樣的「死黨」是要有條件的，而我還不夠這樣的條件。錢先生給我題的字裡，「起予非一」當然是溢美之辭，「期望亦殷」四個字，在我只覺得有相當沉重的分量。然而與錢先生接觸，我深深感

---

[12] 最近見余英時悼念錢鍾書先生的文章，也提到錢先生曾說用文言寫作《管錐編》，「這樣可以減少毒素的傳播」。見余英時，〈我所認識的錢鍾書先生〉，1998年12月24日《中國時報》。

[13] 《管錐編》第一冊，1頁。

到，他對老輩和已經成名的人要求較高較嚴，而對後輩則往往格外寬容。我記得他曾給我看一個小本子，是某工業大學一個年輕學生讀《圍城》的筆記，手抄成一冊寄給錢先生，錢先生非常讚賞，認為這是對《圍城》最好的評論。我相信，錢先生欣賞的是年輕人特有的熱情和真誠，他們的評論純粹出於對《圍城》興趣和愛好，而完全沒有個人利害的關聯，沒有以此出名的打算。楊絳先生曾說錢鍾書「癡氣」，並對其種種表現有生動的描繪，我總覺得，錢先生對年輕人特別厚道甚至偏愛，在一定意義上也許就是這「癡氣」的表現之一。與錢先生談話時，我常常感到在大學者錢鍾書之外，還有一個真摯得可愛的錢鍾書。他喜歡說笑話，說完了自己也大笑，笑得很得意，很開心，那神態有時候簡直像玩得快活的小孩子。

楊絳先生的笑則顯得溫和，幽雅，使人覺得十分親切。記得我和薇林在一個夏日去三里河拜訪，楊絳先生手裡拿一把寬窄適中的羽毛扇，一面說話，一面輕輕搖著，從容，恬靜，給我們留下的印象與我們讀《幹校六記》時的感覺相當吻合。《幹校六記》在香港《廣角鏡》發表後，我從楊絳先生那裡借來雜誌，先睹為快。我覺得《幹校六記》那細膩的筆調，那種從一個「弱者」的眼裡看周圍翻天覆地大變化的寫法，那怨而不怒、哀而不傷的情調和風格，都是楊絳的特點。雖然她以抗戰時期創作的戲劇最為有名，但《春泥集》裡幾篇論《堂吉訶德》，論英國小說，論《紅樓夢》以及李漁戲劇理論的文章，也寫得極好，可以和錢先生的《七綴集》合觀。楊絳先生身材弱小，的確給人「弱」的印象，但在我看來，《幹校六記》第一記裡的一句話：「這些木箱、鐵箱，確也不如血肉之軀經得起折磨」，才讓我們看明白，楊絳先生其實是格外地堅強。後來陸續看到她更多的作品，尤其是《洗澡》和《將飲茶》，都顯得舉重若輕，在平淡中出深意，使人覺得有無盡的韻味。

我在一九八三年離開北京後，雖然在美國有比較好的學習和研究條件，但隨時懷念在北京能向錢鍾書先生請教，與錢先生直接交談的機會。我深深感到，尤其對於東西方文學和文化的比較研究，有錢先生指點遠勝於其它任何便利和條件。好在雖不能見面，通信中還可以常常向錢先生請

教。我在讀德國哲學家伽達默的《真理與方法》時，給錢先生談過我的體會。錢先生在一九八四年底的一封回信裡說，因為我「上信來告正讀Gadamer，弟上月初因取Gadamer，Jauss二人書重翻一過，覺漏洞頗多，他日有空，當與兄面談之（包括Derrida等之logophobia）」。[14]沒有想到離開北京，一別就是十年。一九九三年春我回北大參加一個學術討論會，因為在學期當中，要趕回加州大學給學生考試，前後在北京只停留了五天，而恰好錢先生患病，竟未能見面。又過了五年，應清華大學講學的邀請，我在一九九八年十二月十六日再到北京，本來以為可以到醫院去看望一次錢先生，卻不料錢先生在十二月十九日仙逝，使我永遠失去了再見一面的可能。因為錢先生留下遺言，不要任何紀念儀式或活動，九八年年底的北京似乎特別冷清。不過清華大學有一些同學聞訊之後，冒著北京冬天的寒冷，一大早用白色的紙折了上千隻紙鶴掛在校園裡，用這種別致的方式靜悄悄地紀念他們崇敬的老清華校友，值得一切愛中國文化的人引為驕傲、感到自豪的錢鍾書先生。

在人一生的道路上，會有很多機緣，很多轉折。我在北京能夠由一個偶然的機緣認識錢鍾書先生，又常常與錢先生見面交談，書信往還，這在我是極大的幸事。我知道，錢先生永遠離開我們了，這是在理性上必須接受、在心理上又難以接受的事實。但是我也知道，錢先生在我心裡是沒有離開，也永遠不會離開的。

---

[14] 原信「面談」二字下，錢先生加了著重號。信中提到的人名先是德國哲學家伽達默和堯斯，後面是法國哲學家德里達。德里達批判他所謂西方的「邏各斯中心主義」，錢先生戲稱之為「邏各斯恐懼症」。

第十五章　讀《我們仨》有感

　　楊絳先生的新著《我們仨》，標題十分醒目，書中記敘她和錢鍾書先生及女兒錢瑗一家三口的生活，最近由三聯書店在國內出版，在香港則由牛津大學出版社刊印了繁體字本。[1]這本書從一九三五年楊絳與錢鍾書結婚同赴英國牛津求學起始，記敘女兒在英國出生，全家在一九三八年回國以及後來的各種經歷，一直寫到文革後以至於現在，前後一共六十多年一個家庭的歷史，記錄了三個人生活中許多情深意長的片斷。楊絳先生說：「我們這個家，很樸素；我們三個人，很單純。我們與世無求，與人無爭，只求相聚在一起，相守在一起，各自做力所能及的事」（77頁）。讀者把楊絳先生這部新著和《幹校六記》、《將飲茶》等回憶性質的著作合起來，就可以比較全面地瞭解他們這一家，也瞭解近半個多世紀以來中國知識份子生活的環境和狀況。

學者家庭的聚散

　　錢鍾書先生年輕時就以學識淵博、文采斐然，又精通數種歐洲語言，在長輩和同輩學人中享有盛名。他的小說《圍城》已成現代文學經典，而《管錐編》、《談藝錄》和《七綴集》等學術著作更展現出他對東西方文化傳統的深刻理解，對中外典籍的熟練把握，其中浩瀚的學問和俯拾即

---

[1] 楊絳，《我們仨》（香港：牛津大學出版社，2003）。以下引用此書均據此版本，並在文中注明頁碼。

是的真知灼見，實在令人歎為觀止。楊絳先生也是一位才女，早在抗戰時期的上海，就以《稱心如意》和《弄假成真》兩部喜劇成名，後來又出版短篇小說《倒影集》和文學評論《春泥集》，文革後更有膾炙人口的《幹校六記》、《洗澡》和《將飲茶》等多種著作問世。他們的女兒錢瑗自幼受到父母薰陶濡染，在北京師範大學先教俄語，後來改教英語，都很有成就。但五十年代以來，中國知識份子不斷受到各種政治運動干擾，沒有思想和創作自由，並一直成為思想改造的對象。錢瑗和成千上萬她的同齡人一樣，在這樣的環境裡成長，和她的父母比較起來，才能天賦都沒有可能充分發揮，甚為可惜。楊絳先生說錢瑗是她的「生平傑作」，是她公公錢基博老先生心目中的「讀書種子」，可是錢瑗「上高中學背糞桶，大學下鄉下廠，畢業後又下放四清，九蒸九焙，卻始終只是一粒種子，只發了一點芽芽。做父母的，心上不能舒坦」（254頁）。《我們仨》附錄中有錢瑗隨筆為她爸爸畫的像和幾幅速寫，從中不僅可以看出她的天分，而且分明展現出父女之間的骨肉親情，讓人似乎可以聽見他們在家中嬉戲的歡笑聲。在文革前中國那時的社會政治狀況下，無論外間有怎樣的風風雨雨，錢鍾書、楊絳夫婦二人數十年互敬互愛，心心相應，對女兒親情厚篤，三個人構成一個令人豔羨的學者家庭，家中有的是書香和學養，又充滿溫馨的愛和高尚豐富的生活情趣。文革之後，隨著中國的改革變化，逐漸開放，整個生活和學術環境也相應改善。一九七九年，錢鍾書先生的煌煌巨著《管錐編》由北京中華書局出版；一九八五年，《談藝錄》增訂本出版，八十年代初《圍城》重印，九十年代初又改編成電視劇，在眾多讀者之外更增加了無數觀眾，使向來淡泊名利的錢鍾書「一下子變成了名人」。楊絳描寫當時情形說：「許多人慕名從遠地來，要求一睹錢鍾書的風采。他不願做動物園裡的稀奇怪獸，我只好守住門為他擋客」（254頁）。八十年代末九十年代初，國內興起「錢學」熱，錢鍾書更成為學者和讀者研究討論的對象。楊絳先生文革後發表的《幹校六記》和其它著作，以清澈明朗、平淡如水的語言，道出深切的情感和深沉的意味，使我們對他們一家的經歷有更多瞭解，在國內外都受到廣大讀者喜愛。

　　然而天地無情，正如楊絳先生所說：「人間沒有單純的快樂。快樂總夾帶著煩惱和憂慮。人間也沒有永遠。我們一生坎坷，暮年才有了一個可以安頓的居處。但老病相催，我們在人生道路上已走到盡頭了」（255頁）。就在錢楊兩位著述正豐，受到學界和眾多讀者普遍尊敬和愛戴的時候，錢鍾書先生卻在一九九四年夏因病住進醫院，長期臥在病榻上，錢瑗也在一九九五年冬住院，一家三口兩人染病，只剩下本來就柔弱的楊絳先生，每天要看望病人，多方照料。不久這令人豔羨尊敬的一家，竟永遠失散了。讀到《我們仨》結尾幾句話，真令人心酸得欷歔歎息，潸然淚下：

　　　　一九九七年早春，阿瑗去世。一九九八年歲末，鍾書去世。我們三人就此失散了。就這麼輕易地失散了。「世間好物不堅牢，彩雲易散琉璃脆」。現在，只剩下了我一人。

　　　　我清醒地看到以前當作「我們家」的寓所，只是旅途上的客棧而已。家在哪裡，我不知道。我還在尋覓歸途（256頁）。

　　最後這幾句話使人想起陶淵明《雜詩八首》之七的詩句：「家為逆旅舍，我如當去客。去去欲何之？南山有舊宅」。也想起李白《擬古十二首》之九的句子：「生者為過客，死者為歸人。天地一逆旅，同悲萬古塵」。這是把人生視為旅途，家不過是旅途中的客棧，死才是最後的歸宿。然而這不只是詩的聯想，而是經歷了生離死別的痛苦之後，實實在在的人生體驗。楊絳先生在九七、九八兩年之中，先失去唯一的愛女，又失去了終生伴侶，那是何等的悲痛！在這種時候，古人詩句中經過提煉苦吟出來的人生體驗和道理，與自己的思想、心情融為一體，就好像一粒粒鹽化在水裡，已經沒有古今彼此之別，那些詩句感人的語言和意象，就最能傳達深遠的意緒。楊絳先生追憶過去一家三口經歷過的一切，以九十二歲高齡寫出《我們仨》這部回憶錄，似乎最後想到的是如何再回到親人身邊，回到「我們仨」那個家。

古驛道上的離別之夢

　　這部回憶錄分為三部分，前兩部以文學虛構的形式，第三部再以紀實的形式寫成。文學虛構的部分看似平淡，卻沉鬱凝重，其中化用了許多古典詩詞裡的意象，傳達出深刻悠遠的思念緬懷之情。第一部寫的是「一個長達萬里的夢」，夢見他們夫婦二人一同散步，卻突然間不見了鍾書先生。作者道：「鍾書自顧自回家了嗎？我也得回家呀。我正待尋覓歸路，忽見一個老人拉著一輛空的黃包車，忙攔住他。他倒也停了車。可是我怎麼也說不出要到哪裡去，惶急中忽然醒了」（4頁）。這夢好像是預兆性的，因為在楊絳先生，當初的夢境似乎就是今日的現實。這究竟是夢還是現實，是文學虛構還是心境實錄，實在不可貿然斷定。那個拉一輛空黃包車的老人，竟停下車來等客人上去，在充滿象徵意味的夢境中，這個尋常的意象似乎並不尋常，總使我想起美國女詩人狄金森（Emily Dickinson）有名的詩句：

> Because I could not stop for Death—
> He kindly stopped for me—
> The Carriage held but just Ourselves—
> And Immortality.

> 因為我不能停步去見死神，
> 他竟關切地為我把車停——
> 車上只坐著我們倆——
> 還有一位便是永生。

　　在狄金森詩裡，死神並不可怕，卻好像一個和善的趕車人，停下車來讓客人上去，載客人到終極的歸宿。更重要的是，詩人告訴我們說，在那車上除了死神和詩人自己，還有一位是榮名之不朽，是精神的永恆。

《我們仨》第二部是夢的繼續，是那個「萬里長夢」，在夢境裡楊絳先生在送別親人。她和阿瑗走在一條「古驛道」上，一程又一程送鍾書先生沿一條河遠去。她們母女倆乘車出城，又步行走了很遠的路，終於看見「路旁有舊木板做成的一個大牌子，牌子上是小篆體的三個大字：『古驛道』。下面有許多行小字……模模糊糊看到幾個似曾見過的地名，如瀟陵道、咸陽道等」（22-23頁）。這驛道旁每隔一定距離就有一個客棧，掌櫃的說：「我們這裡房屋是簡陋些，管理卻是新式的；這一路上長亭短亭都已經改建成客棧了，是連鎖的一條龍」（24頁）。這裡用象徵筆法，以送別來比喻每天到醫院去探望鍾書先生。「古驛道」的描寫化用了李白詩句，因為李白有一首《憶秦娥》詞：

> 簫聲咽，秦娥夢斷秦樓月。
> 秦樓月，年年柳色，瀟陵傷別。
> 樂遊原上清秋節，咸陽古道音塵絕。
> 音塵絕，西風殘照，漢家陵闕。

李白還有另一首《菩薩蠻》詞：「平林漠漠煙如織，寒山一帶傷心碧」，結尾兩句說：「何處是歸程？長亭更短亭」。古人送別，驛道上每五里一短亭，十里一長亭，亭邊有柔條萬千的垂柳樹，送別的時候就折一段柳枝給遠去的親人或朋友，寄託思念之情。長安東面的瀟陵有一道瀟橋，傳為六朝人所著《三輔黃圖》卷六有一段記載說：「瀟橋在長安東，跨水作橋。漢人送客至此橋，折柳贈別」。這一風俗傳到唐代，更為興盛，《開元天寶遺事》卷下有「銷魂橋」一條記載：「長安東瀟陵有橋，來迎去送皆至此橋，為離別之地，故人呼之銷魂橋也」。李白《憶秦娥》詞裡說「年年柳色，瀟陵傷別」，寫的就是瀟橋離別之地的場景。宋代周邦彥《蘭陵王》詞也有這樣的名句：「柳陰直，煙裡絲絲弄碧。……長亭路，年去年來，應折柔條過千尺」。

　　在中國文化傳統和中國人心目中，楊柳大概總和纏綿依戀的感情分不開。《詩‧采薇》早就有這樣感人的詩句：「昔我往矣，楊柳依依。今我來思，雨雪霏霏」，歷代詩詞中更有無數描寫柳岸邊送別的著名作品。例如初唐張九齡有一首《折楊柳》詩，「纖纖折楊柳，持此寄情人」，寫的就是折柳送別的風俗。宋詞中柳永的《雨霖鈴》大概是他最著名的作品，其中就有寫柳岸邊送別的名句：「寒蟬淒切，對長亭晚，驟雨初歇。……多情自古傷離別，更那堪、冷落清秋節！今宵酒醒何處？楊柳岸，曉風殘月」。錢鍾書先生在《談藝錄》裡，有一節專門討論詩中寫折柳的作品，指出「古有折柳送行之俗，歷世習知」，並且引用許多名篇佳句，詳細辨明有「贈別之折柳」，又有「寄遠之折柳」。漢代《古詩十九首》之九：「庭中有奇樹，綠葉發華滋。攀條折其榮，將以遺所思。馨香盈懷袖，路遠莫致之。此物何足貴，但感別經時」；錢先生認為，雖然這首詩沒有明白點出柳樹，但詩中說的是「感別經時」，攀折柔條「以遺所思」，所以和後來寫折柳送別的詩，其實是一樣的用意。[2] 楊絳先生描寫夢中的「古驛道」，提到灞陵、咸陽這些名稱，又有長亭短亭和客棧這類意象，就構成《我們仨》前兩部生離死別的基調。另一個重要的意象，當然就是驛道邊的楊柳：

　　　　我疑疑惑惑地在古驛道上一腳一腳走。柳樹一年四季變化最勤。秋風剛一吹，柳葉就開始黃落，隨著一陣陣風，落下一批又一批葉子，冬天都變成光禿禿的寒柳。春風還沒有吹，柳條上已經發芽，遠看著已有綠意；柳樹在春風裡，就飄蕩著嫩綠的長條。然後飛絮，要飛上一兩個月。飛絮還沒飛完，柳樹都已綠葉成蔭。然後又一片片黃落，又變成光禿禿的寒柳。我在古驛道上，一腳一腳的，走了一年多（46頁）。

2　見《談藝錄》增訂本，379-81頁。

　　柳樹的榮枯，在這裡不僅是夢境裡的景物，更是情感心緒的象徵。在這似夢又似非夢的旅途上，楊絳和錢瑗沿驛道走到河邊，找到311號小船，病中的鍾書先生就躺在那隻船上。他們三人在船上見面，每到太陽落到前艙的時候，母女兩人就得離開小船，走回客棧。那船的號碼大概就是錢先生住院的病房號碼，不過在夢中，那條小船載著船上的病人，漸行漸遠，慢慢地走了一年多。最不幸的是，不久錢瑗患腰椎骨結核病，不能來看鍾書先生了。女兒的病越來越嚴重，做母親的覺得「心上給捅了一下，綻出一個血泡，像一隻飽含著熱淚的眼睛」（59頁）。心情沉重，夢中的景物也隨之變化，尤其是那象徵感情的柳樹：

> 阿圓住院時，楊柳都是光禿禿的，現在，成陰的柳葉已開始黃落。我天天帶著自己的影子，踏著落葉，一步一步小心地走，沒完地走（60頁）。

　　錢瑗走了。他們唯一的愛女竟然先離開父母而去，這種不尋常的悲痛是難與外人道的。楊絳先生寫到這裡，真是一字一淚，令人不能不深深感動：

> 她鮮花般的笑容還在我眼前，她溫軟親熱的一聲聲「娘」還在我耳邊，但是，就在光天化日之下，一晃眼她沒有了。就在這一瞬間，我也完全省悟了（64頁）。

　　現在只有楊絳獨自一人去看鍾書先生，而鍾書先生也知道他們的女兒已經「回家」去了。他明白地說：「我知道她是不放心。她記掛著爸爸，放不下媽媽」，現在她終於放心回家了（68頁）。這些話裡含著深沉的悲痛，而鍾書先生也在漸漸離去。作者寫道：

> 送一程，說一聲再見，又能見到一面。離別拉得長，是增加痛苦還是減少痛苦呢？我算不清。但是我陪他走得愈遠，愈怕從此不見。

楊柳又變成嫩綠的長條，又漸漸黃落，驛道上又滿地落葉，一棵棵
楊柳又都變成光禿禿的寒柳。

那天我走出客棧，忽見門後有個石礅，和鍾書船上的一模一樣。我
心裡一驚（70-71頁）。

那一天就是一九九八年十二月十九日，她突然找不到鍾書先生的船，
因為那隻小船已經把他帶走了。她到處張望，只遙遙看見那船漂在水中，
愈行愈遠。楊絳先生以蘸滿了深情的筆墨寫道：

　　我眼看著一葉小舟隨著瀑布沖瀉出來，一道光似的沖入茫茫雲
海，變成了一個小點；看著看著，那小點也不見了。

　　我但願我能變成一塊石頭，屹立山頭，守望著那個小點。我
自己問自己：山上的石頭，是不是一個個女人變成的「望夫石」？
我實在不想動了，但願變成一塊石頭，守望著我已經看不見的小船
（73頁）。

然而心力交瘁的她只變成風中飄搖的一片黃葉，「給風一下子掃落到古驛
道上，一路上拍打著驛道往回掃去」。她沿途撫摸一年多來走過的驛道，
發現原來「一路上都是離情」。夢終於醒了，她突然回到三里河自己臥室
的床上，然而她覺得「三里河的家，已經不復是家，只是我的客棧了」（74
頁）。第二部結尾這幾句話，在第三部即全書結尾時又重複了一次，都是把
餘下的生命看成歸途中最後的一程，原來三個人住的家，現在變成暫住的
「客棧」，因為對楊絳先生說來，只有「我們仨」那個家，才是真正的家。

不求名聲與聲名不朽

家和歸家的觀念，貫穿在《我們仨》整部書裡。在第三部開頭，楊絳
先生寫道：「三里河寓所，曾是我的家，因為有我們仨。我們仨失散了，

家就沒有了」（77頁）。然而「往者不可留，逝者不可追；剩下的這個我，再也找不到他們了。我只能把我們一同生活的歲月，重溫一遍，和他們再聚聚」（78頁）。所以第三部紀實的追述，全是為了在記憶和思念中再回到「我們仨」那個家。這是書中最長的部分，記敘了歡樂的時刻，也記敘了他們一生經歷過的挫折和悲哀，但無論悲歡，無論順利還是挫折，我們在這裡看到的是三個無求於人，也無爭於世的中國知識份子，看到他們令人敬仰的品格、學識、才能和智慧。在我自己，讀這本書更有一些特殊的感受，因為在八十年代初，我曾有幸在北京認識錢鍾書和楊絳先生，常常通電話或寫信，約好到三里河南沙溝他們的寓所造訪，也在那裡見過錢瑗女士。這次一口氣讀完《我們仨》，再聯繫楊絳先生《幹校六記》、《將飲茶》、《雜憶與雜寫》等其它幾部回憶性的作品，我覺得這裡所寫的他們一家，確實和我的許多印象完全一致，也引起我一些個人的回憶。

　　《我們仨》第三部首先記敘在牛津留學的階段。他們那時最常來往的朋友中，有向達先生。楊絳寫錢鍾書的機警幽默，愛玩文字遊戲，提到錢先生曾有一首贈向達的打油長詩。「頭兩句形容向達『外貌死的路（still），內心生的門（sentimental）』——全詩都是胡說八道，他們倆都笑得捧腹」。這是用英文字的譯音來開玩笑，「死的路」意為文靜，「生的門」意為多情，所以向達回應說：「人家口蜜腹劍，你卻是口劍腹蜜」（91頁）。這使我想起錢先生另一個巧妙的文字遊戲，和《紅樓夢》的翻譯有關。《紅樓夢》曾有好幾種英文譯本，而牛津大學大衛・霍克斯教授的譯本文字優美流暢，最能傳神。他把書名譯成 The Story of the Stone，即《石頭記》，而沒有採用《紅樓夢》這更普通的書名。錢先生在一九八一年一月廿五日給我的信裡說：「David Hawkes 以所譯 Story of the Stone 新出第三冊相贈，我看了一些，覺得文筆遠勝另一譯本。我回信中有云：『All other translators of the "Story" found it "stone" and left it brick』。」得到錢先生這句妙語讚賞，霍克斯教授非常高興，便去信「請求引用」。這句妙語譯成中文是：「此『記』所有其他譯者開始看見的是一塊『石頭』，離開時卻已成了磚頭」。這句話當然是稱讚霍克斯的譯文精美，

沒有把一部《石頭記》糟踏成「磚頭」記。可是這句話的妙處還並不在此，而在化用一句西方名言，而且是反其意而用之。那就是羅馬史家蘇維東紐斯（Suetonius Tranqillus）在《帝王傳》裡描寫羅馬皇帝奧古斯都（Augustus Caesar）的一句話，說奧古斯都下令修建了許多宏偉壯麗的神廟和宮殿，把原來簡陋的磚砌房屋變成大理石的豪華建築，使羅馬城煥然一新，所以他完全有資格說：「他開始看見的是磚頭，離開時卻已成了大理石（*marmoream se relinquere, quam latericiam accepisset*）」。這句話後來成為名言，常被引用來讚揚某人在某一事業中除舊佈新，化腐朽為神奇的獨特建樹。例如英國十八世紀批評家約翰生博士讚揚詩人和戲劇家德萊頓（John Dryden）改進了英詩和文學語言，就曾借用這句話說：He found it brick and left it marble。錢先生把這句名言倒過來，又把marble（大理石）改為stone（石頭），讚揚霍克斯傳神的翻譯沒有把「石頭」變成「磚頭」，既貼合霍克斯英譯本採用《石頭記》書名，又活用西方一句經典名言，將幽默與學問冶於一爐，就不同於一般稱讚人的客氣話。在錢鍾書的著作、書信和談話裡，到處可以見到這類妙趣橫生的詞句，在滿是機鋒的妙語中，往往包含著哲理和深意。《管錐編》評《老子》用雙關語，就曾指出「修詞機趣，是處皆有；說者見經、子古籍，便端肅莊敬，鞠躬屏息，渾不省其亦有文字遊戲三昧耳。」[3]錢鍾書先生深得「文字遊戲三昧」，所以讀他的書或聽他談話，都真是一種享受。

　　向達說錢鍾書「口劍腹蜜」，那是能夠互相瞭解的朋友之間的真話，然而正如楊絳先生所說：「能和鍾書對等玩的人不多，不相投的就會嫌鍾書刻薄了。我們和不相投的人保持距離，又好像是驕傲了」（91頁）。這真所謂交友不易，做人更難。從《我們仨》有關記敘中可以看到，以為錢鍾書刻薄或者驕傲，其實往往是忌妒他才學的人壓制他的藉口。壓制有不同性質，而對知識份子說來，首先有政治上的壓制。錢先生曾討論三國時人李康《運命論》裡這幾句話：「故木秀於林，風必摧之；堆出於岸，流

---

[3]　《管錐編》第二冊，461頁。

必湍之；行高於人，眾必非之」。他指出，這就是《老子》所謂「高者抑之，有餘者損之」，也就是俗語所謂「樹大招風」，並引用中外許多文學作品為佐證。其中有法國詩人拉·封丹（La Fontaine）所作寓言詩，說在風暴中，高大的橡樹被吹折，矮小的蘆葦卻安然無恙，錢先生把那首寓言中蘆葦對橡樹說的話，譯成典雅的文言：「吾躬能曲，風吹不折（Je plie et ne romps pas）。」[4]由此可見，錢先生對險惡的政治環境有清醒的認識，儘量避免在政治上出頭露面。據楊絳先生回憶，抗戰勝利後在南京，曾任中央研究院代院長的朱家驊想派錢先生去聯合國教科文組織工作，他辭謝了，因為他「壓根兒不吃『胡蘿蔔』，就不受大棒驅使」（176頁）。五十年代初，由清華同學喬冠華介紹，他被調去翻譯毛選，當然不能不去。那時有一位朋友特別來道賀，但客人走後，錢先生對楊絳說：「他以為我要做『南書房行走』了。這件事不是好做的，不求有功，但求無過」（181頁）。從一九五一年「三反」開始，中國政治運動此起彼伏，不斷對知識份子進行思想改造。在這些運動中，大多數人，包括大多數知識份子，都渾渾噩噩，隨波逐流，缺少膽識和智慧，但錢鍾書和楊絳卻清醒地意識到，「『發動起來的群眾』，就像通了電的機器人，都隨著按鈕統一行動，都不是個人了。人都變了」（189頁）。對當時完全滅絕個性的所謂群眾運動，這一描繪真是入木三分。五六年共產黨號召大鳴大放，他們敏感到這很可能是欲擒故縱的陷阱。楊絳先生說：「風和日暖，鳥鳴花放，原是自然的事。一經號召，我們就警惕了」（201頁）。錢先生《槐聚詩存》一九五七年有《赴鄂道中》五首，其中有些詩句很值得玩味：「如膜妄心應褪淨，夜來無夢過邯鄲」，最後一首又說：「駐車清曠小徘徊，隱隱遙空礔礰雷。脫葉猶飛風不定，啼鳩忽噤雨將來」。這些詩句都以含蓄的方式，表明對政治不抱任何幻想，而且感到政治運動的暴風雨即將來臨。果然，不久就開始反右運動，大批知識份子被打成右派，遭受了數十年的迫害。

---

[4] 《管錐編》第三冊，1082頁。

　　從「三反」到文革，數十年裡中國政治環境之壓抑，思想和意識形態控制之嚴密，現在的許多年輕人沒有經歷過，也難以想像。不久前有人提出，像錢鍾書這樣的知識份子在當時的政治高壓之下，為什麼不挺身而出，大聲疾呼，仗義執言，為民請命？甚至有人責怪老一代知識份子忍氣吞聲，沒有骨氣。在我看來，這些批評家們起碼缺少設身處地、為人著想的同情心和寬容心。如果他們處在當時同樣的環境裡，他們的舉動又會如何呢？如果他們去抗爭而坐牢殺頭，固然值得人敬佩，但也不能因此就要求所有的人都必須去坐牢殺頭，拿自己做衡量一切人的尺度，要別人都投身政治風暴，任其沉浮。更進一步說，在一個正常寬鬆的社會裡，政治其實並不是一切，甚至不是生活中最重要的部分。對錢鍾書這樣的大學者，我們所期待的應該是學術上的貢獻，而不是政治上的振臂一呼，叱吒風雲。從長遠看來，精神文化比器物制度對一個民族的盛衰存亡要重要得多。學者注重的是學問，不是政治，更不是名利。

　　然而，令人覺得可悲的是，錢鍾書在學術界也受過不少壓制。一九三八年夏，錢鍾書楊絳夫婦從歐洲回國，清華大學聘錢先生為外文系教授，他就直接赴昆明到西南聯大任教。但到第二年暑假，父親要他去藍田師院做英文系主任，他不敢抗命，又不願離開清華。躊躇之中，他於九月中給清華外文系主任葉公超先生去信，但一直未得回音，十月初只好去藍田師院。其實當時清華外文系裡，就有人不願留錢鍾書，所以沒有任何挽留的舉動。一九四〇年十一月六日，由於吳宓先生極力舉薦，清華外文系又討論聘請錢鍾書任教，而且據吳宓日記，「忌之者明示反對，但卒通過」。反對者當中，就有當時清華外文系主任陳福田等人。然而討論雖通過了，系裡卻沒有發聘書，一直拖延到第二年十月，陳福田有事去上海，才順便以系主任身份，當面去請錢鍾書。那時錢先生已明顯感到不受歡迎，「既然不受歡迎，何苦挨上去自討沒趣呢？」於是他便「客客氣氣辭謝了聘請，陳福田完成任務就走了，他們沒談幾句話」（157-58頁）。想當初錢鍾書考大學，數學只考得十五分，是當時清華校長羅家倫先生見他國文成績好，英文尤其佳絕，就特別破格錄取了他。錢先生一直視清華為母校，

對清華許多師友的教誨和賞識都銘感於心。他在清華讀書時，已經在同學中出類拔萃，可惜數年以後，他從國外學成歸來，清華外文系諸公缺少伯樂相馬的眼光，卻學那買櫝還珠的傻蛋，把已經到手的寶貝輕易丟掉了。其中更有人忌才畏強，容不得錢鍾書這樣才華橫溢的後起之秀，生怕他來之後，對自己在系裡的名聲和地位構成威脅。平庸者對天才的嫉恨，大概古今中外皆然，在學界也不例外。這裡也許可以用得上卡萊爾（Thomas Carlyle）的一句話：「The world is a republic of mediocrities, and always was」（世界是平庸者的天下，而且從來如此）。例如有些本來不錯的大學，一旦被這種忌才畏強者把持，就固步自封，不能再向上進取，聘人時寧可損害自己科系的利益選取弱而易控制者，也要排除對自己可能構成威脅的強者。這類人往往在學術上不見得出色，但若論拉幫結派，建立自己的小圈子，那可就技藝高強，超人一等。錢鍾書先生當年不能見容於清華，後來也還有不少挫折，想來不能不令人扼腕歎息。不過說到底，學術研究的成就靠的是個人的努力，一部《管錐編》，作者是在清華、北大、社科院或者別的什麼地方，又有什麼要緊呢？

　　錢鍾書幼承家學，熟讀中國各類典籍，後來在蘇州上美國教會中學，在清華讀外文系，又出國到牛津留學，在巴黎大學攻讀一年，英語和法語都講得純正而流利，又精通其它幾種歐洲語文，所以比起只懂傳統舊學的學者，他有廣闊遠大得多的眼光和識力，比起只懂一點外文的學者，他又有中國傳統扎實深厚得多的根基和修養。「學貫中西」這句話，現在常常被人濫用，可是真正做到學貫中西的錢鍾書卻因為舊學新知都太突出，對學界兩面的專家都造成壓力，反而招人妒忌。當年在清華如此，後來在別處也未嘗不是如此。錢先生曾在《詩可以怨》一文裡說過：「由於人類生命和智力的嚴峻局限，我們為方便起見，只能把研究領域圈得愈來愈窄，把專門學科分得愈來愈細，此外沒有辦法。所以，成為某一門學問的專家，雖在主觀上是得意的事，而在客觀上是不得已的事。」[5]然而有些自鳴

---

[5] 〈詩可以怨〉，《七綴集》，113頁。

得意、自視甚高的專家，心胸也和自己的研究領域那樣愈圈愈窄，最怕別人學問深廣而顯得自己寒傖平庸，所以也容不得打破學科藩籬的研究。一九八三年前後，錢先生要我為社科院編的書寫一篇論文，評介當代西方文學理論，後來我在《讀書》上連續發表一些相關文章，在介紹西方文論的同時，也舉一些中國文學的例。有人對我在文章裡談西方又提到中國，頗不以為然。有一次和錢先生談起此事，他就告誡我做學問一定要扎實，不要讓小心眼的專家們拿住把柄。他說，他打通中西的努力，被有些人不無酸味地稱為「錢派新學」，不過就是論舊學，他也比那些專家們高明，而像我這樣的後生晚輩，如果不注意，就會被人攻擊得一無是處。錢先生故意用手指著我，先用英語說：「I am old enough to be cynic」（大概可以譯成：吾老矣，說話可以無忌憚），然後又笑著對我說：「隆溪呀，你可要小心！」他在同年七月十九日給我的信裡還說：「兄文如在較硬性之學術刊物上發表，則不致引起此等人側目，《讀書》較通俗，讀者龍蛇混雜，無忌憚者多，遂胡說亂道矣」。

楊絳先生說：「鍾書這一輩子受到的排擠不算少，他從來不和對方爭執，總乖乖地退讓」（157-58頁）。但另一方面，尊敬他、愛護他的人也不在少數，尤其文革中他們最困難的時候，總有人，尤其是年輕人，常常對他們表示關切，提供幫助。楊絳先生說：「我們在師大，有阿瑗的許多朋友照顧；搬入學部七樓，又有文學所、外文所的許多年輕人照顧」（228頁）。這當中真可以體會世態炎涼，看出人性的兩面。招人忌是無可奈何的事，但正如楊絳所說：「其實，『忌』他很沒有必要。鍾書在工作中總很馴良地聽從領導；同事間他能合作，不冒尖，不爭先，肯幫忙，也很有用」（182頁）。其實出於對政治的警覺和敏感，深知「樹大招風」的危險，錢先生從來不願冒尖，而由於淡泊名利，鄙棄沽名釣譽之徒，他也從來不願爭先。文革以後，曾任中宣部部長的胡喬木主動找錢鍾書，「大概是想起了清華的老同學而要和他認識」，的確很賞識錢鍾書。但錢鍾書和楊絳兩位都很清楚，「我們和他地位不同，身份不同。他可以不拿架子，我們卻知道自己的身份。他可以隨便來，我們決不能隨便去，除非是接我

們去。我們只能『來而不往』」（204頁）。一九八二年六月，胡喬木提出讓錢鍾書和夏鼐出任社科院副院長，錢先生再三推託，最終還是不得不從命。楊絳開玩笑說他「這番捉將官裡去也」。楊絳先生說得很對，這或許「是老天爺對誣陷鍾書的某人開個玩笑，這個職位是他想望的，卻叫一個絕不想做副院長的人當上了。世上常有這等奇事」（248頁）。但說實在的，錢先生對當「官」絕無興趣，而且他根本就沒有把這「官」位看在眼裡。他所希望的，是有人真正能理解他的思想，瞭解他的學術。正如楊絳先生所說：

> 「嚶其鳴兮，求其友聲。」友聲可遠在千里之外，可遠在數十百年之後。鍾書是坐冷板凳的，他的學問也是冷門。他曾和我說：「有名氣就是多些不相知的人。」我們希望有幾個知己，不求有名有聲（237-38頁）。

劉勰《文心雕龍·知音》說：「知音其難哉！音實難知，知實難逢；逢其知音，千載其一乎」。不過這話也許說得有點過於誇張了。知音或知己當然不易得，但錢鍾書和楊絳兩位有許多著作，擁有眾多讀者，其中當然就有他們希望的知己。「千里之外」和「數十百年之後」，在異域他鄉和異代不同時的讀者中，也必定有更多的知己，所以錢楊兩位是不會寂寞的。有少數相知的知己，又有更多不相知的知己，也就有真正的名氣，這正是我在開頭引用過美國詩人狄金森所說的Immortality：真正聲名的不朽。雖然楊絳、錢鍾書和錢瑗三個人的家暫時失散了，可是有多少人可以說自己比他們仨的生活更幸福、更美滿、更有意義呢？還是楊絳先生說得好：

> 我這一生並不空虛；我活得很充實，也很有意思，因為有我們仨。也可以說：我們仨都沒有虛度此生，因為是我們仨（77頁）。

第十六章　論錢鍾書的英文著作

　　錢鍾書先生在《管錐編》序裡說，他在用中文寫就、評說中國經典的《管錐編》之外，尚有討論西方典籍、「以西文屬草」的文稿，原來打算作為「外篇」寫定。可是《管錐編》的稿本尚未完全整理出版，計畫中錢先生這部西文著作更未能成書問世，實在深可惋惜。然而人事倥傯，錢先生雖有構想卻未及濡筆的著作，又何止這一種。猶記二十多年前，在北京剛剛認識錢鍾書先生時，他來信中自謂「宿願中之著作，十未成一」。[1]不過話又說回來，錢先生確曾發表過不少英文論文，文字優雅精妙，這一點可能並非為大多數人所瞭解，但我們要全面瞭解他的思想和著作，就不能忽略他著作中這一重要部分。

　　錢先生早在大學時代，就已經在《清華週刊》等雜誌上發表文章，包括用英文撰寫的作品，其中展露出來的學識和才華得到諸多師友的讚賞。他早期英文論著中比較重要的一篇，是為李高潔（C. D. Le Gros Clark）翻譯蘇東坡賦撰寫的序言。那篇序作於一九三五年，當時錢先生還是二十多歲的青年，從清華大學外文系畢業後，在上海光華大學任教。也就在那一年，錢鍾書考取庚款，與楊絳結婚後，一同去英國牛津大學留學深造。據楊絳先生回憶，李高潔知道錢鍾書到了牛津，還「特偕夫人從巴黎趕到牛津來相會，請我們夫婦吃晚飯」。[2]錢先生那篇序並不長，總共不到十頁，但卻清楚勾畫出唐宋文學流變以及蘇東坡詩文的特點。錢先生首先指出，

---

[1]　引自錢鍾書先生一九八〇年六月十一日來信。

[2]　楊絳，《我們仨》，90頁

宋代相對於唐代更注重學問和道理，具有批評精神，但宋人「好尋根究底而不好玄思推理，多好奇心而少神秘感」（inquisitive rather than speculative, filled more with a sense of curiosity than with a sense of mystery）。總體說來，宋人的好學窮理「缺乏想像而又沉悶乏味」（A prosaic and stuffy thing theirs is, on the whole）。[3]錢先生說，宋人之注重學問和道理，一方面表現在道學的發展，另一方面則表現在文學批評的興起，所以宋代產生大量詩話，宋詩也有言理的風氣，有善於刻畫的特點。錢先生借用德國詩人席勒（F. Schiller）著名的說法，認為唐詩是素樸的（Naïve），而宋詩則是感傷的（Sentimental）（xvi頁）。他在序文中對宋人批評較多，說宋代詩人大多講究才學，「最可惱大概就是他們的顯示學問和好用典故，這使得欣賞宋詩即便在中國人當中，也在很大程度上是少數人才可以享有的一種奢侈（the luxury of the initiated）」（xvii頁）。但錢先生接下去突然筆鋒一轉，說蘇東坡完全超越宋代文學一般潮流，是一位特立獨行的天才。他評論說，東坡文理自然，姿態橫生，他的詩文從自然中來，常行於所當行，常止於不可不止，而相形之下，其他同時代詩人們字斟句酌、注重技巧，就顯得小家子氣，好比「近視者只見細節卻大體模糊（mere fussiness of the near-sighted over details）」（xviii頁）。錢先生讚揚東坡寫詩作文似乎不假思索，不費力氣，像大自然一樣豐富多產，好像他隨意揮灑，便可以做出好詩文來，真所謂「有上帝創造的萬物在此（Here's God's plenty indeed!）」（xix頁）。熟悉英國文學的人一定知道，這句話出自十七世紀詩人和批評家德萊頓（John Dryden）之口，是他讚揚《坎特伯雷故事集》作者詩人喬叟（Geoffrey Chaucer）的話，錢先生把它借用來評論蘇東坡，真可謂天衣無縫，再妥帖不過。接下去錢先生進一步論證說，在詩和文這兩方面，東坡還只是發展前人的成就，但是在賦這一文類中，他卻有許多前無古人的獨創，是「自庾信以來最偉大的賦家」（xxi頁）。錢先生討論

---

[3]　*The Prose-Poetry of Su Tung-p'o*, trans. Cyril Drummond Le Gros Clark, Foreword by Ch'ien Chung-shu (Shanghai: Kelly and Walsh, 1935), p. xiii.以下引用此序文，只在文中標明頁碼。

宋代文學和蘇東坡作品，在好幾處地方都拿歐洲文學裡的例子來做比較或佐證，這已可以約略見出他後來《談藝錄》和《管錐編》的寫法，而他這篇序的英文寫得文采飛揚，舒捲自如，常常暗用英國文學中一些名句，更給人留下十分深刻的印象。

　　讀錢鍾書的學術著作，我們看見他不僅引用中國的歷代經典和各類書籍，而且大量徵引英、法、德、意、西、拉丁等好幾種西方語言的著述。在近代中國的大學問家中，大概很少有人像錢鍾書那樣真正掌握那麼多不同的西方語言，對西方學術和文化傳統有那麼深刻的瞭解，那麼深厚的修養。現在一般讀者都知道錢鍾書的小說《圍城》、短篇《人‧獸‧鬼》和散文集《寫在人生邊上》，也有許多人知道他的《管錐編》、《談藝錄》和《七綴集》等學術著作，但是知道錢鍾書英文著作的人，大概就不是很多。然而錢先生上大學時，在清華讀的是外文系，而且當年考清華，數學只得了十五分，由於英文成績遠遠超出一般大學生水準，國文成績優異，清華當時的校長羅家倫先生才特別破格錄取了他。清華畢業後，錢先生在光華大學教英文，後來考取庚款，到牛津留學也是研究英國文學。一九三八年學成歸國，錢先生在清華、藍田師院等處也是任英文教授。抗戰勝利後，錢先生在一九四五年擔任中央圖書館英文總纂，編英文《書林季刊》（*Philobiblon*），每一期都撰有論文和書評，有大量英文著述。一九五二年，全國高校院系調整，錢鍾書和楊絳都調到文學研究所外文組，任研究員，後來錢先生因為清華同學喬冠華推薦，又被調去參加英譯毛選的工作。據楊絳先生回憶，一九五四年錢先生翻譯毛選的工作告一段落，回到文學研究所，當時文研所「外文組已經人滿，鍾書擠不進了」，所長鄭振鐸就把他借調到古典文學組，要他選注宋詩。楊絳先生回憶說：「鍾書很委屈。他對於中國古典文學，不是科班出身。他在大學裡學的是外國文學，教的是外國文學。他由清華大學調入文研所，也屬外文組。放棄外國文學研究而選注宋詩，他並不願意。不過他瞭解鄭先生的用意，也讚許他的明智」。[4]我

---

[4]　楊絳，《我們仨》，188頁。

引這段話是想說明，錢鍾書精通數種歐洲語言，英語尤其佳絕，他本來的志向是要做西方文學研究，在中文之外，還要撰寫英文著作。錢先生後來用現代白話文創作的小說《圍城》以及用典雅的文言寫成的《談藝錄》、《管錐編》等學術著作，當然是他對中國現代文學和學術研究做出的輝煌貢獻，是我們瞭解他、研究他必讀的書。但如果我們完全不知道他的英文著作，對錢先生的瞭解就總有所欠缺，對他的成就，也總是認識不足。現在國內學習英文的人越來越多，水準也逐漸提高，應該有不少人能直接讀英文原著，可以欣賞錢鍾書優雅靈活的英文文筆。如果有技藝高超的翻譯家把那些著作譯成中文，使更多讀者能閱讀欣賞，那當然更是一件好事。

　　錢鍾書先生在《書林季刊》裡發表的許多英文論文和書評，都寫得非常精彩，他評論西方漢學新著的書評，往往指出其中淺解、曲解和誤解中國文學和文化傳統的弊病，一針見血，痛快淋漓。他評論西方學者的書，經常援引西方經典著作中一些重要論述和看法，而那是西方大多數漢學家們自己不甚了然的。至於講中國學問，錢先生比那些漢學家們，更不知要高出數十百倍。但錢先生認為中西文化可以互通騎驛，互作鄰壁之光，所以十分注重西方學者對中國的研究，也很留意中國引進西方文學和思想的歷史。大概在一九八一年秋，我找到四十年代錢先生在《書林季刊》發表的英文論著，其中有一篇討論第一首譯成中文的外國詩，即美國詩人朗費羅（H. W. Longfellow）所作《人生頌》，而文章所論遠遠不止一首詩的翻譯，卻涉及中西文化交往中許多重要而且有趣的問題。據錢先生自己說：他當年曾經「計畫寫一本論述晚清輸入西洋文學的小書，那篇是書中片斷」。[5]我覺得那篇論文有很多精彩的論述，有發人深省的見解和看法，值得讓更多讀者知道，卻埋沒在一本舊雜誌裡，實在可惜，我於是表示願意把文章譯成中文。錢先生對自己的舊作總是不滿意，經我一再敦促，才終於同意把那篇文章用中文發表。不過事隔三十多年，他又有許多新材料和新看法，可以增加新的內容，所以他告訴我不要翻譯那篇文章，而決定把

5　錢鍾書，〈漢譯第一首英語詩《人生頌》及有關二三事〉，《七綴集》，117頁。

它用中文重新改寫。這就是現在收在《七綴集》裡的一篇論文，題為「漢譯第一首英語詩《人生頌》及有關二三事」，最先曾發表在香港《抖擻》和北大《國外文學》上。

在錢先生的英文論著中，較長也較重要的一篇，是他一九三五至一九三七年在英國牛津大學攻讀文學學士（B. Litt.）所寫的論文，題為《十七、十八世紀英國文學中的中國》。這篇論文後來分為三部分，分別發表在一九四〇年和一九四一年接連兩卷《中國書目季刊》（*Quarterly Bulletin of Chinese Bibliography*）上面。一九九八年，香港中文大學出版社收集了錢鍾書、范存忠、陳受頤等幾位中國學者有關十七、十八世紀英國文學中之中國的研究，集為一本英文書出版，其中就重印了錢先生這篇論文。[6]在半個多世紀以前，錢先生是詳盡而全面研究這個題目的第一人。正如他在前言裡所說，他選擇這樣一個研究課題，先是由於讀法國學者布呂納蒂耶著（Ferdinand Brunetière）《批評論文集》第八集，由此而注意到皮埃·馬丹諾（Pierre Martino）著《十七、十八世紀法國文學中的東方》一書，覺得頗受啟發。與此同時，他寫這篇論文也還因為不滿意德國學者阿道夫·賴希魏因（Adolf Reichwein）著《中國與歐洲》一書，因為此書名曰歐洲，卻基本上忽略了英國文學中的中國形象。布呂納蒂耶、馬丹諾和賴希魏因這些著作可以說構成了當時學術研究的一種環境，錢先生就是在那樣的環境中，選擇他學位論文的研究課題。大致說來，那個環境就是十九世紀末二十世紀初德法兩國都逐漸興盛起來的比較文學和文化史研究，這種研究開始注意到東西方的文學關係，以及西方文學裡描繪的東方形象。布呂納蒂耶是法國文學史家，其《批評論文集》討論法國文學的發展，其中涉及法國文學與其他文學的關係，而皮埃·馬丹諾的書則專論法國文學中所描繪的東方。錢先生借鑒法國學者的研究方法，把它用來考察英國文學裡描繪的中國，這是非常認真細緻的研究，而且在當時是前人沒有做過

---

[6]　見*The Vision of China in the English Literature of the Seventeenth and Eighteenth Centuries*, ed. Adrian Hsia (Hong Kong: The Chinese University Press, 1998), pp. 29-68, 117-213.

的，所以具有開創性。錢先生遍讀英國十七、十八世紀文學，一一標出其中提到中國的地方，而且在這豐富材料的基礎上，梳理出英國文學中呈現的中國形象，勾畫出這一形象隨時代變化而變化的大體輪廓。

雖然馬可·波羅在十三世紀到過中國，對歐洲人認識中國和整個東亞地區的地理位置，有很大貢獻，但那是蒙古人和色目人當政的元朝，所以他對中國的漢字和整個漢文化傳統可以說認識很少。在十六世紀基督教傳教士到中國之前，歐洲文字著述中即使偶爾有提到中國的地方，也大多是沒有什麼根據的虛構幻想，如著名的《約翰·曼德維爾爵士航行記》提到「偉大的可漢的宮殿和珠寶」，就「差不多全是神話式的幻想」。[7]錢先生指出，一五八九年出版的喬治·派特納姆《詩歌的藝術》「是在英文書中、也許是在任何歐洲書籍中第一次提到中國文學」（34頁）。在那以後的英國哲學、歷史和文學著作中，就常有論及中國的地方。其中重要者有弗蘭西斯·培根、瓦爾特·羅利、羅伯特·伯頓、約翰·彌爾頓、湯瑪斯·布朗等十六世紀末和十七世紀著名的思想家、作家和詩人們的作品。在十七世紀英國，還有一部頗為奇特有趣的書，那就是約翰·韋布（John Webb）一六六九年發表的《試論中華帝國的語言可能即為原初語言之歷史論文》。這裡所謂「原初語言」（primitive language）或稱亞當的語言（Adamic language），就是上帝造人之後，與最早的人類直接交流使用的語言。據《聖經》記載，亞當曾經用這種「原初語言」和上帝說話，也用這種語言來命名世間萬物。可是後來人類墮落了，又修建巴別塔（the Tower of Babel），幾乎要抵達天庭，上帝就使人類的語言混亂，使各民族講不同的話，無法順利溝通，也就不可能建成巴別塔。於是按照《聖經》的觀念來理解，各民族語言不同是受上帝詛咒懲罰的結果，而人類如果能夠找回已經喪失的「原初語言」，就有可能回到上帝造人之初那種完美理想的狀態，重新過亞當和夏娃最初在伊甸樂園裡那樣天真無邪、無憂無慮

---

[7] 同上，33頁。以下凡引錢鍾書這部論著，都依據香港中文大學出版社所出英文本，在文中標出頁碼。

的生活。自中世紀以來，歐洲的神學家和學者們就一直在尋找這種「原初語言」，有人認為古猶太人的希伯萊語就是這「原初語言」，又有人認為古埃及的形象文字是這「原初語言」，而約翰‧韋布則大膽提出，中國的語言文字就是人們一直要找的「原初語言」。他舉出幾點理由，其中最重要的有以下兩點：第一，諾亞方舟在大洪水後停泊在東方，所以中國人是諾亞的後代，保存了由諾亞傳下來的大洪水之前的「原初語言」。第二，中國人從未參與修建巴別塔，所以他們的語言並沒有受上帝的詛咒而混亂，他們可以讀數千年前傳下來的古代經典，可見他們一直保存了創世之初那種「原初語言」。他更進一步論證說，因為中國人保存了「原初語言」，所以他們在政治、經濟、文化各方面，都比歐洲更先進。韋布本人完全不懂中文，但他依據當時在歐洲可以見到的許多傳教士有關中國的著作，竟寫出這樣一本討論中國語言的書來，其中有關中文的看法當然荒誕不經，但他真正關切的是英國本身的狀況，是用理想的中國來間接批評當時的英國和歐洲。近年來，韋布及其中國語言是「原初語言」的論述引起不少學者新的興趣，如義大利作家和文學批評家艾柯（Umberto Eco）在《尋找完善的語言》等著作裡，就提到韋布這本書是在古埃及和以色列之外，把中國也納入「原初語言」可能存在的區域裡。[8]還有英國學者從思想史的角度，指出韋布讚揚中國的語言、文化和政治制度，目的在於批判英國，藉理想的中國來樹立「英國應該極力保持的那種社會政治一個無可指責的典範」。[9]早在六十多年前，錢鍾書先生就已指出了這一點，他肯定韋布是「第一個去解釋中國的英國人，而不是僅僅複述『旅行家見聞故事』，他強調的是中國的文化方面，而對所謂中國風的大雜匯（*mélange adultère de chinoiseries*）不感興趣」。韋布並非專業漢學家，他書中當然

---

[8]　參見Umberto Eco, *The Search for the Perfect Language*, trans. James Fentress (Oxford: Blackwell, 1995), p. 91; Umberto Eco, *Serendipities: Language and Lunacy*, trans. William Weaver (New York: Columbia University Press, 1998), p. 63.

[9]　Rachel Ramsey, "China and the Ideal of Order in John Webb's An Historical Essay", *Journal of the History of Ideas*, vol. 62, no. 3 (July 2001): 489.

有不少把中國理想化的言過其實之處，但錢先生褒獎他具有「德國哲學家所謂能洞察價值所在的理性（*wertempfindende Vernunft*），所以比斤斤於事實的陳述，能夠看得更深遠。他讚揚中國哲學、中國政府體制以及中國語言，而不是中國的船隻和槍炮，就最能表現他價值取捨的標準」（48頁）。

　　錢先生認為，在韋布之後，「到了威廉‧坦普爾爵士，英國人的中國熱達到了頂峰。」坦普爾和韋布一樣，「對中國以哲學家為王的政治振振有詞地大為讚揚」（48頁）。他不僅是「第一個論述中國園林的英國人」，由此對英國的園林藝術發生影響，而且介紹中國歷史和文化，把孔子和蘇格拉底相比，「開了當代歷史學家們比較哲學之先河」（49頁）。坦普爾尤其讚揚中國的文官制度，認為它實際上「遠勝於歐洲哲人的思索推想、色諾芬描述的社會組織、柏拉圖的理想國，也勝過我們現代作家筆下的烏托邦或者大洋國」（50頁）。錢先生指出，坦普爾深受耶穌會傳教士影響，他根據傳教士譯述寫成的孔子學說撮要，「是到他那時為止以英文寫成最為詳盡的一份」（52頁）。錢先生討論了坦普爾有關中國園林的著作，特別對坦普爾發明的一個怪詞Sharawadgi做出令人信服的解釋，認為那其實是中文字不大準確的譯音，是「散亂」或「疏落」加上「位置」合成的一個詞，其含義是中國園林藝術那種不重人為規劃而重自然意趣的美，是那種「故意凌亂而顯得趣味盎然、活潑可愛的空間（space tastefully enlivened by disorder）」（53頁）。接下去錢先生討論了十七世紀戲劇文學裡的中國，然後對整個十七世紀英國文學裡的中國做出了重要的結論。錢先生指出：「人們常說十八世紀的英國對中國盲目崇拜。但如果我們的考察不錯的話，對中國高度讚美的是十七世紀的英國。我們以後有機會闡明，在十八世紀英國文學中，中國實際上被剝去了一切絢麗的光環」（61頁）。這也正是錢先生不滿意賴希魏因著《中國與歐洲》的地方，因為賴氏那本書以德法兩國的情形為依據，籠統地認為十八世紀是整個歐洲對中國充滿讚美甚至崇拜的時期。錢先生則指出，「那種情形無論在德法兩國如何屬實，在英國卻早已過時，絕然不同了」（119頁）。

　　歐洲流行的中國風，在十八世紀英國人的日常生活中固然有所顯露，但在文學中卻完全兩樣。錢先生說：「實際上，在文學中表露出來十八世紀英國人對中國的態度，與他們在生活中表露出來的恰好相反。說來也奇怪，正當對中國的熱愛在英國人生活中日漸高漲之時，它在英國文學中卻已衰退低落。」錢先生由此談到文學與生活的不同關係，而十八世紀英國文學「似乎是對其所由產生之社會環境的矯正，而不是這社會環境的反映（seems to be a corrective rather than a reflection of the social milieu in which it is produced）」（118頁）。十八世紀英國文學裡提到中國，往往貶責多於讚揚，例如在笛福《魯濱遜漂流記》第二部裡，就對中國有強烈的批評，而且「幾乎為十八世紀英國對中國的批評定了調」（123頁）。散文家艾迪生欣賞中國園林「藏而不露」的自然美，詩人蒲柏也讚揚中國園林有「天然野趣」，這是受坦普爾影響，對中國還保持十七世紀相當肯定的態度。但後來的作者如賀拉斯・沃玻爾、威廉・沃伯頓、約翰生博士等，對中國的看法就很不相同。他們對十七世紀英國人對中國的讚揚表示不解，常常反過來故意對中國要作出嚴厲的批評，以顯示自己與過去那個時代全然不同。時代的變遷也帶動文學和審美趣味的變遷，在這裡可以找到很明確的例證。哲學家休謨作為一個理性的懷疑論者，質疑天主教會的權威，也質疑一些耶穌會傳教士對中國過分理想化的描述，所以他對中國的國民特性便提出許多批評，認為中國人保守而停滯不前，中國的君主政體絕對專制。他的看法一方面代表了十八世紀英國人對中國的普遍意見，另一方面也影響了後來許多英國人對中國的理解。在十八世紀大量的文字著述中，在那時興起的各種雜誌刊物中，或多或少涉及中國的地方真是不計其數。錢先生梳理大量材料，揀出當中所有提到中國之處，做了極為致的研究，而這對於後來者研究相關題目，都是十分重要對奠基性工作。不僅如此，錢先生對這些材料還一一作出評論，並在此基礎上得出一些帶普遍性的重要結論。由於材料極為豐富，他評十八世紀英國文學裡的中國這部分論文，就分為上下兩篇。在上篇的結尾，錢先生總結說：「如果說十八世紀的英國人不像他們的十七世紀前輩那麼欣賞中國，也不像他們同時代的

法國人那麼瞭解中國，他們卻比前兩者都更理解中國」（158頁）。這是指十八世紀英國學者們對中國的戲劇、文學、語言、哲學、園林和繪畫藝術等等方面，都比他們的前輩瞭解得更多，更細緻，而且把他們瞭解到有關中國的知識納入到比較研究的範圍裡去。「十八世紀英國作家對中國文明總的評判，認為那是一個『靜止不動的』文明。他們對中國人『天賦』總的評判，認定其『在科學上遜於歐洲人』。自安森勳爵的航行以來，他們對中國人性格總的評判，認為中國人『狡猾而詭詐』。至於說中國歷史悠久，他們總的評判認為，那是一個『自我吹噓、自以為是的謊言』」（158-159頁）。這與十七世紀英國人對中國的尊崇相比起來，的確是大相徑庭，不可同日而語。錢先生最後總結說：「當時中國情調在英國社會生活中十分流行，如果說這是對此的一種反動，那實在也未免矯枉過正了」（159頁）。這當中還往往有英國人對法國社會潮流的警戒和反動，所以對中國的肯定和讚頌，在英國是十七世紀達到高潮，十八世紀開始變化，在法國則在十八世紀達到高潮。由此可見，英國和歐洲大陸在很多方面並非統一一致，這一點也適用於我們討論歐洲文學中所描繪的中國。

　　錢先生在論文的下篇，討論十八世紀英國文學中寫中國題材的故事以及中國文學的翻譯。從艾迪生在《旁觀者》上發表的虛構的中國故事起，他逐一評論了許許多多十八世紀英國文學中涉及中國的內容。其中重要者有高爾斯密（Oliver Goldsmith）著《世界公民》，錢先生認為那是「英語中最好的中國故事」（163頁）。這部作品從一個虛構的中國哲人的觀點來看英國，對中英兩國的文化、社會和風俗習慣都作出評論。高爾斯密對中國既有肯定，也有不少中肯的批評，正如錢先生所說，「儘管高爾斯密對中國很感興趣，他卻從未喪失對中國的批評意識。如果確如塞爾斯（Sells）所論，是伏爾泰最先喚起了哥爾斯密對中國的興趣的話，他卻並沒有像伏爾泰那樣，變成了中國人的『癡迷的讚頌者和官方辯護人』」（166頁）。錢先生提到一些寫中國卻不著邊際胡編亂造的作品，說明在十八世紀英國文學裡，中國仍然是一個模糊而帶強烈異國情調的形象。不過在十八世紀的歐洲——而不止英國——作家們據杜赫德著《中華帝國全志》所譯述的

《趙氏孤兒》，改編成不同版本的悲劇，也是一個值得注意的比較研究課題。義大利和法國的作家都改編過此劇，尤其是伏爾泰的改編本很有影響。錢先生指出，在英國，德萊頓曾打算寫此題材的劇本，塞特爾和羅切斯特兩人都已經改編了《趙氏孤兒》劇本，「甚至高爾斯密也生拉硬扯把它寫進《世界公民》第17封信裡去」（174頁）。錢先生詳細討論了威廉·哈切特（William Hatchett）和亞瑟·墨菲（Arthur Murphy）兩種改編本，也特別提到高爾斯密對墨菲改編本的評論。高氏認為「伏爾泰用法國詩歌全部絢麗的色彩來妝點一個中國戲劇的情節；但是他越是成功，就越偏離了東方原著那種冷靜和樸實」。墨菲受伏爾泰影響，但「偏離得更遠，情節變得越歐洲化，也就越完美」（177頁）。這些話表明高爾斯密對東方文學的看法，認為和歐洲文學傳統相比，中國文學沒有那麼多的激情和色彩，同時也說明這些歐洲的改編本把中國故事歐洲化，離原劇相去甚遠。

錢鍾書先生評論十八世紀真的或偽託的翻譯，認為其中「最偉大的作品」應該是珀西─威爾金森（Percy-Wilkinson）所譯《好逑傳》。珀西本人並不懂中文，但依據當時可以得到的第二手資料，他對中國卻有相當廣博的瞭解。錢先生說，他「或許是自約翰·韋布以來在這個問題上知識最廣博的英國人」（184頁）。他認為珀西關於中文和中國詩的意見頗有新意，並引用珀西的話說：「任何民族越接近原始天性的狀態，其風俗和觀念就越少而簡單，不難設想，其詩歌對於別的民族也就越淺顯易懂……沒有任何一個民族比中國人生活在更多政治的限制之下，或者比他們更遠離自然狀態……所以中國詩的美妙與別的詩歌相比，必定最不能翻譯成其他語言，尤其不能翻譯成諸種歐洲語言，因為其語彙與之相差太遠，彼此完全格格不入」（187頁）。這話很有道理，可以說講出了翻譯中國詩的根本困難所在，不過珀西所編的《中國詩文雜著》基本上正是翻譯的翻譯，是從法文和德文的譯文再轉譯成英文的。十八世紀末，英國派馬嘎爾尼為特使到中國謁見乾隆皇帝，雖然那次他並未完成在北京設使館、與中國建立外交和貿易關係的使命，但在那以後，英國人對中國卻迅速加深了各方面的瞭解。不過正如錢先生所說，「自從馬嘎爾尼勳爵出使中國以來，漢

學在英國就成為一種專門學科，而對專業化的懲罰就是，專業學生們對這門學科瞭解得越來越多，一般公眾之關切也就越來越少。這個課題也就不再是人文文化關懷的一部分了」（199頁）。十九世紀殖民主義擴張的時代，英國和整個歐洲都越來越鄙視貧弱的中國，歐洲殖民主義和種族主義的偏見一直延續到二十世紀，直到第二次世界大戰之後，才逐漸改變過來。不過這是就一個時代的大趨勢而言，其實在任何時候，西方人對中國和東方，都可能存在互相矛盾的不同看法和觀念，而在十八世紀英國對中國普遍的貶責和偏見之中，也並不是沒有公平善意的意見。錢先生認為隨馬嘎爾尼到過中國的約翰·巴婁（John Barrow），其所著書就比較公允合理。所以錢先生說：「當我們合上約翰·巴婁的書，結束對這個問題的探討時，我們不無欣慰地想到，十八世紀是帶著未來中英關係的好兆頭結束的」。錢鍾書先生相信東西方不同文化之間可以相互瞭解，共同生存，所以他最後不取吉卜林（Rudyard Kipling）所謂「東方西方永不相見」的喪氣話，而贊許地引了歌德（Goethe）的樂觀詩句來為整篇論文作結，堅信「東方和西方，再不能分離（*Sind nicht mehr zu trennen / Orient und Okzident*）」（200頁）。

　　錢鍾書先生論文劃定的研究範圍是十七、十八世紀英國文學裡的中國，而在這範圍之內，他的研究直到今天仍然是最全面、最詳盡的。近年來，西方文學和文化想像中的中國或東方，已經成為西方學界一個相當重要的研究課題，有不少論文和專著發表。如史景遷（Jonathan Spence）著《大汗之國：西方眼中的中國》，邁克拉斯（Colin Mackerras）著《西方人的中國形象》，耶斯伯森（T. Christopher Jespersen）著《美國人心目中的中國形象》等等，都頗受讀者歡迎。[10]我自己也曾撰文討論西方人眼裡

---

[10] Jonathan Spence, *The Chan's Great Continent: China in Western Minds* (New York: W. W. Norton, 1998)，此書有中譯本：史景遷著《大汗之國：西方眼中的中國》，阮叔梅譯（臺北：商務，2000）；Colin Mackerras, *Western Images of China* (Hong Kong: Oxford University Press, 1987)；T. Christopher Jespersen, *American Images of China, 1931-1949* (Stanford: Stanford University Press, 1996).

的中國，並在文中引用了錢鍾書先生這篇論文。[11]錢先生的論文在半個多世紀以前，已經明確勾畫出英國對中國的想像、理解和認識，同時也指出其中的誤解和偏見。就材料的詳實可靠說來，這篇開拓性的論文至今仍然具有重要的參考價值，可以起指導作用，值得國內學界和讀者們注意。記得在八十年代初，有一位英國學者到北京訪問錢鍾書先生，錢先生在給我的一封信裡提到此事，說這位著名學者「乃研究中西交通史者，出其著作相示，皆引我牛津論文*China in the Eng. Lit. of the 17ᵗʰ and the 18ᵗʰ Cent.*〔按即《17、18世紀英國文學中的中國》一書〕，全不知我曾作小說etc.，亦見專門學者之心無二用矣。杜牧詩所謂『山僧全不知名姓，方識空門氣味長』」。[12]由此可見，錢先生固然不否認學者的專門學問和專心致志，但他認為學術論文和文學創作並非毫不相干，尤其在既從事文學創作、又能做學術研究的作者，學術和文藝更不可截然分開。這位研究中西交通史的學者只知道錢鍾書的英文論文，卻完全不知道錢先生的小說，固然只知其一，不知其二，但反過來說，如果我們只知道錢鍾書的小說或中文著作，而全然不知道他曾研究過英國文學裡的中國，豈不也同樣是偏枯不全嗎？國外的錢鍾書研究已經取得不少成就，《圍城》已經有主要歐洲語言的譯本和日譯本，《七綴集》裡一些論文已經有英文和法文譯本，連許多中國讀者都覺得難懂的《管錐編》，也已經有加州大學艾朗諾（Ronald Egan）教授的英文選譯本，五年前在哈佛出版。[13]作為中國讀者，我們更應該對錢鍾書先生的著作有全面的瞭解，不僅瞭解他的中文著作，而且也應該知道他的英文著作。只有這樣全面的瞭解，才不至於知其一而不知其二，避免顯出眼光狹隘，孤陋寡聞的局限來。

---

[11] Zhang Longxi, "The Myth of the Other: China in the Eyes of the West", *Critical Inquiry*, vol. 15, no. 1 (Autumn 1988): 108-31. 此文改訂後，作為一章收在拙著專書裡，見Zhang Longxi, *Mighty Opposites: From Dichotomies to Differences in the Comparative Study of China* (Stanford: Stanford University Press, 1998), pp. 19-54。

[12] 引自錢鍾書先生一九八二年十一月十一日來信。

[13] Qian Zhongshu, *Limited Views: Essays on Ideas and Letters*, selected and trans. Ronald Egan (Cambridge, Mass.: Harvard University Asia Center, 1998).

後記

　　現在呈獻給讀者這本書，最初由香港商務印書館用繁體字排印，於二〇〇〇年在香港出版，但是沒有在國內發行，內地讀者也很少能見到。書中收集了我過去用中文發表的一些文章，而把這些文章結集出版，則有賴於香港商務總編輯陳萬雄博士善意的一再催促。一九九八年我從美國到香港城市大學任教，許子東和黃子平兩位朋友也在香港，他們要我把自己的文章編為一集，收在許子東和許紀霖二位主編的「邊緣批評文叢」裡。何謂「邊緣批評」，我始終不大明白，但毫不含糊、明白無誤的是子東和紀霖二位不斷耳提面命，或用電話或電郵催促，一再要我交稿。我現在用香港商務出版這本《走出文化的封閉圈》來交差，倒絕非隨意搪塞，因為我一直覺得這本書雖在香港出版，可是其中內容也許內地的讀者會感興趣，而在內地又恰好見不到，在我總覺得有點遺憾。現在能由上海文藝出版社用簡體字重排，在國內印行，就正好了卻一個心願，可以把這些文字奉獻給內地的讀者，希望在國內獲得一點反響，包括得到國內讀者的批評。

　　有關本書各章的內容和全書的大概輪廓，我在導言裡已經說明了，這裡就沒有必要再多說什麼。八十年代初我曾在《讀書》上發表一系列評介二十世紀西方文論的文章，一九八六年由三聯書店結集出版，收在《讀書文叢》裡。這些年來有不少朋友，包括許多初次見面的朋友，都對我提起過那本小書，說當時曾有一定影響。不過許多朋友稱讚我那本舊作，也是以直接或間接的方式，對後來較少見到我寫的文章表示惋惜。我近十多年來雖然也陸續寫過一些文章發表，但因為生活在國外，用英文寫得比用中

文多，目前這本拙作算是八六年那本小書之後另一次結集出書。我希望今後能作更大努力，對國內的讀者有更多一點奉獻。

　　這次整理書稿，張萬民、陳學然和蔡維玉三位同學給我很多幫助，我在此一併表示特別感謝。我利用整理的機會，在書中個別地方也作了一些小的修改。

　　　　　　　　　　　　　　　二〇〇二年六月十九日記於香港

比較文學研究入門

前言

　　在我們的高等教育裡，比較文學已經成為一門重要學科，在許多大學裡開設了比較文學課程，有不少研究生攻讀相關課題，有好幾種以比較文學為題的書籍和刊物出版，而各個地區和全國性的比較文學學會，也已成立了很多年。然而，就學科發展的情形看來，比較文學與傳統的歷史研究和中國文學研究相比，似乎還沒有在人文學科中取得同等重要的地位。就教學和研究的基礎準備看來，我們似乎還沒有一本真正是研究入門性質的書，沒有特別考慮到比較文學專業研究生的需要而寫的參考書。目前這本《比較文學研究入門》就是有鑑於此，希望能為攻讀比較文學的研究生以及對此有興趣的其他讀者，提供一部切實有用的參考書。本書尤其注重介紹比較文學的學科歷史和研究方法，注意把我們的研究與國際比較文學的歷史和現狀結合起來。本書作者力求在眼光和能力可以達到的範圍和程度上，為研究生和對比較文學有興趣的讀者們，探索研究的途徑。

　　內地比較文學真正興起是在一九八一年，那一年由季羨林先生發起，成立了北京大學比較文學研究小組。當時筆者剛在北大西語系獲得碩士學位並留校任教，就參加了由季羨林、李賦寧、楊周翰、樂黛雲和我一共五人組成的研究小組，並由我出面聯繫，聘請錢鍾書先生擔任我們的顧問。我們辦了一份十分簡陋的刊物，是一份油印的《通訊》，寄發給一些大學裡的研究者。同時由我負責，出版一套北京大學比較文學研究叢書，由北大出版社印行，其中最早的兩本，就是我主編的《比較文學譯文集》（1982）和由我與溫儒敏先生共同主編的《比較文學論文集》（1984）。

那時候我們雖然剛剛起步，卻充滿了激情。比較文學在那之前很長的一段時間裡，曾被視為資產階級意識形態的產物而遭冷落。在二十世紀初的蘇聯，有學者曾通過研究歐洲十九世紀的各國文學，指出俄國詩人普希金曾受英國詩人拜倫的影響，但那一研究立即受到政治上嚴厲的批判，其結果是在蘇聯和其他社會主義國家，比較文學根本無法作為一門學科存在。然而文革後的中國，學術界和其他領域一樣，到處是一片思想解放的呼聲，大家有撥亂反正的銳氣，而且有百廢待興的急迫感。就是在那樣一種令人振奮的氛圍中，我們開始了在國內重建比較文學的工作。

在長期的封閉之後，我們一開始自然以介紹國外的文學研究為主，所以從1983年四月到1984年初，我在《讀書》雜誌上連續發表了十多篇評介西方文學理論的文章，後來結集出版為《二十世紀西方文論述評》（1986），在國內算是比較早對西方文論的介紹和評論。在那之後的二十多年間，比較文學在中國發展迅速，有很多學者進入這一研究領域，成立了學會，取得了不少成績，與國外學術界也建立起了越來越密切的聯繫。現在回想起來，實在不能忘記當年季羨林先生首倡之功，以及後來樂黛雲先生鼓吹推動之力。我自己則在一九八三年離開北大去美國，在哈佛大學比較文學系學習。一九八九年獲得博士學位後，我在加利福尼亞大學河濱分校（University of California, Riverside）任比較文學教授，努力使東西方比較成為加大河濱分校比較文學研究的一個特色。在加州大學任教差不多十年後，我又在一九九八年從美國到香港城市大學任教，繼續做跨越東西方文化的比較研究。所以在我數十年的學習和教學生涯中，我先是做比較文學研究生，後來擔任比較文學教授。在這本《比較文學研究入門》裡，我希望把自己多年來在學習、教學和研究中的一點心得寫成文字，奉獻給學習比較文學的研究生們和讀者朋友們。

什麼是比較文學？這問題看來簡單，但要能準確回答，卻需要對比較文學的歷史有一點瞭解，要知道目前國際上研究的現狀。尤其是中西比較文學，我們更需要有深入的瞭解，明白我們面臨的挑戰，並且知道研究的途徑和方法。本書內容正是按照這樣一些問題來組織安排，第一章引論首

先回顧比較文學自十九世紀在歐洲產生以來的歷史，尤其要說明第二次世界大戰前後整個歷史狀況和思想文化環境的改變，以及這種改變對比較文學研究的影響。第二章專論中西比較文學，說明我們面臨的困難和挑戰，又特別強調文學理論對中西比較文學的意義。西方文學理論在二十世紀發展迅速，但也造成文學研究中一些新的問題，所以在第一、第二兩章，我都分出一些篇幅來討論文學理論的興衰，以及文學理論與中西比較文學的關係。對於剛入門的研究生們說來，學習研究途徑和方法最有效的辦法，莫過於觀察和分析一些成功的範例，通過觀摩典範來學習。本書第三和第四兩章就介紹一些具有典範意義的研究著作。第三章討論西方比較文學研究中有影響的著作，第四章則專論中西比較研究成功的範例。學習範例當然先要有一定的基礎，所以本書在討論範例之前，也簡略討論比較文學研究需要怎樣的知識準備，包括外語條件和文學與文化的知識和修養。本書最後一章為讀者提供一個比較文學研究的基本書目，因為對於研究者說來，把握基本的研究材料至為重要。這個書目包括中文和英文兩個部分，不只是列出一份書單，而且對每一本書都作一點簡單說明，以便讀者對這些參考著作有一個基本的瞭解。

　　撰寫這本《比較文學研究入門》，應該感謝我的老朋友、復旦大學文史研究院院長葛兆光教授，因為先有他的倡議策劃，才有復旦大學出版社這套學術研究入門叢書的出版。寫《研究入門》這樣一部參考書，作者本人首先就須參考在比較文學領域已經出版而且有影響的著作，所以對國內外許多文學研究中的前輩和同行，我也在此表示深切感激之情。至於書中可能存在的錯誤和局限，當然由我負責，並希望這些錯誤和局限能得到學界朋友和讀者們的指正。

張隆溪

二〇〇八年七月四日

序於香港九龍塘

第一章　引論

第一節　何謂比較文學？

比較是認識事物一種基本的方式，並非比較文學所獨有。我們認識一個事物，總是把這個事物與其他事物相比較，在二者的差異之中界定和認識此事物。例如桌子之為桌子，就在其功用不同於椅子或凳子，人之為人，也往往是在與其他動物比較中區之以別來定義。哲學家斯賓諾薩（Benedict de Spinoza）說，一切認定都是否定（*determinatio est negatio*），就是這個意思。二十世紀文論中結構主義的奠基者索緒爾（Ferdinand de Saussure）認為，語言系統正是在對立和差異中來確定任何一個詞語的意義，講的也是同樣的道理。不過作為一門學科的比較文學產生在十九世紀的歐洲，又有其特別的含義。當時達爾文進化論影響甚巨，在進化論理論基礎上，歐洲產生了比較動物學、比較解剖學等學科，通過比較不同動物的骨骼和生理結構來研究物種變遷的過程。自然科學中使用這種比較方法，也啟發了人文研究，例如比較語言學把歐洲語言，包括希臘語和拉丁語，和古印度的梵文以及古波斯語相比較，發現在詞源上有許多關聯，於是建構起「印歐語系」這個概念。在這樣一種學術環境和氛圍中，文學研究也打破語言傳統的局限，在不同語言和文化的廣闊範圍內，探討不同文學之間的關係，於是比較文學就在歐洲產生。由此可見，比較作為研究方法並不是比較文學獨具的特點，而在一切學術研究中得到普遍

的運用；因此，比較文學區別於其他文學研究的特點，也就不在比較，而在其研究範圍超出在語言上和政治上統一的民族文學。

我們如果給比較文學下一個定義，那就是不同語言而又可以互相溝通的文學作品之比較。換句話說，相對於民族文學而言，比較文學是跨越民族和語言的界限來研究文學。十九世紀浪漫主義時代一個占居主導地位的觀念，是把自然視為由不同物種構成的一個有機統一體。這一觀念也啟發了文學研究者把不同語言、不同民族的文學作品視為文學表現和審美意識的統一體，具有可比的主題和特徵，就好像一叢盛開的鮮花，姹紫嫣紅，儀態萬千，雖各具特色，卻又能互相映襯，構成色彩繽紛的錦團花簇。如果說一朵花代表一種民族文學，那麼比較文學就是色彩繽紛的花卉，是不同語言和不同文化傳統的文學研究。

比較文學既然有這樣一個基本特徵，就要求比較學者懂多種語言，對不同文學傳統有廣泛興趣和相當程度的瞭解。不懂外文，完全靠翻譯來研究不同語言和不同傳統的文學，就難免會產生一些誤解，而把握兩種或多種語言和文學，可以說是比較學者必須具備的基本條件。由於比較文學最早產生在歐洲，而歐洲各國在地理、語言和文化傳統方面都相互關聯，有一些相似或相近之處，所以比較文學在發展初期，很自然地集中研究歐洲各國語言文學之間的相互關係。儘管自十九世紀發端以來，比較文學已經有了許多變化發展，但直到目前為止，西方的比較文學研究基本上仍然是以歐美為主導。說這句話的意思，與其說是批評所謂歐洲中心主義，毋寧說是承認一個事實，也就是承認比較文學迄今最出色的研究成果，即一些內容豐富而且影響深遠的經典式著作，例如埃利希‧奧爾巴赫（Erich Auerbach）著《摹仿》、羅伯特‧恩斯特‧庫爾裘斯（Robert Ernst Curtius）著《歐洲文學與拉丁中世紀》、諾斯羅普‧弗萊（Northrop Frye）著《批評的解剖》、弗蘭克‧凱慕德（Frank Kermode）著《終結的意識》，以及其他一些有類似學術地位和廣泛影響的著作，其討論所及都只是西方文學。這種情形，近年來才稍微有所改變。二十世紀六十和七十年代以來，西方大部分學者越來越不滿意純粹以歐洲或西方為中心的學

術研究，比較學者們看出傳統意義上的比較文學好像已經沒有什麼新的出路，於是開始紛紛走出西方範圍的局限。現在已經出現了一些超越西方傳統、從全球視野來研究比較文學和世界文學的著作，這類著作雖然數量還很少，卻為比較文學的未來發展提供了機會。不過，東西方的比較，或者更縮小也更具體一點，對中國學者說來尤其重要的中西文學和文化的比較，都還處於初期階段。就國際比較文學的範圍而言，東西方比較還只是剛剛開始，還遠遠不是學術研究的中心或主流。

第二節　審美歷史主義、法國影響研究和美國平行研究

研究任何一門學科，都應該對那門學科的歷史有一個基本的瞭解。就比較文學而言，在西方從一開始，就有兩種不同的動機或研究方向。一種是德國的比較文學概念（*Vergleichende Literaturwissenschaft*），以赫德爾（Johann Gottfried von Herder, 1744-1803）的思想為基礎。赫德爾認為，不同的語言文學體現了不同民族的聲音，所以他對世界各民族文學，包括非西方的文學，尤其是各民族世代相傳的民歌和民謠，都抱有強烈的世界主義（cosmopolitanism）的興趣。正是在這種世界主義式德國觀念的背景之上，我們可以明白何以歌德在讀到歐洲語言譯本的中國小說《好逑傳》和《玉嬌梨》時，能夠提出「世界文學」這個重要概念，並且認為世界文學的時代已經來臨。對歌德說來，他讀到的中國小說和他讀過的歐洲文學作品迥然不同，例如和法國詩人貝朗熱（Pierre-Jean de Béranger）的詩歌相比較，兩者就形成尖銳的對比。歌德認為中國作品刻畫人物，尤其注重感情節制和道德的品格，與歐洲作品相比，在諸多方面都格外值得稱道。與此同時，他又感到在內心深處，他所讀的中國作品完全可以和他溝通，從而展現出人類許多共有的特點。雖然這些中國小說對歌德說來分明是外國作品，卻又讓他感到有文化價值上的親和力，於是他發現不同民族和不同文化傳統的文學作品，互相之間似乎有一種暗含的聯繫，好像百川匯海，最終可以匯合起來，形成一個豐富偉大的世界文學。

　　一與多、同與異、合與分，在哲學思想和文學研究中都是一些根本問題，比較文學就是超出語言和民族的界限，在世界文學範圍內，針對這些問題來做出回應。在比較研究中，論述的重點是一還是多，是同還是異，是合還是分，都非常重要，而在歷史和理論的背景上，如何來闡述這樣的重點，對整個比較研究說來更是關鍵。歐洲啟蒙時代的思想家們如伏爾泰（Voltaire）和休謨（David Hume）等人，都相信普遍的人性和人類行為的普遍性，但赫德爾和比他更早的義大利哲學家維柯（Giambattista Vico, 1668-1744）則認為人性總是不斷變化的，因此他們認為，沒有一個單一的標準可以普遍適用於不同時代和不同民族的文化表述。維柯尤其與笛卡爾理性主義和普遍主義針鋒相對，論證不同民族文化各有特色，由此奠定了審美歷史主義的基礎。他十分強調事物的演變轉化，認為不同的文學藝術創造，必須依據其本身發展的程度來判斷其價值，而不應該用一個一成不變的關於美與醜的絕對尺度來衡量。這就是埃利希‧奧爾巴赫在維柯名著《新科學》中見出的最有價值的貢獻，即審美歷史主義的基本原則。奧爾巴赫認為，維柯《新科學》是歷史研究中「哥白尼式的發現」，在這種革命性的審美歷史主義思想影響之下，「誰也不會因為哥特式大教堂或中國式廟宇不符合古典美的模式而說它們醜，誰也不會認為《羅蘭之歌》野蠻粗疏，不值得和伏爾泰精緻完美的《昂利亞德》相提並論。我們必須從歷史上去感覺和判斷的思想已經如此深入人心，甚至到了習而相忘的程度。我們以樂於理解的一視同仁的態度，去欣賞不同時代的音樂、詩和藝術。」[1]

　　赫德爾也正是從這樣一種審美歷史主義的立場出發，批評了十八世紀德國藝術史家約翰‧溫克爾曼（Johann Joachim Winkelmann, 1717-1768）刻板的古典主義。溫克爾曼以研究古代希臘藝術得名，但他也由此得出一套古典主義的觀念和原則，並以此為準則去衡量在極不相同的歷史和文化

---

[1] Erich Auerbach, "Vico's Contribution to Literary Criticism", in A. G. Hatcher and K. L. Selig (eds.), *Studia Philologica et Litteraria in Honorem L. Spitzer* (Bern: Franke, 1958), p. 33. 本書引用文章和書籍，大多簡略作注，詳細資料見第五章書目，但文中提到而不必列入書目的文章和書籍，則在註腳中詳細列出有關資料，以便讀者查詢。

環境中產生出來的古埃及藝術，指責古埃及藝術未能達到古希臘藝術所體現那種古典美的標準。赫德爾批評這一看法違反歷史主義，完全錯誤。古埃及和古希臘既然是不同的文化傳統，自然有不同的發展路徑，我們也就不能用古希臘藝術的古典美作為唯一標準，來衡量和評判古埃及藝術。同樣，從審美歷史主義的角度看來，法國古典主義者指責莎士比亞戲劇不符合三一律，也不啻方枘圓鑿。所謂三一律，即戲劇表現的事件和行動應當統一，不能有幾條線索同時發展，時間應在一天之內，地點應在同一處地方，不能變動。這些其實都並非亞里斯多德《詩學》的觀念，而是文藝復興時代重新發現了亞里斯多德《詩學》之後，從義大利批評家對《詩學》的評注中產生出來的一些規則。十七世紀法國古典主義戲劇家拉辛（J. B. Racine）和高乃依（Pierre Corneille）都力求嚴格遵守這樣的規則，但莎士比亞戲劇在時間和地點上都經常變動，情節往往既有主線，也有同時發展的支脈，悲劇和喜劇的成分也混雜並存，所以他的作品完全不符合法國古典主義戲劇的三一律，也因此常常受到古典主義批評家的指責。但從審美歷史主義的角度看來，這種指責用一個時代一種文化產生的標準，來評判很不相同的另一時代另一文化的作品，當然沒有道理。事實上，在歐洲文學史上，到十九世紀浪漫主義文學興起時，莎士比亞在德國和法國都成為打破古典主義束縛的解放力量。

　　然而承認不同時代、不同文化傳統的作品不能用一個一成不變的統一標準來評判，並不意味著這些不同的作品完全各自孤立，互不相通，不能做任何比較研究。維柯和赫德爾反對唯一的審美標準，但他們並沒有走極端，沒有宣稱文化傳統相互間風馬牛不相及，毫無共同之處。恰恰相反，赫德爾相信，跨越不同歷史時期和文化差異，人類的審美情感和批評標準有更深一層的統一。維柯則認為古今各民族都起碼有三種「永恆而普遍的習俗」，即宗教信仰、婚禮和葬禮。[2]他還相信，在不同語言和文化表現

---

[2] Vico, *The New Science*, § 333, trans. T. G. Bergin and M. H. Fisch (Ithaca: Cornell University Press，1968), p. 97.參見朱光潛譯維柯《新科學》（北京：人民文學，1986），頁135。

形式下面，「由人類各種制度的性質所決定，各民族必定有一種共通的內在語言，這種語言可以把握人類社會生活中各種可能事物的實質，而這些事物千姿百態，這種語言也就依此用形形色色變化的方式來表現事物的實質。」[3] 換言之，儘管文化及其表現形式各不相同，但在互相差異的形式下面，卻有一種各民族共通的內在語言可以跨越文化差異，使不同的人們互相之間得以理解和交流。赫德爾則十分強調移情（*Einfühlung*）的作用，認為人們通過移情，可以設身處地去想像他人的境況，也就可以超越差異而達到相互理解。然而移情絕不是把自己主觀的思想感情投射到解釋的客體上去，因為解釋的客體自有其歷史，和解釋者的思想感情有所不同，所以移情是儘量體驗他人的境況，達到同情的理解。由此可見，維柯，尤其是赫德爾，都是不同文學和不同文化比較研究的先驅。他們認為人性是不斷變化的，也都強調文化表現形式互不相同，這就為奧爾巴赫主張那種審美歷史主義開闢了道路，而這種審美歷史主義的要義，就在於承認每一種文學和文化都各有自己的發展途徑，我們應該按照其獨特的美和藝術表現的形式去觀賞它。

　　然而在歐洲比較文學的發展中，在第二次世界大戰之前影響更大的，是與法國式比較文學（*littérature comparée*）聯繫更多的觀念。法國文學本來就有一個悠長輝煌的傳統，有許多驕人的成就和傑作，更重要的是，法國作為一個民族國家在中世紀和早期的近代世界裡，為用法語寫成的各類著述提供了統一和正當性的條件，而這是歐洲其他國家很難做到的。由於特殊的歷史原因，法國的詩人和作家們力求擺脫拉丁文獨霸文壇的局面，為法語的表現力爭奪一席之地，而在這爭鬥之中，他們似乎和法國王室和國家就建立起一種特別一致的關係。雖然但丁在十四世紀最早用義大利塔斯卡尼地方的方言寫出了他的傑作《饗宴篇》和偉大的《神曲》，建立了一種可以與拉丁文爭勝的文學語言，但由於義大利在歷史上很晚才成為一個統一國家，也由於以拉丁為正式語言的羅馬天主教會在義大利比在其他

---

[3] 同上，英文本，§ 161，頁67；中譯本，頁92。

國家影響更大，義大利語並沒有像法語那樣，在十六世紀下半葉和十七世紀初成為一種強有力的民族語言。相比之下，法語比較早就確定了自己作為一種強有力的民族語言的地位，為法國文學和文化傳統奠定了一個堅實而且具有凝聚力的基礎。

十六世紀法國作家約阿希姆・杜・貝雷（Joachim du Bellay）發表的著名論文《為法國語言辯護》（*La deffence et illustration de la langue françoise*, 1549）就針對拉丁文的影響，明確肯定了法文的地位。法國七星派詩人（Pléiade）更用他們的作品來證明，法語的文學性質如果說不優於拉丁文和義大利文，也至少與之相等。在歐洲民族國家開始建立的時期，語言上的爭論當然不僅僅是一個語言的問題，而是與整個民族意識的形成，乃至與其宗教信仰和政治權威密切相關。正如一位批評家所說，為各民族語言爭地位的論戰同時具有宗教和政治的意義，「因此，爭取法文正當性的論爭也就可以理解為是把學術和文學的世界從教會的影響下解放出來，同時也是挑戰義大利人文學者們的權威。」[4]由此可見，法國詩人和作家們與王權之間有一種微妙關係：「為了抵消羅馬和義大利文人的影響，七星派詩人們主張使用法文來寫作，而這恰好也是國王的語言。義大利人文學者的普遍主義維護了拉丁文的權威，而法國文人們在反對這種普遍主義的爭鬥之中，就針對教皇的勢力，完全擁戴法王的事業，維護王權的自主和權威。」[5]隨著法國文學的發展並取得輝煌成就，巴黎逐漸成為不僅是法國文學的首都，而且是整個歐洲文學的首都，而文學和文化上這種法國中心主義對法國式的比較文學概念，也就產生了相當大的影響。

法國比較文學研究強調的是影響、交往、國際關係，也就是法國學者伽列（Jean-Marie Carré）所謂「事實的聯繫」（*rapports de fait*）。這一研究途徑雖然從歷史學、社會學和文獻學等角度說來，涵蓋了文學研究中很大範圍的主題和具體題目，但法國式比較文學基本上是研究不同作家

---

[4]　Casanova, *The World Republic of Letters*, p. 49.

[5]　同上，頁51。

和作品之間、以及作家與作家之間的關係。由於在處理文學關係上法國中心觀的影響，也就難怪有些法國比較學者，例如基亞（M.-F. Guyard），會特別注重法國文學作為起源，如何影響了別國的文學。基亞甚至指出比較文學研究當中還有一些空白，希望將來的比較學者去研究法國作家在外國的影響，以逐步填補這些空白，落實法國作家在國外有影響、具聲望的印象。當然，法國比較文學的概念並不等於以法國為中心的狹隘民族主義觀念，法國比較學者也並非都以法國文學為中心。法國式的影響研究當然自有其價值，在研究文學史，研究重要作品在不同文化和社會環境中的接受，以及研究介紹者、翻譯者和出版者的作用等等方面，法國式的影響研究都做出了很大貢獻。但毫無疑問的是，十九世紀末和二十世紀初法國式比較文學的構想，往往是以民族和民族主義為基礎，也就很可能蛻變為威勒克（René Wellek）所譏諷過的文學「外貿」，即把比較文學變成債務的計算，研究者總是在看一部文學作品受到多少外來文學的影響，而這影響的來源又往往是某位法國作家或歐洲主要文學中的大作家。威勒克批評老的比較文學這種愛國主義動機，結果使比較文學變成一種記文化賬的奇怪做法。[6]然而一部文學作品是否真有價值，影響並不是最關鍵的因素，甚至不是很重要的因素，因此，尋找影響，計算債務，在文學研究中就必然有嚴重局限。不過我必須再次說明，並非所有的法國比較學者都是以法國為中心的民族主義者，而有強烈民族主義或愛國主義情緒的，也並不只是法國比較學者。但傳統的法國式比較文學的確鼓勵影響研究，而在某種程度上，影響研究又往往容易成為現實政中力量不平衡的關係在文學研究上的反映。

　　在二十世紀二十和三十年代，影響研究的局限及其以民族文學為基礎的局限，都變得越來越明顯；第二次世界大戰帶給人類空前的災難，更使民族主義的聲譽喪失殆盡。人們意識到，狹隘民族主義的意識形態導致了

6　Wellek, "The Crisis of Comparative Literature", *Concepts of Criticism*, p. 283.此文中譯見張隆溪編《比較文學譯文集》，頁22-32。

世界各民族的衝突和戰亂，於是在戰後反民族主義的氛圍中，比較文學發生了根本變化，在美國和加拿大產生了一種新的概念和新的方法，與注重事實聯繫的法國式影響研究模式全然不同。哈利・列文（Harry Levin）、諾斯羅普・弗萊，以及從歐洲移民到北美一些出色的比較學者如威勒克、波吉奧裡（Renato Poggioli）等人，都重新把比較文學定義為一種廣泛的人文研究，這種研究把文學理解為一個總體，而不是由民族國家的界限割裂開來的碎片。在不同作家和作品之間尋求事實上的接觸和聯繫，那是十九世紀實證主義的觀念，美國式的比較文學則拋棄了這種實證主義觀念，強調不同文學傳統中思想、意象、主題、語言和修辭手法等各方面內容的平行研究，而且這些互相平行的思想、意象、主題等等，並不一定要有實際接觸或相互影響。文學只是人類精神文化表現的方式之一，此外還有音樂、美術等其他的藝術形式，所以美國式比較文學的概念還提倡文學與藝術、心理學、哲學、宗教以及人類創造和表現其他領域跨學科的比較。與此同時，一部文學作品的內在價值即其特殊的文學性，更成為文學批評注意的中心。作為一種人文價值的研究，比較文學研究的目的不是為了證明某個民族傳統的偉大，而是要揭示世界文學的普遍意義和精神價值。在戰後二十世紀五十和六十年代的歐美，這種美國式的平行研究就取代了法國式的影響研究，成為比較文學研究的主流。

　　在比較文學史上，這就是所謂法國學派和美國學派的分別。上面的討論應該使我們意識到，這種分別並不是由於在某一時刻，某些學者突然聚在一起，心血來潮，純粹主觀地決定要另闢蹊徑，獨樹一幟，於是就立綱領，發宣言，建立起比較文學的某個學派，以示區別和差異。其實歷史上所謂學派，大多是在時過境遷之後，歷史學家們在研究某段歷史時，事後追加的名號。法國的影響研究，有十九世紀注重實證的歷史背景，所謂美國學派，在美國比較學者當中並沒有這樣的稱呼，而美國比較文學注重平行研究，則有第二次世界大戰前後整個歷史的變化為背景，尤其和民族主義的衰頹有密切關係。在中國比較文學研究中，最先由臺灣和香港的學者提出要建立比較文學的「中國學派」。二十世紀八十年代，比較文學在中

國大陸逐漸興起之後，也有不少關於建立「中國學派」的討論。中國學者做比較文學研究，自然會使用中國文學的材料，也自然有自己的視野和研究方法。但各國的比較學者無不使用自己熟悉的材料和方法，在我看來，這還並不足以構成一個學派所必備的特殊條件。一個學派的產生，往往有廣闊的歷史背景和文化環境為條件，就像我們上面所見十九世紀到二十世紀思想潮流的轉變，尤其是第二次世界大戰前後民族主義思想的興衰，造成了比較文學所謂法國學派和美國學派的區別。但我還看不出來現在建立一個中國學派，有怎樣廣闊的歷史背景和文化環境為其條件，所以我認為，建立比較文學的中國學派在我們並不是一個真問題，至少不是急待解決的問題。在當前和在任何時候，最重要的不是發表建立學派的宣言，而是如何認真研究，取得有價值的學術成果。將來歷史學家們研究我們這個時代學術的時候，如果發現在某種特定的歷史條件下，中國學者們在比較文學研究中取得了一些突出優異的成果，而且獨具特色，也許他們會總結出某些特點，冠之以「中國學派」的名稱。至於將來是否會如此，應該留給未來的歷史家們去討論和決定。

第三節　文學理論的興衰

在西方文學研究的領域，二十世紀可以說是一個理論的時代，但也是理論不斷興盛，然後又盛極而衰的時代。二十世紀初，俄國一些學者們首先把文學研究和語言學聯繫起來，從文學語言本身去探討文學的特性，提出了著名的「文學性」概念（литературность，英文literariness），這是一個看來簡單、實際上頗具內涵而且重要的概念。所謂文學性，就是把文學語言區別於其他語言的本質特性，是使文學成其為文學的東西。羅曼・雅各森（Roman Jakobson）認為文學語言突出詩性功能，不是指向外在現實，而是盡量偏離實用目的，把注意力引向文學作品的語言本身，引向音韻、詞彙、句法等形式因素。維克多・施克洛夫斯基（Victor Shklovsky）提出「陌生化」概念（остранение，英文defamiliarization），認為藝術的

目的是使人對事物有新鮮感，而不是司空見慣，習以為常，所以採用新的角度和修辭手法，變習見為新知，化腐朽為神奇。從文學史的發展來看，「陌生化」往往表現為把過去不入流的形式升為正宗，從而促成新風格、新文體和新流派的產生。這一觀念重視文學語言和文學形式本身，強調文學與現實的距離，而非現實的模仿或反映。正如施克洛夫斯基所說：「藝術總是獨立於生活，在它的顏色裡永遠不會反映出飄揚在城堡上那面旗幟的顏色。」通過這鮮明生動的比喻，「這面旗幟就已經給藝術下了定義。」米哈依爾・巴赫金研究陀思妥耶夫斯基的小說作品，認為其中不是只有作者權威的聲音，而是有許多不同的語調和聲音，構成表現不同思想意識的「複調小說」，如果脫離這種「複調」空談內容，就不可能把握問題的實質，因為「不懂得新的觀察形式，就不可能正確理解借助於這種形式才第一次在生活中看到和顯露出來的東西。正確地理解起來，藝術形式並不是外在地裝飾已經找到的現成的內容，而是第一次地讓人們找到和看見內容。」這裡反覆強調的「第一次」，與施克洛夫斯基的「陌生化」概念一樣，也突出了藝術的目的是使人對生活中的事物獲得新鮮感。事實上，這是從俄國形式主義到捷克結構主義貫穿始終的思想，是俄國形式主義對文學理論的重要貢獻。

　　俄國形式主義雖然被稱為形式主義，但這種理論從一開始就和語言學有密切關係，注意語言的結構和功能。雅各森從莫斯科到布拉格，後來又到美國，對於俄國形式主義和捷克結構主義理論，都做出了很大貢獻。捷克學者穆卡洛夫斯基（Jan Mukarovsky）認為，日常語言會由於長期使用而趨於自動化，失去新鮮感，而文學語言則儘量「突出」（foregrounding）自身，不是傳達資訊，而是指向文學作品自身的世界。這一觀念顯然與俄國形式主義有直接的聯繫。從莫斯科到布拉格再到巴黎，從俄國形式主義到捷克結構主義再到法國結構主義，這就形成二十世紀文學理論發展的三個重要階段。六十年代之後，結構主義從法國傳到英美，成為西方文學理論一股頗有影響的新潮流。

在二十世紀四十和五十年代，英美的新批評同樣注重文學的形式和語言，通過細讀和修辭分析，力圖把文學之為文學，具體化到一個文本和文學語言的層面來理解。文薩特（W. K. Wimsatt）與比爾茲利（M. C. Beardsley）提出兩個著名概念，一個是「意圖迷誤」（intentional fallacy），認為文學作品是本身自足的存在，作品的意義並非作者意圖的表現。另一個是「感受迷誤」（affective fallacy），即自足存在的作品之意義，無關讀者眾說紛紜的解釋。這兩個「迷誤」概念就使文學的文本（text）獨立於作者和讀者，成為韋勒克所謂「具有特殊本體狀態的獨特的認識客體。」[7]韋勒克與沃倫（Austin Warren）合著一部頗有影響的《文學理論》，就提到俄國形式主義的觀點，並把文學研究分為內在和外在兩種。他們認為從社會、歷史、思想、作者生平等等方面去研究文學，都是文學的外部研究，而他們注重的是文學的內部研究，即研究文學的語言和修辭，包括音韻、節奏、意象、比喻、象徵等形式特徵。在作品分析方面，尤其在詩的理解和閱讀方面，注重文本和文學語言的新批評取得了不可忽視的成就。

在五十年代末，諾斯羅普·弗萊在其《批評的解剖》一書中提出神話和原型批評，就超出個別作品的細讀，為文學研究提供了比個別文本更為廣闊的理論框架。這種神話和原型批評所理解的文學是意象、原型、主題和體裁組成的一個自足系統，批評家從這種文學系統中，可以找出一些具普遍意義的原型（archetype），這些原型「把一首詩同別的詩聯繫起來，從而有助於把我們的文學經驗統一成一個整體。」[8]原型在不同作品中反覆出現，有如晝夜交替、四季循環，或者像各種儀節，每年在一定時刻舉行，固定而且反覆，所以弗萊注重神話、儀式和歷史的循環論，把文學類型的演變與四季循環的自然節律相關聯。對應於春天的是喜劇，充滿了希望和歡樂，象徵青春戰勝衰朽；對應於夏天的是傳奇，萬物都豐茂繁盛，富於神奇的幻想；對應於秋天的是悲劇，崇高而悲涼，那是物盛當殺、犧

[7]　Wellek and Warren, *Theory of Literature*, p. 156.

[8]　Frye, *Anatomy of Criticism*, p. 99.

牲獻祭的時節，表現英雄的受難和死亡；對應於冬天的則是諷刺，那是一個沒有英雄的荒誕世界，充滿自我審視的黑色幽默。然而有如殘冬去後，又必是春回大地，萬物復蘇，犧牲獻祭之後，諸神又會復活一樣，諷刺模式之後，文學的發展又有返回神話的趨勢。

原型批評從大處著眼，注意不同作品之間的內在聯繫，認為文學有一些基本程式，這些最終來源於神話和祭祀儀式的程式是每一部新作得以產生的形式原因。弗萊說：「詩只能從別的詩裡產生；小說只能從別的小說裡產生。文學形成文學，而不是被外來的東西賦予形體：文學的形式不可能存在於文學之外，正如奏鳴曲、賦格曲和迴旋曲的形式不可能存在於音樂之外一樣。」[9] 弗萊的神話和原型批評在五十年代末，已經打破了新批評對作品的細讀，注重在不同文學作品下面，去尋求決定文學形式因素的程式和原型，這也就為後來從歐洲傳來的結構主義，在思想上奠定了基礎。弗萊百科全書式包羅萬象的文學觀念可以追朔到維柯和赫德爾，也讓我們想起歌德的世界文學觀念，不過在他的原型批評中，實際討論到具有典範意義的文學作品時，卻仍然只限於歐洲或西方文學的範圍。

弗萊的原型批評雖然超出新批評著眼於個別文本的細讀，但卻沒有否定新批評提出的「意圖迷誤」。事實上，二十世紀文學理論發展一個重要的趨勢，正是越來越否定作者的權威，使批評成為獨立於作者意圖的一種創造。與此同時，新批評提出的「感受迷誤」則完全被否定，因為否定作者的同時，文學理論越來越注重讀者在閱讀和理解當中的積極作用。從現象學到闡釋學，再到德國的接受美學和美國的讀者反應批評，這就形成了充分肯定讀者作用的主流趨勢。當然，法國批評家羅蘭・巴爾特（Roland Barthes）宣稱作者已死，好像讀者的誕生非要以作者的死亡為代價，那又是西方理論家喜歡走極端、言過其實的一個例子。凡大講理論，奢談作者已死的人，往往正是從巴爾特這位作者那裡接受了這一批評觀念，這在無形中就構成對其所談理論本身的諷刺。從這個例子可以看出，我們在討論

---

[9] 同上，頁97。

理論問題時，必須要有自己獨立的見解和批判意識。理論注重對事物的分析，對理論本身，我們也必須要有分析，不能盲從權威，人云亦云。

二十世紀六、七十年代，結構主義成為西方文論頗有影響的新潮流。文學理論取代了細讀，文學分析中形式主義對文本的注重，也被結構主義對系統和深層結構的興趣所代替。瑞士語言學家索緒爾對結構主義產生了極大影響，他提出語言中二項對立（binary opposition）的原則，說明任何詞語都在和其他詞語的對立和差異中顯出自身的意義，沒有「上」也就沒有「下」，沒有「內」也就無所謂「外」，如此等等。這就打破了以單項為中心的觀念，把注意力集中到系統和深層結構。人們所說的任何具體的話是「言語」（parole），而決定一切具體言語的深層結構是「語言」（langue），即這一語言系統的全部語法規則和詞彙。把這一原理運用於文學研究，結構主義者注重的就不是具體的文學作品，而是文學敘述的基本結構或「普遍語法」。所謂語言學轉向（linguistic turn），可以說標誌著從文本細節到語言深層結構的轉變。我們可以說，結構主義和符號學集中研究的是抽象的文本性（textuality），而不是具體的文本（text）。如果說結構主義批評在小說和敘事文學研究中取得了一定成績，其研究方法卻離開文學作品的具體細節，越來越趨於抽象。

二十世紀七十年代之後，結構主義很快被後結構主義和解構（deconstruction）取代，同時又有女權主義、東方主義、後殖民主義以及形形色色的文化研究逐漸興起並占居主導地位。解構主義批判西方傳統，認為那是邏各斯中心主義，應該徹底解構。女權主義顛覆以男性作家為主的傳統經典，東方主義和後殖民主義顛覆西方的文化霸權，文化研究把注意力集中到文學研究之外，以大眾文化取代精英文化，特別突出身份認同和性別政治，尤其是同性戀研究，而傳統的文學研究則似乎退到邊緣。這是從現代轉向後現代的趨勢。後現代理論批判西方十七世紀以來的現代傳統，尤其批判啟蒙時代以來如邏輯、理性、客觀真理等等西方傳統的基本觀念，認為這些都是壓制性的觀念，應該徹底顛覆。後現代理論有強烈的批判性，帶有激進的政治和意識形態色彩。由於比較文學沒有明確的邊

界，又能運用各種語言，於是在美國的大學裡，比較文學很自然地成為來源於歐洲的文學理論、尤其是各種法國理論的家園，同時也成為理論和批評方法輻射到人文社會其他學科去的基地。隨著比較文學採用的各種理論擴散到其他學科領域，比較文學一時間似乎獨領風騷，好像在學術研究中起領導和典範的作用。歷史、人類學、社會學等學科似乎都從比較文學引進理論，受到啟發。

但與此同時，比較文學和其他學科理論方法的相互滲透以及在文學研究中使用社會科學的模式和方法——尤其是人類學、社會學、心理學、哲學、政治學等模式——都使西方的比較文學喪失了自己作為文學研究的獨特性。在理論籠罩一切的時候，一個研究文學的學者很可能對文學做理論的探討，寫出的論文洋洋灑灑，但卻抽象虛玄，滿是晦澀的專門術語，卻很少去深入討論一部文學作品。到後來，文學研究越來越離開文學，轉而討論電影、大眾文化或文化研究中其他的各種項目。尤其在美國大學的學術環境裡，這已經成為一種普遍情形，而且這種趨向也影響到其他地方，包括中國。美國比較文學學會2005年檢討學科現狀提出的報告，就明確指出比較文學有喪失自身特性的危險。就像蘇源熙在報告中所說，現在做一個理論語言學家可以不必懂許多語言，現在做一個文學研究者，似乎也可以「以研究文學為業而無須持續不斷地討論文學作品」。[10]文學研究逐漸脫離文學，也許這一現象本身正是當前社會狀況的一個反映，因為電子媒體和數碼化娛樂方式正在改變文化消費的基本習慣，在這種情形下，緩慢仔細的閱讀好像效率極低，成了一種奢侈。但書籍和閱讀的文化從來就是文

---

[10] Saussy, "Exquisite Cadavers Stitched from Fresh Nightmares: Of Memes, Hives, and Selfish Genes", *Comparative Literature in an Age of Globalization*, p. 12，中譯可參見《中國比較文學》2004年第3期，頁12。ACLA的報告已部分譯為中文，見蘇源熙《關於比較文學的對象與方法》（上），何紹斌譯，林澗校，《中國比較文學》2004年第3期，頁11-30；蘇源熙《關於比較文學的時代》（下），劉小剛譯，施人校，《中國比較文學》2004年第4期，頁15-30。我撰寫的部分由我自己用中文改寫發表，見張隆溪《從外部來思考——評ACLA 2005年新報告兼談比較文學未來發展的趨勢》，《中國比較文學》2005年第4期，頁1-11。

學殿堂的根基，而在當前的文化消費市場上，儘管仍然有大量書籍出版，其內容卻往往是娛樂、消閒，以及與大眾消費相關的範疇，認真的文學閱讀似乎在逐漸衰落，不斷受到電腦數碼技術和互聯網通訊的挑戰。

　　不過在人文研究各個學科當中，比較文學似乎對自身的特性及相關問題最具自覺意識，最敏感。威勒克和其他一些學者早就說過，比較文學這名稱定義得很不恰當，所以也許從一開始，就一直有比較文學身份特性的問題，或者說一直存在著比較文學的危機。就其名稱而言，「比較」這個字既不能描述這一學科的性質，也不能描述其方法。我在本章開頭已經說過，在追求知識當中，幾乎任何學科在分析研究中都會使用比較。把兩種或幾種民族文學的作品簡單並列起來，並不成其為比較的理由，所以把民族文學疊加起來並不就是比較文學，比較文學也並不僅僅是關注不同民族文學之間的相互關係。因此，比較的理由總需要不斷論證。對於每一次成功的比較而言，不僅比較什麼，而且如何比較，都是一個根本的問題。法國式的「事實聯繫」是在實際接觸和歷史關聯中尋找比較的理由，美國式的平行研究則是在體裁和主題的契合中去尋找比較的理由。由於文學理論為不同文學作品的比較提供一個複雜精細的基礎，所以文學理論和比較文學有一種特別親近的關係。就中國文學和西方文學而言，除近代以外，兩者之間很少有實際接觸和事實上的聯繫，所以文學理論對於中西比較說來，就更有特別重要的意義。換言之，中西比較文學往往需要在理論上有扎實的基礎，才可以為具體的比較找到合理的依據和理由。

　　然而，一味高談和空談理論，對文學研究說來畢竟弊多於利。在美國的大學裡，理論取代文學在文化研究中已成一個趨勢，比較文學的危機也就比以往任何時候都更為急切。比較文學的危機是構成文學研究本身組織成分在逐漸消失的危機，是這一學科之文學基礎逐漸消失的危機。從1970至1990年代，在文學研究中影響極大的解構理論，就往往使批評論述讀起來更像抽象的哲學探討，而不像是文學批評；語言學和符號學理論把文學視為一種文本，和其他文本並沒有任何區別；女權主義、後殖民主義和新歷史主義解讀文學作品，都往往是為了意識形態的批判，而不是為其文學

性的特質,而且這些理論都有一個基本的假設,即認為近代以前傳統的文學,都代表了精英權貴的意識,表現出父權宗法制度或壓制性政權的價值觀,並與之有共謀的關係,所以在政治上都值得懷疑,應當徹底批判。所有這些都造成一種環境,使文學危機之說得以出現,甚至產生出文學或比較文學已經死去的說法。阿爾文‧肯南(Alvin Kernan)在1990年發表了《文學之死》一書,斯皮瓦克(G. C. Spivak)在2003年發表了《一個學科的死亡》一書,蘇珊‧巴斯奈特(Susan Bassnett)1993年發表《比較文學批判導論》,也早已宣佈了比較文學的死亡,至少是傳統意義上那種人文學科的比較文學已經死亡。為文學研究發佈這類訃告的人,心情可能很不一樣,因為對愛惜文學的學者們說來,文學或比較文學之死也許像「諸神的黃昏」,令人覺得悲哀惆悵,然而在文化研究某些激進的鼓動者們看來,這或許正是「高層文化之巴士底獄的陷落」,令人振奮,值得慶幸。[11]然而悲哀也罷,振奮也好,那種末日來臨式的訃告似乎都在顯露西方文化和社會一個深刻的危機,也就是西方後工業、後現代社會深刻的文化危機。

但宣告比較文學已「死」,和尼采宣告上帝已死一樣,多多少少是一種戲劇性姿態,是聳人聽聞的誇張,是一種論爭策略,其目的正是希望重振那被宣告已經死亡的學科。不僅如此,那種危機和死亡的說法大多來自西方學界內部,所以究竟有多大的真實性,也頗值得懷疑。比較文學已死的訃告無論說得多麼有戲劇性,其實都是虛假的,因為比較文學完全不理會這類威脅性的預言和警告,一直繼續存在下去。有人認為比較文學已死的一個原因,也許在於比較文學至今仍然大致是一個局限於以歐洲或以西方為中心的學科。可是,文學研究可以做的一切,難道真的都已經做完了嗎?歐洲和北美的比較學者們對西方以外文學傳統裡的重要作品,難道已經像對西方新的和老的經典那樣熟悉了嗎?在這一點上,甚至在政治和思想意識上針對歐洲殖民主義而興起的後殖民主義研究,也並沒有真正超越歐洲中心主義,因為其批評的注意力仍然集中在歐洲強權國家及其前殖

---

[11] Kernan, *The Death of Literature*, p. 10.

民地之關係上，而現在這些國家之間除政治的關聯之外，還有語言上的關聯。如英語在印度和非洲一些地區，西班牙語在墨西哥和南美諸國，都顯出殖民與後殖民之間的聯繫。正如艾米莉・阿普特爾（Emily Apter）所說：「甚至新形式的後殖民主義比較研究，由於繼續了帝國時代不同語言的區域劃分，無意間也就持續了新殖民主義的地緣政治」。[12]在我看來，比較文學要進一步成長發展，就必須真正超越歐洲中心主義，包括超越西方過去曾控制過的地域。從這種真正全球的眼光看來，我們的視野和胸襟就會廣闊得多。比較文學如果說在西方正在經歷某種危機，那麼超出歐美學院的範圍去看非西方世界，情形大概就很不一樣。因此，我們大可不必去附和比較文學已經死亡的悲觀論調，而應該從我們自己的環境出發去看問題。東西方比較文學可以說才剛剛開始真正起步，未來還有許多發展的空間和機會。我們需要的是信心和勇氣，需要新的、真正開闊的全球視野，只有這樣的眼光和視野才可能使我們對比較文學及其未來，有更充分全面的瞭解。

第四節　全球眼光與多元視野

可以說自有文學以來，就有文學的比較。我們只要看希臘與羅馬的互動、佛教經典如何傳入古代中國和東亞、拉丁文學與歐洲中世紀乃至近代文學的關係，以及古代世界各種文本的傳播和相互影響的其他例子，就可以明白文本和文學比較的歷史，遠遠早於作為一門學科的比較文學的歷史。這種歷史的觀點也可以使我們明白，只要有文學，就必然有比較文學。就文學而言，在拉丁美洲、印度、中國、乃至整個東亞和東南亞，還有中歐和東歐，由於社會政治環境與西歐和北美有所不同，文學與社會的關係也就大不一樣。就比較文學而言，這些地區很多地方並沒有出現比較

---

[12] Apter, "'*Je ne crois pas beaucoup à la littérature comparée*' Universal Poetics and Postcolonial Comparatism", in Saussy (ed.), *Comparative Literature in an Age of Globalization*, p. 55.

文學衰頹死亡的跡象，恰恰相反，起碼就中國的情形說來，比較文學確實還有進一步發展的可能。

與此同時，在西歐和北美，越來越明顯地產生了對於非西方文學和文化的興趣。真正全球性的世界文學觀念，最近重新成為許多學者討論的問題，英文編著的世界文學選集已經出版了好幾種。大衛‧丹姆羅什（David Damrosch）著《什麼是世界文學？》，就特別注重打破過去以西方文學取代世界文學的歐洲中心主義偏向，用很多篇幅討論古代中亞、埃及和美洲的文學創作。由一些瑞典學者發起，包括世界各地一些學者在內，將有在數年內撰寫一部文學之世界史的龐大計畫，這個計畫的核心，也是要打破歐洲中心主義的局限，完成一部有取捨、有輕重、又儘量能描繪世界文學全貌的文學史。西方學界產生了批判西方中心主義的意識，對非西方文學越來越感興趣，而在西方之外的許多國家和地區，翻譯文學從來就很受讀者歡迎，喜愛文學的讀者大多對西方文學中的主要作品，也都有一些基本的瞭解。所以，東方和西方都有互相瞭解的意願，這就成為比較文學在我們這個時代可以進一步發展的一個有利因素。

比較文學從一開始就是以世界主義的頭腦和眼光，超越語言、地域和民族的界限，去看待和思考各民族的文學和文化。在我們這個時代，從世界事務到人們的日常生活，全球化已成為一個普遍事實，比較文學的研究者們更需要有一個真正全球的眼界。這就是說，我們要有打破歐洲中心或西方中心局限的眼界，以全球的眼光和多元的視野去看待世界文學，充分認識文學表現和審美意識的豐富多彩。在西方學界，早在二十世紀六十年代就有法國學者艾田蒲（René Etiemble），近年則有西班牙學者克勞迪歐‧紀廉（Claudio Guillén）這樣的比較學者，他們極力主張超越歐洲中心那種沙文主義的偏見和局限，推動東西方比較研究。他們呼籲比較文學的研究者不僅要去認識和欣賞中國、日本、印度、阿拉伯或波斯的文學，而且要去認識和欣賞在國際範圍內人們還知道得不多、研究得甚少的所有文學，使比較文學真正具有包容一切的普遍性，實現包羅萬象的世界文學那個夢想或者理想。

　　然而超越歐洲中心並不是用一種民族中心主義或種族中心主義，去取代另外一種，或者用東方的經典去替換西方的經典。比較文學的全球眼光和多元視野意味著平等看待世界所有國家和地區的文學，尊重文化之間的差異，並努力去理解這些差異。東西方研究或廣闊的跨文化研究之目的，就是要打破研究單一民族文學那種傳統路徑，更好地去分析、理解和欣賞文學作品，指出其意義和價值，尤其要能見出局限在單一文學傳統中看不見的那些意義和價值。讓我舉一個具體例子來說明這一點。在世界各國文學中，語句之間的平行對應（parallelism）是詩歌的一個普遍特點，我們在舊約《聖經》中，在俄羅斯史詩中，在西班牙羅曼采羅（romancero）中，在法國普羅旺斯情歌中，在中國古典詩詞中，在阿茲特克人的歌謠中，在許多各不相同的文學傳統裡，都可以看到詩歌語言的這一個特點。其實這一特點不僅在詩裡很重要，甚至在散文裡也是如此。讀起來抑揚頓挫、氣勢蓬勃的排比句，就是這種平行對應形式在散文裡的表現。許多著名學者，如羅曼·雅各森、邁克爾·里發特爾（Michael Riffaterre）、艾米略·洛拉克（Emilio Alarcos Llorach）、詹姆斯·庫格爾（James Kugel）、沃爾夫剛·斯坦尼茨（Wolfgang Steinitz）、齊爾蒙斯基（V. M. Zhirmunsky）等人，都研究過詩歌中這一平行對應現象的起因和構成。其中齊爾蒙斯基的研究由於徵引豐富，並具理論性總結，也就尤其著名。

　　齊爾蒙斯基引用了從中世紀到十六世紀各種文學作品為例證，發現在歐洲文學裡，隨著音步數目逐漸固定，尾韻逐漸發展，語句的平行對應就越來越不那麼重要，這幾乎是一條規律。於是他得出結論說，在詩句的上下聯繫中，一旦尾韻佔據主要，成為這種聯繫自動而且必須採用的手段，平行對應和頭韻（alliteration）也就必然逐漸衰退。現代自由體詩放棄了尾韻和數目一定的音步，平行對應即詩句句法的重複似乎又重新出現了，這從美國詩人惠特曼、俄國詩人馬雅柯夫斯基和西班牙詩人文森特·亞歷山德爾（Vicente Aleixandre）等人的作品中，都可以找出例子，得到清楚的證明。所有這些好像都說明，詩只要用韻，詩句的排比對應就不那麼重

要，於是平行對應與尾韻似乎互相對立，形成彼消此長的趨勢。然而，這是否就是詩歌語言一個帶普遍性的規律呢？

從全球視野的角度看來，我們重新審視齊爾蒙斯基的理論總結，就發現其中有些問題，因為在中國古典詩中，對仗和尾韻並不互相隔絕，更沒有形成彼此對立的關係。中國詩不押韻就幾乎不成其為詩，律詩在押韻之外，又要求嚴格的對仗。不僅律詩講究用韻嚴，對仗工整，而且算是散文的賦和駢文也講究對仗，也會用韻。像王勃《滕王閣序》：「落霞與孤鶩齊飛，秋水共長天一色」，蘇軾《赤壁賦》：「惟江上之清風，與山間之明月，耳得之而為聲，目遇之而成色，取之無禁，用之不竭」，對仗都十分工整，但都不是詩，而算散文。中國舊詩，尤其律詩，對仗就更是必須的了。中西詩在用韻和平行對應方面的不同，也許和語言的特性有關，因為漢語有很多單音節詞，有聲調的區分，這就和多音節詞而且詞中有重音的歐洲語言很不一樣。不過中國詩用韻和對仗同時並存，對於齊爾蒙斯基以歐洲文學為基礎做出的理論總結，的確就提出了挑戰。這絕不是貶低齊爾蒙斯基出色的研究，也不是否定他的結論來建立某種普遍適用的詩學原理。但從全球視野的角度看來，我們確實可以認識到，儘管齊爾蒙斯基提出了極為豐富的文本例證，那些例證畢竟還不全面，還局限在西方文學傳統的範圍之內。中國文學裡用韻和對仗之間的關係與西方的情形不同，這個例子就告訴我們，必須注意不要把西方的提法，都視為具有普遍意義或已經普遍化的理論原則。我們這樣做的結果，不是要得出一個包羅萬象的普遍結論，而是要更好地理解平行對應的性質和構成，認識不同語言文學傳統中文學形式的豐富多樣。

平行對應可以說正是比較文學本身一個恰當的比喻，因為我們比較不同文學和文化傳統中的作品和思想，就會把這些作品和思想在兩個或多個系列中並列起來，審視其間的關聯、契合、差異、對比和模式，看它們如何互相啟發照應。詩中對仗時，一聯詩出句和對句所用的字在音調、意義和詞性等各方面都必須彼此對應，同樣，在比較文學研究中，來自兩種或多種文學傳統的文本、意象、體裁或流派也必須彼此對應，展現出某種

意義或者規律。詩的對仗明顯告訴我們，一行詩句不會孤立存在，而總是和另一行詩有某種關聯，因此在本質上就有比較的性質。如果我們記住一聯詩上下兩句如何對仗，我們就可以知道這個比喻是多麼恰當，因為彼此對應的兩句詩絕不會是簡單的重複或應用，第二行詩絕不會單單跟隨第一行，更不會依樣畫葫蘆式地純粹摹仿。相對的兩句詩互相之間是一種平等對話的關係，如果第二句僅僅重複第一句，那就不會有什麼對仗。把這個比喻的意思講明白，我們就可以說，中西比較文學絕不能僅僅把西方的理論和批評方法簡單應用到東方的文本上，而必須以東西方共有的基本理論問題為基礎，這些理論問題在東方和西方傳統中可能有不同的表現方式，但互相之間卻必定有可比之處，探討這些可比之處，加深我們對不同文學作品的理解和認識，這就是比較文學研究應該去做的事。

第五節　結語

　　比較文學自十九世紀產生以來，就超出民族傳統局限的眼光，不斷擴大文學研究的領域和視野。比較文學使學者們和讀者們都認識到，不同語言和文化傳統的文學作品在意象、觀念、主題等很多方面，都互相關聯，有可比之處，而且通過比較，既能顯出不同傳統的相似與契合，也可以彰顯各自的特點。在西方，比較文學在很大程度上仍然是以歐洲為中心或以西方為中心，也因此而表現出局限甚至產生了危機。要進一步發展，就必須打破歐洲中心主義，在世界文學廣闊的範圍內，以全球的眼光來欣賞文學創造之多樣性和無窮的可能性。以此看來，東西方的比較或中西比較文學，將有很大的發展空間和取得成果的機會。

第二章　中西比較文學的挑戰和機遇

第一節　從邊緣走向中心

　　在前一章「引論」中，我簡略討論了比較文學在西方的歷史和現狀，強調東西方比較研究之重要，說明我們要使比較文學真正有所突破和發展，就不能把西方理論和方法機械應用到東方的文本上，而必須打破歐洲中心主義，以東西方共有的基本理論問題為基礎，以全球的眼光和多元的視野來研究世界文學。在中國，上海商務印書館早在一九三〇年就出版了法國學者羅力耶（Frédéric Loliée）著《比較文學史》，由傅東華從日文和英文轉譯為中文，數年後，又出版了戴望舒直接由法文翻譯的梵第根（Paul van Tieghem）著《比較文學論》。這說明比較文學在中國從一開始，就和西方的研究密切相關。從那時以來，中國學者從事比較文學研究，就已經形成自己的歷史，也取得了許多成就。二十世紀七十和八十年代，比較文學在臺灣和香港曾有蓬勃發展，八十年代以來，比較文學更在中國內地成為一個重要的學科。不過中西比較文學要求研究者對中國和西方的語言、文學和文化傳統都要有相當程度的瞭解，有範圍廣闊的知識準備，有獨立思考和深入分析的能力，同時要熟悉國外的學術研究狀況，所以並不是那麼容易就可以得其門而入，更不用說登堂入室，取得出色的研究成果了。既然比較文學的性質決定了我們必須超越單一民族傳統的視野來看問題，中西比較文學更要求我們對西方的研究狀況有深入瞭解，所以

我在這一章要討論的重點，不是中國比較文學的歷史或現狀，而是在當前的國際學術環境裡，我們要推展比較文學研究會面臨怎樣的挑戰，以及我們應該如何回應這些挑戰。換言之，本章討論的重點是如何使東西方比較研究成為國際比較文學一個無可置疑的重要部分。

　　也許出於偶然巧合，兩部討論比較文學的英文專著都在一九九三年出版。一部是蘇姍・巴斯奈特著《比較文學批評導論》，由布拉克威爾（Blackwell）出版社在英國刊印。另一部是克勞迪歐・紀廉著《比較文學的挑戰》，原著用西班牙文寫成，初版於一九八五年，英文譯本也在一九九三年由哈佛大學出版社出版。在此之前一年，一九九二年三月至六月號的《加拿大比較文學評論》也刊載了幾篇文章，檢討學科領域的變化發展。此外，還有一本與中西比較文學有關的論文集，由張英進主編，題為《多元世界裡的中國》（*China in a Polycentric World: Essays in Chinese Comparative Literature*），一九九八年由斯坦福大學出版社出版。更近一些，則有美國比較文學學會檢討學科現狀所提出新的十年報告，由蘇源熙（Haun Saussy）主編，二〇〇六年由約翰・霍普金斯大學出版社印行，書名題為《處在一個全球化時代的比較文學》。這書名很明顯地表示，在我們時代當前的狀況下，有必要重新檢視比較文學的現狀。除此之外，當然還有別的文章討論比較文學的狀況，不過就我上面提到這些書籍和文章已經足以說明，在比較文學領域出現了自我審視和檢討的趨勢。這一趨勢的出現看來有兩個主要原因，一個是文學理論的普遍影響，另一個則是與理論影響密切相關的一個現象，即西方學界對非西方的第三世界文化和文學，產生了越來越大的興趣。這些趨勢和跡象似乎都表示，現在正是大力發展東西方比較文學的大好時機，可是實際情形卻又不是那麼簡單。尤其在西方，許多學者對跨越東西文化界限的比較仍然充滿懷疑，甚至覺得兩者根本是風馬牛不相及，無從比較。就是在中國，對跨越東西方文化差異的比較，也有不少人表示懷疑。所以東西方文化和文學的比較研究還面臨許多困難和挑戰，在學術界還處於邊緣，要成功改變這種情形，也絕不是輕而易舉的事。

　　巴斯奈特的《比較文學批評導論》提出一個論點，即比較文學已經死亡，或至少是傳統意義上作為人文學科那種比較文學已經死亡。巴斯奈特說，新派的比較文學正在脫離歐洲中心的傳統議題，質疑歐洲文學大師們製造的西方經典，而這一新趨勢的發展特別有賴於女權主義和後現代主義理論的推動。她非常明確地宣稱說：「我們現在有了一個後歐洲式（post-European）的比較文學模式，這個模式重新考慮文化身份認同問題、文學經典問題、文化影響的政治含義問題、文學史和時代劃分等關鍵問題，同時又堅決拒絕美國學派和形式主義研究方法那種非歷史性。」[1]巴斯奈特所謂「美國學派」和「形式主義研究方法」，指的是純粹著眼於審美價值去研究文學，而不顧及文學的民族性和政治經濟的社會環境，指的是相信傑出的文學作品可以表現普世價值，具有使人向上向善而深化人性的效力。在她看來，這一類想法都早已過時，而且完全沒有認識到文學的政治和歷史的性質。可是我們從前面一章討論比較文學在二戰之後的發展，就可以認識到所謂「美國學派」拋棄以民族和民族文學為基礎的研究方法，絕不是出於什麼「非歷史性」，卻恰好是由於第二次世界大戰前後歷史的變化，由當時的政治和歷史環境所決定的。狹隘民族主義是造成各民族互相衝突、導致世界大戰的重大原因之一，這是戰後世界裡人們的普遍共識，也是所謂「美國學派」拋棄以民族文學為基礎的比較文學觀念的歷史原因。至於所謂「形式主義研究方法」，那並非某一民族的特性，更不是美國比較學者獨具的特點。熟悉西方文論的人都知道，還有所謂「俄國形式主義」，而且這種「形式主義研究方法」對於當代西方文論的發展，曾經產生過很大影響。

　　巴斯奈特一面宣稱傳統人文研究意義上的比較文學已經死亡，另一方面又說新的比較文學改換了形式，「經過政治化而重新獲得了生命力」（revitalized and politicized），活躍在性別研究、文化研究和翻譯研究之中。她特別強調，這種政治化的比較文學與民族意識密切相關，於是她進

---

[1]　Bassnett, *Comparative Literature: A Critical Introduction*, p. 41.

而討論民族身份認同問題，討論東方主義和後殖民主義理論，而且就英國比較文學研究而言，主張比較英倫各島的文學，審查英格蘭作為殖民者和愛爾蘭作為被殖民者之間的關係。我們閱讀一本比較文學導論，期待的是比較文學研究視野的開放擴大，而不是眼界和心胸的收窄縮小，而巴斯奈特的書給人的印象，卻恰好是後者，因為她宣稱「不列顛比較學者應該做的事」，就是比較英格蘭、愛爾蘭、蘇格蘭和威爾士的文學，注意當中殖民與被殖民的關係！[2]殖民與被殖民固然是重要問題，可是英國比較學者們如果只是去比較英格蘭、愛爾蘭、蘇格蘭和威爾士的文學，而不知在不列顛之外還有歐洲，在歐洲之外還有更廣大的世界，如果其他各國的比較學者也都依照這一模式，只研究自己國家殖民和被殖民的歷史，關注自己的文化身份認同和民族主義問題，那就實在是學者眼界的急劇收縮，不能不令人失望。巴斯奈特固然也提到英國以前的殖民地印度，提到拉丁美洲的比較文學，認為那裡的作家們在後殖民世界裡，提出了民族和文化身份認同的問題，但是在她構想的歐洲之外的比較文學裡，卻幾乎見不到東亞和中國的影子。因此，對於東西方比較文學或中西比較文學而言，巴斯奈特這本《導論》實在和我們所期待者相差甚遠，對我們也不能提供什麼幫助。

　　巴斯奈特把她所謂「新派比較文學」的未來與民族主義的命運聯在一起，也令人懷疑是否明智。在第二次世界大戰之前，歐洲比較文學與民族意識的關係就很密切，但世界大戰暴露了狹隘民族主義和愛國主義的局限，就是在今天，我們仍然不能不記取這段歷史的教訓。後殖民主義理論確實常常討論民族意識和文化身份認同的問題，但這類討論對中西比較文學有什麼益處，仍然不無爭議。[3]在中國近代歷史上，我們可以清楚看到文化上的民族主義很容易與政治上的保守主義結成同盟，一起來壓制政治經

---

[2]　同上，頁48。

[3]　德里克對後殖民主義的理論家曾提出尖銳的批評，參見Arif Dirlik, "The Postcolonial Aura: Third World Criticism in the Age of Global Capitalism", *Critical Inquiry* 20 (Winter 1994): 328-56. 另一些學者對後殖民理論是否可以應用於中國研究，也提出了不同程度的批評意見，參見Gail Hershatter, "The Subaltern Talks Back: Reflections on Subaltern Theory and Chinese History", *Positions* 1 (Spring 1993): 103-30; 以及Jing Wang, "The

濟上的改革以及語言文學表現方式上的革新，而民族主義論述中暗含的東西方對立的思想，也很難為文學和文化研究提供一個有建設意義的模式。

巴斯奈特的書大談比較文學在西方的危機和死亡，又大談在東方後殖民世界裡的民族主義和文化身份認同的焦慮，通篇給人以衝突和鬥爭那種急切緊張的感覺，卻好像完全忘記了許多人之所以閱讀文學、研究文學，根本是出於全然不同的另一個原因，一個簡單得多，但也愉快得多的原因，那就是羅蘭·巴爾特曾稱之為「文本的快樂」（ *Le Plaisir du texte* ）那種原因。巴斯奈特那種「政治化」的比較文學概念摒棄了形式和審美價值，就幾乎不可能有什麼文本的快樂。這不僅使文學研究越來越脫離讀者閱讀文學的實際經驗，而且也越來越脫離了文學本身。可是，難道文學只是社會文獻或政治宣言，表露的只是一個人意識形態的趨向、文化身份的認同，或民族主義的情緒嗎？難道我們必須把「純粹審美的」和「純粹政治的」理解為勢不兩立的兩個極端嗎？對中國人和研究中國文學的學者們說來，文學和政治相關這種觀點並不是什麼新玩藝兒，因為在上個世紀相當長的一段時期，中國的文學批評曾經宣稱文學是階級鬥爭的工具，文學必須為政治服務，其結果是把文學變成乾澀枯燥的政治宣傳品。所以我們對於把文學和文學研究政治化的危害，不能不特別警惕。

《加拿大比較文學評論》一九九二年三至六月討論學科現狀的專號，一開頭是編者喬納森·哈特的導論，他在文章裡並沒有說比較文學在西方已經衰亡，而在後殖民世界裡又獲得了新生和發展，所以並沒有把東西方做戲劇性的對比。他倒是認為比較文學在不斷「擴展」，即不斷跨過語言和文化的界限，但這種擴展「並不是一種帝國式的擴張，而是對我們使用的方法以及我們意識形態的前提，有越來越強的意識或自我意識。」[4]比

Mirage of 'Chinese Postmodernism': Ge Fei, Self-Positioning, and the Avant-Garde Showcase", *Positions* 1 (Fall 1993): 349-88。

[4]　Jonathan Hart, "The Ever-changing Configurations of Comparative Literature", *Canadian Review of Comparative Literature/Revue Canadienne de Littérature Comparée* 19 (March/June 1992): 2.

較學者們之所以產生這樣強烈的自我意識，原因又是文學理論的影響，從結構主義到解構主義、從形式主義到馬克思主義和女權主義、從雅各森到巴爾特和德里達，哈特舉出了一連串理論家的名字。在談到對西方文學和傳統歐洲中心主義觀念提出的挑戰時，哈特認為在文化批判和後殖民主義理論的新潮流後面，起重要推動作用的是「被壓迫者、殖民、後殖民的理論家們，例如愛德華・賽義德、斯皮瓦克、荷米・巴巴等人。」[5]雖然《加拿大比較文學評論》和其他一些刊物如《比較文學研究》（*Comparative Literature Studies*），近年來都經常發表一些東西方比較的文章，可是和巴斯奈特那本書一樣，哈特這篇綜述性質的導論卻幾乎完全沒有談到中國、韓國、日本即東亞的文學和文化。

東亞文學和文化在此的缺席倒也並不令人感到特別意外，因為對傳統西方文學研究方法的挑戰畢竟來自西方文學研究機構內部，而東方主義和後殖民主義理論本身正代表了西方文學理論在這些機構中發生的最新變化。這一點在十多年前美國比較文學學會發佈的所謂「伯恩海默報告」（Bernheimer report）以及回應此報告的多篇論文中，也可以看得很清楚。這份報告和相關的論文反覆討論比較文學的性質、方法和內容，爭辯比較文學應該以文學研究為主，還是以文化研究為主，可是卻始終沒有提到東西方研究，更沒有把它作為有潛在發展可能的領域來討論。不過我在這裡指出，這些檢討比較文學現狀的文章多多少少都忽略了東西方研究，並不是要抱怨這些文章的作者偏頗不公或目光短淺，而首先是承認一個事實，那就是歐美的比較文學在傳統上關注的是西方文學的主題、觀念及相互關係，在西方當前的比較文學研究中，東西方比較仍然處於邊緣地位。但指出東西方比較的邊緣地位，也就說明這種研究仍然是一片有待耕耘的沃土，仍然還有很多潛在的發展可能，比較學者們在其中還可以大有作為。換言之，我們要加倍努力，才可能使東西方比較成為全部比較文學有生命力的一個重要部分，成為國際比較文學一個不容忽視的部分。

---

[5]　同上，頁3。

　　在此我應該說明，東西方比較文學的重要性並不是完全被人忽略，這一領域也絕不是一片沒有人開墾過的處女地。且不說在二十世紀早期，中國已經有比較文學的翻譯介紹，也取得不少成果，在一九七〇年代初，臺灣和香港已有許多學者開展了比較文學研究，而自一九八〇年代以來，比較文學更在中國大陸成為一門新興的學科，得到蓬勃發展。在美國，也有為數不多的幾所大學為東西方研究提供了綠洲式的園地，舉辦過以東西方研究為主的研討會，並有一些學術刊物發表有關論文。臺灣、香港、中國內地以及海外比較學者們的研究成果，為東西方研究的進一步發展奠定了基礎，提供了可貴的參考和啟迪，這些都是毋庸質疑的。在我看來，迄今為止寫得最好的比較文學導論是克勞迪歐‧紀廉著《比較文學的挑戰》，他在這本書裡就不僅充分承認東西方比較研究的重要，而且宣稱從事東西方研究的比較學者們「大概是比較文學領域裡最有勇氣的學者，從理論的觀點看來，尤其如此。」他甚至進一步指出，東西方比較打開了東方文學的寶藏，使比較文學打破歐洲中心主義，擴展了研究的範圍和眼界，所以在國際比較文學研究中，這是「一種真正質的變化。」[6]然而我們還是應該清醒地認識到，歐洲文學或歐美文學的比較已經得到充分發展，相比之下，東西方比較就畢竟還是一條新路，在西方學院的環境裡，其正當性也還面臨著各種質疑和挑戰。

　　正如紀廉所說，東西方研究「在三、四十年前，根本就不可能成立。那時候的比較研究完全著眼於國際關係，即楊—瑪利‧伽列（Jean-Marie Carré）那句令人印象深刻的話，所謂『事實的聯繫』（rapports de fait）。即使在今天，不少學者對於超越民族範疇和體裁界限的比較研究，仍然極不信任、或至少是十分冷淡。」[7]研究比較文學的學者，尤其是研究東西方比較文學的學者，大概都常常遇到來自學院裡各專業領域的不信任、冷淡、質疑，甚至敵意。比較文學既然要跨越學科界限，中西比較更要跨越

---

[6] Guillén, *The Challenge of Comparative Literature*, p. 16.

[7] 同上，頁85。

巨大的文化差異，就必然會走進或者說侵入其他各類學科的專業領域，專家們對此會產生懷疑甚至敵意，又有什麼可奇怪的呢？專家們往往質疑比較研究缺乏深度，挑剔許多技術性細節的把握，對於比較學者們說來，這些都是一種鞭策，逼使我們把研究做得更細緻，更深入。所以對比較學者說來，這種質疑和挑戰並不是壞事。可是，專家們的質疑有時候也不完全是出於專科學問的嚴謹，或對相關問題的深度瞭解，而也有可能是由於他們的眼光相對局限，心胸相對狹隘。其實，任何一個學科領域的領軍人物和第一流的專家，都會瞭解自己專業領域存在的問題和局限，也總會力求超越這類局限，而一個真正優秀的比較學者也首先應該是某一領域的專家，然而是一個興趣、知識和眼光都廣泛開闊得多的專家。精專與廣博本來就好像是學術的兩條軸，缺一不可，只有兩方面都得到充分平衡的發展，才不至單薄偏枯，也才可能繪製出色彩絢麗的畫圖。隨著知識領域的擴大，隨著專門研究的深入，學科的分化和專家的出現都是勢所必然，但超越專科的局限，卻是抵達另一境界的必然途徑。

第二節　中西比較面臨的挑戰

　　否認或至少懷疑中西比較文學，通常是綜合兩種不同的看法，一種是指出中西文學之間，尤其在近代以前的很長一段時間裡，並沒有什麼真正的接觸（即沒有「事實聯繫」），另一種則是文化相對主義的看法，強調東西文化之間的本質差異，而且總是把中國視為構想出來一個西方的反面。有人把這兩種看法綜合起來，再加上文學研究應該「政治化」的觀點，批評中西比較文學是一種「理想主義」和「烏托邦」空想。我想就以此作為一個例子，來說明中西比較文學面臨的挑戰。雖然這一挑戰來自海外的學者，也許在國內並不經常遇到這樣的問題，但我在前面已經說過，中國的比較學者們必須瞭解當前國際學術界的情形，不能只滿足於關起門來自說自話，還自以為兩者之間沒有距離和隔閡，所以瞭解國外學者對中西比較文學提出的質疑和挑戰，對我們說來很有必要。

　　那位否認中西比較文學的批評者站在西方當代理論的立場，對漢學和中西比較文學都提出了批評。他認為傳統的漢學固執保守，拒絕接受當代西方理論，不瞭解語言和現實之間完全不是簡單對應的關係，卻天真地以為通過漢學家識得漢字的語言功夫，就可以認識到現實和文本的真實意義。至於中西比較文學，他則認為其錯誤不在拒絕理論，而在接受了形式主義和人文主義那類錯誤的理論，沒有跟上最新的後現代理論潮流。在這位批評者看來，漢學和中西比較文學又還有另一個錯誤，那就是錯在希望有一種客觀、中性、不帶任何意識形態色彩的文學研究。他宣稱中西比較文學「基本上是一種烏托邦式的設想」，特別在涉及近代以前的文學時，是被「銘刻」在「一片不可能的學科空間裡」。中西比較要跨越東西方根本的文化差異，找出共同的理論問題或獲取比較詩學的某些洞見，在他看來，就不可能「處理中國文化客體那種根本的他者性（the radical alterity）」。[8]可是從什麼角度看來，或者說在誰的眼裡，中國文化客體才展現出「那種根本的他者性」呢？這一提法本身不就明明預設了一個外在的觀點？這不就是說，只有從西方的立場出發，才可能談論中國和中國文學的「他者性」，才可能判斷那種「他者性」有多麼「根本」嗎？然而要做這類判斷，前提是對中國文化和文學這樣巨大而複雜的傳統，必須先要有一個全面的瞭解，對西方文化和文學這同樣巨大而複雜的傳統，也要有一個全面的瞭解，因為只有對東西方文化的全部都瞭解透徹之後，你才可能看出二者之間是否有「根本的」差異。然而在事實上，那些斷定中西文化毫無可比之處者，那些宣稱中國文學和中國文化具有「根本的他者性」者，大多恰好是對中國文化既不甚了然、對西方傳統也知之甚淺者，他們並沒有全面透徹地瞭解東西方文學和文化，而只是把豐富的文化傳統極度簡單化，做一些漫畫式的描述，依據的只是一些想當然的印象，表述的也只是一些公式化、概念化的成見或者偏見。

---

[8] David Palumbo-Liu, "The Utopias of Discourse: On the Impossibility of Chinese Comparative Literature", *Chinese Literature: Essays, Articles, Reviews* 14 (1992): 165.

　　由此我們可以明白，所謂中國文學和文化之「根本的他者性」不過是西方意識形態的建構，而絕非什麼獨特中國本質的真確再現。不僅如此，那位批評者把東西方比較文學視為「烏托邦」，又不斷把烏托邦等同於逃避意識形態的一種天真幻想，更顯出他對西方傳統也缺乏瞭解。烏托邦乃是理想社會的設計藍圖，可以說從來就代表一種意識形態，或是對某種意識形態的批判。托瑪斯·莫爾的名著《烏托邦》表面看來也許像是虛無飄渺的幻想，但正如研究烏托邦的學者貝克爾—史密斯所說，那是一種「政治的幻想」。[9]《烏托邦》第一部並沒有描述一個虛構的理想社會，而是對莫爾時代英國社會的強烈批判，尤其是對圈地運動和紡織業的發展，即對所謂資本主義原始積累階段的批判。正是在社會批判的基礎上，莫爾描繪出一個並不存在的理想社會，名之曰「烏托邦」，而他從希臘語杜撰這個新詞的含義，既是「烏有之鄉」（Utopia），又暗示「美好之鄉」（Eutopia）。所以政治學家斯金納說，在那本名著裡，莫爾關注的「不僅僅是、甚至不主要是那個烏托邦島，而是『最佳的政體』。」[10]為了實現建立「最佳政體」即一個理想社會的目標，莫爾在《烏托邦》裡主張消滅私有制，設計了一種可以稱之為「共產主義」的簡單生活方式。

　　在過去兩三百年中，人們的確常常把烏托邦和烏托邦主義與社會主義相聯繫。當然，馬克思和恩格斯曾批判烏托邦社會主義，認為那是幼稚甚至反動的空想，並認為馬克思主義作為理想社會真正科學的理論，已經取代了烏托邦社會主義。可是，當代思想對十九世紀的科學主義和黑格爾式對所謂事物發展「客觀規律」的強調，已經有了批判的認識，於是把烏托邦視為空想並與科學社會主義對立起來，也就喪失了說服力。二十世紀西方一些著名的馬克思主義者，尤其像赫伯特·瑪律庫塞（Herbert Marcuse）、恩斯特·布洛赫（Ernst Bloch），還有當代美國的馬克思主義

[9]　Dominic Baker-Smith, *More's Utopia* (London: Harper Collins Academic, 1991), p. 75.

[10]　Quentin Skinner, "Sir Thomas More's *Utopia* and the Language of Renaissance Humanism", in Anthony Pagden (ed.), *The Languages of Political Theory in Early-Modern Europe* (Cambridge: Cambridge University Press, 1987), p. 123.

理論家詹明信（Fredric Jameson）等人，都堅持認為烏托邦的理想具有改變社會的、革命的意義。[11]另一方面，許多研究者又常常把烏托邦與現代政治現實中國家形態的社會主義，例如前蘇聯和東歐等社會主義國家相聯繫。但正如克利杉・庫瑪所說，烏托邦的觀念並不等同於社會主義，而二十世紀八十年代以來蘇聯的解體和東歐的變化，也並不意味著社會主義的終結或歷史的終結，更不是烏托邦的終結。[12]所以總括起來我們可以說，烏托邦絕不是憑空虛構，卻帶有強烈的政治和社會意識形態的色彩；把烏托邦等同於一種逃避政治的幻想，那不過是對烏托邦的無知，而且恰好是政治上十分幼稚的看法。

對烏托邦、政治、意識形態等概念，我的理解和否定中西比較文學那位學者的看法很不相同，這種差異當然和我們各自不同的政治、文化環境有關，在一定程度上，可以說這也代表了西方的比較文學與我們要建立的中西比較文學之間的差異。我們在此也可以看出，在西方當前的文學和文化研究中，哪些概念和思想處於中心地位，哪些又處於邊緣。那位否認中西比較文學的批評者並不認為一般的比較文學不可能，因為比較文學在西方不僅可能，而且早已成熟，具有自己穩定的地位，他所謂處在「一片不可能的學科空間裡」那種「烏托邦」空想式的東西，指的是中西比較文學。這當然毫不足怪，因為某些西方漢學家，還有某些治中國文學或歷史的中國學者們，總認為中國文學和中國文化的傳統獨特無「比」，所以對中西比較研究，他們總是投以不信任的眼光。另一方面，一些西方理論家和批評家則抱著文化相對主義觀念，一味強調文化之間的差異，所以也懷

---

[11] 關於西方馬克思主義中「烏托邦衝動」的復興，可參見Fredric Jameson, *Marxism and Form: Twentieth-Century Dialectical Theories of Literature* (Princeton: Princeton University Press, 1971)，頁110-14（關於瑪律庫塞）和頁120-58（關於布洛赫）。有關強調烏托邦理想政治和意識形態方面的意義，可參見Vincent Geoghegan, *Utopianism and Marxism* (London: Methuen, 1987)。

[12] Krishan Kumar, "The End of Socialism? The End of Utopia? The End of History?" in Krishan Kumar and Stephen Bann (eds.), *Utopias and the Millennium* (London: Reaktion Books, 1993), pp. 63-80.有關烏托邦更全面的論述，可參看Krishan Kumar, *Utopia and Anti-Utopia in Modern Times* (Oxford: Basil Blackwell, 1987)。

疑跨文化的比較研究。這樣一來，尋求中西文學和文化之間可比性的努力，往往一方面受到研究中國傳統的專家們懷疑，另一方面又被西方的理論家和批評家們忽略或鄙視。但是，無論中西比較文學面臨怎樣的挑戰，或者說正因為這種挑戰，我們更應該努力去爭取獲得有價值的成果。在當今世界，中國正在逐漸擺脫近二百年來貧弱的狀態，中國和中國文化在國際上引起越來越多的人注意，中西比較文學也必然會由邊緣逐漸走向中心。這當然只是就總趨勢和大環境而言，真正要改變現狀，使中西比較成為一個重要的研究領域，我們還需要做大量的工作。

第三節　文學理論與中西比較

對於否認中西比較，最有力的駁斥應該是來自臺灣、香港和中國大陸比較文學研究者們的共同努力，因為比較文學，尤其是中西比較文學，在我們這裡已經成為一個活躍的研究領域，得到了相當程度的發展。有關中國文學、中國哲學和整個中國文化傳統最好的學術研究成果，都往往具有比較的性質。錢鍾書先生的《談藝錄》、《管錐編》以及其他一些學術論文，就是最有說服力的代表。錢鍾書的著作不能簡單歸入比較文學一類，但他總是旁徵博引，用多種語言、多種文化傳統的文本來比照和說明中國古代典籍，具體討論其中的問題，就為我們的比較研究樹立了最佳典範。像錢鍾書先生那樣讀書多，思考深，真正說得上學貫中西的學界前輩，對東西方文化傳統都有超出一般專家的瞭解、認識和修養，就絕不會輕言文化的獨特性，更不會斷言東西方毫無共通可比、相互借鑒之處。往往是讀書少，知識面較窄的人，反而勇氣與眼界成反比，見識越少，膽子越大，越敢於一句話概括東方，再一句話又概括西方，把東西方描述成黑白分明、非此即彼的對立。其實文化之間必然是既有差異，又有相似或類同，文化上的同與異往往只是程度之差，而非種類之別，而跨文化研究也總是能為學術的進展開闢一片新的領域。現在已經有越來越多的學者們認識到，即便是研究我們自己的文化傳統，也需要多元的眼光和開闊的視野，需要在跨

文化的背景上來展開討論，才理解得更深刻，認識得更真確。隨著學術視野的擴展，我們可以抱著審慎樂觀的態度預言說，中西文學和文化的比較研究必將越來越成為學術發展一條新的、充滿了希望和前途的路徑。

　　我在前面提到過紀廉著《比較文學的挑戰》，雖然他本人研究的範圍是西方傳統而非東方文學，但他在這本書裡特別指出，東西方研究是比較文學將來很有發展前途的領域。他的比較文學概念不是以集體或民族為基礎，而是以「超民族」（supranational）概念為基礎，即不是以民族文化傳統及其相互關係為起點，卻是超越民族，甚至超越國際這類範疇，而以它們之間的仲介區域為起點。提出「超民族」這一概念，是為了防止利用學術來達到狹隘民族主義的目的。紀廉引歌德的話提醒我們說：「沒有什麼愛國主義藝術，也沒有什麼愛國主義科學。」[13]民族文學及其相互關係往往被理解為影響與被影響、中心與邊緣、西方衝擊與東方回應這類不平等的關係，比較文學必須擺脫這類不平等關係，才得以一方面避免狹隘民族主義，另一方面避免毫無根基的世界主義。擺脫這兩個極端，我們才可以去探討本土與普世、同一與多樣等一系列比較研究的重要課題，尤其在東西方比較研究中，去探討涉及語言、文學、寫作與閱讀等一系列基本的理論問題。

　　紀廉列出「超民族」比較研究三種基本模式，第一種是有某些「共同文化前提」的比較（A模式），另一種是有「共同社會歷史條件」的比較（B模式），還有一種是從「文學理論」去探討共同問題的比較（C模式）。[14]第一種模式研究有共同文化背景的作品，無論是東方還是西方的背景，但卻並不跨越這兩者的界限。大部分歐洲文學的比較都屬於這一模式，因為歐洲在歷史、宗教、社會諸方面，都有大致共同的背景。探討東亞各國文學之間的關係，即中、日、韓各國作家和作品類似的文化背景以及其中的差異和變化，也應該屬於這一模式。第二種B模式是跨學科的比較研究，說得更具體一點，就是在文學與社會、政治、歷史和經濟條

---

[13] Guillén, *The Challenge of Comparative Literature*, p. 41.

[14] 同上，頁69，70。

件的關係中，來研究文學作品和文學體裁。許多帶有歷史或社會學色彩的文學體裁研究，都可以歸入這個模式。最後還有依賴理論框架的C模式，那是超越單一文化背景，或超越某一歷史時期相對同一的情形，去尋找某個或某些特別的問題來研究。紀廉認為，東西方研究打破同一文化背景的界限，也不限於考察相同的歷史社會狀況，而往往以理論探討為基礎，所以也就「為基於第三種模式的研究，提供了特別有價值和潛在可能的機會。」[15]文學理論研究的問題都具有普遍性，所以東西方比較研究和文學理論有特別密切的關係。紀廉提出這三種模式當然沒有窮盡所有的可能，我們做比較研究，也不必特別留意要去應用其中某一種，但他的論述的確為我們提供了很有幫助的指引，他指出東西方研究與文學理論密切相關，就為中西比較文學奠定了一個堅實的基礎。

當然，任何一種文學研究都有理論背景，但東西方比較文學，尤其在討論近代以前的文學時，並沒有共同文化背景為前提，也沒有事實聯繫即實證主義式來源和影響的概念做基礎，所以尤須在文學理論中去尋找正當性的理由，也從文學理論的角度去論證其價值。當然，東西方文學之間的關係和實際接觸，也還有大量工作可做，但這類研究要有新意，要能啟發我們的心志，也必須要有理論的深度，不能只停留在實際接觸、相互影響這類歷史事實的細節上。[16]

東西方研究的成長恰好與批評理論的發展大致同時，這並非偶然。不過文學理論既然為東西方研究奠定基礎，十分重要，我們就不可避免要探討理論和文學作品之間的關係問題。這是一個經常提出來，卻沒有得到很好解決的老問題。在討論中西比較文學的可能性一篇較早的文章裡，袁鶴翔就把這個問題很清楚地提出來了。他說：「我們採用（甚至迎合）西方

---

[15] 同上，頁70。

[16] 在這方面，錢鍾書《七綴集》中論林舒的翻譯和論郎費羅《人生頌》的中譯兩篇文章，就是很好的例證。這兩篇文章不僅梳理晚清中西文學的實際接觸，而且揭示了中西文化交流在當時的整個社會背景。這對我們今天理解東西方文化的關係，仍然極有啟發。

批評理論，以之分析、評價中國文學作品，我們面臨的主要問題就是西方理論的可應用性。」[17]這裡提出的是西方理論與中國文學之間的關係問題，其實說得直截了當些，就是質疑西方理論是否能應用於中國文學作品。不過在我看來，這並不是問題的關鍵，因為理論之為理論，就在於理論原則可以超越文化的特殊和歷史的偶然，具有普遍性。正是這種超越性使理論可以轉移到不同的文化環境。既然東西方研究所比較的文學作品往往沒有共同的文化背景，其社會歷史條件也很不相同，於是只有具普遍意義的理論才可能為之提供比較的基礎或框架。

我認為袁鶴翔指出的問題並非來自文學理論的文化特性，而是來自西方理論和中國作品之間並不平等的關係。只要西方提供各種理論，而東方只提供用西方理論來分析和評判的文本，只要東西方比較只是機械應用西方理論來做研究，把各種各樣西方的理論、概念和方法一個接一個用來分析中國文學的文本，那種不平等的關係問題就會一直存在。事實上，這正是東西方比較文學當前面臨的一個大問題，不妥善解決這個問題，就很難在我們的研究中取得成果。

因此我認為，「應用」這個概念本身就是東西方比較文學面臨的一個「主要問題」。紀廉提出那第三種模式的理論框架，不應該是與非西方文本的閱讀格格不入的、現成的西方理論。對於理論，我們不僅有瞭解的興趣，而且有認識的必要，但究竟怎樣去瞭解和認識呢？任何理論都是對一些具體而基本的問題作出回應，所以我們應該去研究理論和理論概念得以產生的那些基本問題和現象。這就是說，我們不要從現成的理論框架及其概念和方法出發，不要以為這些概念方法可以像萬應靈丹那樣應用到任何文本上去。我們也不應該機械地用結構主義、解構主義、後現代主義、後殖民主義、女權主義或任何別的什麼主義來分析中國文學，而應該在每一次研究中，都重新去界定理論的問題，從現成的理論回溯到理論之所以產

---

[17] Heh-hsiang Yuan, "East-West Comparative Literature: An Inquiry into Possibilities", in Deeney (ed.), *Chinese-Western Comparative Literature: Theory and Strategy*, p. 21.

生的一些基本問題和現象，回到語言、意義、表達、再現、文本、閱讀、理解、解釋、批評以及它們的文化前提，看理論怎樣從這一類基本的問題產生。這類基本問題往往比理論的表述更普遍，同時又帶有理論性質。我們也許可以稱之為第一層次的「原理論問題」，而且這些都是不同文學和文化傳統共有的普遍問題，存在於紀廉所謂「超民族」的共有區域。這樣來討論理論問題，我們就不會是機械應用現成的、預先設定的理論概念和方法，而是從自己的立場出發去獨立思考。只有這樣，我們才可能瞭解理論問題從何處產生，如何產生，也才可能瞭解如何從東西方比較研究的角度去檢驗、調整和重新表述理論。只有用平等的眼光，看理論問題如何從這些基本材料、問題和經驗中產生，又如何在不同文化和文學中得到不同的表述，我們才有希望避免把西方理論簡單套用於非西方文學，從而避免在理論的層次上，重複西方對東方新的殖民。批判西方的殖民主義和文化霸權，正是當代西方理論所強調的，如果我們完全盲目地模仿西方，不顧中國文學、文化和社會政治的實際，一味追趕西方理論的新潮，豈不是深具諷刺意味嗎？

第四節　中西比較方法淺論

我們一方面說文學理論可以為中西比較提供基礎，使比較文學研究能有一定深度，避免那種東拼西湊、牽強附會的比較，但另一方面我們又說不能生搬硬套西方理論，而應該把理論還原到基本的「原理論問題」，在有關語言、表達、理解、解釋等許多方面，去看中國和西方怎樣表述和處理這類問題。看起來這好像是一個矛盾，而如何解決這個矛盾以達到合理的平衡，如何重視理論而又不盲從西方理論，這在中西比較文學中，的確是一個重要的方法論問題。

在此我想從語言和文學闡釋入手，以我自己的體驗為基礎，具體說明中西比較的方法。以自己的研究為例，絕非為自我標榜，恰恰相反，把自己的思路和研究方法坦然呈現在讀者跟前，一方面可以為剛入門的年輕學

子提供一點經驗和心得，但同時也是剖析自己，誠懇就教於海內外諸位方家與同好，希望得到大家建設性的批評。我曾以《道與邏各斯》為題，討論語言、理解、解釋等文學的闡釋學（hermeneutics）。[18]也許有人會問：闡釋學是德國哲學傳統的產物，用闡釋學來做東西比較的切入點，是否會把一個西方的理論，套用在中國文學之上呢？但我的做法不是機械搬用現成的德國理論、概念和術語，而是把闡釋理論還原到它所以產生的基本問題和背景，也就是語言和理解這樣基本的「原理論問題」，那是任何文化、任何文學傳統都有的問題。從闡釋學歷史上看，西方有解釋希臘羅馬典籍的古典語文學傳統，有解釋《聖經》的神學傳統，還有解釋法律的法學傳統，十九世紀德國學者施賴爾馬赫（Friedrich Schleiermacher）正是在這些局部闡釋傳統的基礎上，才建立起了普遍的闡釋學。在中國文化傳統中，也歷來有解釋儒家經典、佛經和道藏的注疏傳統，有對諸子的評注，還有歷代許許多多的文論、詩話、詞話。在東西方豐富的評注傳統中，關於語言、意義、理解和解釋等闡釋學各方面，都有許多共同的理論問題，有各種精闢論述，也就有許多可以互相參證、互相啟發之處。我們從語言這一基本問題出發，看中國和西方在哲學思想和文學批評中怎樣討論語言、表達、意義、理解和解釋等問題，通過比較研究來探討文學的闡釋學，就不會把西方理論和術語簡單機械地套用到東方的文本上去。與此同時，有闡釋理論問題作為比較的基礎，我們也就可以避免把中國和西方的文學作品隨意拼湊在一處，做一些牽強附會、膚淺浮泛的比較。這就要求我們不僅要熟悉中國和西方的文學和文學批評，而且要在更廣闊的思想和文化傳統的背景上來理解這些文學和文學批評演化變遷的歷史。換言之，文學研究不能僅限於文本字句的考釋，我們要有範圍廣闊的知識準備，不僅瞭解文學，而且要瞭解與之相關的宗教、哲學、藝術和歷史。

---

[18] 拙著原以英文寫成，題為 *The Tao and the Logos: Literary Hermeneutics, East and West*, 1992年由美國杜克大學出版社（Duke University Press）刊印。中文本《道與邏各斯》由馮川先生翻譯，四川人民出版社1998年初版，江蘇教育出版社2006年出版了重排新印本。

　　人們需要語言來表達意義，互相交往，但有時候語言不能充分達意，於是就需要理解和解釋，這就是闡釋問題之所以產生最根本的原因。在中國和西方傳統裡，都有關於語言能否充分達意的討論，一方面承認人需要語言來溝通交際，另一方面又認為語言不能充分表達思想感情。有趣的是，在中文和希臘文裡都有一個十分重要的字，表現語言和意義之間這種複雜關係。中文的「道」字既表示內在思維（道理之道），又表示語言（道白之道），而思維和語言之間有距離，內在思維不可能用語言來充分表達，這是一個古老而傳統的觀念。《老子》開篇就說：「道可道，非常道。名可名，非常名，」意思是能道出口來的道，能叫出名來的名，就已經不是真正的常道、常名，所以他又說「道常無名」。按這種看法，最高的道，宗教或哲學的真理，都超乎語言，不可言傳，更不可能表現在書寫文字中。所以在莊子筆下，輪扁說桓公讀書所得，不過是「古人之糟粕已乎！」莊子還說：「辯不若默，道不可聞。」在西方，與此類似的意思也表現在邏各斯（logos）這個希臘字裡。邏各斯的基本含義是說話，如在英語裡，獨白是monologue，對話是dialogue，後面來自希臘語的詞根-logue就是邏各斯。同時邏各斯又表示說話的內容，語言講出來的道理，所以很多表示學科和學術領域的詞，都用-logy即邏各斯來結尾，如anthropology人類學、biology生物學、theology神學等，而專講如何推理的邏輯學即logic，更直接來自logos即邏各斯。由此可見，道與邏各斯都和語言、思維相關，這兩個字各在中國和希臘這兩種古老的語言文化傳統裡，成為非常重要的概念，也就為在中西比較的框架中探討闡釋問題，提供了重要的依據和基礎。[19]

　　法國思想家德里達（Jacques Derrida）在當代西方文論中很有影響，他指出西方有貶低書寫文字的傾向，即他所謂邏各斯中心主義（logocentrism），這種趨向以內在思維為最高，以口頭語言不足以表達內在思維，而書寫文字離內在思維更遠。西方的拼音文字力求錄寫口說的語言，德里達認為，這說

---

[19] 錢鍾書先生在《管錐編》408頁評《老子》首章，就指出了道與邏各斯含義的契合，又在私人談話和書信中給我許多指教。我寫《道與邏各斯》，就深受錢鍾書先生的啟發。

明邏各斯中心主義在書寫形式上表現為語音中心主義（phonocentrism）。所以，西方的哲學傳統和拼音書寫形式都表現出邏各斯中心主義之根深蒂固。與此同時，德里達又依據美國人費諾洛薩（Ernest Fenollosa）和龐德（Ezra Pound）對中文並不準確的理解，推論非拼音的中文與西方文字完全不同，並由此得出結論認為，邏各斯中心主義乃西方獨有，中國文明則是完全在邏各斯中心主義之外發展出來的傳統。由於德里達和解構主義在西方文論中有很大影響，這一說法就把東西方的語言文化完全對立起來，過度強調了其間的差異。可是，從老子和莊子對語言局限的看法，從《易》繫辭所謂「書不盡言，言不盡意」等說法，我們都可以看出，責難語言不能充分達意，也是中國傳統中一個根深蒂固的觀念。東西方文化當然有許多程度不同的差異，但把這些差異說成非此即彼的絕對不同，甚至完全對立，則言過其實，無助於不同文化的相互理解。

然而對語言局限的責難、對語言不能充分達意的抱怨，本身卻又正是通過語言來表達的。所以凡責備語言不能達意者，又不得不使用語言，而且越是說語言無用者，使用語言卻往往越多、越巧，這就是我所謂「反諷的模式」。莊子雖然說「辯不若默」，主張「得意忘言」，但他卻極善於使用語言，其文汪洋恣肆，變化萬端，各種寓言和比喻層出不窮，在先秦諸子中，無疑最具文學性、最風趣優美而又充滿哲理和深意。中國歷代的文人墨客，幾乎無一不受其影響。惠施質問莊子說：「子言無用」。意思是說，你常說語言無用，你卻使用語言，你的語言不是也沒有用嗎？莊子回答說：「知無用而始可與言用矣」。這就指出了語言和使用語言的辯證關係，即一方面應該意識到語言達意的局限，另一方面又必須使用語言來達意。首先要知道語言無用，知道語言和實在或意義不是一回事，然後才可以使用語言。莊子還說：「言無言，終身言，未嘗言；終身不言，未嘗不言。」那是很有意思的一句話，意思是說認識到語言不過是為了方便，借用來表達意義的臨時性手段，那麼你盡可以使用語言，而不會死在言下。如果沒有這種意識，那麼你哪怕一輩子沒有說多少話，卻未嘗不會說得太多。這絕非莊子巧舌如簧，強詞奪理的狡辯，因為他由此道出了克服

語言局限的方法：那就是認識到而且充分利用語言的另一面，即語言的含蓄性和暗示的能力，使語言在讀者想像和意識中引起心中意象，構成一個自足而豐富的世界。

這樣一來，「辯不若默」就不純粹是否定語言，而是也指點出一種方法，即用含蓄的語言來暗示和間接表現無法完全直說的內容。這在中國詩和中國畫的傳統中，都恰好是一個歷史悠久而且普遍使用的方法。既然語言不能充分達意，那麼達意的辦法就不是煩言碎辭，說很多話，而是要言不繁，用極精煉的語言表達最豐富的意蘊。中國詩文形式都很精簡，講究煉字，強調意在言外，言盡而意無窮，這就成為中國詩學的特點。蘇東坡在《送參寥師》中說：「欲令詩語妙，無厭空且靜；靜故了群動，空故納萬境」，可以說道出了這種詩學的要訣。東坡欣賞陶淵明，謂其詩「外枯而中膏，似淡而實美」，也表現出這一詩學審美判斷的標準。中國書法和繪畫都講究留白，講究用筆從簡，意在筆先，詩文則講究含蓄精簡，言盡而意無窮。

不過我們不要以為只有中國或東方詩學有此認識，因為這種講究語言精簡的文體，也正是《聖經》尤其是《舊約》的特點。奧爾巴赫所著《摹仿》開篇第一章，就拿荷馬史詩《奧德修斯記》的一段與《聖經・創世紀》一段相比較，說明荷馬的風格是把敘述的事物都做詳盡無餘的細緻描寫，而《舊約》的風格則恰恰相反，只用極少的語言作最簡練的敘述，而留下大量的空白和背景，讓讀者用想像去填補。所以從比較詩學更開闊的眼光看來，對語言喚起讀者想像的能力，東西方都有充分的認識，而且這種意識也體現在詩人的創作當中。不僅陶淵明和中國詩文傳統，而且西方的詩人和作家如莎士比亞、T. S. 艾略特、里爾克、馬拉美等，也都深知如何運用語言之比喻和象徵的力量，以超越語言本身達意能力的局限。其實就是描述詳盡的荷馬，在整部《伊利亞特》史詩中，就從來沒有直接描述過引起特洛伊戰爭的美人海倫之容顏，卻只在一處地方通過旁人的驚羨和讚歎，間接敘述，使人想見她那傾城傾國、超乎尋常的雪膚花貌。這不就正是我們上面提到的缺筆、留白，為讀者留下想像空間的手法嗎？

　　在西方文學理論中，羅曼・英加頓（Roman Ingarden）把現象學觀念用於文學批評，指出文學語言只是提供一種理解的框架，文學所描述的事物都必然具有不確定性，讀者在閱讀過程中，通過想像把有許多不確定因素的框架具體化，才使之充實完整。強調文學語言的不確定性和讀者的參與，可以說是當代西方文論一個重要方面，德國的接受美學和美國的讀者反應批評，儘管互相之間有不少差異，卻都讓我們認識到在文學的閱讀和鑒賞中，讀者所起的建設性作用。我們以語言、表達和理解等問題為基礎，通過中西傳統中許多具體作品的豐富例證來展開討論，就可以見出文學闡釋學那些具有普遍意義的觀念。

　　闡釋是隨時隨地都普遍存在的，語言和文本，尤其是複雜重要的文本，都需要經過闡釋，其含義才得以彰顯，其用意也才可能得到充分的理解。西方有闡釋希臘羅馬古典的傳統，又有闡釋《聖經》的傳統，而這些經典作品（canonical texts）的闡釋都往往超出經典字面的意義，揭示其深一層的內涵。西元前六世紀時，古代希臘所謂詩與哲學之爭，哲學開始占上風。一些哲學家對奉為經典的荷馬史詩提出質疑，認為荷馬描繪的神像人一樣，有欺詐、嫉妒、虛榮等各種弱點，不能教人宗教虔誠，也不能為人樹立道德的典範，於是對荷馬的經典性（canonicity）提出疑問。但另有一些哲學家則為荷馬辯護，認為荷馬史詩在字面意義之外，還深藏著另一層關於宇宙和人生的重要意義，這就是所謂諷寓（allegory），即一個文本表面是一層意思，其真正的意義卻是另外一層。在作品字面意義之外找出另一層精神、道德、政治或別的非字面意義，這就是所謂諷寓解釋（allegorical interpretation）。

　　在西方，諷寓解釋由解讀荷馬史詩開始，後來更成為解釋《聖經》的重要方法。《聖經》裡有一篇《雅歌》，從字面看來，完全是一首豔麗的情詩，用充滿了情與色的意象和優美的語言，描寫少女身體之美和慾望之強烈，卻通篇無一字道及上帝。於是《雅歌》在《聖經》裡作為宗教經典的地位，就受到不少質疑，無論猶太教的拉比還是基督教的教父們，最終都用諷寓解釋的辦法，來為《雅歌》的經典性辯護，說《雅歌》並非表現

男女之愛，而是講上帝與以色列之愛，或上帝與教會之愛，具有宗教的精神意義。在中國，《詩經》的評注也有許多類似的情形，如以《關雎》為美「后妃之德」，《靜女》為刺「衛君無道，夫人無德」等等，把詩之義都說成是美刺諷諫，就是一種超出字面意義的諷寓解釋。在闡釋歷史上，往往當某一文本的經典性受到質疑和挑戰時，諷寓解釋就成為論證文本經典性質的必要手段，所以正由於諷寓解釋，荷馬史詩、《雅歌》、《詩經》裡的許多情歌才得以保存下來。但另一方面，完全不顧文本字面意義，甚至違反字面意義，把一個完全外在的意義強加在文本之上，也往往變成牽強附會的「過度詮釋」，成為對文本意義的誤解和歪曲。中國歷代都發生過的「文字獄」，對作家、詩人的迫害，就是這種不顧字面意義、深文周納的過度詮釋之害。

　　諷寓解釋是東西方共有的一種文化現象。我以《諷寓解釋》為題，寫了一本書討論諷寓解釋的起源和歷史，尤其是諷寓解釋與經典之關係，並討論從宗教、道德、政治等角度去解釋文學作品的相關問題。[20]這種主題的比較以東西方的文本和評注傳統為內容，並不是把西方的理論概念套用在中國的作品和批評之上。在中西比較文學中，主題比較的確具有方法論的意義。弗萊的原型批評就力求在不同的文學作品裡，尋找表面差異之下一些基本的意象。弗萊的書舉證極為豐富，但基本上仍然局限在西方文學的範圍，然而他書中的理論觀念卻可以超越自身局限，具有普遍意義。從主題學比較入手，我們就可以跨越東西方文化的差異，考察中國和西方文學傳統在意象、構思、主題、表現方式等各方面的對應、交匯與契合。拙著《同工異曲》就在主題比較方面做了一些嘗試，以一些基本的概念性比喻和意象，如人生如行旅的比喻、珍珠的比喻、藥與毒的象徵、圓環和反覆的意象等等，舉證中西文學、哲學、宗教的文本，論證東西方跨文化比較的價值。通過這類跨越文化界限的比較我們可以證明，僅在單一文化傳統

---

[20] 參見Zhang Longxi, *Allegoresis: Reading Canonical Literature East and West* (Ithaca: Cornell University Press, 2005).

裡討論文學，有時眼光未免局限，所見所得也較少，而超出單一語言文化的傳統，在中西比較跨文化的廣闊視野裡來看問題，我們就能望得更寬，見得更遠，也才可能獲得某些批評的洞見。這正是比較文學超越單一文學研究的長處。

　　紀廉在展望比較文學的未來時，呼籲擴大比較文學的範圍，超越「歐洲的或歐洲中心主義的沙文主義」，並認為跨越東西方文化差異的比較，即在歷史上毫無關聯的作品之比較，恰好是「比較文學當中最有前途的趨向」。[21]艾米莉・阿普特爾談到普遍詩學（universal poetics）時也說：「看來根本不相同而且不可比的弧度越大，也就越能為詩學的普遍性提供確實的證明。」[22]這當然不是說，我們可以不考慮比較研究的正當性基礎，把互不相干的文本隨意拼湊起來。中西比較文學的重要條件是以理論問題作為比較的基礎，而一旦有了這樣的理論探討為基礎，中西比較能賦予比較文學的就不僅是新的生命力，而且是新的視角，從這個新視角看出去，就可以暴露局部和地方式眼光的狹隘和局限，同時拓展以新方式做比較和提出新問題的可能性。如果比較文學要超越傳統的歐洲中心主義，那麼東西方比較和世界文學研究就很有可能是進一步發展的希望。比較文學從一開始就是超越民族文學局限的研究，能夠說別人的語言，讀不止一種文學，可以說是比較學者決定性的特徵，而比較研究正是在範圍廣闊的學術領域裡去發揮這種特徵。理想的比較工作是創造性地去尋找不同作品之間的聯繫，超越專家眼界的局限，從一個廣闊的視角去閱讀這些不同的文學作品。如果我們能富於想像地去閱讀文學，能看出在不同文本和不同文學傳統的碰撞中產生出來那些主題的變化和形狀，我們就可以獲得比較研究的成果，而那是從單一文學傳統的角度無法得到的。在我看來，這就是跨文化的比較文學研究有價值的最好證明。

---

[21] Guillén, *The Challenge of Comparative Literature*, pp. 86, 87.

[22] Apter, "Universal Poetics and Postcolonial Comparatism", in Saussy (ed.), *Comparative Literature in an Age of Globalization*, p. 55.

第三章　比較文學研究典範舉例

第一節　知識準備與範例的意義

在前一章結尾，我以自己的研究為例，簡略探討了比較文學研究的方法問題。有一點需要說明的是，人文學科的研究方法不是一套固定不變的操作程式，也不可能按部就班地去完成一些程式化的動作。以數學為基礎的科學研究，往往有精密的方程式，只要嚴格按照方程式演算，就可以得出準確的結果。文學研究則全然不同，雖然也有基本的方法，但其形式不是嚴格的公式，也不能機械地推算，卻在很大程度上取決於研究者個人的知識準備、思路和風格，具有相當的獨特性和靈活性。文學研究和文學本身一樣，是一種思想和文字的藝術，而在藝術教育中，觀摩典範是主要的學習方法。學習書法和繪畫，都需要臨摹，那就是了解典範，模仿典範。因此在藝術和人文研究中，典範具有方法學上的意義。嚴羽《滄浪詩話》開篇就以佛教禪宗區分大乘小乘、南宗北宗為例，主張學詩的人也「須從最上乘，具正法眼，悟第一義。」那個道理也就是成語所謂「取法乎上，得乎其中」的意思，強調在學習過程中，一定要觀摩好的典範，學習第一流的範例。我在以下兩章將要討論的，就是比較文學研究中一些具有典範意義的著作，希望通過這些討論，能夠讓我們在研究方法上得到一點啟示。

在討論具體範例之前，讓我們先談一談研究比較文學必須的知識準備。我在第一章已經提到，比較文學是跨越民族和語言界限的文學研究，所以研究者必須懂外文，不能完全靠翻譯來做研究。就中國的比較學者而言，中文的修養應該包括古文即文言文，外文目前最重要的是英文，但最好能在

英文之外，還能有另一門甚至幾門外語。當然，一個人能懂的語言終究有限，完全不靠翻譯是不可能的，但至少懂一門外語，就可以幫助我們擴大眼界，走出單一語言視野的局限去做比較研究。這裡所謂懂外文，不能只是有一點粗淺的知識，能磕磕碰碰勉強讀完一篇文章，而是能欣賞外國文學原著，能閱讀並且深入理解外文的學術專著和論文。就我們大學教育的一般情形而言，往往專修中文的學生很難有較高的外文程度，而外語專業的學生又往往缺乏對傳統中國文學和文化的深入瞭解，甚至不能讀古文。所以，能夠做比較文學研究並不容易，首先就必須在學習外語和外國文學方面下功夫，同時還要對本國語言、文學和文化有基本的知識和瞭解。

對文學研究而言，我們不僅要有駕馭語言的能力（linguistic competence），而且要有文學鑒賞和分析的能力（literary competence）。文學所涵蓋的範圍可以說沒有窮盡，既有寫實，又有想像，無論社會、政治、思想、感情、現實或超脫現實的夢幻奇想，人生各方面的內容都可以在文學中得到表現。因此，研究文學也必須有各方面的知識，必須深入瞭解作品以及產生作品的時代，瞭解其宗教、哲學、政治和文化的背景，尤其需要瞭解作品所處文學傳統本身的狀況。換言之，文學研究需要廣闊的知識背景和深厚的文化修養。在前一章討論中西比較文學時，我特別提到文學理論的重要，所以熟悉中西文論，瞭解中西哲學思想，也十分重要。中國文學有很長的歷史和豐富的內容，中國古代「文」的概念包括了不同文類，和現代較狹義的文學概念不完全一致，所以要瞭解中國文學傳統，就不能僅限於詩詞、戲曲和小說這些文類，還應該對先秦以來的思想和歷史有基本的瞭解。

西方文學同樣有深厚的歷史和文化背景，具體說來，古代希臘和希伯來文化是西方文化的重要源泉。所以要深入瞭解西方文學和文化，就需要熟悉希臘神話，知道荷馬史詩、希臘悲劇以及柏拉圖和亞里斯多德的哲學思想，知道新舊約《聖經》和基督教思想傳統，對西方中世紀、文藝復興、宗教改革、啟蒙時代，以及近代以來的歷史脈絡，也需要有一個大致的瞭解。有了這樣的知識準備，也就有比較深厚的基礎，在研究某一問題的時候，集中到那個具體課題，就比較能左右逢源，使自己的研究具有一

定的廣度和深度。總而言之，人文學科的文、史、哲三大領域是互相關聯的，此外還有宗教和藝術等範疇，都是構成一個文化傳統的重要部分，也就是一個人文學者文化修養應該包括的內容。比較文學研究既然跨越語言和文化的界限，就要求比較學者不僅是一種語言文學的專家，而且是兩種或多種語言和文學的專家。這當然是很高的要求，是很難達到的要求，但也正因為難，做出的研究才會有價值。這種高標準的要求至少為我們指出了方向，我們往此方向去努力，就有希望在學術研究中做出貢獻和成績。

第二節　終結、意義和敘事

西方文學研究有許多重要著作，我在此想以幾部有影響的著作為例，具體介紹文學研究的方法。我首先要提到的是弗蘭克・凱慕德一本篇幅不大的書，題為《終結的意識》（*The Sense of an Ending*，1967）。凱慕德是當代西方學識極為豐富的批評家之一，他對《聖經》文學、莎士比亞和十七世紀文學有深湛的研究，對現代歐洲文學也很有研究。《終結的意識》一書討論小說理論，可以大大加深我們對文學敘事和意義的理解，已成為當代西方文學研究中一部經典性著作。這裡所謂終結，是說人出生到世界上，總是生在早已確定的社會、語言、文化和歷史環境中，人離開人世的時候，社會、語言、文化、歷史還會繼續存在，所以人的一生總是處在中間，既見不到宇宙的開端，也見不到世界的結束；而人又總想瞭解自己生命和世間事物的意義，於是不得不構想一個結尾，因為只有事情告一段落，有頭有尾，才可能呈現出完整的意義。凱慕德說：「就像詩人敘事從中間開始一樣，人們出生到人世，也是投入中間，*in medias res*；而且死也是死在中間，*in mediis rebus*，為了懂得生命是怎麼回事，他們就需要建構開端與終結的故事，以使生命和詩有意義。」[1]

---

[1] Kermode, *The Sense of an Ending*, p. 7.詩人敘事從中間開始（拉丁文*in medias res*），乃是從荷馬史詩以來形成的格式，即所有史詩開篇都不是從所講故事的開頭說

　　從方法學的角度看來，凱慕德找出「終結」這個不僅與敘事文學、而且與人的生存相關的主題，便可以從宗教、歷史、哲學等多方面來展開討論，並在這樣廣闊的背景上，討論敘事文學和小說的結尾。這種主題研究（thematic studies）比挑選兩部或幾部文學作品來比較，往往可以範圍更廣，更帶有理論意義。凱慕德這本《終結的意識》一書的確涉及面很廣，談到《聖經》、奧古斯丁、托瑪斯‧阿奎那、費奧里的約阿希姆（Joachim of Fiore）、中世紀到近代的一些宗教思想，談到納粹第三帝國的神話，談到亞里斯多德、尼采和瓦亨格爾（Hans Vaihinger， 1852-1933）等多位哲學家，書中評論到的詩人和作家就更多，從荷馬、斯賓塞、莎士比亞、葉慈、龐德、愛略特、薩特到法國新小說家羅布‧格利葉，包括了西方文學傳統中各時代許多重要人物。這本書內容包羅雖廣，語言又概括凝練，但卻往往不做基本解釋，直接就進入較深層次的討論，好像預先假定讀者已經有相關的背景知識，對討論的各方面問題也都有相當程度的瞭解。大概很多人會覺得，這對讀者的要求未免太高了些，這本書也就顯得頗不易讀。不過凱慕德在廣闊的背景上來討論小說理論，其論述就有深厚的基礎，而他提出的「終結意識」也就成為理解敘事結構和意義一個重要的批評概念。

　　《聖經》以講述上帝創造世界的《創世紀》開始，以預言世界末日的《啟示錄》結束，所以凱慕德一開始討論《啟示錄》，尤其是歷史上許多預言世界末日即將來臨的各種計算和預測。一些宗教團體相信世界末日即將來臨，他們依據《聖經》記載的情節或象徵來推算世界末日，如西元一〇〇〇年就曾引發許多關於世界末日的預測和推想。世界並沒有在那一年毀滅，但後來一二三六年、一三六七年、一四二〇年、一五八八年、一六六六年，還有十九世紀末等等，都曾引發啟示錄式的末日幻想。有趣的是，美國社會學家費斯丁格爾（Leon Festinger）讓他的幾個研究生潛入相信世界末日即將來臨的一個宗教團體，白天參加他們的聚會，晚上便回

起，而是從故事的中間開始，然後在適當地方再以倒敘的方式，回過去講述故事的開頭。此後引用凱慕德此書，只在文中注明頁碼。

到住處做記錄。結果他們發現，雖然世界末日並沒有按這個團體預言的日期來臨，但卻完全無損於這個團體信徒們的信念，因為他們會立即重新計算，提出一個新的期限，然後等待新算出來的世界末日來臨。由此可見，終結的意識是多麼重要，多麼頑強。

　　我們也許會取笑這樣的迷信，但我們自己其實也需要類似的虛構結尾，也需要終結的意識。凱慕德說：「處於事物中間的人會做出相當大的努力，構想出圓滿的框架，設想出一個結尾來與開頭和中間階段滿意地融合在一起」（頁17）。人生本來如此，描述人生的文學、尤其是敘事文學，當然更是如此。小說就總是有開頭、中間和結尾，沒有結尾，故事就不完整。我們對於結尾的期待，和上面所說對世界末日的期待，不是也多少有一點相似嗎？不過我們雖然預期故事總有個結尾，但如果結尾完全符合我們的預期，不能出人意料，我們又會覺得這故事太過簡單，因而平淡無趣。所以哪怕結構最簡單的故事，也不會平鋪直敘，完全沒有一點曲折。情節發展中的突然轉折（peripeteia）打破我們簡單的預期，然後再引向圓滿的融合，在戲劇和敘事文學中，都是非常重要的手法。凱慕德說：「轉折愈出奇，我們就愈會覺得那部作品尊重我們的現實感；我們也愈肯定那部小說打破我們天真的預期那種普通的平衡，由此而為我們有所發現，為我們找出真實的東西」（頁18）。換言之，我們一方面需要結尾，另一方面，我們又意識到結尾的虛構性，意識到現實往往比我們構想的圓滿框架要複雜得多，所以愈是打破我們預期結尾的敘事，愈能把敘事情節的發展複雜化，就愈有一種接近真實的感覺。

　　凱慕德把鐘錶走動的滴答聲作為最簡單的敘事結構，嘀是開頭，接著有一個中間段，然後是嗒的一聲結尾。他說：「我把鐘的滴答當成我們可以稱之為情節的一種模式，是使時間具有形式來人化時間的一種組織；在嘀和嗒之間的間隙就代表純粹延續性的、未經組織的時間，那就是我們需要去人化的時間」（頁44）。鐘錶的走動本來是純粹機械的重複，完全是人的意識加在鐘錶機械運動之上，才在當中分出嘀和嗒，分出開頭、中間和結尾，這就是「人化」（humanize）時間。也就是說，在本來純粹連

貫的延續中，人為取出一段來，將之設想為從嘀到嗒的整體。滴答之間如果只是「純粹延續性的、未經組織的時間」，那就空空如也，沒有任何意義。所謂人化時間，就是敷衍出很多情節來使之一波三折，複雜而有趣。小說的結構就正是如此。所以凱慕德說：「所有這類情節變化都有一個前提，都要求有一個結尾可以加在整個時間段和意義之上。換句話說，必須除掉中間階段的簡單序列，除掉滴答的空洞，除掉從人的觀點看來毫無趣味的純粹延續」（頁46）。由這個例子可以看出，有一個基本概念作為討論的基礎，哪怕像鐘錶的滴答聲這樣簡單尋常的東西，也可以在理論框架中顯出意義來，而且正因為簡單，鐘的滴答就成為敘事結構一個明確而有趣的模式。

　　一部小說的情節發展，就是去人化時間，把從嘀到嗒這個簡單的情節模式複雜化。然而無論怎樣複雜變化，要成一個完整的故事，要有意義，就必須得有最後的終結。換句話說，有了嘀，我們就必然期待著嗒，沒有嗒，我們就總覺得事情還沒有了結，在心理上就總不會有完結的穩定感和滿足感。明人胡居仁著《易像鈔》卷十四有句話說：「人猶區區以六尺之形骸為人，生不知所以來，死不知所以往，真謂大迷。」那意思就頗接近於凱慕德說人生來死去，都總是處在中間，而這種中間狀態會產生一種迷茫的感覺。人要消除迷茫，理解事物、理解自己的生命，就必須有終結意識，必須建構一個結尾來理解人生的意義。然而同樣重要的是，我們又應該認識到結尾總是人化時間的構想，而不是真正的世界末日，不是完全絕對的終結。記得在我老家四川成都北郊的新都有寶光寺，那裡有這麼一副頗帶禪味的對聯說：「世外人法無定法，然後知非法法也；天下事了猶未了，何妨以不了了之。」上聯大意是說，出家人遵循超乎世俗法律的佛法，然後才認識到不同於世俗律法之法，才是真正的法。下聯闡述「了」即了結這一概念，就很可以幫助我們理解上面討論的終結意識。我們一生一世永遠只是處於中間，對我們說來，了結總是相對的，世界還會繼續存在，事物也還會繼續發展，所以我們建構的結尾只是告一段落，也就是「了猶未了」。但最後「不了了之」一語，並不只是無可奈何，消極被動的意

思，而可以理解為意識到天下事都不是絕對的了結，終結總是一種人為的虛構。意識到終結是人為的建構，這本身就應該是終結意識之一部分。

這就引我們到我要介紹的另一本書，彼得‧布魯克斯（Peter Brooks）著《為情節而閱讀》（Reading for the Plot, 1984），尤其是書中與凱慕德所謂終結意識有關的部分。如果凱慕德從結尾來討論小說，布魯克斯則從情節發展來討論敘事文學，但情節的變化和結尾當然密不可分。布魯克斯說：「首先，情節是一切書寫的和口述的敘事所必有的因素，沒有至少是最低限度的情節，任何敘事都是不可想像的。情節是內在連接和意圖的原則，沒有這一原則，我們就不可能通過敘事的各個成分——事件、插曲、行動等：即便像流浪漢小說這樣鬆散的形式，也會顯出內在連接的手段和結構性的重複，使我們得以建構起一個整體。」[2]整體這一概念當然包括了凱慕德所說的嘀和嗒，即開頭、中間和結尾，而情節就是整個敘事的變化過程，是把時間人化，通過事件、插曲、行動等結構成分向結尾的推進。所謂內在連接，是指在敘事過程中從一個環節發展到另一個環節，這當中也就體現出作者敘事的意圖，所以布魯克斯把情節稱為「內在連接和意圖的原則」。

在這裡，結尾具有毋庸置疑的重要性。在情節推展的過程中，我們不可能知道敘事的意義，因為情節發展的方向隨時可能變化，故事的線索也沒有固定，一切尚無明確的輪廓，也就不可能有意義的穩定。只有結尾才會給敘事劃上句號，使故事完整而呈現出全貌和意義。布魯克斯說：「在相當重要的意義上，開端的意識必然被終結的意識所決定。我們可以說，我們能理解文學中當前的時刻，或擴而大之人生中當前的時刻，理解它們在敘述上的意義，就是因為我們在結尾建構性力量的預期當中來理解它們，而正是結尾可以反過來賦予當前的時刻以秩序，賦予它們以情節的意義」（頁94）。我們閱讀一部小說時，總是在結尾的預期中理解情節的發

---

[2] Brooks, *Reading for the Plot*, p. 5. 在西方文學中，流浪漢小說（picaresque novel）有點像中國的章回小說，情節隨主角人物的活動而變化，全書結構相對鬆散。以下引用此書，只在文中注明頁碼。

展，而只有到了結尾，有了完整的故事，我們才可以回過去看清情節發展的軌跡，明白整個故事的意義。

　　布魯克斯討論亞瑟・柯蘭・道爾（Arthur Conan Doyle）著名的福爾摩斯偵探故事，因為偵探小說也許最能說明結尾的「建構性力量」，為我們指出結尾如何反過來使整個敘事過程顯出發展軌跡，具有整體意義。福爾摩斯偵探案之所以著名，一個重要原因是故事結尾總會出奇制勝，打破我們的預期。我們往往會像福爾摩斯的朋友華生醫生那樣，自以為找到了罪案線索，做出合乎邏輯的推理，結果卻發現我們的推論錯誤，也就總是得出錯誤的結論。在故事結尾，往往會由福爾摩斯或罪犯本人從頭講述整個犯案過程的來龍去脈，使我們明白真相，而那種複述既能按照嚴密的邏輯，反過去把故事情節發展中每個事件、插曲和行動都聯接起來，賦予它們秩序和情節的意義，又能打破我們的預期，顯出大偵探福爾摩斯或作者柯蘭・道爾比我們都要高明得多，同時也大大增加我們閱讀的樂趣。敘事或所謂講「故事」，就是複述已經發生過的事件，而偵探所做的就正是重建已經發生過的罪案，所以布魯克斯說：「偵探小說可以揭示任何敘事的結構，尤其顯露出敘事是重複已經發生過的事情。偵探追溯罪犯留下的蛛絲馬跡，由此發現並重建敘事的意義和權威，就代表了敘事表現的過程本身」（頁244-45）。換言之，偵探小說的情節必然曲折複雜，撲朔迷離，最後的結尾又能反過來把整個過程解釋得明明白白，天衣無縫，所以偵探小說的結構可以把一切敘事的基本模式表現得最清楚。

　　布魯克斯從情節和結尾的敘事結構出發來討論佛洛德，那是從文學研究的角度討論心理分析很有趣而且成功的例子。佛洛德本人頗有文學修養，在他的著作中常常談到一些文學作品，分析過達・芬奇、米開朗基羅、希臘悲劇、莎士比亞和歌德等許多文學家和藝術家的作品。但佛洛德派的文學批評把心理分析的基本概念用來分析文學，把文藝都視為受到壓抑的里比多（libido）即性欲衝動的昇華，似乎和精神病症狀沒有根本區別，就實在是這派批評一個根本的局限。一些教條式的心理分析派批評家在文藝作品中尋找性象徵，把一切都看成性昇華的表現，就更是走極端，

等而下之。布魯克斯談佛洛德就擺脫了這類局限，從情節和結尾的形式因素出發去重新解讀佛洛德，見出佛洛德的文本在敘事建構方面的意義。他先討論薩特和存在主義對生命的理解，強調人一生的意義最終是由死來確定，並直接與凱慕德的終結意識聯繫起來。他說：

> 正如弗蘭克・凱慕德所說，人總是處於「中間」而沒有關於起源和終點的直接知識，所以會尋求想像中的完結以賦予經驗以意義。我已引用過瓦爾特・本雅明的話，認為人的生命「在死的一刻才第一次具有可以轉述的形式。」本雅明分析了生命的意義只在死亡中才顯現這一尋常說法，他得出結論認為，在敘事中，死會提供故事的「權威性」，因為作為讀者，我們在敘事小說中會尋求我們在生活中不可能有的認識，那就是對死的認識（頁95）。

死是一個人生命的最後終結。布魯克斯認為，如果死作為生命的終結可以反過來揭示人一生的意義，那麼從這個角度看來，我們就可以把佛洛德所著《超越快樂原則》（1920）稱為一種原初情節（masterplot），因為他在此文裡「極完整地勾畫出生命如何從開端到結束的全部輪廓，每個個人的生命又如何以其獨特方式重複那原初情節，並面對個人生命的完結是偶然還是必然這個問題」（頁96-97）。一般說來，人總會遵循快樂原則，在生活中追求意願的滿足，可是有時候卻出現打破這一原則的情形，例如經過戰爭或有別的類似痛苦經驗的人，常常會違背夢是意願的實現或滿足這一理論，在睡夢中回到痛苦的一刻，重新經歷已經過去的痛苦。這樣重新回到過去時刻，與敘事講述已經發生過的事情一樣，都是一種重複，而在想像中重複在現實中無法控制的事情，則在心理分析的意義上說來，可以理解為變被動為主動，在想像中得到滿足。

佛洛德論莎士比亞喜劇《威尼斯商人》中選擇三個盒子的一幕，就從心理分析的角度，為變被動為主動作了頗為獨特的解釋。在《威尼斯商人》中，巴薩尼奧向美麗而富有的波希婭求婚，但按照她已經去世的父親

事先的規定，凡來向波希婭求婚的人，都必須在金、銀、鉛三個盒子中作選擇。金和銀看起來貴重，但其實那只看來不起眼的鉛盒裡藏著波希婭的肖像，才是正確的選擇。佛洛德認為，盒子是女性的典型象徵，所以此劇中選擇盒子也就是在三個女人中做選擇。在神話、童話和文學作品中，三都是很重要的數字，很多故事裡都有三個女性，而且往往第三個最年輕，最美麗，也最善良。如莎士比亞悲劇《李爾王》中，李爾把國土分給三個女兒，其中最年輕的第三個女兒柯蒂利婭最好；希臘神話中帕里斯在三位女神中做選擇，也是以最年輕的一位為最美，把金蘋果給了愛和美的女神；童話中的灰姑娘也是最年輕的第三位女性，她有兩個相貌醜陋、心地也不好的姐姐，她雖然長得容貌嬌美，卻整天做家務，弄得蓬頭垢面，像鉛一樣，外表寒傖、沉默不語。

佛洛德說：「柯蒂利婭把她真正的自我隱藏起來，變得像鉛一樣不起眼，一直沉默寡言，她『愛然而不願表露』。灰姑娘把自己躲藏起來，讓人無處尋找。我們也許可以把隱藏和沉默等同起來」。[3]巴薩尼奧選擇了鉛盒，並且說鉛色之「蒼白比滔滔雄辯更能打動我」（Thy paleness moves me more than eloquence）。金和銀好像「滔滔雄辯」的大聲喧嘩，鉛則好像藏而不露，沉默無語。佛洛德說：「如果我們決定把我們討論的那『第三位』的特點定為『沉默寡言』，那麼心理分析就不能不說，沉默寡言在夢裡很常見，是死的代表。」[4]這就是說，蒼白的鉛、隱藏和沉默，這些都是死亡之象，所以柯蒂利婭、灰姑娘等女性，從心理分析解釋說來，就都是死之代表。巴薩尼奧選擇鉛盒，選擇波希婭，也就是選擇了死亡。佛洛德說：「從童話中毫無疑問還可以找到更多例證，說明沉默寡言可以理解為代表死亡。如果我們按此推論下去，那麼姊妹中應該選擇的第三位就是一位死去的女子。不僅如此，她還可以是死亡本身，即死之女神。」[5]

---

[3] Sigmund Freud, "The Theme of the Three Caskets (1913)", trans. C. J. M. Hubback, *Collected Papers* (New York: Basic Books, 1959), vol. 4, p. 247.

[4] 同上，頁248。

[5] 同上，頁250。

佛洛德接下去談到希臘神話中的命運三女神，其中第三位叫阿特洛珀絲（Atropos），意思是絕不心軟的，當她用剪刀剪斷一個人命運之線，這個人就會死去，所以這第三位也是死之女神。

　　可是神話、童話和文學作品中選擇的第三位女性，往往是最年輕、最美麗、最善良的，如果說她代表死亡，豈不是一大矛盾？但佛洛德說，這對於心理分析說來並不難，因為在心理分析中，可以把這類矛盾視為一種常見的倒轉手法：「我們知道，人利用想像力（幻想）來滿足在現實中得不到滿足的意願。所以他的想像起而反抗體現在命運三女神這一神話中對真實的認識，並自己去建構一個神話來取而代之，在他的神話裡，死之女神被替換為愛神或人間最像愛神的一個女人。於是姊妹中的第三位不再是死亡，卻是女人中最美、最善、最迷人、最可愛的一位。」[6]死作為人生的最終結局本來是不可避免的，可是在人的幻想中卻成了一種選擇，而且所選的不是可怕的死，而是嬌美可愛的女性，這就說明人在虛構的故事中，如何把本來被動的無可選擇，變為主動的選擇。

　　然而，變被動為主動只是一方面，夢魘，做惡夢，在夢中重複痛苦或可怕的經驗，也完全可能是迫不得已的重複，是受到比快樂原則更原始、更本能的另一種力量所驅使。佛洛德認為人和最原始的有機物一樣，都有一種普遍的本能，那就是「有機生命固有的、回到更早狀態去的衝動」。原來生命的本性並不是趨動，反而是好靜的，所以本能體現一切有機生命體的惰性和保守性。如果沒有外來刺激，有機體會永遠重複同樣的生命歷程，甚至回到無生命狀態，走向死亡，這就是佛洛德所謂人本能的死亡衝動。布魯克斯描述佛洛德的文本，認為一方面有希望儘快發洩以得到滿足的快樂原則，那是文本向前推進的一個衝動，另一方面，在文本中通過重複來運作的又是死亡本能，是回到最初狀態的衝動，而重複會推遲快樂原則想儘快得到滿足的追求。於是，正如布魯克斯所說，在佛洛德的文本裡，「我們看到一種奇怪的情形，其中有兩條向前推進的原則互相作用，

---

[6] 同上，頁253。

產生延宕，即一個拖慢的空間，在這個空間裡，延遲會產生快感，因為人知道延遲——或許就像交合之前的挑逗調笑？——是達到真正終結一條必要的途徑」（頁103）。從敘事結構說來，這種延宕產生的張力，也就是情節的曲折變化，是既向結尾推進，又一波三折，推遲結尾的到來。在戲劇和小說的敘事中，這往往表現為情節主線和支脈同時並存，敘述一條線索到一定時候，又轉到另一條線索去重新敘述。布魯克斯說：「佛洛德描述『搖擺的節奏』尤其使我們想起，一部情節複雜的十九世紀小說往往會把一組人物在關鍵時刻放下不表，去敘述另一組前面講到過的人物，把他們向前推進，然後又急忙回到第一組人物來，在這當中造成一種不平衡的前進運動，退一步，再更好地向前」（頁104-05）。佛洛德的文本於是成為敘事結構的一個模式，其中情節的發展固然以達於結尾為目的，但又總是節外生枝，產生延宕，通過曲折的彎路走向結尾。

　　布魯克斯討論佛洛德著名的「狼人」（Wolf Man）病案，把心理分析案例作為敘事小說來解讀。所謂「狼人」是一個叫謝爾蓋‧潘克耶夫的俄國移民，他在1910年以後成為佛洛德的病人，而佛洛德對他一個夢的分析，對心理分析的理論發展至關重要。此人常夢見在一個冬夜裡，有六、七隻白色的狼坐在一棵樹上，心裡深感恐懼。佛洛德指出這個夢境和「小紅帽子」之類有狼的童話相關，大概受到病人小時候讀過故事的影響。經過仔細而複雜的分析，佛洛德最後得出一個令人很難相信、但對於心理分析理論說來又十分重要的結論，即認為夢的起因是病人在一歲半時，因為生病躺在父母的房間裡，下午醒來，正看見他父母穿著白色內衣在行房事，這就構成一個「原初場景」（primal scene）；到病人四歲時，這場景經過轉換，呈現為有白色的狼那個夢，而這就是後來這個人許多心理和精神病問題的最終根源。這裡所說兒童時候發生或觀察到的事，會保存在無意識中，成為「原初場景」，後來再通過夢境表現出來，成為意識生活中許多行為和精神病症的重要根源，這在心理分析中，是非常重要的觀念。由於這個夢裡有狼出現，而此夢的解釋在心理分析中又非常重要，於是這個病人也因此得名為「狼人」。布魯克斯把佛洛德的分析與偵探的工作相

比，因為夢既是心理根源曲折的表現，又是一種掩飾，表面和實質之間關係十分複雜，需要偵探那樣的分析和解釋，才可能得出真相。

然而很有意思的是，佛洛德在分析了夢，得出了對心理分析說來十分重要的所謂「原初場景」概念之後，卻又立即討論這結論是否真確可靠，質疑這「原初場景」會不會是想像的虛構，究竟那是「原初場景」還是「原初幻想」？佛洛德明白，一般人很難接受他對這個夢的解釋。他說：

> 我當然知道，這一階段的症狀（對狼的焦慮和腸胃不適）完全可以用另一種更簡單的方法來解釋，而毋須涉及性和性的組織中一個生殖器意識之前的階段。那些寧願忽略精神病症兆和事件之間聯繫的人，就會去選擇這另一種的解釋，而我當然無法阻止他們這樣做。有關性生活的這類萌芽，除了我上面這樣用走彎路的辦法之外，很難發現任何有說服力的證據。[7]

佛洛德承認，像「狼人」病案中的「原初場景」，事件發生在病人才一歲半這樣的幼兒時期，在四歲以後以夢的形式呈現，對一個人成年後的生活又有如此巨大的影響，所有這些其實都「不是作為回憶產生出來，而必須從許多暗示中逐漸而非常細緻地揭示出來，甚至可以說建構出來。」不過他又堅持認為，這種建構出來的場景雖然不是來自於回憶，但也並不就是虛構的幻想；恰恰相反，分析得出的「原初場景」與回憶有同等價值。佛洛德說：「其實夢就是另一種回憶，雖然這種回憶要受制於夜晚的條件和形成夢之規律。我認為夢之反覆出現，就說明病人自己也逐漸深信那原初場景的真實性，而他們那種信念無論在哪方面，都絕不亞於基於回憶的信念。」[8]如果心理分析像偵探工作，那麼佛洛德在此幾乎等於承認，

7　Freud, "From the History of an Infantile Neurosis", trans. A. & J. Strachey, *Collected Papers*, vol. 3, p. 589.

8　同上，頁524.

他不能肯定他得出的結論是否就是真相，是否就是真正的事實。從敘事結構的角度看來，那就是使結尾成為一種不確定的懸念。

　　把「原初場景」和「原初幻想」不作明確肯定的區分，在布魯克斯看來，正好就是「佛洛德思想中最大膽的一個時刻，他作為作者最英勇的一個姿態」（頁277）。佛洛德完全可以用各種辦法來為他得出的結論辯護，但他卻勇敢地面對事實，承認心理分析的結論有可能是虛構，甚至是幻想。這是佛洛德和一般教條式的心理分析批評家全然不同之處。布魯克斯說：「佛洛德在他晚期的一篇文章裡提出，分析總是不可了結的，因為針對任何一種可能的結尾，抗拒和轉移的力量都總可以產生新的開始。關於狼人的敘述必須完結，必須有一個輪廓，但這些完結和輪廓都是臨時性的，隨時可以重新打開來接受更多的意義和理論。……敘事理解要求結尾，沒有結尾，敘事就不可能有圓滿的情節，但結尾又總是臨時性的，是一種假設，是必要的虛構」（頁281）。這就是說，佛洛德很明確地意識到終結意識之重要，同時也意識到終結之建構甚至虛構的性質。他在關於「狼人」的病案和其他一些地方，都既通過分析得出結論，又自己對得出的結論提出質疑，就好像小說的情節發展到最後，達到一個結尾，可是又出現另外一個結尾的可能一樣。有些現代小說就正是如此，在結構上做出新的嘗試。這些現代小說和十九世紀福爾摩斯那種偵探小說很不同，情節發展到最後，會引出幾種可能的結尾，就和佛洛德質疑自己得出的結論一樣，具有一種模糊性和不穩定性。當代英國小說成功的作品之一，約翰・福爾斯（John Fowles）的《法國中尉的女人》（*The French Lieutenant's Woman*），就有絕然不同的兩個結尾，而且作者讓讀者看到情節發展如何推向這樣不同的結尾，也就使讀者意識到結尾的模糊性和建構性。這使我們又想起上面討論過那副頗有禪味的對聯：「天下事了猶未了，何妨以不了了之」。 意識到終結是人為的建構，這應該是終結意識之一部分。在這個意義上，通過布魯克斯的討論，我們可以明白佛洛德的文本為我們理解敘事的結構和意義，尤其是意識到結尾的建構性質，提供了又一個在西方具有經典意義的範例。

第三節　多元的世界文學新概念

　　法國學者巴斯卡‧卡桑諾瓦（Pascale Casanova）在1999年發表了一部頗有些新意的著作，題為《文學的世界共和國》（*La république mondiale des lettres*）。這本書不久就有了英譯本，二〇〇四年由美國哈佛大學出版社印行。卡桑諾瓦認為很多批評家都孤立地看待文學，而她則主張在「世界文學的空間」裡來瞭解文學，因為只有這樣廣闊的空間「才可能賦予個別作品的形式以意義和連貫性。」[9]她描述這個「世界文學的空間」或曰「文學世界」有獨立於現實政治的疆界，但卻和現實政治中的國家一樣，是一個「有自己的首都、外省和邊疆的世界，在這個世界裡，語言成為權力的工具」（頁4）。換句話說，文學的世界共和國與現實政治當中的國際關係一樣，在各地區之間，在不同文學之間，有一種不平等的權力關係：卡桑諾瓦說：

> 文藝復興時期的義大利，加上其拉丁傳統的力量，就是第一個得到公認的文學強國。隨著七星派詩人（Pléiade）在十六世紀中葉興起，接下去的一個就是法國，在挑戰拉丁文的霸權和義大利文的優勢中，法國最先勾畫出了一個超越國界的文學空間。然後是西班牙和英國，接著是歐洲各國，都逐漸以各自的文學「財富」和傳統互相競爭。十九世紀在中歐出現的民族主義運動——那也是北美和拉丁美洲在國際文壇上漸露頭角的世紀——發出了新的呼聲，要在文學世界裡爭一席之地。最後，隨著去殖民化，非洲、印度次大陸和亞洲國家也要求他們的文學取得一定地位，得到承認（頁11）。

　　這段話使我們清楚地看到，卡桑諾瓦在此構想的文學世界，完全是以歐洲或西方為中心，而且是近代歐洲，甚至沒有顧及古代歐洲的情形。她

---

[9] Casanova, *The World Republic of Letters*, p. 3.以下引用此書，只在文中注明頁碼。

所說文學世界的權力中心，首先是文藝復興時期的義大利，然後是法國，接著是西班牙、英國和歐洲其他各國，到十九世紀有北美和拉美，最後才是去殖民化之後的非洲、印度次大陸和亞洲國家。可是東方，尤其是東亞，卻完全不在她的視野之內。以中國古典文學而論，唐宋時代的輝煌是在西元七世紀至十三世紀中葉，比義大利文藝復興早了好幾百年，更不必說更早的先秦、兩漢及魏晉南北朝的文學。中國的文字和文學傳到越南、朝鮮、日本等東亞諸國，在世界的這部分地區產生了相當廣泛的影響。描述文學的世界，對世界上這麼大而且這麼古老的一個部分，怎麼可以視而不見呢？所以從中國人或東方人的角度看來，卡桑諾瓦描述這個文學的世界實在表現出西方中心的偏見和局限，更缺乏全球歷史的眼光。當然，我們也可以理解，從西方人的角度看來，他們接觸並認識到東方文學，的確是近代發生的事情，但也絕不是晚至十九和二十世紀才發生的現象。然而，卡桑諾瓦的書還是有一定價值，她強調不同文學和不同語言之間不平等的權力關係，的確為我們理解所謂「世界文學」提供了一個新的、令人頭腦清醒的思考框架。

　　卡桑諾瓦說：「事實上，文學的世界和一般人認為文學是和平的領域那種看法全然不同。文學的歷史就是有關文學的性質本身不斷爭執和競爭的歷史——是接連不斷而且沒有窮盡的文學宣言、運動、攻擊和革命的歷史。正是這樣的對抗創造出了世界文學」（頁12）。她所理解的文學世界有大國和小國、中心和邊緣之分，大國和中心的語言是文化資本和權力的工具，能夠體現文學性，而小國和邊緣的語言則需要翻譯成大國的語言，即在文學世界中佔有重要地位的主要語言，才得以進入世界文學的流通領域。卡桑諾瓦認為，一方面，文學擺脫作為政治工具的從屬地位，是文學得以發展的條件，但另一方面，文學世界本身又體現出一種強烈的政治性，和民族國家之間的政治現實有密不可分的關聯。於是在她看來，巴黎作為文學世界的首都，就不僅是法國文學的中心，而且是全世界文學的中心。她十分明確地說：

文學從一開始就有賴於民族，那是構成文學世界不平等關係的核心
原因。民族之間之所以產生對抗，就在於他們的政治、經濟、軍
事、外交和地理的歷史都不僅不同，而且不平等。文學資源總是帶
有民族的印記，也因此而不平等，並且在各民族之間是不平等分配
的（頁39）。

就近一二百年的歷史而論，歐美或西方的確佔據了文學世界更多的資
源，處於權力中心，而東方則相對處於邊緣。正因為如此，我在前面就說
過，從國際比較文學當前的狀況看來，中西比較文學還處於邊緣，還在剛
剛開始發展的階段，所以還需要做很大的努力，才可能從邊緣走向中心。
在這個意義上說來，卡桑諾瓦此書的確可以提醒我們，在現實世界裡，不
同國家之間在政治和經濟力量上並不平等，在文學的世界裡，不同文學之
間也是一種不平等的關係。可是歷史總是變化的，從世界文學整個歷史看
來，一段時間權力不平衡的狀態，並不會永遠延續下去，所以東西方文學
之間的關係，今後並非沒有改變的可能。

卡桑諾瓦書中那種文學政治學或文學社會學觀點，也許長於對文學
史做政治學和社會學的描述，但卻短於分析文學作品本身的價值，也根本
沒有超越性的視野和眼光。我在上面已經提到，她的世界文學概念全然以
西方為中心，甚至可以說更狹隘，以法國為中心，而在當前西方學術界，
走出西方中心的局限恰恰是一個重要的趨向。這就引我轉向我下面要介紹
的另一本重要著作，大衛·丹姆洛什著《甚麼是世界文學？》。這本書二
〇〇三年由普林斯頓大學出版社出版，在討論世界文學時，特別注重超越
歐洲中心主義偏見，對於推動美國和西方對世界文學的研究，可以說正在
產生積極的影響。

作為一個重要概念，世界文學（Weltliteratur）最先是德國大詩人歌德
在一八二七年提出來的，那時候歌德已經七十七歲，年高德劭，他筆下已
經完成的作品有《浮士德》、《少年維特之煩惱》、《威廉·邁斯特》、
《東西方詩集》、《義大利遊記》、自傳體的《詩與真》和其他許多著

作，甚至包括《論色彩》這樣的科學論著。他在整個歐洲都享有盛譽，對十八至十九世紀的文學、哲學，甚至科學，都產生了相當大的影響。一位年輕學者愛克曼（Johann Peter Eckermann）對歌德十分崇敬，他詳細記錄與歌德的談話，在歌德去世後於1835年發表《與歌德談話錄》（*Gespräche mit Goethe*），那是瞭解歌德作品和思想的一部重要著作。歌德的「世界文學」概念，就是一八二七年一月底，在與愛克曼的談話中提出來的。

我在本書第一章已經提到過，歌德是在讀過一本中國小說之後，提出了世界文學的概念。丹姆洛什就從歌德與愛克曼這段談話說起，來討論世界文學的概念。對歌德說來，中國小說當然是外國作品，而歌德對這部外國作品的態度包含了三種不同的反應：一是清楚意識到外來文化的差異，產生一種新奇感；二是感到其中有許多可以溝通之處，於是心有戚戚焉，可以從中得到一種滿足；三是一種既相似又不同的中間狀態的感覺，而這最能夠影響讀者的感覺和行為，使之產生變化。同中有異，異中有同，這就是世界文學得以超越民族國家的界限而產生的條件。丹姆洛什解釋說：

> 世界文學包括超出其文化本源而流通的一切文學作品，這種流通可以是通過翻譯，也可以是在原文中流通（歐洲人就曾長期在拉丁原文中讀維吉爾）。在最廣泛的意義上，世界文學可以包括超出自己本國範圍的任何作品，但紀廉謹慎地強調實際的讀者，也很有道理：無論何時何地，只有當作品超出自己本來的文化範圍，積極存在於另一個文學體系裡，那部作品才具有作為世界文學的有效的生命。

因此，世界文學是「一種流通和閱讀的模式，是既適用於個別作品，也適用於一類作品的閱讀模式，既可以是閱讀經典作品，也可以是閱讀新發現的作品。」[10]換言之，一部文學作品無論在本國範圍內多麼有名，如果沒有超出本國的名聲，沒有在其他國家獲得讀者的接受和欣賞，就算不得是世

---

[10] Damrosch, *What Is World Literature?* pp. 4, 5.以下引用此書，只在文中注明頁碼。

界文學作品。在這當中，翻譯當然會起重要的作用，因為一部作品往往需要通過翻譯，尤其是翻譯成文學世界裡主要的語言，才可能建立起在世界範圍內的名聲，成為世界文學的作品。

　　一部文學作品超出本國傳統，無論以原文還是以譯本的形式在其他文學系統裡流通，別國讀者對這部作品的理解，當然很有可能和本國讀者不同。以中國古典文學為例，歷代批評幾乎一致的意見，都認為成就最高的詩人是杜甫，但國外的情形卻不同。最先在日本、後來在歐美，介紹得最多的不是杜甫，而是白居易。也許白居易的詩較為淺顯易懂，相比之下，杜甫的詩則複雜精深得多，所以外國人更容易接受白居易，而他們要真正讀懂而且欣賞杜甫，就相當困難。在這種情形下，是否白居易進入了世界文學，杜甫反而落在世界文學之外呢？或者說，進入世界文學範圍流通的作品，並不是一個文學傳統中最精深的作品呢？當然，國外並非沒有杜詩譯本，也並非沒有研究杜甫的著作，所以不能說杜甫沒有進入世界文學的範圍。但要使外國讀者也能欣賞杜甫，以他們能理解的方式講出杜詩的妙處，的確還需要研究世界文學和比較文學學者們的努力。正如丹姆洛什所說，我們不能只依賴民族文學的專家來分析具體的文學作品，比較文學和世界文學的研究者對具體的作品，也應該有深入理解和分析的能力。我們並不需要「在全球的系統性和文本無窮的多樣性之間做非此即彼的選擇」（頁26）。在我看來，比較學者應該做的恰好是向一般讀者闡發一部作品的精微之處，使外國讀者對一部作品的瞭解，能儘量接近本國的讀者。就英國文學而言，其中重要的作品大概都得到世界上其他地方讀者的瞭解和欣賞，而中國文學裡重要的作品，就還需要更大的努力，才得以在世界範圍內達到類似的普遍理解。這和上面卡桑諾瓦所說文學世界裡那種力量對比的不平衡，確實有一定關係。換言之，在文學的世界共和國裡，只有當中國文學佔據了與英國文學或法國文學同等重要的地位時，外國讀者對中國文學的瞭解，才會逐漸接近於中國讀者對本國文學的瞭解。要縮短中國和外國讀者理解和欣賞中國文學的距離，就需要比較文學和世界文學研究者的努力，更需要中國學者們自己的努力。

　　丹姆洛什認為，本國傳統和國外讀者這種接受上的差異，不一定就意味著對文學作品的誤解。他說：「一部作品進入世界文學的領域，不僅不會必然喪失其原來本真的特質，反而可能有許多新的收益」（頁6）。愛克曼《與歌德談話錄》一書，就可以做一個例子。愛克曼曾努力於創作，寫過不少文學作品，但他的作品沒有一部在後代有什麼影響。他發表《與歌德談話錄》，初版銷售得並不好，也沒有得到很多評論，續集則更受冷落。但是德文原版出版之後，很快就被翻譯成英文，而且得到讀者歡迎。後來此書陸續被翻譯成歐洲和歐洲以外的許多語言，毫無疑問進入了世界文學流通的領域，於是「此書在國外大受歡迎，就為它後來在本國的復活拉開了帷幕」（頁32）。這個例子說明，有時候一部作品超出本國範圍，在其他文學傳統中得到肯定，會反過來改變它在本國文學傳統中的地位。

　　不過愛克曼的書經過翻譯大獲成功，愛克曼本人卻在譯本中大變了樣。1848年版的英譯者奧克森福特（John Oxenford）重新組織愛克曼原書談話的順序，甚至改動書名，把原文的 *Gespräche mit Goethe* 即《與歌德談話錄》，變成 *Conversations with Eckermann* 即《與愛克曼談話錄》，使歌德，而不是愛克曼，成為此書作者。在一八五〇年版中，奧克森福特更儘量刪除愛克曼在書中出現較多之處，而在那以後的許多譯者和編者都覺得可以隨意改動愛克曼的原文，只有書中歌德說的話才得到他們的尊重。可是此書完全由愛克曼撰寫，包括其中歌德所說的每一句話，都是愛克曼在事後通過回憶寫出來的。丹姆洛什討論了愛克曼此書在翻譯中的所得與所失，特別注意「一部作品從原來的環境轉移到一個新的文化環境時，在語言、時代、地區、宗教、社會地位以及文學背景等方面發生的互相糾結在一起的變化。」他認為過去一部作品在翻譯和流通之中，常常發生一些錯誤，遭到誤解和歪曲；我們現在應該爭取做得更好，但那也就要求我們對世界文學有更好的理解。他隨後討論了從古代一直到當代許多作品的發現、解釋、接受和流通的過程，評述其中的利弊得失，所以他說，他這本書「既是討論定義的論文，同時又慶祝新的機會，講述一些讓人警戒的故事」（頁34）。

　　他所講的第一個故事是關於十九世紀最重要的考古成果之一，即發現古代美索不達米亞楔形文字和世界文學中最古老的史詩《吉爾伽美什》（*Gilgamesh*）。一八四五年十一月，對古代中東文化十分入迷的英國人拉雅德（Austen Henry Layard）在相當於今日伊拉克北部之摩蘇爾（Mosul）城附近開始發掘，在跨過底格里斯河的對岸，幸運地發掘出了古城尼尼維（Nineveh），從積澱了數千年的泥土下面，挖出了人面牛身的有翼神獸。古代亞敘這種神牛的巨型石雕，偉岸有力，現在已經是美索不達米亞藝術的典型代表。隨後，大英博物館在一八五三年請拉雅德的朋友和助手、出生在摩蘇爾的臘薩姆（Hormuzd Rasam）再度出發去尼尼維，在那裡又發掘出了西元前七世紀中葉亞敘國王阿舒班尼拔（Ashurbanipal）的宮殿，尤其是宮中圖書館殘存下來的兩萬五千多片鐫有楔形文字的泥板，其中就包括了史詩《吉爾伽美什》。不過當時還沒有人能解讀這些泥板上的楔形文字，甚至不知道這是些什麼東西。這些泥板收藏在大英博物館，一位極有語言天賦的英國人喬治・史密斯（George Smith）日以繼夜，經過多年的刻苦鑽研，終於打開了楔形文字之謎，並在1872年秋天，解讀出一塊泥板上所刻文字記述的是世界大洪水的故事，在很多方面和《聖經》上挪亞方舟的故事相當接近。史密斯破解了泥板上楔形文字之謎，簡直欣喜若狂，因為在沉睡了數千年之後，這些神秘文字的意義終於被重新釋放出來，向人們揭示數千年前一個既陌生又可以溝通的世界！

　　在十九世紀晚期歐洲的《聖經》研究中，尤其是德國的學者們已經通過文本的內證表明，舊約開頭的所謂摩西五書不可能是如傳說那樣為摩西所著，而是由不同時期、不同觀點的著作合成的。這樣一來，《聖經》敘述的歷史是否可靠，首先受到近代地理學知識的挑戰，然後又被生物進化論所質疑，於是《聖經》傳統的權威開始動搖。到十九世紀末，當古代亞敘和巴比倫這些楔形文字的泥板被發現之後，在歐洲就引起轟動，很多人希望這些古代文本能為《聖經》所記載的歷史提供獨立的旁證。史密斯就正是抱著這樣一種態度，把《吉爾伽美什》主要視為《聖經》的旁證。丹姆洛什把史密斯的工作稱為一種「同化性質的接受」，因為史密斯極力把

這首講述古代蘇美爾國王吉爾伽美什英雄業績的史詩與舊約《聖經》所講述的歷史相聯繫，而完全忽略其本身的文學價值。在他看來，那些刻著楔形文字的泥板「主要因為有迦勒底人關於大洪水的記載而有趣」，但其實詩中有關洪水的片斷在全部作品所占的篇幅，還不及十分之一（頁57）。雖然史密斯最先破解了楔形文字之謎，對於發現《吉爾伽美什》貢獻極大，但他對這史詩的解釋卻受到時代限制，注意其能夠印證《聖經》的價值，並以十九世紀歐洲人的眼光，以為這是一首民族史詩，代表一個民族成長和統一的聲音。然而《吉爾伽美什》的故事比《聖經》文本更早，和近代的民族主義更毫無關係。丹姆洛什認為，從史密斯發現那些泥板以來，已經一百多年過去了，我們現在對這部史詩以及產生它的文化，都有了更多瞭解，也就可以「帶著對這一特殊文化的認識，把這部史詩作為世界文學作品來讀」（頁66）。

　　吉爾伽美什在歷史上乃實有其人，據《蘇美爾王表》，他是洪水後烏魯克（Uruk）第一王朝的第五位君主，大概西元前二十七世紀在位。在史詩裡，他完全被神化成一位超乎凡人的英雄。現存這部史詩分寫在十二塊泥板上，開頭描繪吉爾伽美什英俊魁偉，非尋常人可比，因為他「三分之二是神，三分之一是人。」[11]但他兇悍自負，引得眾人怨恨，紛紛向眾神控訴，於是神創造了一個半人半獸、可以與他匹敵的恩奇都（Enkidu）。兩人爭鬥相持不下，反而成為摯友，一同去建功立業，殺死了住在杉樹林裡的妖魔芬巴巴（Humbaba）。但隨後女神伊什坦爾（Ishtar）向他表示愛慕之情，吉爾伽美什卻以她常常朝秦暮楚而拒絕了她，於是得罪了天神。神派來天牛，又被吉爾伽美什和恩奇都一起殺死，眾神震怒而懲罰他們，使恩奇都猝然病死。恩奇都之死不僅使吉爾伽美什感到悲痛，而且對死產生極大畏懼，便去尋找逃過洪水而得永生的烏特納庇什提牟（Utnapishtim），這就是前面提到過詩中講述洪水故事的一段。然而從烏

---

[11] 趙樂甡譯《吉爾伽美什》（南京：譯林出版社，1999），頁5。此書譯者在書前的譯序和書後的附錄中，對這部史詩和蘇美爾-巴比倫文學都有較詳細的討論，值得參考。

特納庇什提牟那裡，吉爾伽美什並沒有得到長生的秘訣，反而認識到人總逃不過死亡。他最後與恩奇都的幽靈在冥府相會，史詩也在暗淡的氛圍中結束。

《吉爾伽美什》的文本由於殘留下來的泥板有時不全，有時又字跡難辨，所以意義難免零碎，有許多看來前後矛盾、齟齬不合之處。丹姆洛什認為，那些看來自相矛盾的地方，也往往是從我們現代人的角度和要求出發，才產生出來的問題。這恰好顯出遠古時代和現代的差異，我們不能以現代人的觀念去要求於數千年前的古人。他說：

> 對於文本之不能自圓其說，巴比倫的詩人們比現代的小說家有更大的容忍度：就像希伯來《聖經》早期的編訂者一樣，他們常常採用互相矛盾的傳統，卻並不覺得特別需要把這些傳統調和一致。這在他們完全不成問題，因為他們在意的是別處；他們對個別人物的性格並不注重，所以只有現代的評論者才會想要去確定，吉爾伽美什攻擊芬巴巴究竟是勇敢還是冒失，是崇高的行為，還是過度自傲。在這一個例子中，正如史詩中其他許多例子一樣，瞭解文本的歷史會有助於我們理清在我們的價值和古代作者的價值之間不同程度的差異（頁70）。

在閱讀古代和不同文化傳統的作品時，丹姆洛什強調我們應該注意時空的距離，對不同於我們自己的價值或者說現代價值觀念的作品，我們應該有一種敏感，有對其差異的理解和尊重。只有這樣，我們才可能有个同於過去「同化式接受」那種自我中心的偏見，也才可能產生多元的世界文學新觀念。

從古代亞敘和巴比倫的史詩《吉爾伽美什》到當代瓜地馬拉政治活動家利戈蓓塔・門丘（Rigoberta Menchú）自述性質的「證詞」作品（testimonio），再到塞爾維亞作家帕維克（Milorad Pavić）的《卡扎爾辭典》（Dictionary of the Khazars），丹姆洛什在《什麼是世界文學？》這本書裡討論了從古到今許多不同作品，而且大多是傳統西方經典之外的作

品。在西方文學研究中，這無疑開拓了世界文學更廣闊的領域和視野。我在此只介紹了他討論歌德的「世界文學」概念以及史詩《吉爾伽美什》的一章，但這本書其餘部分也都寫得生動有趣，對於我們瞭解美國和西方文學研究當前的趨向，都很有參考價值。丹姆洛什坦然承認，他所討論這些作品只是他心目中的世界文學；別人所理解的世界文學很可能完全是另外的樣子，所討論的會是另一些作品。他說，我們現在所處的時代非常多元，不同讀者很可能喜愛完全不同的文學作品，不過作為世界文學，這些不同作品又有一些共同點，可以歸納起來得出一個三重的定義：

1、世界文學是民族文學簡略的折射。

2、世界文學是在翻譯中有所得的著作。

3、世界文學不是一套固定的經典，而是一種閱讀模式：是超脫地去接觸我們時空之外的世界的一種形式（頁281）。

這裡的第一點指出，世界文學固然首先來自某一民族文學，但又必然是民族文學超出自己焦點範圍的折射，因為只有當一部文學作品超出自己本來的傳統，進入外國傳統或在國際上流通時，才成其為世界文學作品。第二點強調翻譯的重要，因為一部作品要在超出本國範圍的讀者群中流通，成為世界文學，就往往需要通過翻譯，往往是譯本的流通。如果作品的語言不易譯成外文，或作品內容太局限在某一特定的歷史文化環境中，這部作品也就很難經過翻譯進入世界文學的領域。丹姆洛什認為，比較文學研究應該重視翻譯問題，應該探討文學翻譯與世界文學之間的關係。最後第三點再次肯定世界文學包括各種作品，是一種閱讀模式，是我們通過閱讀外國作品、往往是通過閱讀翻譯作品去接觸一個陌生的世界，一個超乎我們自己時空的世界。世界文學打開一扇窗戶，一道門，引我們走向更廣闊的世界。

在我看來，世界文學目前確實沒有一套固定的經典，但一部作品要真正能進入世界文學的範圍，而且長期得到不同國家、不同文化背景的讀

者們喜愛，其本身的價值，包括內容的思想價值和文字的審美價值，都將是關鍵的因素。換言之，經典仍然是任何文學觀念的核心：經過一定時間的檢驗，一部作品由於自身內容和文學價值的原因，在世界文學中確立了自己的地位，也就成為世界文學中有代表性的作品，或者說世界文學的經典。經典當然不是固定的一套書，但也不是任何作品隨意的、漫無邊際、漫無準則的組合。我們在很多大都市國際機場的書店裡，都可以看到以好幾種語言的譯本在國際上流通的暢銷小說，但那些書大多數都很快就會被淘汰，也就不會成為世界文學的一部分。這就是廣泛流通的暢銷書和世界文學經典的區別，所以世界文學不是僅僅由翻譯和流通就可以界定的概念。

我們想到世界文學具代表性的作品，不可能完全拋開傳統上承認的經典。就研究中西比較文學的學者而言，我們大概會想到中國和西方的經典，想到荷馬、維吉爾、但丁、莎士比亞、巴爾扎克、托爾斯泰、卡夫卡等西方的作家和詩人，也會想到屈原、陶潛、李白、杜甫、韓愈、柳宗元、歐陽修、蘇東坡、曹雪芹等中國的詩人和文人。這個名單當然太短而令人不滿意，但哪怕把這個名單擴大好幾倍，恐怕仍然不能令人滿意。大概我們每個人都可以不斷增加自己喜愛的名字，而這就恰好是文學經典的性質。世界文學是一個包容的概念，和比較文學一樣，其要義在於超越民族文學的傳統，其中的經典作品既屬於某個民族文學傳統，也更是屬於全人類的文學創作。世界文學使我們認識到人類創造力之豐富，使我們得以在一個更開闊的視野裡，以更宏大的胸襟去欣賞不同文學傳統的傑作，去理解不同民族文化的要義和菁華。

第四章　中西比較研究典範舉例

第一節　理論的理解和表述

　　我在前面第二章說過，在西方學術環境裡，東西方比較研究目前還並非主流，還處於邊緣地位。然而中國的情形當然不同，學界前輩們早已在中西比較的領域中取得不少成就，足以為我們提供研究的典範。除二十世紀早期有關比較文學的翻譯介紹之外，像陳銓、范存忠等許多學者都已寫出不少扎實的文章，探討中西文學之間的關係。[1]我在本章將介紹幾位前輩學者的著作，因為這些著作都涉及中西文學的比較研究，在討論的問題上，在研究方法和具體材料的選擇上，比前一章介紹的西方研究著作，也許能給我們更直接、更親切的啟迪。

　　朱光潛先生是我國美學研究的權威。他《給青年的十二封信》、《文藝心理學》、《變態心理學》、《談美》、《西方美學史》、《談美書簡》、《美學拾穗集》等許多重要著作，以及柏拉圖《文藝對話集》、萊辛《拉奧孔》、愛克曼《歌德談話錄》、黑格爾《美學》和維柯《新科學》等許多譯著，可以說自二十世紀三十年代以來，影響了好幾代愛好文藝的青年和研究美學與文藝理論的學者。朱先生的文筆清朗，極善條分縷析，推論說理。無論多麼深奧的理論，在他筆下寫出來，都有如一股清泉，汩汩流淌，沁人心脾，絕無半點污泥濁水的昏暗晦澀。這就使我想到

---

[1]　參見季進、曾一果著《陳銓：異邦的借鏡》（北京：北京出版社，2005）；范存忠著《中國文化在啟蒙時代的英國》（上海：上海外語教育出版社，1991）。

理論的深刻和論述的明晰之間的關係問題。朱先生討論和翻譯的西方美學著作，原文往往都很艱深，但他總是能用十分清晰的語言把深刻的思想表述出來，使讀者較易理解。這當然要歸功於朱先生超乎一般人駕馭文字的能力，但這又絕不僅是文字功夫，而首先是他把原文理解得十分透徹、思考得十分清楚的結果。我們不時會看到一些號稱討論理論問題的文章，讀來佶屈聱牙，讓人似懂非懂，道理似是而非，文句半通不通，加上一些面目可憎的生造詞語，以晦澀冒充深刻，讀來令人昏昏欲睡。這實在是文章之大病，文章之大劫，而究其原因，則往往是寫文章的人自己既未把握中文表達技巧，又不能透徹理解西方的語言和思想；自己就懵懵懂懂，卻欲以其昏昏，使人昭昭，豈不是自欺而欺人？其實語言和思維，文字和思想，本來就是二而一、不可分的。思想不清楚，文字表達也就不可能清楚。思想深奧，固然可能有一種理論的艱深，但文字晦澀，卻並不就是深刻的跡象。能不能用中文清楚表述和討論西方文學理論，這不僅是翻譯的問題，更是理解和闡釋的問題。所以要能做好中西比較文學，研究者就必須很好掌握兩種或多種語言，而且必須對中西文學和文化傳統有相當深入的瞭解。我們讀朱光潛先生的著作，就可以從中體會思想和語言之間的關係，力求在自己寫作時，做到思想明晰，表述清楚。

　　有人談論所謂現代中國人「失語」的問題，認為近代以來，西方輸出思想觀念和理論方法，我們不能不用西方的術語來討論文學藝術，於是我們喪失了自己傳統的語言，不可能用自己的語言來表述思想。這一說法不是沒有一點道理，但把所謂「失語」理解成我們不能用清楚明朗的語言來表達思想，那就陷於荒謬了。其實在西方學界，也有不少人討論理論語言抽象虛玄，使用生造的術語，所謂jargon-laden language的問題。可見語言表達的困難，並不是中國人獨有的。西方語言和中國語言在表述方式上的確有些不同，但說到底，思想和語言是不可分的，我們總是在語言中思維，語言並不只是一種表達的工具。這可以說在二十世紀有關語言、思維的研究中，已經成為一種常識。語言達意的困難和局限是哲學家和宗教家們常常討論的問題。哲學家維特根斯坦在《邏輯哲學論》裡就說過：「凡

可言者就可以清楚地說出來;凡不可言者,我們就必須保持沉默。」[2]《莊子‧知北遊》描寫知問道無為謂於元水之上,「三問而無為謂不答也。非不答,不知答也。」後來去請教黃帝,黃帝告訴他說,「不知答」的無為謂才是真正知道之人,因為「知者不言,言者不知。故聖人行不言之教」。我們不是聖人,不必跟著去責怪語言無用,也不必以患了「失語症」為托詞,為自己不善表達開脫責任。研究學問的人應該而且也能夠做到的,是儘量理解透徹,把問題想清楚,然後用清晰明白的語言表述思想。朱光潛先生以及本章要介紹的其他前輩學者的著作,在這方面為我們就樹立了很好的典範。

第二節　中西詩論的融合

　　就中西比較文學而言,我在此要特別介紹朱光潛先生的《詩論》。這本書初版於1942年,1947年有增訂版,1984年又有進一步增刪的新版。朱先生在新版後記裡說:「在我過去的寫作中,自認為用功較多,比較有點獨到見解的,還是這本《詩論》。我在這裡試圖用西方詩論來解釋中國古典詩歌,用中國詩論來印證西方詩論;對中國詩的音律、為什麼後來走上律詩的道路,也作了探索分析。」[3]由此可見,朱先生自己頗看重這本著作,因為這本書不是簡單介紹西方詩論,而是把西方文學理論與中國古典詩歌糅合起來,用中西詩論來相互印證,其中更有作者獨到的見解。例如論詩與樂、舞同源,朱先生不僅舉了古代希臘酒神祭典和澳洲土著歌舞為例,而且從中國的《詩經》、《楚辭》、漢魏《樂府》等古代作品中找出例證,見出詩與樂、舞同源的痕跡。他書中的論述可以說是中西詩論很好的融合。

---

[2] Ludwig Wittgenstein, *Tractatus Logico-Philosophicus*, trans. C. K. Ogden (London: Routledge & Kegan Paul, 1983), p. 27.

[3] 朱光潛《詩論》頁317。以下引用此書,只在文中注明頁碼。

　　朱先生論詩與諧隱，提到西方關於喜劇、幽默、諷刺、比喻等概念，但全篇主要以中國詩文舉例，指出詩作為語言的妙用，總帶有一點文字遊戲的成份在內，許多論述都是頗有新意的見解。劉勰《文心雕龍・諧隱》早已指出：「蠶蟹鄙諺，狸首淫哇，苟可箴戒，載於禮典。故知諧辭隱言，亦無棄矣。」這就是說，哪怕笑話、諺語、謎語之類的遊戲文字，只要能給人規勸和告誡，都可以載入典籍，也就不可輕視。朱先生從劉勰談起，把中國的諧和西方的幽默概念相聯繫，認為「諧趣（the sense of humour）是一種最原始的普遍的美感活動。凡是遊戲都帶有諧趣，凡是諧趣也都帶有遊戲。諧趣的定義可以說是：以遊戲態度，把人事和物態的醜拙鄙陋和乖訛當成一種有趣的意象去欣賞」（頁24）。諧既然是取笑醜拙鄙陋的人生百態，所以富於社會性，是以正常的社會規範為基礎，對醜拙鄙陋作出諷刺和批評，但這諷刺又是溫和而非惡意的，有別於怒罵和尖刻的嘲諷。朱先生強調說，這一區別對理解諧的意義十分重要，因為諧是「愛惡參半。惡者惡其醜拙鄙陋，愛者愛其還可以打趣助興。因為有這一點愛的成分，諧含有幾分警告規勸的意味，如柏格森所說的。凡是諧都是『謔而不虐』」（頁27）。這裡所謂「愛惡參半」、「謔而不虐」體現出的寬恕精神，可以說正是美學家朱光潛的特點。這是取審美、超脫的態度去觀察事物，表現出一種溫和、豁達的心態。

　　朱先生把豁達與滑稽、悲劇性與喜劇性的詼諧相對比。他認為「豁達者在悲劇中參透人生世相，他的詼諧出於至性深情」；這種人「雖超世而不忘懷於淑世，他對於人世，悲憫多於憤嫉」。與此相對，「滑稽者則在喜劇中見出人事的乖訛，」他站在理智的立場冷嘲熱諷，但其「詼諧有時不免流於輕薄」（頁29）。古詩《焦仲卿妻》敘夫婦離別時，妻子信誓旦旦地說：「君當作磐石，妾當作蒲葦；蒲葦韌如絲，磐石無轉移」。後來焦仲卿得知妻子被迫改嫁的消息，就拿妻子從前說過這幾句話來諷刺她說：「府君謂新婦，賀君得高遷！磐石方且厚，可以卒千年；蒲葦一時韌，便作旦夕間」。朱先生評論說：「這是詼諧，但是未免近於輕薄，因為生離死別不該是深於情者互相譏刺的時候，而焦仲卿是一個殉情者。」他更近一步

說：「同是詼諧，或為詩的勝境，或為詩的瑕疵，分別全在它是否出於至性深情。理勝於情者往往流於純粹的譏刺（satire）。譏刺詩固自成一格，但是很難達到詩的勝境。像英國蒲柏（Pope）和法國伏爾泰（Voltaire）之類聰明人不能成為大詩人，就是因為這個道理」（頁32）。對此不同人也許有不同看法，諷刺是否一定不能達於詩的勝境，也還可以討論，不過朱先生在這裡的確提出了他自己的看法，值得我們去進一步思考。

劉勰所謂隱，簡單說來就是謎語，是故意不把描繪的事物明白說出來。朱先生在此提到古代的謎語、射覆、釋夢、占卜的預言，甚至童謠，指出隱語和詩有密切關係。他說：「英國詩人柯勒律治（Coleridge）論詩的想像，說它的特點在見出事物中不尋常的關係。許多好的謎語都夠得上這個標準」（頁37）。中國古代詠物詩詞就常常像隱語，通篇描寫一事物，卻不直說那事物之名。但見出事物之間不尋常的關係，用一事物去替代另一事物，卻不僅在詠物詩一格，而且「也是詩中『比喻』格的基礎」（頁40）。中國古詩講究比興，不過是這種隱語方式的發揮。朱先生由此指出中國文學的一個特點：「中國向來注詩者好談『微言大義』，從毛萇做《詩序》一直到張惠言批《詞選》，往往把許多本無深文奧義的詩看作隱射詩，固不免穿鑿附會。但是我們也不能否認，中國詩人好作隱語的習慣向來很深。屈原的『香草美人』大半有所寄託，是多數學者的公論。無論這種公論是否可靠，它對於詩的影響很大實毋庸諱言」（頁41）。他又說：「詩人不直說心事而以隱語出之，大半有不肯說或不能說的苦處。駱賓王《在獄詠蟬》說：『露重飛難進，風多響易沉』，暗射讒人使他不能鳴冤；清人詠紫牡丹說：『奪朱非正色，異種亦稱王』，暗射愛新覺羅氏以胡人入主中原，線索都很顯然。這種實例實在舉不勝舉。我們可以說，讀許多中國詩都好像猜謎語」（頁42）。語言本身的發展就離不開隱喻，詩的語言當然更是如此。此外，用同音字作雙關語，用相同的字來重疊、接字、趁韻等等，在中國詩和民謠中都很常見而且各有妙趣。朱先生說：「我們現代人偏重意境和情趣，對於文字遊戲不免輕視。一個詩人過分地把精力放在形式技巧上做功夫，固然容易走上輕薄纖巧的路。不過我們如果把詩中

文字遊戲的成分一筆勾銷，也未免操之過『激』」（頁48）。文學本是語言的藝術，文字的巧妙非常重要，研究者如果嚴肅有餘，意趣不足，就總有所缺失。所以朱先生指出文字遊戲的藝術趣味，很值得我們注意。

　　朱先生在寫作《詩論》時，頗服膺義大利哲學家克羅齊的美學理論，所以借助克羅齊和其他西方文藝理論來討論詩的境界，尤其是王國維的境界說。王國維在《人間詞話》裡有一段著名的話說：

> 有有我之境，有無我之境。「淚眼問花花不語，亂紅飛過秋千去」，「可堪孤館閉春寒，杜鵑聲裡斜陽暮」，有我之境也；「採菊東籬下，悠然見南山」，「寒波澹澹起，白鳥悠悠下」，無我之境也。有我之境，以我觀物，故物皆著我之色彩；無我之境，以物觀物，故不知何者為我，何者為物。……無我之境，人惟於靜中得之；有我之境，於由動之靜時得之，故一優美，一宏壯也。

　　朱先生對觀堂此說頗不以為然，認為「以我觀物，故物皆著我之色彩」，就是西方所謂「移情作用」，即把人的思想情感投射到外物之上。如王國維所引歐陽修「淚眼問花花不語」名句，花本無淚亦無語，是人把自己憂傷之情寄託在花的形態上表現出來。王國維認為這詩句表面寫花，實則寫人，所以是「有我之境」。但朱先生完全從另一個角度出發，認為「移情作用是凝神注視，物我兩忘的結果，叔本華所謂『消失自我』。所以王氏所謂『有我之境』其實是『無我之境』（即忘我之境）」（頁61）。王國維所謂「無我之境，以物觀物」，似乎消除了詩人的自我，而他所舉的例子，陶潛名句「採菊東籬下，悠然見南山」和元好問名句「寒波澹澹起，白鳥悠悠下」，都是詩人所見的意象，不能說沒有詩人的自我。朱先生認為那「都是詩人在冷靜中所回味出來的妙境（所謂『於靜中得之』），沒有經過移情作用，所以實是『有我之境』」（頁61-62）。這樣一來，朱先生把王國維所說的「有我之境」和「無我之境」顛倒過來，以為兩者的表述都不準確。這問題頗為複雜，批評家們對王國維的境界說

有各種不同理解。朱先生批評《人間詞話》裡著名的「有我」、「無我」這一對概念，兩家的分歧究竟在哪裡呢？

朱先生關於美的概念，從來認為是主觀與客觀的統一，沒有客觀存在的外物之美，固然不可能有美，但美離不開人的主觀感受，無我，也就沒有了人的意志和情感，就不可能有人的審美意識所感受到的美，更不可能有文藝。朱先生不贊許王國維「有我」、「無我」之說，這大概就是最根本的原因。朱先生認為「嚴格地說，詩在任何境界中都必須有我，都必須為自我性格、情趣和經驗的返照」（頁62）。有論者認為，王國維所謂「無我」，並不是否定自我，但在朱先生看來，這至少是用詞不當，所以他說：「王氏所用名詞似待商酌」（頁61）。朱先生以尼采《悲劇的誕生》為例，說明希臘人的智慧就表現在能調和主觀與客觀，調和代表主體意志的酒神狄奧尼索斯（Dionysus）和代表外物意象的太陽神阿波羅（Apollo），「由形象得解脫」而產生出希臘悲劇。他贊同英國詩人華滋華斯（Wordsworth）《抒情歌謠集序》裡的名言：「詩起於經過在沉靜中回味來的情緒」（emotion recollected in tranquility），認為那是「詩人感受情趣之後，卻能跳到旁邊來，很冷靜地把它當作意象來觀照玩索」（頁66）。朱先生認為王國維所謂「無我之境」，其實是詩人在冷靜的回味之中，把外物「當作意象來觀照玩索」的結果，而非「以物觀物」，消除了詩人的自我。朱先生還討論了「古典」和「浪漫」之分，討論了偏重情感的主觀「表現」和偏重人生自然的客觀「再現」之別，認為這些分別都各有局限。他說：「沒有詩能完全是主觀的，因為情感的直率流露僅為啼笑嗟歎，如表現為詩，必外射為觀照的對象（object）。也沒有詩完全是客觀的，因為藝術對於自然必有取捨剪裁，就必受作者的情趣影響」（頁68）。總而言之，美和文藝，當然包括詩在內，都是主觀和客觀的統一，是情趣和意象的契合。詩人由於性情、學養、風格之不同，對於主客各有偏重，在程度上有強調的不同，但卻沒有純主觀或純客觀的彼此對立。所以對於「有我之境」，朱先生覺得較易接受，而對於「無我之境」，則認為在理論上不能成立。

　　朱先生有一篇〈中西詩在情趣上的比較〉直接涉及中西比較文學。他一開頭就說：「詩的情趣隨時隨地而異，各民族各時代的詩都各有它的特色。拿它們來參觀互較是一種很有趣味的研究」（頁78）。他首先比較中西抒寫人倫情感的詩說：「西方關於人倫的詩大半以戀愛為中心。中國詩言愛情的雖然很多，但是沒有讓愛情把其他人倫抹煞。朋友的交情和君臣的恩誼在西方詩中不甚重要，而在中國詩中則幾與愛情占同等位置。把屈原、杜甫、陸游諸人的忠君愛國愛民的情感拿去，他們詩的精華便已剝喪大半」（頁78）。朱先生認為西方詩人側重個人，中國詩人更重群體和社會，而在風格上「西詩以直率勝，中詩以委婉勝；西詩以深刻勝，中詩以微妙勝；西詩以鋪陳勝，中詩以簡雋勝」（頁80）。這裡說出了中西詩的幾個重要差異，而形成這些差異的原因，朱先生也從社會環境和思想傳統等方面做了一些說明。

　　接下去朱先生比較中西描寫自然的詩，認為自然美和藝術美都有剛柔之分。在中國詩人中，李白、杜甫、蘇東坡、辛棄疾是剛性美的代表，王維、孟浩然、溫庭筠、李商隱是柔性美的代表。但把中國詩與西方詩相比較，「則又西詩偏於剛，而中詩偏於柔。西方詩人所愛好的自然是大海，是狂風暴雨，是峭崖荒穀，是日景；中國詩人所愛好的自然是明溪疏柳，是微風細雨，是湖光山色，是月景。這當然只就其大概說。西方未嘗沒有柔性美的詩，中國也未嘗沒有剛性美的詩，但西方詩的柔和中國詩的剛都不是它們的本色特長」（頁81-82）。這的確只是概而言之，因為剛柔都是相對的，只是程度的差異，而非本質的區別。西方人描寫自然而且細膩溫柔者，亦不在少數，而像杜甫《望嶽》名句：「會當凌絕頂，一覽眾山小」，岑參《走馬川行奉送封大夫出師西征》開篇數句：「君不見走馬川行雪海邊，平地莽莽黃入天。輪臺九月風夜吼，一川碎石大如斗，隨風滿地石亂走」等等，寫景都氣象宏偉，有陽剛之美。不僅如此，就是以委婉簡雋著稱的王維，在描寫邊關的詩裡，也有「大漠孤煙直，長河落日圓」這樣雄渾的名句，王國維在《人間詞話》裡，就把王維此句稱之為「千古壯觀」。

　　不過朱先生認為，對自然的愛好有三個層次，第一是聽覺、視覺之類感官的愉悅；第二是心有所感，是「情趣的默契忻合」，這正是「多數中國詩人對於自然的態度」；但第三也是最高層次的愛好則來自一種「泛神主義，把大自然全體看作神靈的表現，在其中看出不可思議的妙諦，覺到超於人而時時在支配人的力量。」朱先生認為這種宗教情懷「是多數西方詩人對於自然的態度，中國詩人很少有達到這種境界的」（頁82）。這就牽涉到哲學和宗教，而朱先生認為這恰好是我們中國傳統中比較薄弱的方面。中國儒家有講究倫理的信條卻沒有系統的玄學，老莊雖然深奧，但影響中國詩人的與其說是老莊哲學，不如說是逐其末流的道家思想。在文學上的表現就是所謂遊仙詩，其構想的仙界往往不能超脫世俗。朱先生說：「道家思想和老子哲學實有根本不能相容處。老子以為『人之大患在於有身』，所以『無欲以觀其妙』為處世金針，而道家卻拼命求長壽，不能忘懷於瓊樓玉宇和玉杯靈液的繁華。超世而不能超欲，這是游仙派詩人的矛盾」（頁88）。中國傳統當然還有佛教的影響，但朱先生認為「受佛教影響的中國詩大半只有『禪趣』而無『佛理』。『佛理』是真正的佛家哲學，『禪趣』是和尚們靜坐山寺參悟佛理的趣味」（頁89）。中國詩人取於佛教者就在「禪趣」，即「靜中所得於自然的妙悟」，卻並不要信奉佛教，也不求徹底了悟佛理。所以說到底，「佛教只擴大了中國詩的情趣的根底，並沒有擴大它的哲理的根柢」（頁91）。因此，朱先生認為比較起但丁《神曲》、彌爾頓《失樂園》、歌德《浮士德》等西方的經典之作，中國詩缺少「深邃的哲理和有宗教性的熱烈的企求」，所以只能「達到幽美的境界而沒有達到偉大的境界」（頁92）。這樣的價值判斷必然以個人趣味和見識為基礎，不一定得到普遍的贊同，但這是一位對中西文學都有很深瞭解和修養的前輩學者的意見，就值得我們格外重視而深長思之。

　　《詩論》中還有一篇評萊辛名著《拉奧孔》討論詩與畫的關係，是比較研究中很有趣的問題。詩畫同源在中國和西方都是一種舊說，而萊辛通過討論希臘雕塑拉奧孔，論證詩畫異質，是「近代詩畫理論文獻中第一部重要著作」（頁156）。這著名雕塑表現的是特洛伊司祭拉奧孔和他的兩

個兒子被兩條海蛇纏繞，終於窒息而死的故事。羅馬詩人維吉爾史詩《伊尼德》第二部敘述這個故事，描寫拉奧孔的恐懼和掙扎十分生動，表現拉奧孔臨死之前大聲哀號，令人感到驚怖悚懼。可是希臘雕塑表現的拉奧孔卻並非驚懼失色、大聲哀號的樣子，卻「具有希臘藝術所特有的恬靜與蕭穆」（頁157）。這不僅因為造型藝術表現的是美，藝術家不會在雕塑中展示哆牙咧嘴的醜態，而且也和詩畫本身的不同性質有關。

　　萊辛認為繪畫和雕塑等造型藝術在空間裡展示靜態的物體，而詩或文學則在時間的延續中敘述事件和動作。由於詩與畫受不同媒介或符號的限制，「本來在空間中相並立的符號只宜於表現全體或部分在空間中相並立的事物，本來在時間上相承續的符號只宜於表現全體或部分在時間上相承續的事物。」朱先生舉例說，近代畫家溥心畬以賈島「獨行潭底影，數息樹邊身」詩句為題作畫，「畫上十幾幅，終於只畫出一些『潭底影』和『樹邊身』。而詩中『獨行』的『獨』和『數息』的『數』的意味終無法傳出。這是萊辛的畫不宜於敘述動作說的一個很好的例證」（頁159）。由於靜態的空間藝術只能呈現某一頃刻，所以藝術家必須選擇一個「最富於暗示性」的頃刻，使觀者得以想見此刻前後的狀態。這是萊辛一個重要的觀點，即「圖畫所選擇的一頃刻應在將達『頂點』而未達『頂點』之前。……萊辛的普遍結論是：圖畫及其他造型藝術不宜於表現極強烈的情緒或是故事中最緊張的局面」（頁162）。朱先生肯定萊辛打破「畫如此，詩亦然」的舊論，起碼有三點新的貢獻。第一是「明白地指出以往詩畫同質說的籠統含混」（頁164）；第二，「在歐洲是第一個人看出藝術與媒介（如形色之於圖畫，語言之於文學）的重要關聯。……每種藝術的特質多少要受它的特殊媒介的限定」（165）；第三則是最先注意到「作品在讀者心中所引起的活動和影響」（頁165）。

　　但朱先生對萊辛也有不少批評，首先是指出他「根本沒有脫離西方二千餘年的『藝術即模仿』這個老觀念」（頁165）。因為亞理士多德在《詩學》裡說，詩是行動的模仿，萊辛就認為詩只宜於敘述動作，卻完全忽略詩向抒情和寫景兩方面的發展，他的模仿觀念「似乎是一種很粗淺的寫實主

義」（頁166）。朱先生還批評萊辛以為「作者與讀者對於目前形象都只能一味被動地接收，不加以創造和綜合。這是他的基本錯誤」（頁167-68）。接下去更以中國詩的實例來驗證萊辛的理論，顯出其局限。朱先生說：

> 他以為畫是模仿自然，畫的美來自自然美，而中國人則謂「古畫畫
> 意不畫物」，「論畫以形似，見與兒童鄰」。萊辛以為畫表現時間
> 上的一頃刻，勢必靜止，所以希臘造型藝術的最高理想是恬靜安息
> （calm and repose），而中國畫家六法首重「氣韻生動」。中國向來
> 的傳統都尊重「文人畫」而看輕「院體畫」。「文人畫」的特色就
> 是在精神上與詩相近，所寫的並非實物而是意境，不是被動地接收
> 外來的印象，而是熔鑄印象於情趣。……換句話說，我們所著重的
> 並不是一幅真山水，真人物，而是一種心境和一幅「氣韻生動」的
> 圖案。這番話對於中國畫只是粗淺的常識，而萊辛的學說卻不免與
> 這種粗淺的常識相衝突（頁169-70）。

　　以文學作品的實際來驗證文學理論的恰當與否，這是我們應該學習的一個重要批評方法。萊辛所論雖然是希臘雕塑，但其結論卻是普遍性的，所以朱先生就用中國詩的實例來印證其說。朱先生指出，「中國詩，尤其是西晉以後的詩，向來偏重景物描寫，與萊辛的學說恰相反」（頁170）。萊辛反對在詩中並列事物形象，但中國詩裡這樣寫法的佳作卻很不少。在朱先生所舉數例中，馬致遠所作小令《天淨沙》特別能說明這一點：「枯藤老樹昏鴉，小橋流水人家，古道西風瘦馬，夕陽西下，斷腸人在天涯。」這裡並列的意象帶有很強烈的繪畫性，使我們好像看見一幅遊子行吟圖，整首詩哀傷的情調就完全通過這些並列的意象傳達給了讀者。正如朱先生所說：「萊辛能說這些詩句不能在讀者心中引起很明晰的圖畫麼？他能否認它們是好詩麼？藝術是變化無窮的，不容易納到幾個很簡賅固定的公式裡去。萊辛的毛病，像許多批評家一樣，就在想勉強找幾個很簡賅固定的公式來範圍藝術」（頁171）。對於理論的局限，這樣的批評確實合

理而且中肯。當然，萊辛《拉奧孔》區別詩與畫、闡述時間藝術與空間藝術各自的特點，尤其提出藝術家選擇最富有暗示性的片刻來表現事物，在美學和文藝理論的發展上，都是相當重要的貢獻。我們一方面應該瞭解萊辛的理論，尊重其理論的貢獻，另一方面也應該像朱光潛先生那樣，明白理論系統的局限，尤其要以文學藝術的實踐，來驗證理論的合理性及其有效範圍。

第三節　外國文學與比較文學

我在前面說過，研究比較文學的必要條件是要很好地掌握外語，而且要有外國文學和文化的知識和修養。在外國文學和比較文學研究方面做出過不少貢獻的前輩學者楊周翰先生，就曾這樣描述這兩者之間的關係：「研究外國文學的目的，我想最主要的恐怕還是為了吸取別人的經驗，繁榮我們自己的文藝，幫助讀者理解、評價作家和作品，開闊視野，也就是洋為中用。」[4]楊先生是研究英國文學的專家，他所著《攻玉集》中有一篇饒有趣味的論文，從彌爾頓《失樂園》中提到中國有靠風力推動的加帆車這樣一個細節說起，討論十七世紀英國作家有關東方的知識涉獵，在研究西方關於中國的知識和想像方面，可以為我們提供一個值得效法的研究範例。

約翰‧彌爾頓（John Milton, 1608-1674）大概是學識最為豐富的英國作家和詩人，在英文之外，他還用拉丁文寫詩，並且掌握了包括希臘和希伯萊文在內的多種語言。彌爾頓是具有強烈人文精神的基督徒，是堅信自由價值的共和主義者，在英國清教革命時任拉丁秘書，寫過《論出版自由》、《為英國人民辯護》等許多政論著作，而《失樂園》、《複樂園》、《力士參遜》等三部史詩，尤其是《失樂園》，更是使他聲名不朽的煌煌巨著。《失樂園》取材《聖經‧創世紀》，描述亞當和夏娃違背上帝禁令，偷食禁果而被逐出伊甸園的故事。彌爾頓以此古老的聖經故事為

---

[4] 楊周翰《攻玉集》，前言。以下引用此書，只在文中注明頁碼。

框架，探討了上帝的預知與人類的自由、選擇與後果、自由與責任、罪與罰、理想與現實等各種似乎永遠困擾人類的宗教和哲學問題。所以《失樂園》不是像荷馬或維吉爾的史詩那樣講述戰爭和冒險的英雄業績，也不像但丁《神曲》那樣講述一個人從地獄到煉獄再到天堂的心路歷程，而是深刻描繪了人的精神與靈魂的困擾和掙扎。如果說荷馬的《伊利亞德》描寫了阿卡琉斯的憤怒和特洛伊之戰，彌爾頓的《失樂園》除前面描述魔鬼撒旦被上帝擊敗，打入地獄之外，整部史詩的中心人物不是神，也不是英雄，而是軟弱而有缺點的人；作品中心唯一關鍵的行動不是爭鬥或計謀，而不過是一個女人從樹上摘下了一個果子。然而彌爾頓熟悉古典傳統，很清楚自己創作的是「在散文和韻文裡迄無前例」的作品（I.16）。他所寫的不是亞當和夏娃這兩個人，而是由他們所象徵的整個人類，所以《失樂園》描述所及是人類的精神和思想，是一部氣度宏偉、內涵豐富而深刻的精神的史詩，其中包含了十七世紀歐洲各方面的知識與學問。

　　討論《失樂園》的論著可以說汗牛充棟，而楊周翰先生選擇一個十分獨特的角度，從彌爾頓詩中提到中國的地方入手，討論十七世紀英國作家的知識涉獵。在《失樂園》第三部，彌爾頓寫撒旦聽說上帝創造了人，並創造了人居住的樂園，便去打探虛實。他居然逃過大天使尤利爾（Uriel）的目光，像一隻雕那樣從喜馬拉雅山向印度的恆河方向飛去，但

　　　　途中，它降落在塞利卡那，那是
　　　　一片荒原，那裡的中國人推著
　　　　輕便的竹車，靠帆和風力前進。

　　　　　　　　　　　　　　　　　　　　（III.437-39）

楊先生解釋說：「塞利卡那意即絲綢之國，中國。中國文物制度出現在西方作家作品中，近代以來，在文學史裡已是常見的事。彌爾頓詩中和十七世紀其他作家著作中援引中國文物制度也屢見不鮮」（頁82）。楊先生根據英國學者李約瑟在《中國科技史》裡的考證，說最早提到中國加

帆車的西方著作，是西班牙耶穌會傳教士門多薩（Gonzales de Mendoza）一五八五年出版的《中華大帝國史》。此書出版不過三年，就有了英譯本，此後還有好幾種西方著作裡都說，中國有可以借助風力來推進的加帆車。楊先生說：「可見這樣一件事物和其他東方和歐洲以外的事物一樣，在十六、七世紀之交深深抓住了歐洲人的想像，這種興趣往前可以推到中世紀，往後一直延續到彌爾頓時代以後，直到十九世紀」（頁83）。

　　不僅西方書籍中出現了關於中國加帆車的記載，而且在十六、十七世紀歐洲繪製的亞洲地圖上，也多在中國境內繪上加帆車。楊先生提到「出生在荷蘭的德國輿地學家沃爾提留斯（Ortelius）所製的《輿地圖》（1570）、麥卡托（Mercator）的《輿地圖》（1613）都有圖形。英國人斯彼德（J. Speed）的《中華帝國》（1626）一書中也有加帆車的插圖」（頁83-84）。在文字和圖像記載之外，歐洲還有人仿造這種加帆車。可見在十七世紀的歐洲，不少人知道中國這種加帆車。楊先生說：「事實上，彌爾頓並非在英國文學中把加帆車用在詩裡的第一個詩人。」在彌爾頓之前，本・瓊生在《新大陸新聞》（1620）中，已經提到隨風轉的「中國的手推車」（頁84）。楊先生也根據李約瑟的研究，認為中國關於這種風力車的記載「最早是《博物志》和《帝王世紀》，郭璞注《山海經》可能就根據《博物志》。」他認為中國古代的記載「顯然是一種傳說，但也抓住了中國文人的想像」（頁85）。在討論了中國的加帆車這一形象在西方傳播的情形之後，楊先生最後總結說：

　　　加帆車這段小小故事說明一個問題。十五、十六世紀隨著西歐各國國內資本主義的興起而出現了海外探險的熱潮，帶回來許多關於外部世界聞所未聞的消息，引起了人們無限的好奇心，另一方面，人們對封建現實不滿，向古代和遠方尋求理想，如饑似渴地追求著。僅僅理想國的設計，幾乎每個作家都或多或少畫了一個藍圖，從《烏托邦》、《太陽城》、培根的《新大西國》、錫德尼的《阿刻底亞》、莎士比亞的《暴風雨》到不大被人注意的勃吞的《憂鬱症

的解剖》中的《致讀者》一章。這種追求古今西東知識的渴望是時
代的需要，作家們追求知識為的是要解決他們最關心的問題。加帆
車不過是這一持久的浪潮中的一滴水珠而已（頁86）。

　　楊先生從彌爾頓的《失樂園》講到勃吞的《憂鬱症的解剖》，說他
依據馬可‧波羅遊記和利瑪竇關於中國的著述，在他那部奇書裡提到中國
有三十多處，涉及各方面內容。值得注意的是勃吞在書中「讚揚中國的科
舉，因為科舉表明重才而不重身世；讚揚規劃完善的城市，其中包括元代
的大都（出自馬可‧孛羅）；讚揚中國人民的勤勞和國家的繁榮。其借鑒
的目的是很明顯的」（頁88）。由此可見，在十七世紀的英國，許多文人
學者對東方的中國充滿嚮往之情；當歐洲貴族的世襲血統制度把人限定在
僵化的社會等級中時，中國科舉制度為讀書人改變社會地位提供一定的可
能性，尤其博得歐洲文人的好感，並引起人們普遍的讚賞。

　　在彌爾頓、勃吞之外，楊先生還談到十七世紀其他許多英國作家、詩
人、歷史家、哲學家等，特別提到宗教散文家泰勒，認為「這些著作家、
詩人的共同特點是知識面廣，古代文史哲、宗教文學、外邦異域的知識以
至近代科學，無所不包。他們的文章和詩歌旁徵博引。他們的文風和詩風
竟然形成了一個獨特的流派——『巴羅克』（Baroque）」（頁89）。楊
先生提到彌爾頓《失樂園》第十一部一段頗具巴羅克風味而曾引起爭議的
詩，這段詩敘述亞當和夏娃被逐出樂園時，大天使邁克爾領他們走上一座
高山，向他們展示人類即將遭遇的未來和他們將居住的地球，其中提到中
國、波斯、俄國、土耳其、非洲、歐洲，數十行詩裡堆砌了一連串的地
名，引來一些批評家詬病。T. S. 艾略特就曾批評彌爾頓，說他描寫得不
夠具體，形象不夠鮮明。但楊先生則認為，「這正是彌爾頓的長處，也
是他意趣所在」（頁94）。他借用英國小說家E. M. 福斯特在《小說面面
觀》中提出的「空間感」概念，說《失樂園》在「彌爾頓語言的洪亮的音
樂效果外，它還給人以無限的宏偉的空間感。除了空間感以外，它還給人
以宏偉的歷史感、時間感。這種境界的造成，不是靠一般的真實的細節，

而是靠另一種構成空間感的細節」（頁95）。他接著又引用英國詩人賓甯
（Laurence Binyan）的評論說：「在《失樂園》中，呈現在眼前的一切差
不多都是從一定距離以外見到的」。楊先生認為這一看法頗接近王國維
《人間詞話》裡一段話的意思。王國維說：「詩人對宇宙人生，須入乎其
內，又須出乎其外。入乎其內，故能寫之；出乎其外，故能觀之。入乎其
內，故有生氣；出乎其外，故有高致。」能入乎其內，又能出乎其外，就
拉開一定距離，能夠造成一種宏大的空間感。楊先生認為，彌爾頓的詩能
有「高致」，達到崇高的境界，這種宏大的空間感就是一個重要原因。他
用王國維的概念來評《失樂園》說：「彌爾頓的境界高，思想有深度，力
圖捕捉根本性的問題。也許這就是所謂『出』吧」（頁96）。讀楊先生這
篇文章可以明確感覺到，他對彌爾頓和整個十七世紀英國文學非常熟悉。
他一方面引用英國文學作品，另一方面又藉中外批評家的看法來加以闡
述，這就使我們意識到在比較文學研究中，知識基礎多麼重要。我們只有
在非常熟悉中外文學作品和文學批評理論的基礎之上，才有可能形成自己
的一點看法，做出一點成績。

　　楊先生在《十七世紀英國文學》一書裡，有一篇專論〈彌爾頓的悼亡
詩——兼論中國文學史裡的悼亡詩〉，同樣值得我們細心研讀。朱光潛先
生在《詩論》裡比較中西詩的情趣時就說過：「西方愛情詩大半寫於婚媾
之前，所以稱讚容貌訴申愛慕者最多；中國愛情詩大半寫於婚媾之後，所
以最佳者往往是惜別悼亡」（頁80）。悼亡詩在中國有很長的傳統，歷代
都有很多佳作，但西方文學卻很少悼亡之作。彌爾頓以十四行詩形式寫的
這一首，在西方文學中雖非絕無僅有，也的確是不可多得的一例。楊周翰
先生將此詩譯成中文，韻腳與原文嚴格一致，即abba、 abba、cdcdcd：

　　　我彷彿看到了去世不久聖徒般的妻
　　　　　回到了我身邊，像阿爾塞斯蒂斯從墳墓
　　　　　被尤比特偉大的兒子用強力從死亡中救出，
　　　蒼白而虛弱，交給了她的丈夫，使他歡喜。

> 我的妻，由於古戒律規定的淨身禮
> 　　而得救，洗淨了產褥上斑斑的玷污，
> 　　這樣的她，我相信我還能再度
> 在天堂毫無障礙地充分地瞻視，
> 她一身素服，純潔得和她心靈一樣，
> 　　臉上罩著面紗，但我彷彿看見
> 愛、溫柔、善良在她身上發光，
> 　　如此開朗，什麼人臉上有這等歡顏。
> 但是，唉，正當她俯身擁抱我的當兒，
> 　　我醒了，她逃逸了，白晝帶回了我的黑天。[5]

　　這裡需要略為解釋此詩背景。彌爾頓一六四二年第一次的婚姻並不順利，婚後數月，妻子就返回娘家，差不多一年之後才回來。這與兩家政見不合有些關係，因為妻子瑪麗一家傾向王黨，而彌爾頓是反對國王的共和派，瑪麗返娘家時查理一世尚在位，一年後英國革命處死了國王，時局大變，瑪麗才回到彌爾頓身邊。但除了政治因素之外，也還有夫妻兩人性格不合的原因。瑪麗在一六五二年去世，四年之後，彌爾頓第二次結婚，但不到兩年，妻子卡特琳也去世了。楊先生推論說：「彌爾頓的悼亡詩可能即作於一六五八或一六五九年，從這首詩看，他們的結合是幸福的，感情是和諧的，反襯出他第一次婚姻的不幸」（頁231）。彌爾頓自幼目力不佳，在一六五一年前後幾乎全盲。如果詩中悼念的是卡特琳，那麼彌爾頓與她結婚時就沒有看清過她的容貌。在這首詩裡，詩人在夢中似乎看見他的亡妻，雖然她「蒼白而虛弱」，「臉上罩著面紗」，然而在詩人心目中（to my fancied sight），卻在她身上看見了「愛、溫柔、善良」（Love, sweetness, goodness）。

---

[5]　楊周翰《十七世紀英國文學》，頁231-32。楊先生譯文頗為傳神，但最後一行「黑天」兩字似嫌生硬，竊以為可改譯成「白晝又把我帶回黑暗」（and day brought back my night）。以下引用楊先生此書，只在文中注明頁碼。

詩裡用了希臘悲劇家歐裡庇德斯（Euripides）一部劇作的典故。命運女神准許底薩萊國王阿德梅圖斯（Admetus）長壽，但死神來帶他到冥界去時，他必須能找一個人代替他去死。後來阿德梅圖斯的死期終至，卻無人願代他去冥界，正在他焦急之際，其愛妻阿爾塞斯蒂斯（Alcestis）挺身而出，答應為他而死，因為她不願意自己的兒女失去父親，也不願意自己失去所愛的丈夫。悲劇《阿爾塞斯蒂斯》開始時，底薩萊宮廷籠罩著一片悲情。就在這時刻，臂力過人的英雄赫拉克勒斯（Heracles）遠道而來，阿德梅圖斯按歷來的風俗儘量款待客人，並吩咐僕人不要讓客人知道底薩萊悲哀的消息。赫拉克勒斯見接待他的眾人悶悶不樂，後來終於明白原委，於是在阿爾塞斯蒂斯的喪禮上，當死神來帶走她時，與死神奮力搏鬥，並擊敗死神，用強力把阿爾塞斯蒂斯從冥界奪回，交還給她的丈夫。彌爾頓在這首詩裡用歐里庇德斯悲劇典故，把亡妻比作為丈夫獻出生命的阿爾塞斯蒂斯，以顯示她純真的愛。然而這首詩是夢境與現實的反照，詩人能與亡妻相會不過是一場夢，醒來面對的卻是無情的現實，因為白晝帶給詩人的只是盲人永恆的暗夜，所以全詩的情調淒婉哀怨，十分動人。

楊先生分析此詩，指出全詩的關鍵在第一行的「聖徒」（Saint）二字上，而「『尤比特的偉大的兒子』（Jove's great son）很自然地引起『上帝之子』（Son of God）即耶穌的聯想，也就是耶穌使詩人的亡妻得救」。這樣一來，希臘神話故事就被基督教化，而這些聯想更「增強了卡特琳—阿爾塞斯蒂斯形象後面的為愛而自我犧牲的聖徒涵義」（頁234）。楊先生由此討論了彌爾頓的愛情觀和婚姻觀，引用許多資料來論證彌爾頓作為一個人文主義者和基督徒，他的婚姻觀「是靈與肉的完滿結合」（頁236），是在基督教和柏拉圖哲學影響下的「精神愛或帶有宗教色彩的愛情觀」（頁238）。這種愛情觀在彌爾頓這首悼亡詩裡，得到了完美的表現。

楊先生比較中國的悼亡詩，著重「從文學表現形式上考察一下彌爾頓此詩與我國悼亡詩之異同」（頁239）。和西方不同，中國悼亡詩作品很多，自《詩經》的《綠衣》、《葛生》以下，歷代有無數作品可以歸入懷人、悼亡一類。楊先生討論了西晉孫楚（？－293）、潘岳（247－300）的

悼亡詩，認為孫楚的詩「寫得有些搪塞」，並不如前人所說那麼好；潘岳
的詩則「有兩個特點，一是念念不忘仕宦，二是多用閨閣中實物形象以及
代表死的墳墓，給以後的悼亡詩定了調子。當然這些實物可以勾引起一定
的感情，但比較淺露。」倒是潘岳的《哀詩》和兩首《顧內詩》優於其悼
亡詩，因為這些詩「並非平鋪直敘，而是用比興手法，十分含蓄。……也
就是說，在意象的選擇上要能超脫眼前直接的事物，而去捕捉一些能反映
由悼亡而引起的更深一層的情感思想的意象。例如《哀詩》的開始四句：
『摧如葉落樹，邈若雨絕天；雨絕有歸雲，葉落何時連』，就把個人的哀
傷同大自然和宇宙聯繫起來」（頁241）。由此可見，楊先生認為詩人能否
把個人哀怨和具體情事聯繫到超越個人的自然和宇宙這樣宏大的範疇，能
否有深刻的思想內涵，那是評價作品高低的一條原則。例如唐人元稹以寫
悼亡詩著稱，楊先生卻並不以傳統的評價為然（包括陳寅恪的評價），他
提出自己的看法說：

> 我覺得元稹悼亡詩中最有「詩意」的，不是三首《遣悲懷》，而是
> 《夢井》。這首詩和彌爾頓的詩頗有相似之處，都是通過敘述一
> 個夢中故事來抒情。所不同者，元所夢見的不是亡妻，而是一隻古
> 瓶，綆斷，瓶不可得，用此來象徵他心靈上的不能消除的渴念，並
> 在「尋環意無極」之餘，把思念之情「哲學化」，「所傷覺夢間，
> 便隔生死境。」這不僅有玄學派的巧思，也有其思辨。如果用這標
> 準來衡量，則像李商隱《悼傷後赴東蜀辟至散關遇雪五絕》，蘇軾
> 《江城子乙卯正月二十日夜記夢》（「十年生死兩茫茫……」），
> 賀鑄《鷓鴣天》（「重過閶門萬事非」），只說些補衣、梳妝，就
> 淺顯多了（242-43）。

楊周翰先生把詩中有哲理文思作為評判的標準。彌爾頓的悼亡詩把
愛情提升到哲學和宗教的高度，所以有思想的深度，令人感動而且發人深
省。他說：「悼亡詩總需有一定的感情基礎，而促成之者，往往是生活遭

遇坎坷，從悼亡中尋求同情與補償，符合抒情詩的總規律，符合詩可以怨的原則」（頁244）。深情而又能引發關於人生和宇宙的思考，那就是成就一個大詩人的知識、思想和情感的基礎。楊先生在討論彌爾頓悼亡詩的背景上，探討中國悼亡詩傳統，在比較中作出對悼亡詩的評價和理解，就為我們理解中西文學提供了比單一文學傳統更廣闊的視野、更新穎的角度，為我們樹立了一個範例。

正如楊先生所說，研究外國文學的目的在於「開闊視野」、「洋為中用」，所以談論外國作家和作品，很自然會涉及中國文學，也很自然會進入比較文學的研究領域。在這方面做出貢獻的另一位前輩學者是王佐良先生，他有一本英文論文集題為《論契合》，其中對文學翻譯、近代中西文學關係、現代中國作家和詩人與西方文學的互動關係，以及一些英國作家在中國的接受情形，都有深入的討論。不過《論契合》是用英文寫的，其中介紹中國近代文學翻譯和接受西方文學的情形，更多是為英文讀者而作，我在此不擬詳細討論。但我希望對比較文學、尤其是對近代中西文學關係感興趣的讀者，能夠注意王佐良先生這本頗有價值的書，其中的討論和許多見解都值得我們借鑒參考。

第四節　中西會通的典範

無論在中國還是在海外，得到學界公認為對中西文學和文化瞭解最多、修養最深的學者，應該是錢鍾書先生。這並不是我一個人的看法。早在一九八三年六月十日的法國《世界報》（*Le Monde*）上，生在比利時的漢學家李克曼（Pierre Ryckmans，筆名Simon Leys）就曾做出這樣的評價。他撰文說錢鍾書對中西文學和文化都有深廣的瞭解，並且認為就這方面說來，「錢鍾書在今日之中國，甚至在全世界，都是無人可比的」（Qian Zhongshu n'a pas son pareil aujourd'hui en Chine et même dans le monde）。當然，錢鍾書先生的著作不限於比較文學，他的主要著作《管錐編》很難歸入哪一學科或門類，但他討論中國經典，都總是引用中西各類著作來闡

述其意義，這就是他在《談藝錄》序裡所謂「頗採『二西』之書，以供三隅之反」的研究方法，這種方法在大量例證的比較中達於更好的理解，為我們樹立了研究的典範。[6]

我在此首先介紹錢鍾書以白話寫作的論文《七綴集》，其中包括了一九七九年出版的《舊文四篇》和八十年代初的三篇新作，一九八四年由上海古籍出版社印行。第一篇「中國詩與中國畫」一開頭就說：此文「並不對中國舊詩和舊畫試作任何估價，而只闡明中國傳統批評對於詩和畫的比較估價。」[7]之所以有討論此問題的必要，就因為中國傳統批評歷來有「詩是無形畫，畫是有形詩，」或詩為「有聲畫」，畫為「無聲詩」之類說法。這種說法與西方傳統裡的舊說相當一致，錢先生舉了許多例證說明，「詩、畫作為孿生姊妹是西方古代文藝理論的一塊奠基石，也就是萊辛所要掃除的一塊絆腳石。」然而在中國，我們仍然「常聽人有聲有勢地說：中國舊詩和中國舊畫有同樣的風格，體現同樣的藝術境界」（頁6）。錢先生此文就是要考察探索，看這種頗為普遍的說法是否符合中國詩畫批評傳統的實際。

明人董其昌《容台別集》卷四講畫分南宗北派，謂「禪家有南北二宗，唐時始分。畫之南北二宗，亦唐時分也，但其人非南北耳。」錢先生指出，「把『南』、『北』兩個地域和兩種思想方法或學風聯繫，早已見於六朝，唐代禪宗區別南、北，恰恰符合或沿承了六朝古說。事實上，《禮記・中庸》說『南方之強』省事寧人，『不報無道』，不同於『北方之強』好勇鬥狠，『死而不厭』，也就是把退斂和肆縱分別為『南』和『北』的特徵」（頁9）。無論評書畫或評人物及其思想趨向，這種二分法似乎都很普遍，不僅中國如此，西方亦然。但在中國畫的傳統裡，以王維開始的南宗畫成為正宗，但在風格意趣上接近南宗畫的神韻派詩，在中國舊詩傳統裡卻並不是主流和正宗。王維雖然也是著名詩人，但在舊詩傳

---

[6]　錢鍾書《談藝錄》，頁1。以下引用此書，只在文中注明頁碼。
[7]　錢鍾書《七綴集》，頁1。以下引用此書，只在文中注明頁碼。

統裡排起名次來，他的地位絕不如杜甫，也不如李白、陶潛等好幾位風格迥異的其他詩人。錢先生說：「神韻派在舊詩傳統裡公認的地位不同於南宗在舊畫傳統裡公認的地位，傳統文評否認神韻派是標準的詩風，而傳統畫評承認南宗是標準的畫風。在『正宗』、『正統』這一點上，中國舊『詩、畫』不是『一律』的」（頁14）。換言之，在中國文藝批評傳統裡，詩與畫有很不相同的評價標準，而這種評價標準的分歧「是批評史裡的事實」（頁24）。弄清這一事實，就可以明白「詩原通畫」、「詩畫一律」之類的說法其實錯誤，詩與畫各有自己的評價標準和傳統。

　　錢先生這篇文章雖然談論的是中國詩畫的批評傳統，但其中引用了許多西方文藝批評的例子來做比較和印證，既饒有趣味，又加強了論證的說服力。接下去〈讀《拉奧孔》〉一文討論西方詩畫理論，也同樣是旁徵博引，廣采二西之書，以供三隅之反。我在前面簡略討論過朱光潛先生對萊辛《拉奧孔》的評論，朱先生介紹了萊辛的理論，同時也以中國詩畫的實踐對之作出批評。錢鍾書先生討論《拉奧孔》則更注意在中國傳統裡，古人的許多片言隻語其實已包含了萊辛提出的理論觀念，就像「先學無情後學戲」這句老話包含了狄德羅的戲劇理論，即「演員必須自己內心冷靜，才能維妙維肖地體現所扮角色的熱烈情感」（頁30）。錢先生舉例極多，我在此只引一兩例以示其餘。時間藝術的詩可以表現連續動作，這在空間藝術的畫中卻無法表現，對此中國古人早有認識。《太平廣記》卷二一三引《國史補》記載唐代的傳說，說有人把一幅「按樂圖」給王維看，王維說：「此《霓裳》第三疊第一拍也。」那人先不相信，後來「引工按曲，乃信。」這則傳說在宋代引起有科學頭腦的沈括質疑，《夢溪筆談》卷一七就批駁了這個無稽之談：「此好奇者為之。凡畫奏樂，止能畫一聲。」錢先生認為，從沈括這簡單的一句話裡，「我們看出他已悟到空間藝術只限於一剎那內的景象了」（頁31）。[8]另一個令人印象深刻的例子是《世說

---

[8] 在1985年上海古籍出版社刊印的《七綴集》第31頁上，此處「空間藝術」被誤為「時間藝術」。我手邊有錢鍾書先生所贈《七綴集》一冊，在此錢先生親手將「時」字劃去，訂正為「空」字。

新語‧巧藝》第二一所記畫家顧愷之的話，嵇康《兄秀才公穆入軍贈詩》之一五有這樣兩句：「目送歸鴻，手揮五弦。」顧愷之說：「畫『手揮五弦』易，『目送歸鴻』難。」錢先生認為，顧愷之感到的困難就「確有萊辛所說時間上的承先啟後問題」（頁33）。這就是說，在看來零碎的片言隻語中，我們可以見出中國古人已經意識到萊辛在《拉奧孔》中提出的詩與畫、時間藝術與空間藝術的區別。

但萊辛的理論說得並不全面，因為還有許多中國古人認為畫不出的東西，中國古詩裡常出現的意象，「像嗅覺（『香』）、觸覺（『濕』、『冷』）、聽覺（『聲咽』、『鳴鐘作磬』）的事物，以及不同於悲、喜、怒、愁等有顯明表情的內心狀態（『思鄉』），也都是『難畫』、『畫不出』的，卻不僅是時間和空間問題了」（頁33-34）。不僅如此，詩中用顏色詞有實有虛，並非一一都能畫出。詩裡可以把黑暗和光明調和，如李賀《南山田中行》寫「鬼燈如漆照松花」，或彌爾頓《失樂園》寫地獄裡「沒有亮光，只是可以照見事物的黑暗」（no light but rather darkness visible），也無法直接畫出來。詩裡有無數比喻，如將山峰比為駝峰之類，都是「似是而非，似非而是」，用文字藝術可以表現，用造型藝術則無法或很難描畫。萊辛對這些都未深入探討，而錢先生引用中國詩文的例子，就把萊辛的理論概念擴而大之，做了更多的發揮。

不過錢先生在文中最後特別強調的，是萊辛《拉奧孔》一書提出的暗示性「片刻」（Augenblick），認為「包孕最豐富的片刻是個很有用的概念」（頁42）。不僅繪畫和雕塑選擇這種將到頂點卻未到頂點、尚留有「生發」餘地的片刻，而且詩文敘事也同樣使用這種手法。在敘述故事當中，「有時偏偏見首不見尾，緊鄰頂點，就收場落幕，讓讀者得之言外。換句話說，『富於包孕的片刻』那個原則，在文字藝術裡同樣可以應用」（頁43）。錢先生舉了中西文學中許多例證，特別指出在中國古代文評中，「似乎金聖歎的評點裡最著重這種敘事法。《貫華堂第六才子書》卷二《讀法》第一六則：『文章最妙，是目注此處，卻不便寫，卻去遠遠處發來。迤邐寫到將至時，便又且住。如是更端數番，皆去遠遠處發來，迤

邏寫到將至時，即便住，更不復寫目所注處，使人自於文外瞥然親見』」（頁44）。錢先生認為，「他的評點使我們瞭解『富於包孕的片刻』不僅適用於短篇小說的終結，而且適用於長篇小說的過接。章回小說的公式：『欲知後事如何，且聽下回分解，』是要保持讀者的興趣，不讓他注意力鬆懈」（頁45）。換言之，在即將達於高潮的片刻，作者嘎然而止，使讀者充滿期待，急著想把故事繼續讀下去。不僅中國小說如此，錢先生舉出西方文學裡許多例子，通過中西比較最終說明：「萊辛講『富於包孕的片刻』，雖然是為造形藝術說法，但無意中也為文字藝術提供了一個有用的概念。『務頭』、『急處』、『關子』往往正是萊辛、黑格爾所理解的那個『片刻』」（頁48）。這就把萊辛《拉奧孔》一書最精彩處突出來，使我們能夠較深地理解繪畫、雕塑和文字藝術都常常使用的這個重要概念。

　　《七綴集》中〈通感〉和〈詩可以怨〉兩篇，都是提出一個在詩文中經常出現的手法或者觀念，從文學批評上來深入闡發。在比較文學中，這是屬於所謂主題研究（thematic studies）的範疇。〈通感〉從宋祁《玉樓春》詞名句「紅杏枝頭春意鬧」及幾種評論說起，再輔以宋人用「鬧」字的其他類似例子，說明「『鬧』字是把事物無聲的姿態說成好像有聲音的波動，彷彿在視覺裡獲得了聽覺的感受」（頁55）。在西方語言中，也恰恰有類似現象。錢先生說：「西方語言用『大聲叫吵的』、『怦然作響的』（loud, criard, chiassoso, chillón, knall）指稱太鮮明或強烈的顏色，而稱暗淡的顏色為『聾聵』（la teinte sourde），不也有助於理解古漢語詩詞裡的『鬧』字麼？用心理學或語言學的術語來說，這是『通感』（synaesthesia）或『感覺挪移』的例子」（頁55-56）。以東西方豐富的文本中的具體例證來相互發明，正是錢鍾書著作的特點。他從各類著作裡舉了很多例子來展示「通感」的普遍及其在語言中的應用，從日常語言（「熱鬧」、「冷靜」）到詩文用語（「暖紅」、「寒碧」），從亞理士多德以觸覺比擬聲音有「尖銳」和「鈍重」之分，到《禮記・樂記》裡用一連串比喻來形象地描繪歌聲：「如歌者，上如抗，下如隊，止如槁木，倨中矩，句中鉤，累累乎端如貫珠」，從白居易《琵琶行》「大珠小珠落玉盤」到許許多多

詩文的例證，包括西方文學從荷馬到龐德的例子，再加上從西方的神秘主義者到中國道家和佛家「把各種感覺打成一片、混作一團的神秘經驗」（頁63），這些例證認人覺得，通感真所謂無所不在，俯拾即是。

　　然而正如錢先生所說，中國詩文裡如此常見的描寫手法，「古代批評家和修辭學家似乎都沒有理解或認識」（頁54）。在西方，「亞理士多德的《心靈論》裡雖提到通感，而他的《修辭學》裡卻隻字不談」（頁62）。這就害得現代詩人龐德看見日文（也就是漢文）裡「聞」字從「耳」，就以為這是什麼新奇東西而大加讚歎。錢先生略帶譏諷地說：「他大可不必付出了誤解日語（也就是漢語）的代價，到遠東來鉤新摘異，香如有聲、鼻可代耳等等在西洋語言文學裡自有現成傳統」（頁64）。然而這個現成傳統並未在批評理論上得到充分討論，只是在錢先生把通感作為一個重要概念提出來詳加闡述之後，我們才豁然開朗，對它有了嶄新而深入的認識。

　　同樣，「詩可以怨」作為一個批評觀念，在理論傳統中也從來沒有得到特別的注意。據《論語・陽貨》，孔子說詩有興、觀、群、怨四種功能，「怨」是其中最後一種。錢鍾書先生引用中西文化傳統中大量例證，有力地證明了「詩可以怨」這一觀念──即最能打動人的文學作品往往發自哀怨和痛苦，而表現哀怨和痛苦的文學作品也最能得到讀者的同情和讚賞──在東西方都是一個普遍原則，「不但是詩文理論裡的常談，而且成為寫作實踐裡的套板」（頁102）。錢先生舉例極為豐富，我在此只引一個認人印象特別深刻的例子。劉勰《文心雕龍・才略》講到馮衍，說「敬通雅好辭說，而坎壈盛世；《顯志》、《自序》亦蚌病成珠矣。」劉晝《劉子・激通》也有類似比喻：「梗柟鬱蹙以成縟錦之瘤，蚌蛤結痾而銜明月之珠。」這兩個人用的比喻都可以追溯到《淮南子・說林訓》裡一句很有趣的話：「明月之珠，蚌之病而我之利也。」這就是說，在人覺得很貴重的珍珠，對螺蚌而言卻是病痛的結果。這個推想頗有意思，而把這個意思用在文學上，就成為痛苦產生詩一個絕妙的比喻。然而這個比喻不僅中國有，西方也有。錢先生說：

西洋人談起文學創作，取譬巧合得很。格里巴爾澤（Franz Grillparzer）說詩好比害病不作聲的貝殼動物所產生的珠子（die Perle, das Erzeugnis des kranken stillen Muscheltieres）；福樓拜以為珠子是牡蠣生病所結成（la perle est une maladie de l'huître），作者的文筆（le style）卻是更深沉的痛苦的流露（l'écoulement d'une douleur plus profounde）。海涅發問：詩之於人，是否像珠子之於可憐的牡蠣，是使它苦痛的病料（wie die Perle, die Krankheitsstoff, woran das arme Austertier leidet）。豪斯門（A. E. Housman）說詩是一種分泌（a secretion），不管是自然的（natural）分泌，像松杉的樹脂（like the turpentine in the fir），還是病態的（morbid）分泌，像牡蠣的珠子（like the pearl in the oyster）。看來這個比喻很通行。大家不約而同地採用它，正因為它非常貼切「詩可以怨」、「發憤所為作」。可是，《文心雕龍》裡那句話似乎歷來沒有博得應得的欣賞（頁104）。

　　讀到這裡，我們不能不驚異於中西詩人文思如此契合、取譬如此相似，我們更不能不佩服錢鍾書先生不僅博覽群書，而且記憶力如此之強，心思如此之細，可以把不同語言裡相當於「蚌病成珠」的一個具體比喻放在一處，共同來證明「詩可以怨」這一觀念的普遍性。《文心雕龍》裡「蚌病成珠」這句話，《論語・陽貨》裡「詩可以怨」這一斷語，經過錢先生這篇文章的闡發，就成為一個重要的批評概念，顯出其在文學創作和鑒賞兩方面的意義。將來的批評家們再不能忽略這一觀念，也不能不注意到如韓愈《荊潭唱和詩序》所謂「歡愉之辭難工，而窮苦之言易好」，歐陽修《梅聖俞詩集序》所謂「非詩之能窮人，殆窮者而後工」這類說法，不僅是作家詩人的夫子自道，而且牽涉到社會和心理等多方面更大範圍的問題。錢先生此文和他別的文章一樣，涉獵極廣，舉證極富，「講西洋，講近代，也不知不覺中會遠及中國，上溯古代」（頁113）。有關古今、中西的知識本來就是互相關聯的，比較研究就是要超越學科的局限，儘量在這種關聯中尋求理解和認識。知識的海洋實在浩瀚無際，能夠涵泳其中，出遊從容，那是一位大學者

的自由境界；能夠欣賞這種學識的宏大廣博，感受其中的豐富和深刻，學到新知，更得到心智的滿足，那也是一個好的讀者可以達到的境界。

《七綴集》裡的七篇文章，大致可以分為三組。前面兩篇討論中西詩畫的批評傳統，〈通感〉和〈詩可以怨〉兩篇提出兩個重要的批評觀念，餘下三篇則涉及文學翻譯和接受。〈林紓的翻譯〉與〈漢譯第一首英語詩《人生頌》及有關二三事〉不僅討論具體的翻譯，更使我們親切生動地瞭解晚清輸入西方文學時整個的時代環境、社會氛圍和文人心態。林紓是個舊式文人，雖然不懂外文、卻與人合作翻譯了一百七十餘部西洋小說，但他以自己的古文自傲而看輕自己的翻譯。康有為稱讚他的翻譯，有詩說「譯才並世數嚴、林」，結果這「一句話得罪兩個人。嚴復一向瞧不起林紓，看見那首詩，就說康有為胡鬧，天下哪有一個外國字都不認識的『譯才』，自己真羞與為伍。」林紓也不滿意，因為康有為不提他的古文，倒去稱讚他的翻譯，「捨本逐末」，而且給他寫詩，不寫「譯才並世數林、嚴，」卻非要把嚴復放在前面，「喧賓奪主。」錢先生以幽默的筆調，講了不少「文人好名，爭風吃醋」的笑話，並說「只要它不發展為無情、無義、無恥的傾軋和陷害，終還算得『人間喜劇』裡一個情景輕鬆的場面」（頁88）。錢先生的筆調輕鬆，充滿了幽默、機鋒和睿智。他在《管錐編》裡說：「修詞機趣，是處皆有：說者見經、子古籍，便端肅莊敬，鞠躬屏息，渾不省其亦有文字遊戲三昧耳」。[9]他自己的文章就深得文字遊戲三昧，討論嚴肅的學問而能出之以輕鬆詼諧的筆調，所以讀來總是引人入勝。

錢先生論林紓的翻譯，把他譯文中的錯訛、誤解和隨意增刪講得淋漓盡致，但也把他的創意和貢獻說得十分透徹，做了充分肯定。錢先生認為翻譯除了難免「訛」之外，也還有「媒」和「誘」的作用，並說在文化交流裡，翻譯「是個居間者或聯絡員，介紹大家去認識外國作品，引誘大家去愛好外國作品，彷彿做媒似的，使國與國之間締結了『文學因緣』，締結了國與國之間唯一的較少反目、吵嘴、分手揮拳等危險的『因緣』」

---

[9] 《管錐編》第二冊，頁461。以下引用此書，只在文中注明頁碼。

（頁68）。清末民初的舊式文人大都瞧不起翻譯，甚至懷疑外國有文學。錢先生以親身經歷做了生動的說明。在1931年前後，他與著名的詩人和前輩陳衍在蘇州長談，陳先生知道他在國外留學，懂外文，但以為他學的「准是理工或法政、經濟之類有實用的科目。」接下去的談話就很有趣：

> 那一天，他查問明白了，就慨歎說：「文學又何必向外國去學呢！咱們中國文學不就很好麼？」我不敢和他理論，只抬出他的朋友來擋一下，就說讀了林紓的翻譯小說，因此對外國文學發生興趣。陳先生說：「這事做顛倒了！琴南如果知道，未必高興。你讀了他的翻譯，應該進而學他的古文，怎麼反而嚮往外國了？琴南豈不是『為淵驅魚』麼？」（頁87）。

在此錢先生有一個很長的注，說「很多老輩文人有這種看法，樊增祥的詩句足以代表：『經史外添無限學，歐羅所讀是何詩？』（《樊山續集》卷24《九疊前韻書感》）。他們不得不承認中國在科學上不如西洋，就把文學作為民族優越感的根據。」不僅中國文人如此，「其它東方古國的人抱過類似的態度，龔古爾（Edmond de Goncourt）就記載波斯人說：歐洲人會制鐘錶，會造各種機器，能幹得很，然而還是波斯人高明，試問歐洲也有文人、詩人麼（si nous avons des littérateurs, des poètes）？」儘管林紓本人也看不起自己的翻譯，但他畢竟知道外國有值得翻譯的小說。所以錢先生說：「在這一點上，林紓的識見超越了比他才高學博的同輩」（注60，頁98）。在討論漢譯《人生頌》那篇文章裡，錢先生提到以同文館高才生畢業、又多次出洋的張德彝，此人雖然「精通英語」，卻對西方文學蒙昧無知，不懂《格利佛遊記》為諷世寓言，反以為實錄。錢先生說，正當張德彝出使英倫，對這部英國文學名著寫下十分幼稚的看法時，「一句洋文不懂、一輩子沒出過洋的林紓和大學沒畢業的魏易在中國正翻譯《格利佛遊記》呢。」把張德彝與林紓對此書的意見相比，「兩人中誰比較瞭解西洋文學，我認為不難判斷」（頁135）。

當兩種文化開初接觸時，翻譯，哪怕是難免錯訛的翻譯，都是促進瞭解的必要步驟，是跨越語言和文化鴻溝的橋樑。在清末同治、光緒年間，曾做過翻譯官而升任英國駐華公使的威妥瑪（Thomas F. Wade），將美國詩人郎費羅（Henry Wadsworth Longfellow）的《人生頌》（A Psalm of Life）譯為漢語，後來經任總理各國事務衙門大臣的董恂潤色改筆，寫成一首七言絕句連成的詩，並且寫在一把扇子上，托美國駐華公使蒲安臣（Anson Burlingame）送給郎費羅本人。威妥瑪的中文表達能力有限，譯文不少地方詞不達意，甚至不通費解，董恂又完全不懂外文，只能依據半通不通的譯本，捉摸揣測，勉強成文，其中自然有誤會曲解，牛頭不對馬嘴之處。錢先生在文中詳細分析了這首詩的譯文，而語言的隔閡恰好暴露出中西之間尚缺乏瞭解，更由此揭示了當時中國對外國情形的蒙昧無知。

中國古人和古代希臘人一樣，都以為不會講自己語言的人就是蠻夷，而蠻夷說的是鳥語。這種傳統看法在晚清依然如此，翁同龢日記裡有一段話，讀來就令人發笑：「詣總理衙門，群公皆集。未初，各國來拜年。余避西壁。遙望中席，約有廿餘人，曾侯與作夷語，啁啾不已。」曾侯指曾紀澤，在當時是少有會外語的官員，「啁啾」在中國舊詩文裡，是形容鳥叫的象聲詞。正如錢先生所說，「英語也罷，法語也罷，到了對洋鬼子遠而避之的翁同龢的耳朵裡，只是咭咭呱呱、沒完沒了的鳥叫」（頁122）。知道西方文學經典的人很容易想到，古希臘喜劇家阿里斯托芬在《群鳥》裡，也把野蠻人說話比為啁啾的鳥叫。當時不僅保守派，就是清朝辦洋務、出使西洋的官員，也大多不懂外語，更不知道外國有文學。

錢先生引李鳳苞《使德日記》一節，頗有代表性。這一節記參加「美國公使美耶台勒」葬禮，聽牧師「誦誄」有云：「美公使台勒君去年創詩伯果次之會。……以詩名，箋注果次詩集尤膾炙人口。」接下去略述「果次」生平，說他「為德國學士巨擘，生於乾隆十四年。……著《完舍》書。……乾隆五十七年與於湘濱之戰。旋相外末公，功業頗著。俄王贈以愛力山得寶星，法王贈以十大字寶星。卒於道光十二年。」我們只要弄清楚這位駐美公使美耶·台勒（Bayard Taylor）就是《浮士德》著

名的英譯者，外末（Weimar）現在通譯魏瑪，就不難明白果次就是歌德（Goethe），《完舍》（Werther）就是《少年維特》。李鳳苞學過一點英語，把這兩個德文詞都按英語發音來譯。錢先生說：「歷來中國著作提起歌德，這是第一次；當時中國駐西洋外交官著作詳述所在國的大詩人，這是惟一次，像郭嵩燾、曾紀澤、薛福成的書裡都隻字沒講起莎士比亞」（頁133）。然而這並非李鳳苞對西洋文學有什麼領悟，而純粹是事出偶然。錢先生以詼諧而帶譏刺的口吻評論道：

> 事實上，歌德還是沾了美耶・台勒的光，台勒的去世才給他機會在李鳳苞的日記裡出現。假如翻譯《浮士德》的台勒不也是德國公使而又不在那一年死掉，李鳳苞在德國再耽下去也未必會講到歌德。假如歌德光是詩人而不也是個官，只寫了「《完舍》書」和「詩賦」，而不曾高居「相」位，榮獲「寶星」，李鳳苞引了「誄」詞之外，也未必會特意再開列他的履歷。「紗帽底下好題詩」原是中國的一句老話（《鏡花緣》十八回），筆下的詩占著頭上那頂紗帽的便宜。現任的中國官通過新死的美國官得知上代的德國官，官和官之間是有歌德自己所謂「選擇親和勢」（Wahlverwandtschaften）的（頁134）。

　　在這樣的時代氛圍中，竟有郎費羅《人生頌》之漢譯，也是很難得的事。這首詩寫在一把摺扇上，送給郎費羅本人，這在詩人的日記裡有記載，但只說是「中華一達官（mandarin）所贈，」未道及譯者。後來有一部《郎費羅傳》說，這位中華達官是「Jung Tagen」，好像是「容大人」。錢先生依據方濬師《蕉軒隨錄》卷十二「長友詩」條的記載，詳細考證，認定「Jung Tagen」實為「Tung Tajen」即「董大人」之誤。這位贈詩扇的官員應該是戶部尚書、負責總理事務衙門的董恂。董恂依據威妥瑪初稿潤飾改寫成的「長友詩」，是否就是郎費羅日記所載那把「官老爺扇子」上題寫的詩呢？錢先生說：「有機會訪問美國而又有興趣去察看郎費羅的遺

物的人很容易找到答案」（頁119）。1983年十月下旬，我到美國哈佛大學攻讀博士，而郎費羅故居（Longfellow House）就坐落在離哈佛校園不遠的布拉托街（Brattle Street）105號。我到哈佛後，很快就去造訪郎費羅故居，但那次的尋訪卻沒有發現那把詩扇的蹤跡。那時離郎費羅逝世已一百年，我以為時過境遷，那扇子早已不知去向了。[10]在十多年後的1996年，到哈佛大學訪問的賀衛方先生也去郎費羅故居尋訪詩扇，竟幸運地見到了那把中國扇子，上面果然有署名「揚州董恂」所書《人生頌》譯文，時間為「同治乙丑仲春之月」，即一八六五年春。這證明錢鍾書先生對題寫詩扇者為董恂的考訂完全正確。據賀衛方說，那把詩扇是一九九三年，郎費羅故居的管理人員「在清理地下室時，在一個櫃子中偶然發現」的。[11]難怪前此十年，我到郎費羅故居，就未能得見這把詩扇。可喜的是，賀衛方先生報導了尋訪詩扇的經過，今後「有機會訪問美國而又有興趣去察看郎費羅的遺物的人」不必再費力，很容易就能看到在中西文學交往上這頗有點來頭、也頗有些傳奇意味的見證了。

　　錢先生對郎費羅評價不高，雖然這位美國詩人在他那個時代有許多讀者，也贏得英國人的讚賞。[12]他認為威妥瑪起稿、董恂潤色的《人生頌》「是破天荒最早譯成漢語的英語詩歌」（頁117-18），而英語又是中國人最早認真學習的西方語言，所以「《人生頌》既然是譯成漢語的第一首英語詩歌，也就很可能是任何近代西洋語詩歌譯成漢語的第一首」（頁118）。錢先生對此似乎感覺得有些遺憾。他說：「西洋的大詩人很多，第一個介紹到中國來的偏偏是郎費羅。郎費羅的好詩或較好的詩也不少，第

---

[10] 參見拙文〈郎費羅的中國扇子〉，《萬象》四卷二期，2002年2月，頁120-26。

[11] 賀衛方〈《人生頌》詩扇親見記〉，《法邊餘墨》（北京：法律出版社，1998），頁215。

[12] 倫敦西敏斯特寺（Westminster Abbey）著名的「詩人之角」（the Poets' Corner），是紀念英國歷代大作家和名詩人的聖地，而郎費羅是唯一有紀念碑放在那裡的外國詩人。在十九世紀（是否也包括現在？），英國人一般是鄙視美國的，以為美國沒有文化，而郎費羅獨能在「詩人之角」獲得一席之地，便足見他當時在歐洲文名之甚。

一首譯為中文的偏偏是《人生頌》。那可算是文學交流史對文學教授和評論家們的小小嘲諷或挑釁了！」（頁136）。這一感慨的前提，當然是以為郎費羅《人生頌》是第一首譯成中文的詩。不過近幾年來，不少人在研究明清傳教士與中國文化的互動時，對這一判斷提出了修正。

　　在二○○五年四月二十五日《文匯報》筆會版上，周振鶴先生發表了《比錢說第一首還早的漢譯英詩》，指出在董恂贈送那把詩扇之前十年，在一八五四年第九號的《遐邇貫珍》上，已經刊出了英國大詩人彌爾頓一首「自詠目盲」十四行詩之中譯。這首譯詩為四言體，譯者能選擇英國文學中一首重要詩作，而且對原文意義把握得相當準確，譯筆也十分流暢，時間又那麼早，實在可以彌補錢先生所感的遺憾。可惜在《遐邇貫珍》上，並未刊出譯者姓名。據周振鶴說，日本學者石田八洲雄認為譯者是著名的英國傳教士理雅各（James Legge），但沈國威則認為「更可能是艾約瑟（Joseph Edkins）與上海三劍客之一的蔣敦復等人合作的產物。」周振鶴補充說，雖然彌爾頓此詩比《人生頌》更早譯成漢語，「但究竟它是不是第一首漢譯的英詩，則無須遽下斷語。」但在2005年第二期的《國外文學》上，沈弘、郭暉合作發表了《最早漢譯英詩應是彌爾頓的〈論失明〉》，認為根據他們的分析，《遐邇貫珍》的編者之一、英國傳教士麥都思（Walter Henry Medhurst）「很可能就是迄今所知第一首漢譯英詩的譯者。」[13]更近一些，在二○○七年三月號的《中國文哲研究集刊》上，又有臺灣學者李奭學發表了《中譯第一首「英」詩——艾儒略〈聖夢歌〉初探》，提出明末來華的義大利耶穌會傳教士艾儒略（Giulio Aleni）在1637年將一首靈肉爭辯的「西土詩歌」以「中邦之韻」譯出，把漢譯西方詩歌的時間又提早了兩百年。

　　李奭學雖然在文章標題上用「中譯第一首『英』詩，」但在文中他卻說明：「在知識系譜學業經高度反省的今天，所謂『第一』早已變成修辭

---

[13] 沈弘、郭暉《最早漢譯英詩應是彌爾頓的〈論失明〉》，《國外文學》2005年第2期，頁52。

權宜。」[14]這一點的確很重要，因為事實上，正如周振鶴所說，「說無之難有點難於上青天的味道」，我們發現了一首早期的譯文，很難斷定在那之前，就一定沒有更早的翻譯。此外還有更重要的一點，即在時間先後上絕對的第一，本身並沒有最大的意義，譯文是否廣為流傳，在讀者中是否產生了影響，那才更為重要。艾儒略所譯《聖夢歌》本為在中土傳教而作，明請之際，大概曾在少量教徒中流傳。《遐邇貫珍》上雖然刊出了彌爾頓那首十四行詩相當出色的翻譯，但那是傳教士在香港辦的一份中文刊物，影響範圍畢竟有限，所以在中國不為文人士大夫所知，更沒有引起他們的評點，沒有像郎費羅《人生頌》那樣，有「相當於外交部當家副部長」的戶部尚書董恂親筆潤色改寫，並題寫詩扇，隆重地請外交官遠隔重洋，帶到異邦，送給詩人本人去保存。

錢鍾書先生討論《人生頌》那篇文章本來用英語寫就，發表在 *Philobiblon*（《書林季刊》）一九四八年第二期。[15]在八十年代初，我曾建議將此文譯成中文，並且自告奮勇，願意翻譯此文，以利當時在國內剛剛起步的比較文學研究，同時把錢先生的文章放在北大新辦的《國外文學》上，以壯聲勢。但後來錢先生決定自己用中文重寫這篇文章，因為他有許多新材料，而中文的篇幅的確大大超過了英文原文，為我們生動地描繪出了晚清對西方文化缺乏瞭解、但已逐漸開始改變的情形。錢先生自謂此文目的，是「對那個消逝了的時代風氣可以增進些理解」（頁120）。所以，即使錢先生關於郎費羅《人生頌》是第一首漢譯英語詩的判斷現在已被推翻──他感到的遺憾也從而得以彌補──他那篇文章的價值卻並未因此而有絲毫損減。

除《七綴集》用白話撰寫的論文之外，錢先生主要的學術著作《談藝錄》和《管錐編》都是用文言寫成。這兩部著作包含的內容極廣泛而豐

---

[14] 李奭學《中譯第一首「英」詩──艾儒略〈聖夢歌〉初探》，《中國文哲研究集刊》第30期（2007年3月），頁88。

[15] *Philobiblon* 原刊在一般圖書館不易找到，所幸此文近年已重印，讀者很容易查詢。參見 "An Early Chinese Version of Longfellow's 'Pslam of Life'"，《錢鍾書英文文集》（*A Collection of Qian Zhongshu's English Essays*）（北京：外語教學與研究出版社，2005），頁374-87。

富，在此我只能做最簡單的介紹。讀者應當去研讀原書，才可能從中吸取知識，獲得靈感和啟發。這兩部書的寫法，看來都是零碎的片斷而非系統論述，但這恰好在寫作形式上體現了錢先生一個重要的觀點。他一向強調不要迷信理論系統，也不要輕視片言隻語。《讀〈拉奧孔〉》一文開篇就對空洞無物的文藝理論系統提出批評，同時指出「倒是詩、詞、隨筆裡，小說、戲曲裡，乃至謠諺和訓詁裡，往往無意中三言兩語，說出了精闢的見解，益人神智」（頁29）。接下去錢先生又說：「往往整個理論系統剩下來的有價值東西只是一些片段思想。脫離了系統而遺留的片段思想和萌發而未構成系統的片段思想，兩者同樣是零碎的。眼裡只有長篇大論，瞧不起片言隻語，甚至陶醉於數量，重視廢話一噸，輕視微言一克，那是淺薄庸俗的看法──假使不是懶惰粗浮的藉口」（頁29-30）。[16]其實那些看似零碎的片斷，互相之間並非沒有聯繫，而錢先生論述之精彩，都在於具體材料的處理之中，在於通過文本字句的闡發揭示出更深一層的意義。我在前面已經說過，《談藝錄》序「頗採『二西』之書，以供三隅之反，」可以說是錢先生著述的方法。同序中所說「東海西海，心理攸同；南學北學，道術未裂，」也是從人類心理、思想與學術的基本方面，肯定了中西研究的合理性和必要性。《談藝錄》書中討論詩分唐宋、李賀、韓愈、宋詩直到清人和近人之詩，有許多精闢之論，而最突出的特點，就是在東西比較中深入闡發中國傳統。

　　《管錐編》開篇「論易之三名」，討論的是「易一名而含三義，所謂易也，變易也，不易也。」並由此引出黑格爾以為只有德文能一名而含相反二義，同時貶低中文的錯誤看法。錢先生說：「黑格爾嘗鄙薄吾國語文，以為不宜思辯；又自誇德語能冥契道妙，舉『奧伏赫變』（Aufheben）為例，以相反兩意融會於一字（ein und dasselbe Wort für zwei entgegengesetzte Bestimmungen），拉丁文中亦無意蘊深富爾許者」。黑格爾鄙薄中文，不僅是歐洲中心主義的偏見，而且是把東西方文化對立

---

[16] 參見拙文《思想的片斷性和系統性》，見張隆溪《走出文化的封閉圈》，頁208-19。

起來一種常見的謬誤。錢先生通過大量例證，指出中文「易」、「詩」、「論」、「王」等字與黑格爾所舉「奧伏赫變」一樣，都是「賅眾理而約為一字，並行或歧出之分訓得以同時合訓焉，使不倍者交協、相反者互成」。這就有力地批駁了黑格爾，指出其錯誤。錢先生說：「其不知漢語，不必責也；無知而掉以輕心，發為高論，又老師鉅子之常態慣技，無足怪也；然而遂使東西海之名理同者如南北海之馬牛風，則不得不為承學之士惜之」（頁1-2）。這一節肯定「東西海之名理同者」，就為整部《管錐編》打通中西、在開闊視野和東西方比較中來理解中國古代典籍之研究方法，奠定了學理的基礎。從這一個具體例子我們可以看出，《管錐編》（也包括《談藝錄》）的條目安排自有嚴密的內在邏輯和系統，每一條討論的內容都十分細緻，論證推演都十分合理，而且以極為豐富的文本字句來加以闡述，不僅引用中國歷代各種典籍，而且引用好幾種西方語言的書籍來互相發明。所有這些，都是我們在中西比較研究中，應該儘量努力去仿效的典範。

第五節　結束語

　　讀錢先生的論著，令人印象深刻的一點是旁徵博引，除引用中國古代典籍之外，還大量引用英、法、德、意、西、拉丁等多種外文書籍，注釋也極為豐富。這些來自不同文本的引文本來互不相干，但一經錢先生把它們放在一處，組織成他論說文字的一部分，便立即顯出互相之間的關聯，共同來說明某一觀念或問題。按《說文解字》，漢語的「文」字本意是「錯畫」，即兩條線交錯在一起形成的圖案；《易·繫辭》下：「物相雜，故曰文」，也說事物交相錯雜在一起就是「文」。看來「文」這個概念與編織、經緯、組織的概念密切相關。西文相當於「文」的「text」，在詞源上來自拉丁文 *textus*，其動詞原形為 *texere*，正是編織、紡織的意思。可見無論中國還是西方的理解，作文都是把各條線索編織成一幅條理清楚、色彩絢爛的圖畫。錢先生《管錐編》評《易·繫辭》此條，先引了劉熙載《藝概》卷一裡的闡述，然後說：

> 史伯對鄭桓公曰：「聲一無聽，物一無文」，見《國語・鄭語》。
> 曰「雜」曰「不一」，即所謂「品色繁殊，目悅心娛」（Varietas
> delectat）。劉氏標一與不一相輔成文，其理殊精：一則雜而不亂，
> 雜則一而能多。古希臘人談藝，舉「一貫寓於萬殊」（Unity in
> variety）為第一義諦（the fundamental theory），後之論者至定為金
> 科玉律（das Gesetz der Einheit in der Mannigfaltigkeit），正劉氏之言
> 「一在其中，用夫不一」也。枯立治論詩家才力愈高，則「多多而
> 益一」（il più nell' uno），亦資印證（頁52）。

這裡不僅引《國語・鄭語》「聲一無聽，物一無文」來幫助我們理解
《易・繫辭》「物相雜，故曰文」，而且接下去又引用西方的著作來互相
闡發。這裡先引用的是拉丁文，然後是英文，然後德文，最後是義大利
文。正像錢先生在《談藝錄》序裡所說，這樣引用多國文字來闡發中國古
代的詩文和典籍，「非作調人，稍通騎驛」（頁1）。這就是說，把東西方
這些不同文字的例證放在一起，並不是強為牽合，而是把各方面打通，就
像驛站傳遞資訊一樣，達到交往的目的。這不正是非常貼切地描述了中西
比較研究的目的嗎？

　　在這裡，我想約略談一談學術著作中文獻的引用。學術的進步依靠
積累，不僅是個人的積累，而且是一代又一代學者思考、論述的積累。
西方有一句諺語說：站在巨人的肩頭上，才能看得更遠。大科學家牛頓
就說過這樣的話（"If I have seen further it is by standing on the shoulders of
giants"），表示知識和學術都是在前人成就的基礎上，才可能取得進步。[17]
我們討論任何學術問題，首先要做的就是了解研究現狀，瞭解關於這個問
題已有的主要觀點，然後在前人著作的基礎上，提出自己的看法。因此，

---

[17] 見牛頓1676年二月5日致羅伯特・胡克（Robert Hooke）的信。這句諺語在歐洲可
　　以追溯到十二世紀政治學家薩里斯伯利的約翰（John of Salisbury），而他說是來
　　自中世紀法國哲學家夏特爾的伯爾納（Bernard of Chartres）。十七世紀以來，許
　　多作家和思想家都在自己的著作中使用過這句諺語。

引文在學術論著中十分重要，它不僅表示作者瞭解有關學術問題現存的重要觀點和研究成果，而且給作者自己的論述提供有權威性的支援，或者提供對話或爭辯、批評的對象。錢先生的著作在這方面特別突出，總是旁徵博引，例證豐富，使人不能不佩服他的淵博，也不能不為其論述所折服。所以學術文章必須有引文，有注釋，有參考文獻，在國際上已成為學者們普遍接受的學術規範。有時候我們讀到一些討論學術問題的文章，通篇沒有什麼引文來印證自己的觀點，或者即使有，引用的也不是最具代表性和最有影響的著作，在有鑒別力的人看來，這樣的論文就顯得薄弱，缺乏論證力量。學會恰當引用別人的著作，做好注釋，這是做學問的基本功，也是建立學術規範必須要做的事。

　　能夠找出恰到好處的引文，看出互不相關的文本之間的聯繫，以此來論證一個問題，說明一個觀念，那是一種藝術，是思考問題時思路發展的途徑。在比較文學研究中，怎樣把不同文本聯繫起來而不牽強附會，能顯出一種邏輯和內在的聯繫而不隨意並列拼湊，那是比較研究是否有合理性、是否有說服力的根本。我在前面提到過，錢先生論「通感」和「詩可以怨」，都屬於主題研究。前面一章講到凱慕德提出的「終結意識」和布魯克斯提出的「情節」，也都是主題研究，即以某一個文學批評的概念為中心，圍繞那個中心引用很多文本的例證來闡發其意義。再回到剛才說作文就像把幾條線索編織起來，形成一個脈絡清楚而色彩絢爛的圖畫，這當中引文和自己的闡發就應該像互相交錯的線條，形成一篇精彩的論「文」。究竟採用哪幾條線，如何把不同的線按一定的經緯或章法編織起來，如何顯出當中暗含的聯繫、契合或對比，這往往就是比較研究面臨的挑戰。我們讀錢先生的著作，往往驚異於他讀書之廣，記憶力之強，文思之敏捷。那種扎實的學問就建立在具體文本和深入闡發的基礎上，有各種不同的線索交相錯雜，織成細密厚重、色彩絢麗、內容豐富而又文筆生動的文章。所以在如何應付學術問題的挑戰這方面，錢先生給我們的範例也許是最難摹仿的，但他給我們的啟示也許又是最簡單、最實在的，那就是盡量多讀書，多思考，此外別無他途，更沒有捷徑。只有在多讀多思考的

基礎上，我們在討論一個具體問題時才可能左右逢源，從自己記憶積累起來的知識中，尋找可資使用的材料，並且把它們組織起來，成功地回應問題的挑戰。我們當中大多數人也許達不到錢先生學問的高度，但依照他的典範去努力，就至少可以希望在東西方比較研究中，做出一點小小的貢獻。

參考書目

　　以下是為比較文學研究者提供的一個基本書目，其中包括在本書各章提到與比較文學相關的各種著作。本書提到的有些著作並不直接涉及比較文學，或主要內容與比較文學無關，就沒有包括在此書目內。另一方面，此書目也包括一些本書正文沒有提到、但研究中西比較文學的人應該知道的重要書籍。此外，國內有關比較文學的書籍已經出版不少，在一般圖書館都很容易找到，我在此書目裡，就只選擇了少數幾部作為代表，而未一一羅列。

　　比較文學注重由原文去把握研究的文本，所以理想的書目應該包括各種文字的出版物，但考慮到目前我們的實際狀況，這個書目只列出中英兩種文字的著作。我一向認為開書目總會掛一漏萬，現在這個書目也不例外。這個書目的目的不是把所有重要著作包攬無餘，而只是為研究生和一般讀者提供最基本的資訊。當研究者深入探討任何一個問題時，閱讀和參考的範圍自然會擴大，逐步建立起一個與研究專題相關的書目。

　　此書目先列中文書，後列英文書，前後排列皆以字母順序為序。每本書都附有簡略提要，以供讀者參考。

一、中文書目

陳惇、劉象愚《比較文學概論》，北京：北京師範大學出版社，2002。
　　這是一部比較文學教材，對比較文學各方面內容做了較為全面的論述，對研究生和比較文學的愛好者有一定參考價值。

黃維樑、曹順慶編《中國比較文學學科理論的墾拓──台港學者論文選》，北京：北京大學出版社，1998。

中西比較文學在臺灣和香港曾有一段蓬勃發展的時期，此書收集台港學者比較文學研究論文多篇，具有一定代表性，可資參考。

李奭學《中國晚明與歐洲文學：明末耶穌會古典型證道故事考詮》，臺北：中央研究院，聯經，2005。

明末耶穌會傳教士入華，開啟了近代西學東漸之風。但有關研究多以西學即科技之引入為主，而此書另闢新徑，從人文角度出發，考察傳教士在文學及思想方面的貢獻，別具意義。

孟華編《比較文學形象學》，北京：北京大學出版社，2001。

此書討論不同民族文學作品中對異國和異族人或曰「他者」的想像和描述。在比較文學研究中，這是值得注意的一個方面。

錢鍾書《管錐編》，北京：中華書局，1979；第二版，1986。

在中西文化和文學的比較研究中，這無疑是最重要的著作。目前出版的《管錐編》只是作者計畫中的一部分，其餘皆未及整理。《管錐編》分條評點中國古代典籍，但寫法都是從中國典籍的具體字句出發，廣引中國歷代和西方古今各種書籍為佐證，打通中西，在廣闊的視野和中西比較的論述方法中，闡發涉及人文學科各方面的內容和意蘊。美國學者艾朗諾（Ronald Egan）選譯了部分條目，有英譯本出版，見Qian Zhongshu, *Limited Views: Essays on Ideas and Letters*, selected and trans. Ronald Egan（Cambridge, Mass.: Harvard University Asia Center, 1998）。詳見本書第四章的討論。

---------《七綴集》，上海：上海古籍，1985。

這是錢鍾書先生用白話寫成的七篇論文的合集，內容可分為三組：〈中國詩與中國畫〉、〈讀《拉奧孔》〉討論詩與畫的批評標準，〈通感〉、〈詩可以怨〉討論兩個重要的批評觀念，〈林紓的翻譯〉、〈漢譯第一首英語詩《人生頌》及有關二三事〉和〈一節歷史掌故、一個宗教寓言、一篇小說〉則涉及文學的翻譯與接受問題。詳見本書第四章的討論。

---------《談藝錄（補訂本）》，北京：中華書局，1986。

此書專論傳統文學，範圍所及由唐宋而至近代，有許多精闢見解，而論述方式則是引用中西各種典籍，相互印證。此書序言對比較文學的研究者在方法上很有啟示。詳見本書第四章的討論。

汪洪章《〈文心雕龍〉與二十世紀西方文論》，上海：復旦大學出版社，2005。

此書將《文心雕龍》裡的批評術語和西方文學的批評觀念相比照，從比較詩學的角度探討其異同。

謝天振《比較文學與翻譯研究》，臺北：業強出版社，1994。

此書十八篇論文，可分三組。第一組討論國內比較文學在九十年代初的研究狀況，第二組評述海外比較文學理論，第三組涉及作者注重的翻譯研究。

楊周翰《攻玉集》，北京：北京大學出版社，1983。

「他山之石，可以攻玉」，楊周翰先生以此為書名，意在說明研究外國文學可以有助於我們理解中國文學和文化。此書由討論彌爾頓《失樂園》中提到中國有風帆車，旁及其他十七世紀英國作家和詩人的知識與思想。詳見本書第四章的討論。

--------《十七世紀英國文學》，第二版，北京：北京大學出版社，1996。

此為楊先生討論十七世紀英國文學之論文集，其中有論彌爾頓悼亡詩與中國悼亡詩傳統的一章，詳見本書第四章的討論。

張隆溪編《比較文學譯文集》，北京：北京大學出版社，1982。

這是文革後第一本有關比較文學的書。當時急需比較文學的基本知識，所以此書以介紹為主，翻譯了西方一些具代表性的論文，是北京大學比較文學研究叢書之第一種。

--------、溫儒敏合編《比較文學論文集》，北京：北京大學出版社，1984。

這是北京大學比較文學研究從書之第二種。此書收集了八十年代以前中國學者在中西比較文學方面的研究成果。

--------《二十世紀西方文論述評》，北京：三聯書店，1986。

在八十年代初，這是最早介紹二十世紀西方文論的一系列文章，每篇在介紹西方理論的同時，也用中國文學中的例子來印證或檢驗西方理論。這些文章1983年四月至1984年三月在《讀書》上連載，後來合為一集，作為《讀書文叢》之一種出版。

--------《道與邏各斯》，馮川譯，成都：四川人民，1998；南京：江蘇教育，2004。

此書從中文「道」字與希臘文「邏各斯」（logos）都兼有「言說」與「言說之理」二義出發，討論語言表達的局限和語言豐富的暗示性在哲學、宗教和文學中的意義，並由此詳論文學的闡釋學。本書第二章對此略有討論。

--------《走出文化的封閉圈》，增訂二版，北京：三聯，2004。

此書前面部分討論傳統的意義、後現代主義問題，後半部分是回憶作者與朱光潛和錢鍾書兩位學界前輩的交往，而全書主旨是以獨立思考的精神，打破中西

文化的隔閡和自我中心的封閉。此書初版於二○○○年，由香港商務印書館出版；北京三聯書店於二○○四年出了簡體字的增訂版，增加了新的兩章。

--------《東西文化研究十論》，上海：復旦大學出版社，2005。

這是作者十篇論文的合集，其中部分文章先用英文發表，收進此書時由作者用中文重寫，內容都涉及中西比較。這是復旦大學出版社「名家專題精講」叢書之一種。

--------《同工異曲：跨文化閱讀的啟示》，南京：江蘇教育，2006。

此書是*Unexpected Affinities*的中文版，是作者二○○五年在加拿大多倫多大學所做亞歷山大講座的演講，由作者本人翻譯。英文原版二○○七年由多倫多大學出版社印行。

鍾玲《史耐德與中國》，北京：首都師範大學出版社，2006。

美國當代詩人史耐德（Gary Snyder）對中國文化非常景仰，在作品中吸收許多中國文化成分。此書是以此為主要內容的專著。

朱光潛《詩論》，北京：三聯書店，1984。

這是朱光潛先生自己頗重視的一部書，其中有朱先生在中西詩論的基礎上，討論中國詩歌傳統的論述。詳見本書第四章的討論。

二、英文書目

Auerbach, Erich. *Mimesis: The Representation of Reality in Western Literature*. Trans. Willard R. Trask. Princeton: Princeton University Press, 1953.

這是西方文學研究中一部經典著作，其中第一章以荷馬史詩與舊約《聖經》的文體相對照，說明西方文學兩個主要源頭在文體風格等方面的差異，對理解西方文學傳統尤其有深刻影響。

----------. *Scenes from the Drama of European Literature: Six Essays*. New York: Meridian Books, 1959.

此書包括六篇論文，討論歐洲文學中一些重要問題。其中討論維柯《新科學》在文學批評中的意義，討論*figura*這一概念，即超出字面意義之外的另一層涵義，都相當重要而且相當有影響。

Bassnett, Susan. Comparative Literature: A Critical Introduction. Oxford: Blackwell, 1993.

此書名為比較文學導論，但卻宣稱比較文學已經死亡，英國比較學者應該轉而研究英國殖民蘇格蘭、威爾士和愛爾蘭的歷史，研究「後歐洲式」的比較文學，包括翻譯研究當中的身份認同等問題。詳見本書第二章的討論。

Brooks, Peter. *Reading for the Plot: Design and Intention in Narrative*. New York: Vintage, 1985.

此書從情節的角度討論敘事文學，有許多精闢的理論見解。其中有些章節解讀佛洛德一些重要的病案，是從文學角度討論心理分析極有說服力的文章，值得一讀。詳見本書第三章的討論。

Bruns, Gerald. *Hermeneutics Ancient and Modern*. New Haven: Yale University Press, 1992.

這是一本深入介紹西方闡釋學歷史的論著，其中對猶太人和基督徒對《聖經》的解釋，有很詳細的討論，強調經典的解釋總是與解釋者所處時代和生活環境的現實問題有關。

Casanova, Pascale. *The World Republic of Letters*. Trans. M. B. DeBevoise. Cambridge, Mass: Harvard University Press, 2004.

此書討論近代歐洲文學的發展歷史，強調文學之間的關係並不平等，而有中心和邊緣不對等的權力關係。作者尤其以法國文學為世界文學之中心，而以巴黎為文學世界的首都。詳見本書第三章的討論。

Curtius, Robert Ernst. *European Literature and the Latin Middle Ages*. Trans. Willard R. Trask. Princeton: Princeton University Press, 1973.

這是西方文學研究中又一部影響深遠的經典著作。此書以主題和具體文本為基礎，討論西方中世紀以來文學傳統，旁徵博引，內容豐富，在具體闡述和研究方法上都很有參考價值。

Damrosch, David. *What Is World Literature?* Princeton: Princeton University Press, 2003.

這是近年討論世界文學很有影響的一部書。作者對世界文學的理解盡力打破歐洲中心的舊傳統，認為世界文學是超出原來傳統而在世界範圍內流通的文學作品。詳見本書第三章的討論。

Deeney, John J. (ed.). *Chinese-Western Comparative Literature: Theory and Strategy*. Hong Kong:The Chinese University Press, 1980.

此書收集六、七十年代港臺學者在比較文學研究方面的成果，頗有代表性，也值得大陸的學者和讀者們參考。

Eco, Umberto. *Art and Beauty in the Middle Ages*. Trans. Hugh Bredin. New Haven: Yale University Press, 2nd revised edition, 2002.

作者在書中強調，歐洲中世紀並非蒙昧黑暗、禁欲苦修的時代，而有靈與肉並不截然分離的美和藝術的觀念。此書對於瞭解中世紀的文學藝術和思想觀念，很有參考價值。

----------. with Jonathan Culler, Richard Rorty, and Christine Brooke-Rose. *Interpretation and Overinterpretation*. Cambridge: Cambridge University Press, 1992.

在文學理論中，此書作者是最早注重讀者作用的文論家之一，但在此書中他對過分強調讀者而忽略作者與文本的理論趨向，即他所謂「過度的詮釋」，卻提出了中肯的批評。與此同時，他繼承歐洲自奧古斯丁以來的闡釋傳統，對什麼是較為合理的解釋，提出了自己的看法。此書論述明晰，很有參考價值。

Frye, Northrop. *Anatomy of Criticism: Four Essays*. Princeton: Princeton University Press, 1957.

這是打破二十世紀四、五十年代新批評以文本為中心的細讀方法，而把文學視為一個系統的理論。書中提出的神話和原型批評以開闊的眼光和宏大的視野，對西方文學批評的發展作出很大貢獻，至今仍有價值。

----------. *The Educated Imagination*. Toronto: CBC Enterprises, 1963.

此書以作者在加拿大電臺所做廣播演講為基礎，可以視為其主要著作《批評的解剖》的簡化版，內容豐富，語言生動優美，很有參考價值。

Guillén, Claudio. *The Challenge of Comparative Literature*. Trans. Cola Franzen. Cambridge, Mass: Harvard University Press, 1993.

這是迄今為止最全面、最有實在內容的比較文學導論。作者雖然研究西方各國文學，但他在書中卻大力提倡東西方的比較，認為那將是比較文學未來發展的一個新方向。詳見本書第二章的討論。

Kermode, Frank. *The Sense of an Ending: Studies in the Theory of Fiction*. Oxford: Oxford University Press, 1967.

在西方文學研究中，尤其在敘事文學的理論研究中，這是很有影響的一部書。作者認為，終結的意識是使任何故事完整而有意義的必要條件。詳見本書第三章的討論。

Kernan, Alvin. *The Death of Literature*. New Haven: Yale University Press, 1992.

作者是研究英國文學的專家，此書對後現代文化和後現代主義文學理論逐漸脫離文學的趨向，提出相當尖銳的批評。

Porter, David. *Ideographia: The Chinese Cipher in Early Modern Europe*. Stanford: Stanford University Press, 2001.

此書從語言、宗教、美學趣味以及文物制度等方面考察十六至十八世紀歐洲與中國文化的關係，以及歐洲人對中國的想像。這是一部內容豐富，很有參考價值的書。

Saussy, Haun. *The Problem of a Chinese Aesthetic*. Stanford: Stanford University Press, 1993.

此書圍繞諷寓（allegory）問題，從中西文化接觸的歷史，尤其是所謂中國禮儀之爭的歷史，批評西方漢學把中西文學對立起來的傾向。在中西比較文學研究中，這是一部重要著作。

-------------. *Great Walls of Discourse and Other Adventures in Cultural China*. Cambridge, Mass: Harvard University Asia Center, 2001.

此書包括六篇論文，討論與如何理解中國有關的問題，批評了東西方的對立觀念。其中論及西方一些有關中國的誤解和偏見，很值得中西比較文學的研究者參考。

------------. (ed.). *Comparative Literature in an Age of Globalization*. Baltimore: The Johns Hopkins University Press, 2006.

美國比較文學學會每十年有檢討學科現狀、提出未來發展方向的研究報告。這是進入二十一世紀以來最新的報告，其中注意到文學理論在上世紀後半的發展既取得很大成績，也出現了理論取代文學本身的危機。此書收集多篇論文，其中我提交的一篇特別呼籲，應當注重東西方比較研究在未來的發展。

Wang Zuoliang. *Degrees of Affinity: Studies in Comparative Literature*. Beijing: Foreign Language Teaching and Research Press,1985.

此書收集王佐良先生用英文撰述之中西比較文學論文，其中有論嚴復、林紓之翻譯，論魯迅，論現代中國作家和詩人與西方文學，以及西方作家在中國的接受等多方面內容。

Wellek, René. *Concepts of Criticism*. Ed. Stephen Nichols. New Haven: Yale University Press, 1963.

作者在美國比較文學發展史上，曾做出很大貢獻。此書有許多章節討論西方的批評觀念，尤其對比較文學的名稱和性質有深入探討，值得我們注意。

Wellek, René and Austin Warren, *Theory of Literature.* **3rd ed. New York: Harcourt Brace Jovanovich, 1977.**

此書初版於一九四九年，可以說是美國新批評派的理論總綱，在二十世紀五十和六十年代產生過極大影響。書中最早在西方介紹了俄國形式主義理論，其中有關文學研究的一些看法，至今仍然值得參考。

Zhang Longxi. *The Tao and the Logos: Literary Hermeneutics, East and West.* **Durham: Duke University Press, 1992.**

此書從語言和理解問題入手，探討文學的闡釋學，並對德里達以邏各斯中心主義只限於西方的看法提出批評。此書有馮川先生的中譯（成都：四川人民，1998；南京：江蘇教育，2004）。

----------. *Mighty Opposites: From Dichotomies to Differences in the Comparative Study of China.* **Stanford: Stanford University Press, 1998.**

此書收集作者討論西方之中國研究的論文，其中部分論文由作者本人用中文重寫，收在復旦大學出版社出版的《中西文化研究十論》之中。

----------. *Allegoresis: Reading Canonical Literature, East and West.* **Ithaca, NY: Cornell University Press, 2005.**

此書以中西經典的解釋為重點，討論諷寓解釋及其影響。討論所及為猶太傳統和基督教傳統對《聖經》的解釋，儒家傳統對《詩經》的解釋，這種解釋在文學中的影響，東西方的烏托邦思想，以及文學的政治解釋等等。

----------. *Unexpected Affinities: Reading across Cultures.* **Toronto: University of Toronto Press, 2007.**

這是作者二〇〇五年在加拿大多倫多大學所做亞歷山大講座的演講，二〇〇七年由多倫多大學出版社印行。此書第一章批判中西文化對立的觀念，後面三章則以不同主題為框架，具體討論中西文學和文化之間不期而然的契合。

Zhang, Yingjin (ed.). *China in a Polycentric World: Essays in Chinese Comparative Literature.* **Stanford: Stanford University Press, 1998.**

此書是一部論文集，討論了漢學與比較文學、西方理論與中西比較文學等多方面議題。此書作者大多是在美國研究中國文學和比較文學的學者，在一定程度上可以代表這些學者在九十年代的研究成果。

文學視界39　AG0157

張隆溪文集第二卷

作　　者/張隆溪
主　　編/韓　晗
責任編輯/王奕文
圖文排版/楊家齊
封面設計/王嵩賀

發 行 人/宋政坤
法律顧問/毛國樑　律師
出版發行/秀威資訊科技股份有限公司
　　　　114台北市內湖區瑞光路76巷65號1樓
　　　　電話：+886-2-2796-3638　傳真：+886-2-2796-1377
　　　　http://www.showwe.com.tw
劃撥帳號/19563868　戶名：秀威資訊科技股份有限公司
　　　　讀者服務信箱：service@showwe.com.tw
展售門市/國家書店（松江門市）
　　　　104台北市中山區松江路209號1樓
　　　　電話：+886-2-2518-0207　傳真：+886-2-2518-0778
網路訂購/秀威網路書店：http://www.bodbooks.com.tw
　　　　國家網路書店：http://www.govbooks.com.tw

2013年7月BOD一版
定價：490元
版權所有　翻印必究
本書如有缺頁、破損或裝訂錯誤，請寄回更換

國家圖書館出版品預行編目

張隆溪文集 / 張隆溪著. -- 初版. -- 臺北市：秀威資訊科
技, 2013.07-
　　冊；　公分
　　ISBN 978-986-326-092-9(第1卷 : 平裝). --
ISBN 978-986-326-127-8(第2卷 : 平裝). --

　1. 文學　2. 比較文學　3. 文集

810.7　　　　　　　　　　　　　　102004315

讀者回函卡

感謝您購買本書，為提升服務品質，請填妥以下資料，將讀者回函卡直接寄回或傳真本公司，收到您的寶貴意見後，我們會收藏記錄及檢討，謝謝！如您需要了解本公司最新出版書目、購書優惠或企劃活動，歡迎您上網查詢或下載相關資料：http:// www.showwe.com.tw

您購買的書名：＿＿＿＿＿＿＿＿＿＿＿＿＿＿＿＿＿＿＿＿＿＿＿

出生日期：＿＿＿＿年＿＿＿＿月＿＿＿＿日

學歷：□高中 (含) 以下　　□大專　　□研究所 (含) 以上

職業：□製造業　□金融業　□資訊業　□軍警　□傳播業　□自由業

　　　□服務業　□公務員　□教職　　□學生　□家管　　□其它＿＿＿＿

購書地點：□網路書店　□實體書店　□書展　□郵購　□贈閱　□其他

您從何得知本書的消息？

　□網路書店　□實體書店　□網路搜尋　□電子報　□書訊　□雜誌

　□傳播媒體　□親友推薦　□網站推薦　□部落格　□其他＿＿＿＿＿＿

您對本書的評價：（請填代號　1.非常滿意　2.滿意　3.尚可　4.再改進）

　封面設計＿＿＿　版面編排＿＿＿　內容＿＿＿　文／譯筆＿＿＿　價格＿＿＿

讀完書後您覺得：

　□很有收穫　□有收穫　□收穫不多　□沒收穫

對我們的建議：＿＿＿＿＿＿＿＿＿＿＿＿＿＿＿＿＿＿＿＿＿＿＿

＿＿＿＿＿＿＿＿＿＿＿＿＿＿＿＿＿＿＿＿＿＿＿＿＿＿＿＿＿＿＿

＿＿＿＿＿＿＿＿＿＿＿＿＿＿＿＿＿＿＿＿＿＿＿＿＿＿＿＿＿＿＿

＿＿＿＿＿＿＿＿＿＿＿＿＿＿＿＿＿＿＿＿＿＿＿＿＿＿＿＿＿＿＿

11466
台北市內湖區瑞光路 76 巷 65 號 1 樓

秀威資訊科技股份有限公司　　　收

BOD 數位出版事業部

∙∙

（請沿線對折寄回，謝謝！）

姓　　名：＿＿＿＿＿＿＿＿　年齡：＿＿＿＿　性別：□女　□男

郵遞區號：□□□□□

地　　址：＿＿＿＿＿＿＿＿＿＿＿＿＿＿＿＿＿＿＿＿＿＿＿

聯絡電話：(日)＿＿＿＿＿＿＿＿＿＿　(夜)＿＿＿＿＿＿＿＿＿＿

E-mail：＿＿＿＿＿＿＿＿＿＿＿＿＿＿＿＿＿＿＿＿＿＿＿